SUE GRAFTON

In aller Stille
[B wie Bruch]

Buch

Elaine Boldt ist verschwunden, eine reiche Witwe Anfang vierzig. Merkwürdig ist nicht nur, dass jede Spur von ihr fehlt, sondern auch, dass sie ihren teuren Luchsmantel zum Spottpreis verhökerte und die Kosten für Reinigung und Änderung schuldig blieb. Erst als ihre Schwester Beverly Danziger, die nicht weniger wohlhabend scheint, sie wegen der Erbschaft eines Cousins sprechen will, beauftragt Beverly die Privatdetektivin Kinsey Millhone, ihre Schwester Elaine zu finden. Kinsey macht sich auf die Suche und stößt auf immer seltsamere Querverbindungen und Vernetzungen. So wurde eine Nachbarin Elaines, wenige Tage bevor Elaine verschwand, ermordet. Nur ein Zufall? Als Kinsey endlich die entscheidende Idee kommt, ist es fast zu spät – es kommt zu einem dramatischen Showdown …

Autorin

Sue Grafton, geboren 1940 in Kentucky, schrieb Drehbücher, bevor sie ihren ersten Roman veröffentlichte. Inzwischen sind ihre Bücher um die witzige und einzelgängerische Privatdetektivin Kinsey Millhone eine der erfolgreichsten amerikanischen Krimireihen überhaupt. Sue Grafton ist Präsidentin des Verbandes der *Mystery Writers of America* und lebt in Santa Barbara, Kalifornien. Im Internet: suegrafton.com

Von Sue Grafton außerdem im Goldmann Verlag erschienen:

Nichts zu verlieren [A wie Alibi]. Roman (5374)
Abgrundtief [C wie Callahan]. Roman (42659)
Ruhelos [D wie Drohung]. Roman (43701)
Kleine Geschenke [E wie Eigennutz]. Roman (43702)
Sie kannte ihn flüchtig [F wie Fälschung]. Roman (44854)
Hoher Einsatz [G wie Galgenfrist]. Roman (44855)
Stille Wasser [*'J' is for Judgement*]. Roman (43358)
Frau in der Nacht [K wie Käuflich]. Roman (42638)
Letzte Ehre [L wie Leichtsinn]. Roman (42639)
Goldgrube [M wie Missgunst]. Roman (44394)
Kopf in der Schlinge [N wie Niedertracht]. Roman (44889)
Gefährliche Briefe [O wie Opfer]. Roman (41653)
Tödliche Gier [P wie Panik]. Roman (45095)

Sue Grafton

In aller Stille

[B wie Bruch]

Ein Kinsey-Millhone-Roman

Aus dem Amerikanischen von
Birgit Herrmann

GOLDMANN

Der Roman ist bereits unter dem Titel »B wie Bruch«
auf Deutsch erschienen.
Die amerikanische Originalausgabe erschien 1985
unter dem Titel »B Is for Burglar« bei Henry Holt, New York.

Umwelthinweis:
Alle bedruckten Materialien dieses Taschenbuches
sind chlorfrei und umweltschonend.
Das Papier enthält Recycling-Anteile.

Neuausgabe Oktober 2001

Umschlaggestaltung: Design Team München
Umschlagfoto: Photonica / Johner
Satz: DTP-Service Apel, Hannover
Druck: Elsnerdruck, Berlin
Krimi 5467
JE · Herstellung: Max Widmaier
Made in Germany
ISBN 3-442-05467-2
www.goldmann-verlag.de

3 5 7 9 10 8 6 4 2

Für Steven,
der mich durchschaut

Die Autorin möchte sich bei folgenden Menschen für ihre unschätzbare Hilfe bedanken: Steven Humphrey; John Carroll; Brenda Harman, D.D.S.; Billie Moore Squires; De De LaFond; William Fezler, Ph. D.; Jay Schmidt; Judy Cooley; Bill Pronzini und Marcia Muller; und Joe Driscoll von Driscoll and Associates Investigations, Columbus, Ohio.

Prolog

Wenn alles gelaufen ist, möchte man sich natürlich ohrfeigen für all das, was man nicht rechtzeitig gesehen hat. Vielleicht die Hätte-ich-das-geahnt-Schule der Privatdetektive. Mein Name ist Kinsey Millhone, und die meisten meiner Berichte beginnen auf die gleiche Weise. Ich fange an, indem ich erkläre, wer ich bin und was ich mache, als ob ich durch das Aufzählen der immer gleichen, wenigen grundlegenden Fakten all das begreifen könnte, was danach kommt.

Ein paar Stichworte zu meiner Person. Ich bin weiblich, zweiunddreißig Jahre alt, allein stehend, selbstständig. Mit zwanzig ging ich zur Polizeiakademie und fing nach meiner Abschlussprüfung beim Santa Teresa Police Department an. Heute kann ich mich nicht einmal daran erinnern, wie ich mir den Job eigentlich vorgestellt hatte, bevor ich damit anfing. Ich muss vage idealistische Ahnungen von Recht und Ordnung gehabt haben – die Guten gegen die Schlechten. Und meine Rolle dabei sollte sein, hin und wieder vor Gericht zu erscheinen, wo man mich um eine Aussage bitten würde, was wozu gehörte. Meiner Ansicht nach sollten die Schlechten alle in den Knast wandern, damit wir Verbleibende sicher weiterleben konnten. Nach einer Weile war mir klar geworden, wie naiv ich war. Ich war frustriert von den Einschränkungen und frustriert, weil man weibliche Polizisten damals mit einer Mischung aus Neugier und Spott betrachtete. Ich wollte nicht den Rest meines Lebens damit verbringen, mich gegen »harmlose« Beleidigungen zu wehren oder immer wieder beweisen zu müssen, wie hart ich war. Ich verdiente nicht genug, um mich mit all diesem Kram herumzuschlagen, also stieg ich aus.

Zwei Jahre lang probierte ich ein ganzes Sortiment von Berufen aus, aber keiner hatte dieselbe Anziehungskraft. Was immer man an der Polizeiarbeit auszusetzen hat, sie bringt jedenfalls diesen fiebrig-kranken Nervenkitzel eines Lebens auf Messers Schneide mit sich. Ich war süchtig nach dem Adrenalinstoß, und ich konnte nicht mehr zurück zum Alltäglichen.

Schließlich kam ich zu einer kleinen Privatdetektivfirma, bei der ich zwei Jahre verbrachte, um das Geschäft zu lernen. Danach eröffnete ich mein eigenes Büro, ordnungsgemäß eingetragen und zugelassen. Ich habe es nun seit fünf Jahren, und es sichert mir einen bescheidenen Unterhalt. Heute bin ich klüger als früher und habe mehr Erfahrung, aber Tatsache bleibt, dass ich nie weiß, was als Nächstes geschehen wird, wenn sich wieder mal ein Klient mir gegenüber in den Stuhl auf der anderen Seite des Schreibtisches setzt.

I

An jenem Morgen war ich gerade seit zwanzig Minuten im Büro gewesen. Ich hatte die Glastüren geöffnet, die zu dem im zweiten Stock gelegenen Balkon führten, um etwas frische Luft hereinzulassen, und ich hatte die Kaffeemaschine angestellt. Es war Juni in Santa Teresa: Das bedeutete kühlen Morgennebel und dunstige Nachmittage. Es war noch keine neun Uhr. Ich sortierte gerade die Post des vergangenen Tages, als ich ein Klopfen an der Tür hörte und eine Frau hereinrauschen sah.

»Oh, gut. Sie sind da«, begann sie. »Sie müssen Kinsey Millhone sein. Ich bin Beverly Danziger.«

Wir gaben uns die Hände, und sie setzte sich gleich und wühlte in ihrer Tasche. Sie fand eine Packung Filterzigaretten und klopfte sich eine heraus.

»Ich hoffe, Sie haben nichts dagegen, dass ich rauche«, sagte sie und zündete die Zigarette an, ohne auf eine Antwort zu warten. Sie inhalierte und löschte dann das Streichholz mit einem Mund voll Rauch, während sie vergeblich nach einem Aschenbecher suchte. Ich nahm einen von meinem Aktenschrank, wischte den Staub ab und reichte ihn ihr hinüber, wobei ich ihr gleichzeitig einen Kaffee anbot.

»Ja, gern, warum nicht?«, meinte sie mit einem Lachen. »Ich bin heute Morgen sowieso schon nervös, also kommt es darauf auch nicht mehr an. Ich bin gerade aus Los Angeles hier hochgefahren, mitten durch den Berufsverkehr. Puh!«

Während ich ihr einen Becher Kaffee eingoss, taxierte ich sie schnell. Nach meiner Schätzung war sie Ende Dreißig; klein, energisch, gepflegt. Ihre Haare waren glänzend schwarz und ziemlich glatt. Der Schnitt war gerade und perfekt gelegt, so dass er ihr schmales Gesicht wie eine Badekappe einrahmte. Sie hatte hellblaue Augen, schwarze Wimpern und einen klaren Teint mit nur einem Hauch von Rouge auf jedem Wangenknochen. Sie trug einen blassblauen Baumwollpullover mit rundem Halsausschnitt und einen blassblauen Popelinrock. Die Tasche, die sie bei sich hatte, war aus hochwertigem Leder, weich und biegsam, und hatte eine Menge kleiner Reißverschlusstaschen, die Gott weiß was enthielten. Ihre Nägel waren lang, spitz und zugefeilt und rosarot lackiert, und sie trug einen Trauring, der mit Rubinen gespickt war. Sie strahlte Selbstbewusstsein und ein gewisses sorgloses Gefühl für Stil aus, konservativ verpackt wie das Gratisgeschenkpapier eines Klasse-Kaufhauses.

Kopfschüttelnd lehnte sie das Angebot von Milch und Zucker ab, also gab ich Halbe-Halbe in meinen eigenen Becher und kam zur Sache.

»Wie kann ich Ihnen helfen?«

»Ich hoffe, Sie können meine Schwester finden«, sagte sie.

Wieder durchsuchte sie ihre Handtasche. Sie nahm ihr Adressbuch, ein Füllhalter-Kugelschreiber-Set aus Rosenholz und einen schmalen weißen Briefumschlag heraus, den sie auf den Rand meines Schreibtisches legte. Ich habe selten jemanden in solcher Selbstvergessenheit gesehen, aber es wirkte nicht reizlos. Als ob sie sich dieser Wirkung bewusst wäre, lächelte sie schnell zu mir herüber. Sie öffnete das Adressbuch, drehte es in meine Richtung und deutete mit ihrem rosafarbenen Fingernagel auf eine der Eintragungen.

»Sie werden sich sicher die Adresse und die Telefonnummer notieren wollen«, meinte sie. »Sie heißt Elaine Boldt. Sie hat eine Eigentumswohnung in der Via Madrina, und das andere hier ist ihre Adresse in Florida. Sie verbringt etliche Monate im Jahr unten in Boca.«

Ich war irgendwie verwirrt, aber ich schrieb mir die Adressen auf, während sie ein offiziell aussehendes Dokument aus dem langen weißen Briefumschlag nahm. Sie las es sich kurz durch, als ob sich der Inhalt geändert haben könnte, seitdem sie ihn das letzte Mal gesehen hatte.

»Seit wann wird sie vermisst?«, fragte ich.

Beverly Danziger sah mich beunruhigt an. »Tja, ich weiß nicht, ob sie wirklich ›vermisst‹ wird. Ich weiß einfach nur nicht, wo sie steckt, und ich brauche ihre Unterschrift für diese Papiere. Ich weiß, es hört sich merkwürdig an. Sie hat nur auf ein Neuntel Anspruch, und möglicherweise kommen nicht mehr als zwei- oder dreitausend Dollar dabei heraus, aber das Geld kann so lange nicht verteilt werden, bis wir nicht ihre beglaubigte Unterschrift haben. Hier, sehen Sie selbst.«

Ich nahm das Dokument und las mir den Inhalt durch. Es war von einer Anwaltskanzlei in Columbus, Ohio, ausgestellt, und es war voller Anordnungen, Zuerkennungen, Einschränkungen und dergleichen mehr. Es lief darauf hinaus, dass ein Mann namens Sidney Rowan gestorben war und den verschiedenen aufgeführten Menschen Teile seines Vermögens hinterlassen hatte. Beverly Danziger wurde als dritte Partei genannt, mit einer Adresse in Los Angeles, und Elaine Boldt stand an vierter Stelle, mit einer Adresse hier in Santa Teresa.

»Sidney Rowan war eine Art Cousin von uns«, fuhr sie geschwätzig fort. »Ich glaube nicht, dass ich diesen Mann jemals getroffen habe, aber ich erhielt diese Benachrichtigung, und ich nehme an, Elaine hat ebenfalls eine bekommen. Ich unterschrieb den Vordruck und ließ ihn beglaubigen. Dann sandte ich ihn ab und dachte nicht weiter darüber nach. Aus dem ersten Brief können Sie ersehen, dass dies alles vor sechs Monaten geschah. Und dann, siehe da, rief mich in der letzten Woche der Anwalt an … wie war doch gleich sein Name?«

Ich warf einen Blick auf das Schriftstück. »Wender«, sagte ich.

»Ach ja, richtig. Ich weiß gar nicht, warum ich das immer wieder verdränge. Na, jedenfalls rief mich Mr Wenders Büro an, um mir mitzuteilen, dass sie noch nichts von Elaine gehört hätten. Natürlich nahm ich an, dass sie wie üblich nach Florida gefahren sei und einfach vergessen hätte, sich ihre Post nachsenden zu lassen, also setzte ich mich mit der Hausmeisterin ihrer Wohnanlage hier in Verbindung. Sie hat seit Monaten nichts mehr von Elaine gehört. Also, anfangs schon noch, aber nicht mehr in letzter Zeit.«

»Haben Sie versucht, in Florida anzurufen?«

»Soweit ich weiß, hat der Anwalt es mehrere Male versucht. Offensichtlich lebt eine Freundin bei ihr, und Mr Wender hat seinen Namen und seine Telefonnummer bei ihr hinterlassen, aber Elaine rief nicht zurück. Tillie erging es ebenso.«

»Tillie?«

»Die Frau, die die Anlage hier führt, wo Elaine ihren ständigen Wohnsitz hat. Tillie hat immer die Post nachgesandt, und sie sagt, Elaine hat ihr normalerweise alle paar Wochen eine kleine Nachricht zukommen lassen, aber nun hat sie seit März nichts mehr von ihr gehört. Offen gesagt, das Ganze ist mehr ein Ärgernis als sonst etwas, aber ich habe nicht die Zeit, sie selbst aufzuspüren.« Beverly nahm einen letzten Zug von ihrer Zigarette und drückte sie dann mit einer Reihe klopfender Bewegungen aus.

Ich machte mir immer noch Notizen, doch vermutlich war mir die Skepsis anzusehen.

»Was ist? Gehört das nicht zu Ihrer Arbeit?«

»Doch, aber ich berechne dreißig Dollar die Stunde plus Spesen. Wenn es hier nur um zwei- oder dreitausend Dollar geht, frage ich mich, ob es Ihnen das wirklich wert ist.«

»Oh, ich habe allerdings vor, mich durch Elaines Anteil an dem Nachlass voll entschädigen zu lassen, da schließlich sie es ist, die diesen ganzen Ärger verursacht. Ich meine, es geht einfach nicht weiter, solange ihre Unterschrift nicht herbeigeschafft werden kann. Ich muss sagen, das ist mal wieder typisch für sie.«

»Angenommen, ich muss runter nach Florida fliegen, um sie zu suchen. Selbst wenn ich nur die Hälfte meines üblichen Stundenlohns für die Reisezeit berechne, würde es Sie ein Vermögen kosten. Hören Sie, Mrs Danziger –«

»Beverly, bitte.«

»Okay, Beverly. Ich möchte Sie in Ihrem Vorhaben nicht entmutigen, aber, ehrlich gesagt, es hört sich an, als könnten Sie das genauso gut selbst machen. Ich würde Ihnen sogar gerne ein paar Tipps geben.«

Beverly lächelte mich an, aber das Lächeln hatte eine gewisse Schärfe, und endlich wurde mir klar, dass sie daran gewöhnt war, ihre Vorstellungen durchzusetzen. Ihre Augen starrten wie aus Porzellanlasur und wirkten blau und starr wie Glas. Die schwarzen Wimpern zwinkerten mechanisch.

»Elaine und ich stehen nicht auf bestem Fuße miteinander«, sagte sie ruhig. »Ich glaube, ich habe dieser Sache schon genug Zeit geopfert, aber ich habe Mr Wender versprochen, dass ich sie finde, damit der Nachlass geregelt werden kann. Er steht unter dem Druck der anderen Erben, und er übt diesen Druck wiederum auf mich aus. Ich kann Ihnen einen Vorschuss geben, wenn Sie möchten.«

Wieder wühlte sie in ihrer Tasche herum und kam diesmal mit einem Scheckbuch heraus. Sie öffnete den Rosenholzfüllhalter und sah mich an.

»Sind siebenhundertfünfzig Dollar genug?«

Ich griff in meine Schreibtischschublade. »Ich werde einen Vertrag aufsetzen.«

Ich ging mit dem Scheck zur Bank rüber und holte mein Auto vom Parkplatz hinter dem Büro. Dann fuhr ich zu Elaine Boldts Adresse in die Via Madrina. Es war nicht weit von der Stadtmitte entfernt.

Ich dachte, dies wäre eine Routinesache, die ich in ein oder zwei Tagen erledigt haben würde, und ich dachte mit Bedauern daran, dass ich wahrscheinlich die Hälfte des Geldes, das mir gutgeschrieben worden war, wieder zurückzahlen müsste. Nicht, dass ich besonders viel zu tun gehabt hätte – das Geschäft lief schlecht.

Die Umgebung, in der Elaine Boldt lebte, war eine Mischung aus bescheidenen 30er-Jahre-Bungalows und gelegentlichen Apartmentkomplexen. Noch überwogen die kleinen Holz- und Stuckhäuser, aber die Grundstücke wurden eins nach dem anderen für kommerzielle Zwecke umgewandelt. Heilpraktiker zogen ein und Zahnärzte, die zu einem Sonderpreis bereit waren, ihre Patienten in einen Dämmerschlaf zu versetzen, damit diese ihre Zähne schmerzfrei gereinigt bekommen konnten. KÜNSTLICHE GEBISSE IN EINEM TAG – KREDIT. Es war beunruhigend. Was würden sie mit einem machen, wenn man die Rate für den oberen Gaumen nicht mehr bezahlen konnte? Die Gegend war noch weitgehend intakt – alte Rentner, die hartnäckig versuchten, ihre Hortensiensträucher aufzupäppeln –, aber Grundstücksgesellschaften würden schließlich alles niedermähen. Es gibt eine Menge Geld in Santa Teresa, und viel davon wird dafür geopfert, der Stadt einen bestimmten »Stil« zu erhalten. Es gibt keine blinkenden Neonlichtreklamen, keine Slums, keine Rauch speienden Industriebetriebe, die die Landschaft verschandeln können. Überall gibt es Stuck, rote Ziegeldächer, Kletterpflanzen, ächzende Balken, Lehmziegelmauern, gewölbte Fenster, Palmen, Balkone, Farne, Springbrunnen und blühende Blumen. Restaurationen im Überfluss. Alles ist merkwürdig verwirrend – so üppig und kultiviert, dass es einen für jeden anderen Ort verdirbt.

Als ich Mrs Boldts Adresse gefunden hatte, parkte ich meinen Wagen vor der Tür, schloss ihn ab und verbrachte ein paar Minuten damit, die Lokalitäten zu inspizieren. Die Wohnanlage war eine Kuriosität. Das Gebäude selbst war hufeisenförmig gebaut, mit weiten Ausläufern zur Straße hin; es war drei Etagen hoch und hatte eine Tiefgarage. Eine seltsame Mischung aus Moderne und nachgemachtem Spanisch. Rundbögen und Balkone zierten die Front, hohe schmiedeeiserne Tore führten in einen palmenbepflanzten Hof, doch die Seiten- und Rückwände des Gebäudes waren schmucklos und langweilig, als hätte der Architekt mediterranes Furnier auf eine kahle Sperrholzkiste geklebt und einen Rand roter Ziegel oben drauf gefügt, um ein ganzes Dach vorzutäuschen, wo es keins gab. Sogar die Palmen wirkten wie aus Pappe ausgeschnitten und mit Holzstäben aufrecht gehalten.

Ich durchquerte den Hof und gelangte in eine von Glas umgebene Vorhalle, in der sich auf der rechten Seite eine Reihe von Briefkästen und Klingeln befand. Zu meiner Linken konnte ich durch eine weitere Reihe von Glastüren, die offensichtlich verschlossen waren, einige Aufzugstüren und einen Notausgang sehen. Im Eingang hatte man kunstvoll einige riesige Topfpflanzen arrangiert. Geradeaus führte eine Tür in den Innenhof, in dem leuchtend gelbe Liegestühle um einen Swimming-Pool gruppiert waren. Ich las mir die Namen der Mieter durch, die auf Plastikprägestreifen neben jeder Türklingel standen. Es gab vierundzwanzig Wohnungen. Die Hausmeisterin, Tillie Ahlberg, bewohnte das Apartment Nr. 1. Eine »E. Boldt« stand neben Apartment 9, von dem ich annahm, dass es in der zweiten Etage lag.

Zuerst klingelte ich bei »E. Boldt«. Von mir aus hätte sie sich an der Gegensprechanlage melden können, und mein Job wäre erledigt gewesen. Es hatte schon seltsamere Dinge gegeben, und ich wollte mich nicht lächerlich machen, indem ich überall nach einer Dame suchte, die ebenso gut inzwischen zu Hause sein konnte. Es gab keine Reaktion, also versuchte ich es bei Tillie Ahlberg.

Zehn Sekunden später knisterte ihre Stimme in der Gegensprechanlage, als würde das Geräusch aus dem Weltraum übermittelt.

»Ja?«

Ich ging näher an die Anlage heran und erhob meine Stimme.

»Mrs Ahlberg? Mein Name ist Kinsey Millhone. Ich bin hier in der Stadt Privatdetektivin. Elaine Boldts Schwester hat mich gebeten, nach ihr zu suchen, und ich dachte, ich könnte vielleicht mit Ihnen sprechen.«

Einen Moment lang war es still, dann kam die zögernde Antwort.

»Nun, ja. Ich wollte eigentlich gerade gehen, aber ich denke, zehn Minuten werden nichts ausmachen. Ich wohne im Erdgeschoss. Kommen Sie durch die Tür rechts vom Aufzug, dann ist es am Ende des Flurs auf der linken Seite.« Der Türöffner summte, und ich drückte die Glastür auf.

Tillie Ahlberg hatte ihre Eingangstür angelehnt gelassen, während sie eine leichte Jacke, ihr Portemonnaie und einen zusammenklappbaren Einkaufswagen, der an einen Flurtisch angelehnt stand, zusammensuchte. Ich klopfte an den Türrahmen, und sie erschien zu meiner Linken. Ich erhaschte einen Blick auf den Kühlschrank und einen Teil der Arbeitsfläche.

Tillie Ahlberg war etwa Mitte sechzig und hatte apricotfarben getöntes Haar in einer Dauerwelle, die aussah, als wäre sie gerade frisch gelegt worden. Die Locken waren wohl ein bisschen krauser geworden, als sie wollte, denn sie setzte sich eine gehäkelte Baumwollmütze auf. Sie war dabei, eine ungehorsame Strähne apricotfarbenen Haars zu verstecken, die wie bei Ronald McDonald immer noch herauslugte. Ihre Augen waren haselnussbraun, und eine puderige Schicht blassrötlicher Sommersprossen überzog ihr Gesicht. Sie trug einen formlosen Rock, Strümpfe und bequeme Schuhe, und sie sah aus, als wäre sie in der Lage, weite Strecken zu bewältigen, wenn sie wollte.

»Ich hoffe, ich war nicht unhöflich«, sagte sie freundlich. »Aber wenn ich morgens nicht als erstes einkaufen gehen kann, ist mir die Laune verdorben.«

»Es wird sowieso nicht lange dauern«, sagte ich. »Können Sie mir sagen, wann Sie zuletzt von Mrs Boldt gehört haben? Ist sie Miss oder Mrs.?«

»Mrs Sie ist Witwe, obwohl sie erst dreiundvierzig Jahre alt ist. Sie war mit einem Mann verheiratet, der eine Unternehmenskette unten im Süden hatte. Wenn ich richtig verstanden habe, starb er vor drei Jahren an einem Herzinfarkt und hinterließ ihr einen Haufen Geld. Daraufhin kaufte sie diese Wohnung. Bitte, wollen Sie sich nicht setzen?«

Tillie wandte sich nach rechts und führte mich in ein Wohnzimmer, das mit imitierten Antiquitäten möbliert war. Ein schwach goldfarbenes Licht drang durch die hellgelben Gardinen, und ich konnte noch die Reste des Frühstücks riechen: Schinken und Kaffee und etwas, das mit Zimt gewürzt gewesen war.

Nachdem sie klargestellt hatte, dass sie es eilig hatte, schien sie bereit, mir so viel Zeit zu opfern, wie ich brauchte. Sie setzte sich auf ein Sofa, und ich suchte mir einen hölzernen Schaukelstuhl aus.

»Soweit ich weiß, ist sie normalerweise um diese Zeit des Jahres in Florida«, sagte ich.

»Ja. Sie hat noch eine andere Eigentumswohnung dort unten. In Boca Raton, wo immer das ist. In der Nähe von Fort Lauderdale, glaube ich. Ich war selbst nie in Florida, deshalb sind diese Städte nichts als Namen für mich. Jedenfalls fährt sie normalerweise um den ersten Februar herum runter und kommt Ende Juli oder Anfang August zurück nach Kalifornien. Sie mag die Hitze, sagt sie.«

»Und Sie senden ihr solange die Post nach?«

Tillie nickte. »Ja, ungefähr einmal die Woche, in Bündeln, je nachdem, wie viel sich angesammelt hat. Und sie schickt mir dann alle paar Wochen eine Nachricht. Eine Postkarte, wissen Sie, auf die sie ein paar Grüße schreibt und wie das Wetter ist und ob ich jemanden in die Wohnung lassen soll, um die Vorhänge reinigen zu lassen oder so was. Dieses Jahr hat sie mir bis zum ersten März geschrieben, und seitdem habe ich kein Wort mehr von ihr gehört. Also, das sieht ihr überhaupt nicht ähnlich.«

»Haben Sie zufällig noch Postkarten?«

»Nein, ich habe sie alle weggeworfen, wie ich das immer tue. Ich sammele solche Dinge nicht. Es gibt so schon zu viel Papier, das sich irgendwo auf dieser Welt stapelt, wenn Sie mich fragen. Ich habe sie gelesen, zerrissen, und mir nie etwas dabei gedacht.«

»Sie hat nicht zufällig erwähnt, dass sie einen kleinen Ausflug oder so machen wollte?«

»Kein Wort. Natürlich geht mich das im Prinzip ja auch nichts an.«

»Wirkte sie besorgt?«

Tillie lächelte gequält. »Nun, es ist schwierig, auf einer Postkarte besorgt zu erscheinen, dafür gibt es nicht genug Platz. Auf mich wirkte sie okay.«

»Haben Sie eine Vermutung, wo sie sein könnte?«

»Keine. Ich kann nur sagen, dass es nicht ihre Art ist, nicht zu schreiben. Ich habe vier- oder fünfmal versucht, sie anzurufen. Einmal war irgendeine Freundin von ihr am Apparat, aber sie war sehr kurz angebunden, und danach tat sich gar nichts mehr.«

»Wer war diese Freundin? Jemand, den Sie kennen?«

»Nein, aber schließlich weiß ich auch nicht, wen sie in Boca kennt. Es hätte sonst wer sein können. Ich habe mir den Namen nicht gemerkt und würde mich auch nicht an ihn erinnern, wenn Sie ihn mir jetzt nennen würden.«

»Was ist mit der Post, die sie bekommt? Kommen ihre Rechnungen noch?«

Sie zuckte die Achseln. »Es sieht so aus. Ich habe nicht so sehr darauf geachtet. Ich sammele einfach alles, was kommt. Ich habe noch etwas da, das ich ihr schicken wollte, wenn Sie das sehen möchten.« Sie stand auf, ging durch den Raum zu einem Eichenschreibtisch und öffnete eine der Glastüren, indem sie den Schlüssel im Schloss herumdrehte. Sie nahm einen kleinen Stapel Briefumschläge heraus und sah ihn durch, dann gab sie ihn mir. »Das sind die Sachen, die sie normalerweise bekommt.«

Ich sah den Stapel ebenfalls schnell durch. Visa, Master-Card, Saks Fifth Avenue. Ein Pelzhändler namens Jacques mit einer Adresse in Boca Raton. Eine Rechnung von einem John Pickett, D. D. S., Inc., gleich um die Ecke von Arbol. Keine persönlichen Briefe.

»Bezahlt sie ihre Nebenkosten auch für das Apartment hier?«

»Ich habe die für diesen Monat schon nachgesandt.«

»Könnte sie verhaftet worden sein?«

Ein Lachen war die Antwort. »Aber nein. Sie nicht. So war sie einfach nicht. Sie hatte keinen Führerschein, wissen Sie, aber sie war bestimmt nicht der Typ, der als Fußgänger einen Strafzettel bekommt.«

»Unfall? Krankheit? Alkohol? Drogen?« Ich fühlte mich wie ein Arzt, der seinen Patienten bei der jährlichen Untersuchung befragt.

Tillie sah skeptisch aus. »Sie könnte in einem Krankenhaus liegen, aber sicher hätte sie uns das wissen lassen. Ich finde das Ganze äußerst merkwürdig, um ehrlich zu sein. Wenn ihre Schwester jetzt nicht bei Ihnen vorbeigekommen wäre, wäre ich vielleicht demnächst zur Polizei gegangen. Da stimmt einfach etwas nicht.«

»Aber es gibt eine Menge Erklärungen für ihre Abwesenheit«, meinte ich. »Sie ist erwachsen. Offensichtlich hat sie Geld und keine dringenden Geschäfte. Sie braucht wirklich niemanden über ihren Aufenthaltsort zu unterrichten, wenn sie nicht will. Sie könnte auf einer Kreuzfahrt sein, oder vielleicht hat sie sich einen Liebhaber genommen und sich mit ihm aus dem Staub gemacht. Vielleicht haben sie und ihre Freundin sich auf eine Vergnügungstour begeben. Es könnte ihr gar nicht klar sein, dass jemand versucht, sie zu erreichen.«

»Darum habe ich bisher nichts unternommen, aber irgendwie gefällt mir das nicht. Ich glaube nicht, dass sie gehen würde, ohne jemandem Bescheid zu sagen.«

»Nun, ich werde das untersuchen. Ich möchte Sie im Moment nicht länger aufhalten, aber ich würde später gern mal ihr Apartment sehen«, sagte ich. Ich stand auf, und Tillie erhob sich automatisch. Ich gab ihr die Hand und dankte für die Hilfe.

»Sammeln Sie doch bitte die Post, die demnächst noch kommt«, sagte ich. »Ich werde ein paar andere Möglichkeiten antesten, aber in ein oder zwei Tagen komme ich noch mal vorbei und lasse Sie wissen, was ich herausgefunden habe. Ich glaube nicht, dass es einen Grund zur Sorge gibt.«

»Das will ich nicht hoffen«, sagte Tillie. »Sie ist eine wunderbare Frau.«

Ich gab Tillie meine Karte, bevor wir zusammen das Haus verließen. Ich war immer noch nicht besorgt, aber meine Neugier war geweckt, und ich war begierig darauf, in diesem Fall weiterzukommen.

2

Auf dem Weg zurück zum Büro hielt ich an der Stadtbücherei. Ich ging zur Handbibliothek und besorgte mir das städtische Adressbuch von Boca Raton. Ich verglich die Anschrift, die ich von Elaine Boldt hatte, mit den dort aufgeführten Adressen. Tatsächlich, sie stand drin, und die Telefonnummer stimmte mit der überein, die man mir gegeben hatte. Ich notierte die Namen einiger anderer Eigentümer von benachbarten Wohnungen und schrieb mir einige Telefonnummern auf. Es schien, als gäbe es dort eine ganze Reihe von Gebäuden in demselben Komplex, und ich vermutete, dass es sich um eine ganze »Plangemeinde« handelte. Es gab ein Geschäft, eine Telefonnummer für den Tennisplatz, ein Kurhaus und einen Fitnessraum. Ich schrieb mir alles auf, um mir eine eventuelle Rückkehr zu ersparen.

Als ich das Büro erreicht hatte, legte ich eine Akte über Elaine Boldt an. Ich trug die Zeit, die ich bisher auf diesen Fall verwendet hatte, und die erlangten Informationen ein. Ich versuchte es mit der Telefonnummer in Florida und ließ das Telefon ungefähr dreißigmal ohne Erfolg klingeln. Dann rief ich das Geschäft der Boca-Raton-Wohnanlage an. Man gab mir den Namen des Hausmeisters in Elaine Boldts Gebäude, einen Roland Makowski, Apartment 101, der nach dem ersten Klingeln abnahm.

»Hier Makowski.«

Ich erklärte ihm so kurz wie möglich, wer ich war, und warum ich versuchte, Elaine Boldt zu erreichen.

»Sie ist dieses Jahr nicht runtergekommen«, sagte er. »Normalerweise ist sie um diese Zeit hier, aber ich vermute, dass sie ihre Pläne geändert hat.«

»Sind Sie sicher?«

»Na ja, ich habe sie nicht hier gesehen. Ich war tagein, tagaus oben und unten und rund um dieses Gebäude herum, und ich habe sie nicht einmal gesehen. Das ist alles, was ich weiß. Schätze, wenn sie hier ist, muss sie sich ständig an einem Ort aufhalten, wo ich nicht bin«, meinte er. »Ihre Freundin, Pat, ist hier, aber Mrs Boldt ist woanders hingefahren, wurde mir gesagt. Vielleicht kann sie Ihnen sagen, wohin. Ich habe sie gerade dabei erwischt, wie sie Handtücher über das Geländer hängte. Das ist hier nicht erlaubt. Die Balkone sind keine Wäscheständer, und das habe ich ihr gesagt. Sie war wohl sehr verärgert.«

»Können Sie mir ihren Nachnamen sagen?«

»Was?«

»Können Sie mir Pats Nachnamen sagen? Mrs Boldts Freundin.«

»Oh. Ja.«

Ich wartete einen Moment. »Ich habe Bleistift und Papier«, sagte ich.

»Oh. Sie heißt Usher. Sie wohnt zur Untermiete, sagt sie. Wie war Ihr Name noch gleich?«

Ich nannte ihm noch einmal meinen Namen und gab ihm

meine Büronummer, für den Fall, dass er mich erreichen wollte. Es war keine zufrieden stellende Unterhaltung gewesen. Pat Usher schien die einzige Verbindung zu Elaine Boldts Aufenthaltsort zu sein, und ich fand es wichtig, so bald wie möglich mit ihr zu sprechen.

Ich versuchte es ein weiteres Mal mit Elaines Nummer in Florida und ließ das Telefon klingeln, bis mich das Geräusch nervte. Nichts. Sollte Pat Usher noch in dem Apartment sein, so weigerte sie sich konsequent, ans Telefon zu gehen.

Ich prüfte die Liste, die ich von den angrenzenden Apartments gemacht hatte, und versuchte es mit der Telefonnummer eines Robert Perreti, der offensichtlich direkt nebenan wohnte. Keine Reaktion. Ich versuchte es mit der Nummer des Nachbarn zur anderen Seite und ließ das Telefon pflichtbewusst zehnmal klingeln, wie die Telefongesellschaft es uns empfiehlt. Schließlich nahm jemand ab – eine sehr alte Person, der Stimme nach zu urteilen.

»Ja?« Sie hörte sich an, als wäre sie sehr schwach und würde im nächsten Moment anfangen zu weinen. Ich merkte, wie ich unbewusst lauter und sorgfältiger sprach, als hätte ich es mit einer Hörgeschädigten zu tun.

»Mrs Ochsner?«

»Ja.«

»Mein Name ist Kinsey Millhone. Ich rufe aus Kalifornien an und versuche, die Frau, die neben Ihnen im Apartment 315 wohnt, zu erreichen. Wissen Sie zufällig, ob sie da ist? Ich habe es gerade versucht, und ich ließ das Telefon ungefähr dreißigmal ohne Erfolg klingeln.«

»Haben Sie Probleme mit Ihrem Gehör?«, fragte sie mich. »Sie sprechen sehr laut, wissen Sie.«

Ich lachte und brachte meine Stimme wieder auf normale Lautstärke. »Tut mir Leid«, meinte ich. »Ich war mir nicht sicher, wie gut Sie mich hören können.«

»Oh, ich kann sehr gut hören. Ich bin achtundachtzig Jahre

alt und kann keinen Schritt ohne Hilfe machen, aber mit meinen Ohren ist alles in Ordnung. Ich habe jedes dieser dreißig Klingelzeichen durch die Wand mitgezählt, und ich dachte, ich werde verrückt, wenn es noch länger dauert.«

»Ist Pat Usher nicht zu Hause? Ich habe gerade mit dem Hausmeister gesprochen, und der meinte, sie sei da.«

»Allerdings, sie ist da. Ich weiß das, weil sie noch vor wenigen Sekunden eine Tür zugeschlagen hat. Was wollten Sie denn von ihr, wenn ich fragen darf?«

»Ja, eigentlich versuche ich, Elaine Boldt zu finden, aber wenn ich richtig verstanden habe, ist sie in diesem Jahr gar nicht runtergekommen.«

»Das stimmt, und ich war schrecklich enttäuscht. Sie ist Teil einer Bridge-Viererrunde, wenn Mrs Wink und Ida Rittenhouse hier sind, und wir verlassen uns auf sie. Seit letztes Jahr Weihnachten konnten wir keine Hand mehr spielen, und das ist Ida ziemlich auf die Laune geschlagen, wenn Sie die Wahrheit hören wollen.«

»Haben Sie eine Idee, wo Mrs Boldt sein könnte?«

»Nein, habe ich nicht, und ich nehme an, die Frau, die in ihrer Wohnung wohnt, ist auch dabei, auszuziehen. Die Bestimmungen dieser Wohnanlage erlauben keine Untermieter. Ich war überrascht, dass Elaine das zugelassen hat. Wir haben uns zigmal bei der Verwaltung beschwert, und ich glaube, Mr Makowski hat sie aufgefordert, die Wohnung zu räumen. Die Frau stellt sich natürlich stur und behauptet, die Absprache mit Elaine beinhalte auch den ganzen Monat Juni. Wenn Sie mit ihr selbst sprechen wollen, müssen Sie wohl bald hierher kommen. Ich sah, wie sie einige Kartons aus dem Getränkeladen hochbrachte, und ich glaube … ja, ich sollte sagen, ich *hoffe,* sie ist dabei zu packen, während wir uns hier unterhalten.«

»Danke, vielleicht mache ich das. Sie waren mir eine große Hilfe. Wenn ich runterkommen sollte, schau ich bei Ihnen rein.«

»Sie spielen nicht zufällig Bridge, Liebes, oder? Seit sechs

Monaten sind wir nun darauf angewiesen, nur Skat zu spielen, und Ida entwickelt ein ganz schön freches Mundwerk. Mrs Wink und ich können das nicht mehr sehr lange aushalten.«

»Nun ja, ich habe nie gespielt, aber vielleicht kann ich es versuchen«, sagte ich.

»Ein Penny pro Punkt«, sagte sie unvermittelt, und ich musste lachen. Ich rief bei Tillie an. Sie klang außer Atem, als ob sie zum Telefon gerannt wäre.

»Hi, Tillie«, sagte ich. »Ich bin's noch mal, Kinsey.«

»Ich bin gerade vom Markt zurückgekommen«, keuchte sie. »Warten Sie, bis ich wieder Luft bekomme. Puh! Was kann ich für Sie tun?«

»Ich denke, ich sollte mich ein bisschen beeilen und einen Blick auf Elaines Apartment werfen.«

»Warum? Was ist passiert?«

»Nun, die Leute in Florida sagen, sie sei nicht da, also hoffe ich, dass wir herausfinden, wohin sie sonst gefahren sein könnte. Wenn ich gleich noch mal komme, können Sie mich hineinlassen?«

»Ich denke schon. Ich habe nichts vor, außer die Lebensmittel auszuladen, und das dauert höchstens ein paar Minuten.«

Als ich wieder an der Wohnanlage war, meldete ich mich über die Gegensprechanlage bei ihr. Sie ließ mich hinein und empfing mich dann an der Aufzugtür mit dem Schlüssel zu Elaines Apartment. Während wir in den zweiten Stock hinauffuhren, klärte ich sie über die Details meines Gesprächs mit Elaines Hausmeister in Florida auf.

»Sie meinen, niemand da unten hat sie überhaupt gesehen? Ja, dann stimmt etwas nicht«, sagte sie. »Ganz bestimmt. Ich weiß, dass sie weggefahren ist, und ich weiß, dass sie auf jeden Fall vorhatte, nach Florida zu fliegen. Ich sah aus dem Fenster, wie das Taxi kam, hupte und sie einstieg. Sie hatte ihren guten Pelzmantel und die dazu passende Pelzkappe an. Sie reiste bei

Nacht, was sie eigentlich nicht mochte, aber sie fühlte sich nicht gut und dachte, eine Klimaveränderung könnte helfen.«

»Sie war krank?«

»Nun ja. Ihre Nebenhöhlen waren verstopft, und sie hatte diese schreckliche Kopfgrippe oder Allergie oder was auch immer. Ich will ja nichts sagen, aber sie war ein bisschen hypochondrisch veranlagt. Sie rief mich an und sagte, sie habe sich entschlossen, sofort hinunterzufahren, beinahe auf der Stelle. Eigentlich sollte es erst zwei Wochen später losgehen, aber der Arzt hatte gesagt, es könnte ihr gut tun, und ich glaube, sie buchte den ersten Flug, den sie bekommen konnte.«

»Wissen Sie, ob sie ein Reisebüro in Anspruch genommen hat?«

»Ich bin ziemlich sicher, dass sie es getan hat. Wahrscheinlich eines in der Nähe. Da sie kein Auto fuhr, bevorzugte sie Geschäfte, die sie zu Fuß erreichen konnte, wenn es ging. Wir sind da.«

Tillie war vor Apartment 9 stehen geblieben, das im zweiten Stock, direkt über ihrem eigenen, lag. Sie schloss die Tür auf und folgte mir hinein.

Das Apartment war dunkel, die Vorhänge zugezogen, die Luft trocken und unbewegt. Tillie durchquerte das Wohnzimmer und öffnete die Vorhänge.

»War jemand in der Wohnung, seitdem sie gefahren ist?«, fragte ich. »Reinigungsfrau? Handwerker?«

»Nicht dass ich wüsste.«

Wir schienen beide unsere Bibliothekslautstärke zu benutzen, denn es hat etwas Beunruhigendes an sich, in einer fremden Wohnung zu sein, wenn man nicht sollte. Ich fühlte, wie mir ein feiner Stromstoß durchs Mark schoss.

Wir machten schnell eine Runde durch die Wohnung, und Tillie meinte, ihr schiene alles normal zu sein. Nichts Besonderes. Nichts am falschen Platz. Sie ging dann, und ich sah mich allein um und nahm mir die Zeit, es gründlich zu tun.

Es war eine Eckwohnung, zweiter Stock Vorderseite, mit

Fenstern an zwei Wänden. Ich nahm mir eine Minute Zeit, um auf die Straße zu sehen. Es fuhren keine Autos vorbei. Ein Junge mit Irokesenschnitt lehnte an einem geparkten Wagen direkt unter mir. Die Seiten seines Kopfes waren so kurz geschoren, als stünde er vor seiner Hinrichtung, und der verbliebene Streifen Haar stand hoch wie trockenes Gras auf dem Mittelstreifen eines Highway. Es war in einer Rosaschattierung getönt, die ich nicht mehr gesehen hatte, seitdem Hot Pants aus der Mode waren. Er sah aus wie sechzehn oder siebzehn und trug eine leuchtend rote Fallschirmjägerhose, die in seine Kampfstiefel gesteckt war, und ein oranges Army-Hemd mit einer Aufschrift auf der Brust, die ich von hier aus nicht lesen konnte. Ich beobachtete, wie er sich einen Joint drehte und ihn anzündete.

Ich ging zu den Seitenfenstern, von denen aus man auf die ebenerdigen Fenster des kleinen Holzhauses nebenan sehen konnte. Das Dach war von einem Feuer zerstört, und die Dachbalken des Hauses waren porös wie die zerbrechlichen Gräten eines zu lange gekochten Fisches. Die Tür war mit Brettern vernagelt, die Scheiben aus den Fenstern herausgebrochen, offensichtlich durch die Hitze. Ein ZU VERKAUFEN-Schild war in das tote Gras gerammt worden wie ein zerbrechlicher Grabstein. Keine besonders schöne Aussicht für eine Eigentumswohnung, die Elaine nach meiner Schätzung über hunderttausend Dollar gekostet haben musste. Ich zuckte die Achseln und ging in die Küche.

Arbeitsfläche und Küchengeräte glänzten. Der Fußboden war unverkennbar gewischt und gewachst worden. Die Schränke waren ordentlich gefüllt mit Lebensmitteln in Dosen, einschließlich etwas Katzenfutter. Der Kühlschrank war leer, mit Ausnahme der üblichen Tür voll mit Oliven und Mixed Pickles und Senf und Marmelade. Der elektrische Herd war nicht mehr angeschlossen, die Schnur hing vor dem Zifferblatt der Uhr, auf der es 8.20 Uhr war. Eine leere braune Papiertüte war in den Plastikabfalleimer unter dem Waschbecken gesteckt und sorgfältig über dessen Rand gestülpt worden. Es sah so aus, als ob Elaine Boldt die Wohnung systematisch für eine lange Abwesenheit vorbereitet hatte.

Ich verließ die Küche und schlenderte in den Flur. Der Grundschnitt war offenbar ein Duplikat von Tillies Apartment darunter. Ich ging durch einen kleinen Korridor und warf einen Blick zu meiner rechten in ein kleines Bad mit einem Waschbecken, das wie eine versenkte Marmormuschel geformt war, und vergoldeten Armaturen und goldgepunkteten Spiegelkacheln an einer Wand. Der kleine geflochtene Papierkorb unter dem Waschbecken war leer bis auf ein feines, graubraunes Haarbüschel, das an einer Seite hängen geblieben war, wie ein kleiner Haarknäuel, der entsteht, wenn man eine Bürste säubert.

Dem Badezimmer gegenüber befand sich ein kleiner Raum, in dem ein Schreibtisch, ein Fernseher, ein Sessel und eine Liege standen. Die Schreibtischschubladen enthielten das übliche Sortiment von Kugelschreibern, Büroklammern, Notizzetteln und Mappen. Im Moment sah ich keinen Anlass, diese Sachen genauer zu untersuchen. Zufällig sah ich ihren Sozialversicherungsausweis und notierte mir ihre Mitgliedsnummer. Dann verließ ich den kleinen Raum und ging in das große Schlafzimmer, an das ein Bad grenzte.

Durch die zugezogenen Vorhänge wirkte das Schlafzimmer düster, aber auch hier schien alles in Ordnung zu sein. Auf der rechten Seite befand sich ein begehbarer Wandschrank, der groß genug war, um ihn unterzuvermieten. Einige der Kleiderbügel waren leer, und in den Sachen, die auf den Regalbrettern gestapelt waren, konnte ich Lücken entdecken, wo sie vermutlich etwas eingepackt hatte. In einer Ecke war noch ein kleiner Koffer verstaut, eines dieser teuren Designermodelle, auf denen in Schnörkelschrift ein fremder Name steht.

Wahllos durchsuchte ich Wäscheschubladen. In einigen befanden sich noch Wollpullover in den Plastiktaschen einer chemischen Reinigung. Andere waren bis auf ein oder zwei zurückgelassene Duftkissen leer. Unterwäsche. Etwas Modeschmuck.

Das große Bad war geräumig und ordentlich, und das Medizinschränkchen war ausgeräumt, mit Ausnahme von ein paar rezeptfreien Medikamenten. Ich ging zur Tür zurück, blieb einen Moment lang stehen und betrachtete das Schlafzimmer. Nichts wies hin auf ein Verbrechen oder ein übereiltes Verschwinden, einen Einbruch, Vandalismus, Krankheit, Selbstmord, Trunkenheit, Drogenmissbrauch, geistige Verwirrtheit oder einen kürzlichen Besucher. Sogar die feine Schicht Hausstaub auf den glänzenden Oberflächen der Möbel schien unberührt zu sein.

Ich ging und verschloss die Tür hinter mir. Ich fuhr mit dem Aufzug runter zu Tillie und fragte sie, ob sie ein Foto von Elaine habe.

»Nicht dass ich wüsste«, meinte sie, »aber ich kann sie Ihnen beschreiben, wenn Sie möchten. Sie ist ungefähr so groß wie ich, das heißt so ein Meter achtundsechzig, und zirka hundertundzwanzig Pfund schwer. Sie hat blond gesträhnte Haare, die sie hinter die Ohren kämmt. Blaue Augen.« Tillie hielt inne. »Oh, warten Sie, vielleicht habe ich doch ein Foto. Mir fällt gerade eins ein. Einen Moment.«

Sie verschwand Richtung Arbeitszimmer und kam kurz darauf mit einem Polaroid-Schnappschuss wieder, den sie mir gab. Das Foto hatte einen Stich ins Orange und fühlte sich klebrig an. Die Aufnahme war aus ungefähr sieben Metern Entfernung gemacht worden und zeigte zwei in einem Hof stehende Frauen in voller Größe. Sofort tippte ich darauf, dass die linke Elaine sein musste, glücklich lächelnd, herausgeputzt und elegant, in einer gut geschnittenen Leinenhose. Die andere Frau war mollig um die Hüften, trug ein Brillengestell aus Plastik und eine Frisur, die aussah, als könnte sie unversehrt abgenommen werden. Sie schien Mitte vierzig zu sein und blinzelte verlegen in die Sonne.

»Das wurde im letzten Herbst aufgenommen«, sagte Tillie. »Die Frau links ist Elaine.«

»Wer ist die andere Frau?«

»Marty Grice, eine unserer Nachbarinnen. Also, das ist eine schreckliche Geschichte. Sie starb ... oh, Mensch, ich glaube schon vor sechs Monaten. Mir kommt es noch gar nicht so lange vor.«

»Was ist ihr zugestoßen?«

»Tja, man glaubt, sie hat einen Einbrecher überrascht. Ich nehme an, er brachte sie auf der Stelle um und versuchte dann, das Haus niederzubrennen, um alles zu vertuschen. Es war grauenhaft. Vielleicht haben Sie etwas darüber in der Zeitung gelesen.«

Ich schüttelte den Kopf. Es gibt oft Zeiten, in denen ich überhaupt keine Zeitung lese, aber mir fiel das Nachbarhaus mit seinem verkohlten Dach und den herausgebrochenen Fenstern ein. »Das tut mir Leid«, sagte ich. »Haben Sie etwas dagegen, wenn ich das Foto vorläufig behalte?«

»Nein, bitte.«

Ich sah es mir noch einmal an. Die Vorstellung war etwas beunruhigend, dass hier ein Augenblick vor nicht allzu langer Zeit eingefangen worden war, in dem beide Frauen so sorglos gelächelt hatten und nicht ahnten, dass ihnen etwas Bedrohliches bevorstand. Jetzt war die eine tot, und die andere wurde vermisst. Mir gefiel diese Kombination überhaupt nicht.

»Waren Elaine und diese Frau gut befreundet?«, fragte ich.

»Nicht richtig. Sie spielten ab und zu Bridge zusammen, aber ansonsten verkehrten sie nicht miteinander. Elaine ist den meisten Menschen gegenüber ein bisschen unnahbar. In der Tat war Marty wegen Elaines Art öfter etwas eingeschnappt. Nicht, dass sie mir jemals viel erzählt hätte, aber ich kann mich erinnern, dass sie von Zeit zu Zeit ein bisschen gehässig wurde. Elaine gönnt sich einiges – darüber besteht kein Zweifel –, und sie ist ein bisschen unsensibel gegenüber einigen Leuten, die sich nicht so ein feines Leben wie sie leisten können. Ihr Pelzmantel ist so ein Beispiel. Sie wusste, dass Leonard und Marty in finanziellen Schwierigkeiten steckten, aber sie musste diesen Mantel jedes Mal tragen, wenn sie zum Bridgespiel rüberging. Für Marty war das natürlich ein rotes Tuch.«

»Ist das derselbe Mantel, den sie trug, als Sie sie das letzte Mal sahen?«

»Ja, genau. Ein Zwölftausend-Dollar-Luchsfellmantel mit passendem Hut.«

»Toll«, bemerkte ich.

»Oh ja, er ist wunderschön. Ich würde meine Eckzähne für solch einen Mantel hergeben.«

»Fällt Ihnen sonst noch etwas zu ihrer Abreise an jenem Abend ein?«

»Kann ich nicht sagen. Sie trug irgendwelches Gepäck – ich nehme an, einen fahrbaren Koffer –, und der Taxifahrer brachte den Rest herunter.«

»Können Sie sich an das Taxiunternehmen erinnern?«

»Ich habe damals wirklich nicht so genau hingesehen, aber normalerweise bestellte sie einen Wagen von City Cab oder Green Stripe, manchmal auch Tipp Top, obwohl sie die nicht besonders mochte. Ich wollte, ich könnte Ihnen mehr sagen. Ich meine, wenn sie hier losgefahren ist, um nach Florida zu fliegen, dort aber nie angekommen ist, wo ist sie geblieben?«

»Genau das will ich herausfinden«, erwiderte ich.

Ich schenkte Tillie ein beruhigend gemeintes Lächeln, aber ich fühlte mich nicht wohl.

Ich fuhr zurück zum Büro und überschlug kurz die Kosten, die mir bisher entstanden waren; ungefähr fünfundsiebzig Dollar für die Zeit bei Tillie und die Zeit, die für die Untersuchung von Elaines Apartment draufgegangen war, plus der Zeit in der Bücherei und am Telefon und die Ferngesprächsgebühren. Ich kannte Privatdetektive, die ihre gesamten Nachforschungen vom Telefon aus führten, aber ich finde das nicht sehr klug. Solange man sich mit den Leuten nicht von Angesicht zu Angesicht beschäftigt, gibt es zu viele Dinge, die man übersehen kann und zu viele Möglichkeiten, getäuscht zu werden.

Ich rief ein Reisebüro an und buchte einen Flug nach Miami und zurück. Er kostete mich neunundneunzig Dollar einfach, dafür musste ich mitten in der Nacht fliegen und durfte weder essen und trinken noch zum Klo gehen. Außerdem ließ ich mir am anderen Ende einen billigen Mietwagen reservieren.

Mein Flugzeug würde erst in etlichen Stunden starten, also fuhr ich nach Hause, absolvierte eine Jogging-Runde von drei Meilen und steckte mir dann Zahnbürste und Zahnpasta in die Tasche und nannte das »Packen«. Später würde ich Elaines Reisebüro ausfindig machen müssen, um in Erfahrung zu bringen, welche Fluggesellschaft sie in Anspruch genommen hatte, und ob sie vielleicht einen Weiterflug nach Mexiko oder in die Karibik gebucht hatte. In der Zwischenzeit hoffte ich, Elaines Freundin in Florida zu erwischen, bevor sie sich aus dem Staub gemacht und mir meine einzige Verbindung zu Elaines Aufenthaltsort genommen hatte.

3

Es war noch dunkel, als das Flugzeug um 4.45 Uhr in Miami landete. Um diese Zeit war der Flughafen nur wenig bevölkert, und die Beleuchtung war gedämpft wie in einer Leichenhalle. In der Gepäckaufbewahrungszone waren Haufen verlassener Koffer in dunklen Schränken mit Glastüren aufeinander gestapelt. Alle Flughafengeschäfte waren geschlossen. Hier und da schliefen Reisende auf den harten Plastikstühlen, den Kopf auf voll gestopfte Baumwollschlafsäcke gebettet, verbeulte Jacken über die Schultern gelegt. Über Lautsprecher wurde ein Passagier zum Informationsschalter gerufen, aber der Name war so verzerrt, dass niemand reagieren würde. Ich hatte im Flugzeug nur eine knappe Stunde schlafen können und fühlte mich zerknittert und missgelaunt.

Ich holte meinen Mietwagen ab, kaufte eine Straßenkarte und war gegen 5.15 Uhr auf der US 1 Richtung Norden unterwegs. Zwanzig Minuten bis Fort Lauderdale, noch mal fünfzehn bis Boca Raton. Die Morgendämmerung verwandelte den Himmel in ein transparentes Grau, und die Wolken waren aufeinander gestapelt wie Blumenkohlköpfe auf einem Marktstand. Das Land zu beiden Seiten des Highway war flach; weißer Sand kroch bis zum Straßenrand hoch. Seegrasbüschel und Zypressen hoben sich gegen den Horizont ab, und Spanisches Moos hing wie zerrissene Lumpen von den Bäumen. Die Luft war bereits feucht und mild, und die orangefarbenen Streifen der aufgehenden Sonne verkündeten einen heißen Tag. Um Zeit totzuschlagen, hielt ich an einem Imbissstand und aß ein braunes und gelbes Zeug, das ich mit einer Tüte Orangensaft hinunterspülte. Das Ganze schmeckte wie Astronautennahrung.

Als ich die Siedlung erreichte, in der Elaine Boldt ihre Eigentumswohnung hatte, war es fast sieben Uhr, und die Sprinkleranlage verteilte ihre Wasserstrahlen über dem kurz geschorenen Rasen. Ich sah sechs oder sieben Gebäude aus Gussbeton, von denen jedes drei Stockwerke hoch war. Überdachte Veranden unterstrichen die niedrigen, sauberen Reihen; Hibiskussträucher fügten knallrote und rosafarbene Farbtupfer hinzu. Ich fuhr kreuz und quer durch die Siedlung und kam langsam über die breiten Straßen bis zum Tennisplatz. Jedes Gebäude schien seinen eigenen Swimming-Pool zu haben, und es hatten sich bereits Leute auf den Plastikliegen ausgestreckt, um sich zu sonnen. Ich fand die Hausnummer, die ich suchte, und fuhr auf einen kleinen Parkplatz vor dem Haus. Das Apartment des Hausmeisters war im Erdgeschoss, die Eingangstür stand offen. Das Fliegengitter schützte vor einem Angriff der großen Insekten Floridas, die schon warnende Geräusche im Gras machten.

Ich klopfte an den Aluminiumrahmen.

»Ich bin direkt vor Ihnen.« Eine Frauenstimme aus peinlicher Nähe.

Ich schirmte meine Augen mit der Hand von der Sonne ab, damit ich erkennen konnte, mit wem hinter dieser Gittertür ich sprach.

»Ist Mr Makowski da?«

Langsam konnte ich durch die Tür die Konturen der Frau ausmachen, wobei ich sah, dass sich ihr Gesicht auf der Höhe meiner Knie befand.

»Moment. Ich habe gerade meine Sit-ups gemacht, und jetzt kann ich nicht aufstehen. Mein Gott, tut das weh.« Sie zog sich in eine kniende Position, wobei sie sich an einem Stuhl festhielt. »Makowski ist in 208, um die Toilette zu reparieren. Was kann ich für Sie tun?«

»Ich versuche, Elaine Boldt zu erreichen. Haben Sie eine Ahnung, wo sie sein könnte?«

»Die Privatdetektivin, die aus Kalifornien angerufen hat?«

»Ja, das bin ich. Ich dachte, ich sollte mal mit jemandem hier unten reden, um zu sehen, ob ich ihr hier auf die Spur komme. Hat sie eine Nachsendeadresse hinterlassen?«

»Nee. Ich wollte, ich könnte Ihnen behilflich sein, aber ich weiß nicht viel mehr als Sie. So, kommen Sie herein.« Sie kam schwankend auf die Beine und hielt die Gittertür auf. »Ich bin Charmaine Makowski, beziehungsweise, was von ihr übrig geblieben ist. Treiben Sie Sport?«

»Na ja, ich jogge, aber das ist fast schon alles«, sagte ich.

»Gut so. Machen Sie niemals Kniebeugen, wenn ich Ihnen raten darf. Ich mache hundert pro Tag, und es tut jedes Mal weh.« Sie war immer noch außer Atem, und ihre Wangen waren von der Anstrengung rosa getönt. Sie war Ende vierzig und trug einen leuchtend gelben Jogginganzug, unter dem sich ihr von einer Schwangerschaft gewölbter Bauch abzeichnete. Sie sah aus wie eine reife Florida-Grapefruit.

»Sie haben es erraten«, lachte sie. »Noch einer dieser kleinen Späße des Lebens. Ich dachte, es wäre ein Tumor, bis es anfing, sich zu bewegen. Schon mal gesehen?«

Sie zeigte auf eine Beule genau unterhalb ihrer Taille. »So sieht ein Bauchnabel aus, der nach außen getreten ist. Es ist peinlich. Makowski und ich dachten, wir könnten keine Kinder bekommen. Ich bin fast fünfzig, und er ist fünfundsechzig. O verdammt, was macht das schon für einen Unterschied? Besser als die Wechseljahre, denke ich. Haben Sie mit dieser Frau in 315 gesprochen? Ihr Name ist Pat Usher, aber das wissen Sie vermutlich schon. Sie behauptet, Elaine habe an sie untervermietet, aber ich bezweifle das.«

»Wie bitte? Mrs Boldt hat nie mit Ihnen über dieses Arrangement gesprochen?«

»Nee. Kein Wort. Ich weiß nur, dass diese Usher vor ein paar Monaten hier auftauchte und einzog. Zuerst hatte niemand etwas dagegen, weil wir alle dachten, es handele sich um einen Zwei-Wochen-Besuch oder so. Für kurze Zeit dürfen die Leute hier wohnen lassen, wen sie wollen, aber die Vorschriften besagen, dass nicht untervermietet werden darf. Kaufinteressenten werden sehr sorgfältig ausgewählt, und wenn wir Untervermietungen erlauben würden, wäre das wie eine Einladung für jeden Hinz und Kunz, hier einzuziehen. Das würde die ganze Gemeinschaft verderben. Na, jedenfalls ging Makowski nach einem Monat hoch, um sich ein bisschen mit ihr zu unterhalten, und sie behauptete, sie habe Elaine für sechs Monate die Miete gezahlt und nicht vor, auszuziehen. Makowski wird fast verrückt dabei.«

»Hat sie einen unterschriebenen Vertrag?«

»Sie hat eine Quittung, aus der zu ersehen ist, dass sie Elaine Geld gezahlt hat, aber es steht nicht darauf, wofür. Makowski ließ ihr einen Räumungsbefehl zustellen, aber sie lässt sich mit dem Auszug reichlich Zeit. Sie haben sie noch nicht getroffen, nehme ich an.«

»Ich wollte gerade zu ihr hoch. Wissen Sie, ob sie da ist?«

»Wahrscheinlich. Sie geht nicht oft raus, außer zum Pool, um an ihrer Bräune zu arbeiten. Bestellen Sie ihr von der Verwaltung, sie soll verschwinden.«

315 lag in der dritten Etage im Winkel des L-förmigen Gebäudes. Noch bevor ich schellte, hatte ich das Gefühl, durch den Spion in der Mitte der Tür beobachtet zu werden. Nach einem Moment wurde die Tür bis auf die Weite der Kette geöffnet, aber es erschien kein Gesicht.

»Pat Usher?«

»Ja.«

»Mein Name ist Kinsey Millhone. Ich bin Privatdetektivin aus Kalifornien. Ich versuche, Elaine Boldt zu finden.«

»Wozu?« Ihre Stimme klang monoton und beherrscht, ohne Rhythmus oder Anmut.

»Ihre Schwester versucht sie zu erreichen, damit sie ein Dokument unterschreiben kann. Können Sie mir sagen, wo sie ist?«

Sie machte eine vorsichtige Pause. »Wollen Sie mir Zeitungen andrehen?«

»Nein.« Ich kramte eine Fotokopie meiner Lizenz hervor und reichte sie durch den Spalt. Sie verschwand sanft wie eine Scheckkarte, die von einem Geldautomaten verschluckt wird. Nach einer Pause kam sie zurück.

»Einen Moment bitte. Ich sehe nach, ob ich ihre Adresse finden kann.«

Sie ließ die Tür, die immer noch durch die Kette gesichert war, offen. Ich sah einen kleinen Hoffnungsschimmer. Vielleicht würde ich vorankommen. Wenn ich Elaine in ein oder zwei weiteren Tagen aufgespürt hätte, könnte ich ganz schön stolz auf mich sein. Manchmal ist das genauso viel wert wie Geld, egal, in welchem Geschäft man ist. Ich wartete und blickte dabei auf die Fußmatte hinab. Der Buchstabe *B* war mit dunklen Borsten auf hellem Grund hervorgehoben. Gibt es in Florida so viel Schmutz, dass eine solche Matte gerechtfertigt wäre? Sie war so rau, dass sie einem die Sohle vom Schuh schmirgeln konnte. Ich sah nach links. Direkt unter der Veranda erblickte ich Palmen mit kleinen Perlenbändern an der Spitze. Pat Usher kam zurück und sprach wieder durch den Spalt.

»Ich muss sie weggeworfen haben. Sie war in Sarasota, als ich das letzte Mal von ihr hörte.«

Ich war es bereits leid, gegen eine Tür zu sprechen, und spürte nun, wie eine Woge von Ärger in mir hochstieg. »Haben sie etwas dagegen, dass ich reinkomme? Es geht um die Regelung einer Erbschaft. Es könnten zwei- oder dreitausend Dollar für sie herausspringen, wenn ich nur ihre Unterschrift bekäme.« Appell an die Habgier, dachte ich. Appell an das geheime Verlangen nach Gewinn. Manchmal gebrauche ich das als Masche, wenn ich einen Schnorrer verfolge, der seine Rechnungen nicht bezahlt hat. Dieses Mal war es sogar die Wahrheit, deshalb hatte meine Stimme diesen wundervoll glaubwürdigen Klang.

»Hat Sie der Hausmeister raufgeschickt?«

»Hören Sie, würden Sie jetzt bitte aufhören, so paranoid zu sein? Ich suche Elaine, und ich will mit Ihnen reden. Sie sind bisher die einzige Person, die eine Ahnung zu haben scheint, wo sie sich aufhält.«

Schweigen. Sie dachte darüber nach, als wäre das hier ein Intelligenztest und sie könnte die Ergebnisse beeinflussen. Ich musste mich beherrschen, sie nicht zu beißen. Dies war die einzige Spur, die ich hatte, und die wollte ich nicht verlieren.

»Okay«, sagte sie widerstrebend, »aber lassen Sie mich erst etwas überziehen.«

Als sie schließlich die Tür öffnete, trug sie einen dieser fließenden, hauchdünnen, bedruckten Kaftane, die man sich über den Kopf zieht, wenn man zu faul ist, Unterhosen anzulegen. Sie hatte ein Pflaster auf der Nase. Ihre Augen waren geschwollen und umringt von blauen und grünen Blutergüssen. Unter jedem Auge hatte sie einen Streifen durchsichtigen Pflasters. Ihre Sonnenbräune war zu einem fahlen Ton verblasst, so dass sie aussah, als hätte sie eine leichte Hepatitis.

»Ich habe mir bei einem Autounfall die Nase gebrochen«, sagte sie. »Ich mag es nicht, wenn man mich so sieht.«

Sie wandte sich von der Tür ab, und der Kaftan schwebte hinter ihr her, als stünde sie in einer Windböe. Ich folgte ihr hinein und schloss die Tür hinter mir.

Die Wohnung wurde von Rattanmöbeln und Pastellfarben beherrscht und roch ein wenig nach Schimmel. Glasschiebetüren an einer Seite des Raums führten auf die abgeschirmte Veranda hinaus, hinter der nur noch üppige grüne Baumkronen und wie in einem Schaumbad aufgetürmte Wolken zu sehen waren.

Sie nahm sich eine Zigarette aus einer bleieingefassten Kristalldose, die auf dem Teetischchen stand, und zündete sie mit dem passenden Tischfeuerzeug an, das tatsächlich funktionierte. Sie setzte sich auf die Couch und stützte ihre nackten Füße am Tischrand ab. Ihre Fußsohlen waren grau.

»Setzen Sie sich doch.« Ihre Augen waren von einem unheimlichen, elektrischen Grün; durch Kontaktlinsen gefärbt, wie ich annahm. Ihre Haare hatten einen dunkelblonden Ton und einen Glanz, den ich meinen eigenen noch nie zu entlocken vermocht hatte. Sie sah mich nun mit Interesse an, aber auf eine leicht amüsierte Art. »Um wessen Vermögen handelt es sich?«

Sie hatte diese Art, bestimmte Fragen zu stellen, ohne am Ende die Stimme zu heben; so als wollte sie an Informationen kommen, indem sie einfach Aussagen machte, auf die ich zu reagieren hatte. Merkwürdig. Irgendwie machte mich das argwöhnisch, und ich merkte, dass ich in der Wahl meiner Worte vorsichtiger wurde.

»Offensichtlich ein Cousin. Jemand aus Ohio.«

»Sie haben ein Formular, das sie unterschreiben soll.«

»Ich möchte zuerst mit ihr reden. Man macht sich Sorgen um sie, weil man nichts von ihr gehört hat. Ich möchte in meinem Bericht etwas darüber erwähnen, wo sie gewesen ist.«

»O mein Gott, jetzt auch noch ein Bericht. Sie war ruhelos. Sie ist umhergereist. Was ist schon dabei?«

»Haben Sie etwas dagegen, wenn ich Sie frage, in welchem Verhältnis Sie zu ihr stehen?«

»Nein, habe ich nicht. Wir sind Freundinnen. Ich kenne sie seit Jahren. Als sie dieses Mal nach Florida kam, wollte sie ein bisschen Gesellschaft.«

»Wann war das?«

»Mitte Januar. Ungefähr.« Sie machte eine Pause und beobachtete die Glut an ihrer Zigarette. Unsere Augen trafen sich wieder, ihre Miene war ausdruckslos.

»Und seitdem wohnen Sie hier?«

»Sicher, warum nicht? Der Mietvertrag für meine Wohnung war gerade ausgelaufen, und sie sagte, ich könne einziehen.«

»Warum ist sie weggefahren?«

»Das müssen Sie sie selbst fragen.«

»Wann haben Sie das letzte Mal von ihr gehört?«

»Vor zwei Wochen oder so.«

»Und da war sie in Sarasota?«

»Jawohl. Wohnte bei Leuten, die sie dort getroffen hatte.«

»Können Sie mir sagen, bei wem?«

»Hören Sie, sie wollte meine Gesellschaft, aber nicht, dass ich ihren Babysitter spiele. Es geht mich nichts an, mit wem sie zu tun hat, also frage ich nicht.«

Ich hatte den Eindruck, dass wir ein Gesellschaftsspiel spielten, bei dem ich unmöglich gewinnen konnte. Pat Usher hatte außerdem die besseren Karten, und das nahm ich ihr übel. Ich versuchte es noch einmal. Sollte es Mrs Peacock mit dem Seil in der Bibliothek gewesen sein?

»Können Sie mir sonst noch etwas mitteilen, das mir weiterhelfen könnte?«

»Mir war nicht klar, dass ich überhaupt schon geholfen habe«, sagte sie mit einem Grinsen.

»Ich habe es mit einem optimistischen Ansatz versucht«, gab ich zurück.

Sie zuckte die Achseln. »Tut mir Leid, dass ich Ihren kleinen Hoffnungsschimmer verdüstern muss. Ich habe Ihnen alles gesagt, was ich weiß.«

»Ich glaube, wir werden es dabei belassen müssen. Ich lasse Ihnen meine Karte hier. Wenn sie noch mal anruft, würden Sie sie bitten, sich bei mir zu melden?«

»Aber klar doch. Kein Problem.«

Ich entnahm meiner Brieftasche eine Karte und legte sie beim Aufstehen auf den Tisch. »Ich hörte, Sie haben Schwierigkeiten mit den Leuten hier.«

»Können Sie sich das vorstellen? Ich meine, was geht es die eigentlich an? Ich habe meine Miete bezahlt. Keine Partys, keine laute Musik. Ich hänge meine Wäsche raus, und der Hausmeister klinkt aus. Kriegt ’nen Anfall. Ich kapier das nicht.« Sie stand auf und brachte mich zur Tür. Der hinterherwehende Kaftan ließ sie größer erscheinen, als sie war. Als ich an der Küche vorbeikam, erspähte ich einige Pappkartons, die neben der Spüle gestapelt waren. Sie drehte sich um und folgte meinem Blick.

»Ich werde mir vielleicht ein kleines Motel in der Nähe suchen, wenn es so weit kommen sollte. Das letzte, was ich gebrauchen kann, wäre ein Sheriff auf meinen Fersen. Übrigens hielt ich Sie zuerst dafür. Sie haben heutzutage weibliche Sheriffs, wussten Sie das? Sherifftessen.«

»Habe ich von gehört.«

»Wie ist das mit Ihnen?«, fragte sie. »Wie sind Sie dazu gekommen, Detektivin zu werden? Eine seltsame Art, sein Geld zu verdienen, finden Sie nicht?«

Nun, da ich gehen wollte, wurde sie richtig gesprächig, und ich fragte mich, ob ich nicht noch ein paar Informationen aus ihr herausquetschen könnte. Sie schien begierig, das Ende des Gesprächs hinauszuzögern, wie jemand, der zu lange mit einer Bande Vorschulkinder eingesperrt war.

»Ich bin in die Detektivarbeit gewissermaßen hineingerutscht«, erwiderte ich, »aber das ist besser, als Schuhe zu verkaufen. Sie arbeiten nicht?«

»Ich nicht. Ich bin im Ruhestand. Ich habe nicht vor, jemals wieder zu arbeiten.«

»Sie haben's gut. Ich habe keine Wahl. Wenn ich nicht arbeite, habe ich nichts zu essen.«

Sie lächelte zum ersten Mal. »Bisher habe ich mein Leben damit verbracht, auf einen Umschwung zu warten. Schließlich dachte ich mir, ich müsste schon selbst für mein Glück sorgen, verstehen Sie, was ich meine? In dieser Welt schenkt Ihnen niemand etwas, das steht fest.«

Ich heuchelte Zustimmung und sah zum Parkplatz hinunter.

»Ich mache mich besser auf den Weg«, meinte ich. »Aber kann ich Ihnen noch eine Frage stellen?«

»Zum Beispiel?«

»Kennen Sie Elaines andere Freunde? Es muss jemanden geben, der weiß, wo man sie erreichen kann, glauben Sie nicht?«

»Da fragen Sie die Falsche. Sie besuchte mich immer in Lauderdale, deshalb kenne ich keinen ihrer Freunde hier.«

»Wie haben Sie diesmal Verbindung aufgenommen? Es scheint ja, als wäre Elaine fast fluchtartig abgeflogen.«

Darüber schien sie einen Moment lang bestürzt zu sein, aber dann gewann sie ihre Haltung wieder. »Ja, das stimmt. Sie rief mich vom Flughafen in Miami an und nahm mich dann auf ihrem Weg hierher mit.«

»In einem Mietwagen?«

»Ja. Ein Oldsmobile Cutlass. Weiß.«

»Wie lange war sie hier, bevor sie wegfuhr?«

Pat zuckte wieder die Achseln. »Ich weiß nicht. Nicht lange. Ein paar Tage, denke ich.«

»Schien sie irgendwie nervös oder aufgeregt?«

Sie schien etwas irritiert über die Frage. »Warten Sie mal. Worauf wollen Sie hinaus? Vielleicht fällt mir etwas Brauchbares ein, wenn ich weiß, was in Ihrem Kopf vorgeht.«

»Wenn ich das selbst so genau wüsste«, sagte ich sanft. »Ich versuche mir einfach vorzustellen, was passiert sein könnte. Die Leute, die sie in Santa Teresa kennt, sagen, es sei ungewöhnlich, dass sie, ohne ein Wort zu sagen, verschwunden ist.«

»Aber sie hat es *mir* ja gesagt. Das habe ich Ihnen erzählt. Was ist sie, ein Kind, das dauernd zu Hause anrufen muss, um Bescheid zu sagen, wo es ist und wann es nach Hause kommt? Wo liegt hier das Problem?«

»Es gibt keins. Ihre Schwester will mit ihr sprechen. Das ist alles.«

»Ja, okay. Ich werde ab und zu ein bisschen empfindlich. Ich habe unter einer Menge Druck gestanden, und ich will ihn nicht bei Ihnen herauslassen. Vielleicht ruft sie demnächst an, dann geb ich ihr Ihren Namen und Ihre Telefonnummer, okay?«

»Prima. Das wäre mir sehr recht.«

Ich hielt ihr die Hand hin, und sie schüttelte sie kurz. Ihre Finger waren trocken und kalt.

»Es war nett, mit Ihnen zu sprechen«, sagte ich.

»Ganz meinerseits«, erwiderte sie.

Ich zögerte und sah mich nochmals nach ihr um. »Wenn Sie in ein Motel ziehen, wie soll Elaine dann wissen, wo Sie zu erreichen sind?«

Das Grinsen war wieder da, aber es gab noch etwas anderes in ihren Augen. »Wie wäre es, wenn ich eine Nachsendeadresse bei Makowski, meinem lieben Hausmeister, hinterlege? Auf diese Art wissen Sie ebenfalls, wo Sie mich finden. Würde das ausreichen?«

»Wahrscheinlich ja. Vielen Dank.«

4

Ich wandte mich um und ging Richtung Treppe. Ich konnte ihren Blick in meinem Rücken fühlen, dann hörte ich, wie die Tür geschlossen wurde. Ich ging weiter zum Parkplatz hinunter, stieg in meinen Wagen und fuhr davon. Ich wollte mit Mrs Ochsner aus dem Nachbarapartment reden, aber ich dachte, es sei besser, damit noch zu warten. Etwas an Pat Usher gefiel mir nicht. Es lag nicht nur daran, dass einiges von dem, was sie mir erzählt hatte, gelogen gewesen war. Ich bin selbst eine geborene Lügnerin und weiß, wie man das macht. Man bleibt so nah wie möglich an der Wahrheit. Man gibt vor, ein paar Informationen freiwillig herauszurücken, aber die Aussagen sind alle sorgfältig gewählt, um den gewünschten Effekt zu erzielen. Pats Problem war, dass sie viel zu weit ausholen musste und mit Ausschmückungen begonnen hatte, wo sie besser den Mund gehalten hätte. Die Geschichte, wie Elaine Boldt sie in Fort Lauderdale in einem gemieteten weißen Cutlass mitgenommen hatte, war so ein Fehlgriff. Elaine hatte keinen Führerschein. Tillie hatte mir das erzählt. Im Moment konnte ich mir noch nicht erklären, warum Pat an dieser Stelle gelogen hatte, aber es musste wichtig sein. Was mich wirklich an ihr gestört hatte, war, dass sie einfach keinen Stil hatte, und es kam mir merkwürdig vor, dass sich Elaine Boldt diese Frau als Freundin ausgesucht haben sollte. Nach dem, was Tillie und Beverly mir erzählt hatten, hatte ich das Gefühl, Elaine sei ein kleiner Snob, und für so eine Person schien mir Pat Usher nicht interessant genug.

Einen halben Block weiter entdeckte ich ein Geschäft, in dem ich zwei Päckchen Karteikarten kaufte, um mir einige Notizen machen zu können. Dann rief ich Mrs Ochsner in 317 an. Endlich nahm sie den Hörer ab.

»Hallo?«

Ich meldete mich und teilte ihr mit, wo ich mich gerade aufhielt. »Ich war eben bei Pat Usher oben und habe mit ihr gesprochen, aber ich wollte sie nicht wissen lassen, dass wir uns kennen. Gibt es eine andere Möglichkeit, uns zu treffen?«

»Tja ... wie aufregend«, meinte Mrs Ochsner. »Was sollen wir tun? Ich könnte mit dem Aufzug zum Wäscheraum hinunterfahren. Er befindet sich direkt am Parkplatz, wissen Sie, und dort könnte ich bei Ihnen einsteigen.«

»Gut«, sagte ich. »In zehn Minuten komme ich vorbei.«

»Sagen wir fünfzehn. Ich bin langsamer, als Sie denken.«

Die Frau, der ich auf den Vordersitz half, war an einem Stock aus dem Wäscheraum herübergehumpelt gekommen. Sie war klein, hatte einen Alte-Frauen-Buckel von der Größe eines Rucksacks und weiße Haare, die ihr vom Kopf abstanden wie Löwenzahnfusseln. Ihre Gesichtshaut war schlaff und verwelkt wie die eines Apfelmännchens. Durch Arthritis waren ihre Hände in eine groteske Form gekrümmt worden, als ob sie beim Schattenspiel Gänseköpfe darstellen wollte. Sie trug ein Hauskleid, das an ihrer knochigen Gestalt herunterhing, und ihre Fußgelenke waren mit elastischen Binden umwickelt. Über ihrem linken Arm trug sie zwei Kleidungsstücke.

»Ich möchte das hier in der Reinigung abgeben«, sagte sie. »Sie können es hineinbringen. Außerdem würde ich gern am Supermarkt Halt machen. Ich habe keine Cornflakes und keine Milch mehr.« Ihr Auftreten war energisch, ihre Stimme zittrig, aber lebendig.

Ich ging um den Wagen herum zu meiner Seite und stieg ein. Ich ließ den Motor an und warf einen Blick zum dritten Stock hoch, um sicherzugehen, dass Pat Usher nicht dort stand und uns beobachtete. Ich fuhr vom Parkplatz hinunter. Mrs Ochsner sah mich forschend an.

»Sie sehen überhaupt nicht so aus, wie Sie sich am Telefon angehört haben«, stellte sie fest. »Ich dachte, Sie seien blond und blauäugig. Welche Augenfarbe haben Sie denn, grau?«

»Haselnussbraun«, erwiderte ich. Ich schob meine Sonnenbrille hoch, damit sie sie sehen konnte. »Wie kommt man von hier aus zur Reinigung?«

»Sie ist direkt neben dem Geschäft, von dem aus Sie anriefen. Wie nennt sich Ihr Haarschnitt?«

Ich sah mich im Rückspiegel an. »Ich glaube, er hat gar keinen Namen. Ich schneide sie selbst, alle sechs Wochen, mit der Nagelschere. Ich lasse meine Haare so kurz, weil ich mich nicht mit ihnen herumärgern will. Warum? Meinen Sie, es sieht nicht gut aus?«

»Ich weiß noch nicht. Möglicherweise passt es zu Ihnen, aber ich kenne Sie nicht gut genug, um das beurteilen zu können. Wie ist das mit mir? Sehe ich aus, wie ich mich anhöre?«

Ich blickte zu ihr hinüber. »Am Telefon klangen Sie wie ein Heißsporn.«

»War ich auch, als ich so alt war wie Sie. Heute muss ich aufpassen, dass man mich nicht einfach als komischen Kauz abschreibt wie Ida. Alle meine guten Freunde sind gestorben, und ich muss mich jetzt mit den Nörglern herumschlagen. Hatten Sie Erfolg in Bezug auf Elaine?«

»Fast keinen. Pat Usher behauptet, sie sei tatsächlich ein paar Tage lang in Boca gewesen und dann weitergefahren.«

»Nein, war sie nicht.«

»Sind Sie sicher?«

»Natürlich. Sie klopfte immer an meine Wand, wenn sie da war. Es war eine Art Code. Das machte sie schon seit Jahren. Innerhalb einer Stunde kam sie dann rüber und traf mit uns Verabredungen zum Bridgespiel, weil sie wusste, wie viel es uns bedeutete.«

Ich parkte vor der Reinigung und nahm die beiden Kleider, die sie über den Sitz gelegt hatte. »Ich bin sofort wieder zurück.«

Ich erledigte die beiden Aufträge, während Mrs Ochsner wartete. Dann unterhielten wir uns im Auto. Ich erzählte ihr von meinem Gespräch mit Pat Usher.

»Was halten Sie von ihr?«, fragte ich.

»Sie ist zu aggressiv«, sagte Mrs Ochsner. »Anfangs versuchte sie, Kontakt zu mir zu knüpfen, wissen Sie. Manchmal, wenn ich auf dem Balkon in der Sonne saß, redete sie mit mir. Sie hatte immer diesen teerigen Geruch von Menschen, die zu viel rauchen, an sich.«

»Worüber unterhielten Sie sich?«

»Nun ja, mit Bildung hatte es jedenfalls nichts zu tun, das kann ich Ihnen sagen. Die meiste Zeit redete sie übers Essen, aber ich habe nie gesehen, dass sie etwas anderes als Zigaretten und Fresca in den Mund steckte. Sie trank ununterbrochen Sprudel, und ihr Mundwerk stand nie still. So etwas Ichbezogenes! Ich glaube nicht, dass sie mich jemals auch nur ein Wort über mich gefragt hat. Es kam ihr einfach nicht in den Sinn. Ich war natürlich zu Tode gelangweilt und begann, ihr aus dem Wege zu gehen. Nun ist sie unhöflich geworden, weil sie weiß, dass ich sie nicht mag. Unsichere Menschen haben eine besondere Sensibilität für alles, das ihre niedrige Meinung über sich selbst bestätigt.«

»Hat sie Elaine erwähnt?«

»Oh ja. Sie sagte, Elaine sei fort auf einer Reise, was mir merkwürdig vorkam. Ich habe noch nie erlebt, dass sie hierher kam und sofort wieder weiterfuhr. Warum sollte sie das tun?«

»Können Sie mir sagen, zu wem sonst Elaine Beziehungen gepflegt haben könnte? Hatte sie Freunde oder Verwandte hier?«

»Darüber müsste ich nachdenken. Auf Anhieb fällt mir niemand ein. Ich vermute, die meisten ihrer guten Freunde wohnen in Kalifornien, da sie dort die meiste Zeit verbringt.«

Wir unterhielten uns noch eine Weile, doch hauptsächlich über andere Dinge. Um Viertel nach elf dankte ich ihr und fuhr sie zum Parkplatz zurück. Ich gab ihr meine Karte, damit sie mich notfalls anrufen konnte, und sah ihr dann nach, wie sie zum Aufzug humpelte. Ihr Gang war unregelmäßig, als würde sie wie eine Marionette von oben an Schnüren bewegt. Sie winkte mir mit ihrem Stock zu, und ich winkte zurück. Sie hatte mir nicht viel Neues gesagt, aber ich hoffte, dass sie mir Bericht erstatten könnte über das, was nach meinem Abflug hier vorging.

Ich fuhr zu einem Parkplatz am Strand hinaus, blieb im Wagen sitzen und machte mir auf meinen Karteikarten Notizen über alles, woran ich mich in dieser Sache erinnern konnte. Es dauerte eine Stunde, und meine Hand verkrampfte sich, aber ich musste es niederschreiben, solange die Details noch frisch waren. Als ich damit fertig war, zog ich meine Schuhe aus, verschloss den Wagen und ging den Strand entlang. Es war zu heiß zum Joggen, außerdem war ich durch den Mangel an Schlaf sowieso träge geworden. Der Wind, der vom offenen Meer herüberkam, war vollgesogen mit dem Geruch von Salz. Die Brandung schien mit halber Geschwindigkeit hereinzurollen, und es gab keine Schaumkronen. Das Meer war von einem leuchtenden Blau, und auf dem Sand verstreut lagen exotische Muscheln. Alles, was ich an kalifornischen Stränden bisher gesehen hatte, waren Knäuel aus Seetang gewesen und gelegentlich die abgebrochenen, vom Meer glattgewaschenen Böden von Colaflaschen. Ich sehnte mich danach, mich am Strand auszustrecken und ein Nickerchen in der heißen Sonne zu machen, aber ich musste weiter.

An einem Straßenstand aus rosafarbenem Schlackenstein aß ich zu Mittag, während ein Radiosender spanischsprachige Programme plärrte, die mir so fremd wie das Essen waren. Ich genoss Schwarze-Bohnen-Suppe und eine *bolsa* – eine Art Tasche aus Blätterteig, die scharf gewürztes Hackfleisch enthielt. Gegen vier Uhr nachmittags saß ich im Flugzeug Richtung Kalifornien. Weniger als zwölf Stunden war ich in Florida gewesen, und ich fragte mich, ob ich Elaine Boldt näher gekommen war. Es war möglich, dass Pat Usher ehrlich gewesen war, als sie behauptete, Elaine sei in Sarasota, aber ich hatte da meine Zweifel. Auf jeden

Fall war ich scharf darauf, nach Hause zu kommen, und ich schlief wie eine Tote, bis das Flugzeug in L. A. landete.

Als ich am nächsten Morgen um neun ins Büro kam, stellte ich eine Routineanfrage an die Meldestelle der Führerscheininhaber beim Straßenverkehrsamt von Tallahassee, Florida, und eine zweite in Sacramento, nur für den Fall, dass Elaine vielleicht irgendwann im letzten halben Jahr ein Führerschein auf ihren Namen ausgestellt worden war. Ähnliche Nachfragen sandte ich an die Kfz-Zulassungsstellen in beiden Orten, nicht unbedingt in der Hoffnung, dass sich die Recherchen auszahlen könnten, sondern nur, um meine Pflicht getan zu haben. Ich legte alle vier Umschläge in meinen Ablagekorb. Dann nahm ich mir das Telefonbuch vor und suchte die Adressen der Reisebüros heraus, die sich in Fußgängerreichweite von Elaines Wohnanlage befanden. Ich hoffte, ihre Buchungen feststellen und erfahren zu können, ob sie ihr Flugticket benutzt hatte. Bisher hatte ich nur Pat Ushers Wort darauf, dass Elaine überhaupt in Miami angekommen war. Vielleicht war sie nicht einmal bis zum Flughafen von Santa Teresa gekommen, oder vielleicht hatte sie ihren Flug irgendwo abgebrochen. Wie es auch gewesen sein mochte, ich musste Punkt für Punkt überprüfen. Ich fühlte mich wie auf einem Fließband, von dem aus ich die Realität wie durch eine Diamantenlupe betrachtete. Im Leben eines Privatdetektivs ist kein Platz für Ungeduld, Zaghaftigkeit oder Schlamperei. Ich denke, dieselben Qualifikationen werden auch von Hausfrauen verlangt.

Die meisten meiner Nachforschungen verlaufen genau wie diese. Endlose Notizen, endlose Quellen, die gecheckt und noch mal gecheckt werden müssen, Spuren, die im Nichts enden. Normalerweise fange ich am gleichen Punkt an und arbeite mich mühsam methodisch voran, wobei ich zuerst nie weiß, was wichtig sein könnte. Alles hängt von Kleinigkeiten ab, von sorgfältig angehäuften Informationen.

Heutzutage ist es schwierig, anonym zu bleiben. Man kann

über fast jeden Informationen einholen: Kreditwürdigkeit auf Mikrofilmen, militärischer Dienstgrad, laufende Verfahren, Trauungen, Scheidungen, Testamente, Geburten, Todesfälle, Führerscheinbesitz, Zulassungen, Kraftfahrzeugregister. Wenn du unsichtbar bleiben willst, zahle alles bar, und wenn du sündigst, lass dich nicht erwischen. Ansonsten kann dich jeder gute Privatdetektiv und sogar jede neugierige und hartnäckige Privatperson aufspüren. Mich erstaunt es, dass der durchschnittliche Bürger nicht paranoider ist. Die meisten unserer persönlichen Daten können von jedermann eingesehen werden. Man muss nur wissen, wie man sie herausbekommt. Was weder Landes- noch Stadtverwaltung in ihren Unterlagen führen, wird einem gewöhnlich der nächste Nachbar gern mitteilen, ohne dass auch nur ein Dollar seinen Besitzer wechselt. Da es keinen direkten Weg zu Elaine Boldt gab, musste ich es eben mit einem indirekten versuchen. Sie hatte Boca zwei Wochen zu früh verlassen und war bei Nacht gereist, was sie Tillie zufolge nicht gern tat. Sie hatte Tillie gesagt, sie sei krank und verlasse die Stadt auf Anordnung des Arztes, aber es gab beim jetzigen Stand der Dinge keinen Beweis für diese Behauptung. Elaine könnte Tillie angelogen haben. Tillie könnte mich angelogen haben. Elaine könnte das Land verlassen und Pat Usher hingesetzt haben, um die Nachricht zu verbreiten, Elaine sei stattdessen in Sarasota. Ich hatte zwar keine Ahnung, warum sie das getan haben sollte, aber schließlich hatte ich ja auch noch eine Menge Boden abzugrasen.

Nachdem sich die Liste der in Frage kommenden Reisebüros auf sechs reduziert hatte, rief ich Beverly Danziger an und berichtete ihr über meinen Ausflug nach Florida. Ich wollte sie auf dem Laufenden halten, auch wenn die Reise nicht viel gebracht hatte. Außerdem hatte ich eine Reihe Fragen an sie.

»Was ist mit Ihrer Familie?«, fragte ich. »Leben Ihre Eltern noch?«

»Oh, nein, sie sind schon vor Jahren gestorben. Wir hatten nie einen besonders ausgeprägten Familiensinn. Ich glaube nicht, dass es Onkel oder Cousins gibt, mit denen sie verkehrte.«

»Was ist mit Jobs? Was hat sie gearbeitet?«

Beverly lachte über diese Frage. »Sie haben offensichtlich noch keine klare Vorstellung von Elaine. Elaine hat niemals in ihrem Leben auch nur einen Finger gerührt.«

»Aber sie hat eine Sozialversicherungskarte«, beharrte ich. »Wenn sie auch nur irgendwann einmal gearbeitet hätte, wäre das ein weiterer Weg, den man verfolgen könnte. Selbst wenn sie nur aus Spaß irgendwo als Bedienung jobbt.«

»Nun, ich glaube nicht, dass sie jemals einen Job hatte, und wenn es so gewesen wäre, würde sie ihn nicht noch mal machen«, sagte Beverly steif. »Elaine war verwöhnt. Sie meinte, sie müsse alles bekommen, und was sie nicht bekam, schnappte sie einem vor der Nase weg.«

Ich war wirklich nicht in der Laune, Beverlys Klagen über ihre Vergangenheit zu lauschen. »Hören Sie, lassen Sie uns doch einfach zur Sache kommen. Ich meine, es wäre das Beste, erst mal eine Vermisstenanzeige aufzugeben. Auf diese Art vergrößern wir unseren Spielraum. Außerdem würden zumindest einige Möglichkeiten ausgeschlossen, und, glauben Sie mir, wo wir uns jetzt befinden, hilft alles.«

Die Stille war so total, dass ich dachte, sie hätte aufgelegt.

»Hallo?«

»Nein, ich bin noch dran«, sagte sie. »Ich verstehe bloß nicht, warum Sie ausgerechnet mit der *Polizei* sprechen wollen.«

»Weil das der nächste logische Schritt ist. Sie könnte natürlich einfach irgendwo in Florida sein, aber nehmen Sie mal an, sie ist es nicht. Warum sollen wir nicht einen umfassenderen Bereich abdecken? Sollen die Cops eine Vermisstenfahndung herausgeben. Soll das Police Department von Boca Raton eine Untersuchung in Sarasota starten, und wir werden sehen, was sie herausfinden. Sie können eine Beschreibung innerhalb der Landes-

und Gemeindepolizei da unten verbreiten und zumindest klarstellen, dass sie nicht krank oder tot oder in Haft ist.«

»Tot?«

»Oh, entschuldigen Sie bitte. Ich weiß, es klingt alarmierend, und möglicherweise liegt nichts dergleichen vor, aber die Cops haben eben Zugang zu Informationen, die ich nicht bekommen kann.«

»Ich glaub's einfach nicht! Ich wollte doch bloß ihre Unterschrift. Ich habe Sie engagiert, weil ich dachte, es wäre der schnellste Weg, sie zu finden. Ich denke nicht, dass das eine Sache für die Polizei ist. Ich meine, ich will einfach nicht, dass Sie das tun.«

»In Ordnung. Was dann? Sie können mich nicht beauftragen, Ihre Schwester für Sie zu finden, und dann alle Möglichkeiten der Nachforschung beschneiden.«

»Ich wüsste nicht, warum ich das nicht könnte, wenn ich sie nicht als angemessen empfinde. Ich verstehe nicht, warum Sie es nicht einfach gut sein lassen können.«

Dieses Mal war ich es, die schwieg. Ich wunderte mich über die Ursache ihrer Unruhe. »Beverly, habe ich Sie jetzt richtig verstanden? Wollen Sie mir sagen, ich soll aufhören?«

»Nun ja, ich weiß nicht recht. Lassen Sie mich darüber nachdenken, dann werde ich Sie wieder anrufen. Ich habe eben nicht gedacht, dass es so problematisch werden könnte, und ich bin mir nicht sicher, ob ich Sie so weitermachen lassen will. Vielleicht kann Mr Wender auch ohne sie klarkommen. Vielleicht findet er ja eine Lücke, die es ihm erlaubt, ihren Anteil an dem Vermögen auszusparen, bis sie auftaucht.«

»Vor zwei Tagen schienen Sie diese Hoffnung nicht zu haben«, meinte ich.

»Vielleicht habe ich einen Fehler gemacht«, erwiderte sie. »Aber wir wollen jetzt nicht weiter darüber nachdenken, okay? Ich werde mich melden, wenn ich möchte, dass Sie weitermachen. Warum schicken Sie mir nicht in der Zwischenzeit einen

Bericht und eine aufgelistete Rechnung? Ich muss mit meinem Mann darüber reden, was jetzt weiter zu tun ist.«

»Einverstanden«, sagte ich verwirrt, »aber ich muss Ihnen sagen, dass ich beunruhigt bin.«

»Nun, das sollten Sie nicht sein«, entgegnete sie, und das Telefon klickte in meinem Ohr.

Ich starrte auf den Hörer. Was sollte das Ganze bloß? Ihre Unruhe war unüberhörbar gewesen, aber ich konnte die Konsequenzen nicht ignorieren. Sie hatte mich zwar nicht geradewegs gefeuert, aber sie hatte mich auf Eis gelegt, und technisch gesehen durfte ich nicht weiterarbeiten, bevor sie mich nicht entsprechend instruiert hatte.

Widerwillig las ich mir meine Karteikarten nochmals durch und tippte einen Bericht. Ich wollte Zeit schinden, und ich wusste es, aber ich war noch nicht in der Lage, die Sache fallen zu lassen. Ich heftete einen Durchschlag in meine Akten und steckte das Original in einen Umschlag, den ich an Beverly adressierte. Ich fügte eine Aufstellung meiner bisherigen Ausgaben hinzu. Sie hatte mir über die siebenhundertfünfzig Dollar Vorschuss hinaus, die sie mir gegeben hatte, noch weitere zweihundertfünfzig Dollar genehmigt, bis zu einer Gesamtsumme, die »eintausend Dollar nicht ohne schriftliche Vereinbarung übersteigen« durfte – was vertragliches Geschwätz war, angesichts der Tatsache, dass wir schon fertig waren. Mit dem Flugpreis, dem Mietwagen, den Ferngesprächen und ungefähr dreißig Arbeitsstunden summierten sich die Gebühren auf 996 Dollar plus Kleingeld. Sie schuldete mir zweihundertsechsundvierzig Dollar. Ich nahm an, sie würde mich ausbezahlen und dann ihre Hände in Unschuld waschen. Meiner Vermutung nach hatte es ihr Spaß gemacht, einen Detektiv zu engagieren und Elaine die Hölle heiß machen zu lassen, die sie geärgert hatte, weil sie ihre Unterschrift nicht wie gewünscht auf die gepunktete Linie gesetzt hatte. Jetzt musste ihr plötzlich klar geworden sein, dass sie in ein Wespennest gestochen hatte.

Ich verschloss das Büro und warf die Briefe auf dem Heimweg in einen Briefkasten. Elaine Boldt wurde nach wie vor vermisst, und das gefiel mir gar nicht.

5

Mein Telefon klingelte um 2.08 Uhr morgens. Automatisch nahm ich den Hörer ab, aber in meinem Kopf herrschte noch völlige Leere.

»Kinsey Millhone.« Die Stimme war männlich und der Klang so neutral, als würde jemand wahllos aus einem Telefonbuch vorlesen. Irgendwie wusste ich, dass es ein Cop war. Sie hören sich alle so an.

»Ja. Wer ist da?«

»Miss Millhone, hier ist Streifenpolizist Benedict vom Santa Teresa Police Department. Wir sind zu einem 594 in die Via Madrina 2097, Apartment 1, gerufen worden, und eine Mrs Ahlberg möchte Sie sehen. Wäre es Ihnen möglich, uns diesbezüglich zu unterstützen? Eine Polizistin ist zwar bei ihr, aber sie fragte speziell nach Ihnen, und wir wären Ihnen dankbar, wenn Sie kommen könnten.«

Ich stützte mich auf dem Ellbogen auf, und einige Gehirnzellen schalteten auf Zündung. »Was ist ein 594?«, fragte ich. »Mutwillige Zerstörung?«

»Ja, Ma'am!«

Es war klar, dass Streifenpolizist Benedict nichts riskieren wollte, indem er voreilig Fakten preisgab.

»Ist Tillie in Ordnung?«, fragte ich.

»Ja, Ma'am. Sie ist unverletzt, aber sie steht unter Schock. Wir hätten Sie wirklich nicht gestört, aber der Lieutenant gestattete, Sie zu benachrichtigen.«

»Ich bin in fünf Minuten da«, sagte ich und hängte ein.

Ich schlug die Steppdecke zurück und griff nach meiner Jeans und meinem Sweatshirt und zog die Stiefel an, ohne von der Couch aufzustehen. Gewöhnlich schlafe ich in der eingeschlagenen Decke, weil das bequemer ist, als die Liegecouch aufzuklappen. Ich ging ins Bad, putzte mir die Zähne und spritzte mir Wasser ins Gesicht. Während ich meine wirren Haare mit den Fingern kämmte, schnappte ich mir die Schlüssel und lief zum Auto. Inzwischen war ich hellwach und fragte mich, über was für eine Art von 594 es ging. Tillie Ahlberg war sicher nicht die Täterin gewesen, sonst hätte sie nicht mich, sondern einen Anwalt rufen lassen.

Die Nachtluft war kalt, und der Nebel hatte sich in der letzten halben Stunde vom Strand heraufgewälzt und die leeren Straßen mit feinem Dunst gefüllt. Ampeln blinkten pflichtbewusst von Rot auf Grün und wieder auf Rot, aber es war nichts los, und ich fuhr so oft wie nötig bei Rot über die Ampel. Ein Streifenwagen parkte vor 2097, und alle Lampen in Tillies Apartment brannten, aber es war offenbar ruhig: keine blinkenden Alarmlichter, keine Nachbarn, die sich auf dem Gehsteig zusammenrotteten. Ich kündigte mich über die Gegensprechanlage an, und jemand ließ mich herein. Ich zwängte mich durch die Tür rechts des Aufzugs und lief schnell den Flur zu Tillies Apartment hinunter. Einige Leute in Bademänteln und Schlafanzügen standen im Flur an der Tür, aber ein Streifenpolizist in Uniform forderte sie auf, wieder ins Bett zu gehen. Er erblickte mich und kam auf mich zu. Die Hände hatte er in die Hüften gestützt, als ob er sonst nicht wüsste, wohin mit ihnen. Er wirkte, als würde man ihn immer noch nach seinem Personalausweis fragen, wenn er einen Drink bestellte, aber aus der Nähe betrachtet, konnte man Spuren seines Alters entdecken: feine Linien um seine Augen und ein leichtes Nachlassen der Spannkraft seiner Haut am Kinn. Seine Augen waren alt, und ich wusste, er hatte bereits mehr vom Leben gesehen, als er verarbeiten konnte.

Ich hielt ihm meine Hand hin. »Sind Sie Benedict?«

»Ja, Ma'am«, sagte er und schüttelte mir die Hand. »Sie sind Mrs Millhone, nehme ich an. Sehr erfreut. Wir sind Ihnen sehr dankbar.« Sein Handschlag war fest, aber kurz. Er nickte zu Tillies Apartmenttür hinüber, die offen stand. »Sie können hineingehen, wenn Sie wollen. Officer Redfern ist bei ihr und nimmt ein paar Einzelheiten auf.«

Ich dankte ihm und ging in das Apartment. Ich sah nach rechts. Das Wohnzimmer sah aus, als hätte es den Weg eines Tornados gekreuzt. Ich blieb stehen und sah es einen Moment an. Vandalismus an einem Ort wie diesem? Ich ging in die Küche. Tillie saß am Tisch und hatte die Hände zwischen die Knie geklemmt. Die Sommersprossen stachen aus ihrem blassen Gesicht hervor wie rote Chilistückchen. Eine uniformierte Polizistin, vielleicht vierzig Jahre alt, saß ebenfalls am Tisch und machte sich Notizen. Sie hatte kurz geschnittenes blondes Haar und ein Muttermal auf der linken Wange, das aussah wie Rosenblätter. Ihr Namensschild wies sie als Isabelle Redfern aus. Sie sprach mit leiser, ernster Stimme zu Tillie, wie jemand, der einen Selbstmörder überzeugen will, nicht zu springen.

Als Tillie mich sah, strömten ihr die Tränen aus den Augen, und sie begann zu zittern, als hätte ihr mein Erscheinen die stillschweigende Erlaubnis gegeben, sich gehen zu lassen. Ich kniete neben ihr nieder und nahm ihre Hände. »Kommen Sie, es ist alles in Ordnung«, tröstete ich sie. »Was ist passiert?«

Sie versuchte zu sprechen, aber erst mal kam nichts außer einem quietschenden Geräusch heraus, als hätte jemand auf eine Gummiente getreten. Schließlich schaffte sie es, eine Antwort herauszustoßen. »Jemand ist eingebrochen. Ich wachte auf, und da stand diese Frau in meiner Zimmertür. Mein Gott, ich dachte, mir bleibt das Herz stehen. Ich konnte mich nicht mal bewegen, so entsetzt war ich. Und dann ... und dann fing sie an ... es war so ein zischendes Geräusch, und sie rannte ins Wohnzimmer und stellte alles auf den Kopf ...« Tillie hielt sich ein Taschentuch vor Mund und Nase und schloss die Augen.

Officer Redfern und ich wechselten einen Blick. Wirres Zeug. Ich legte Tillie meinen Arm um die Schulter und rüttelte sie ein bisschen.

»Kommen Sie, Tillie«, meinte ich, »jetzt ist es vorbei, und Sie sind in Sicherheit.«

»Ich hatte solche Angst. Ich hatte solche Angst. Ich dachte, sie wollte mich umbringen. Sie war wie eine Wahnsinnige, wie eine total verrückte Person, keuchte und zischte und raste herum. Ich schlug die Schlafzimmertür zu, schloss sie ab und wählte 911. Dann weiß ich nur noch, dass es ruhig wurde, aber ich öffnete die Tür nicht mehr, bis die Polizei eintraf.«

»Das ist großartig. Sie haben sich großartig verhalten. Ich weiß, dass Sie Angst hatten, aber Sie haben genau das Richtige getan, und jetzt ist alles in Ordnung.«

Die Polizistin lehnte sich hinüber. »Haben Sie die Frau genauer gesehen?«

Tillie schüttelte den Kopf und fing wieder an zu zittern.

Diesmal nahm die Polizistin Tillies Hand. »Nehmen Sie mal ein paar tiefe Atemzüge. Entspannen Sie sich einfach. Es ist alles vorbei, und alles ist wieder in Ordnung. Atmen Sie tief durch. Los. Haben Sie Tranquilizer oder Alkohol im Haus?«

Ich stand auf und ging zu den Küchenschränken. Ich öffnete hier und da eine Tür, aber es schien kein Alkohol da zu sein. Ich sah eine Flasche mit Vanille-Extrakt und goss den Inhalt in ein Glas. Tillie kippte es hinunter, ohne überhaupt hinzusehen.

Sie begann tiefer zu atmen und sich zu beruhigen. »Ich habe sie noch nie in meinem Leben gesehen«, sagte sie in einem beherrschteren Ton. »Sie war verrückt. Eine Wahnsinnige. Ich weiß nicht mal, wie sie hereingekommen ist.« Sie machte eine Pause. Die Luft roch nach Keksen.

Die Polizistin sah von ihren Notizen auf. »Mrs Ahlberg, es gab keinerlei Anzeichen für ein gewaltsames Eindringen. Es muss jemand gewesen sein, der einen Schlüssel hatte. Haben Sie irgendwann einmal jemandem einen Schlüssel gegeben? Vielleicht jemandem, der aufs Haus aufpasste? Jemandem, der in Ihrer Abwesenheit die Blumen gießen sollte?«

Zuerst schüttelte Tillie den Kopf. Dann hielt sie inne und warf mir einen Blick zu. Ihre Augen waren voll Bestürzung.

»Elaine. Sie ist die einzige, die jemals einen hatte.« Sie wandte sich der Polizistin zu. »Meine Nachbarin aus dem Apartment direkt über meinem. Ich gab ihr einen Schlüssel, als ich im letzten Herbst einen kleinen Trip nach San Diego machte.«

Ich übernahm dann und erzählte den Rest; Elaines offensichtliches Verschwinden, und wie ihre Schwester mich engagiert hatte.

Officer Redfern stand auf. »Warten Sie. Ich möchte, dass Benedict das hier hört.«

Es war 3.30 Uhr morgens, als Isabelle Redfern und Benedict fertig waren, und Tillie war erschöpft. Sie baten sie, später zur Polizeiwache zu kommen und eine Aussage zu unterschreiben, und ich sagte, ich würde in der Zwischenzeit bei ihr bleiben, bis sie sich wieder gefasst hatte.

Als die Cops schließlich gegangen waren, saßen Tillie und ich da und sahen uns müde an.

»Kann es Elaine gewesen sein?«, fragte ich.

»Ich weiß nicht«, meinte sie. »Ich glaube nicht, aber es war so dunkel, und ich konnte nicht klar denken.«

»Was ist mit ihrer Schwester? Haben Sie jemals Beverly Danziger kennen gelernt? Oder eine Frau namens Pat Usher?«

Tillie schüttelte stumm den Kopf. Ihr Gesicht war immer noch weiß wie Porzellan, und unter ihren Augen waren dunkle Ringe. Sie verankerte ihre Hände wieder zwischen den Knien. Spannung summte durch ihren Körper wie der Wind über Gitarrensaiten.

Ich ging ins Wohnzimmer und betrachtete den Schaden genauer. Der große Sekretär mit der Glasfront war umgestürzt worden und lag mit seiner Vorderseite auf dem Teetischchen, das aussah, als wäre es unter der Wucht zusammengebrochen. Die Couch war aufgeschlitzt worden, und der Schaumstoff quoll nun, blassem Fleisch gleich, heraus. Die Vorhänge waren heruntergerissen. Die Fenster waren zerbrochen, Lampen, Zeitschriften und Blumentöpfe lagen da, zu einem Haufen Tonscherben, Wasser- und Papierbrei geschlagen. So musste Wahnsinn aussehen, wenn man ihm Bahn ließ. Das oder ungezügelte Wut, dachte ich. Dies musste mit Elaines Verschwinden in Zusammenhang gebracht werden. Unter keinen Umständen glaubte ich an ein davon unabhängiges Ereignis, das nur zufällig mit meiner Suche nach ihr zusammengetroffen war. Ich fragte mich, ob es eine Möglichkeit gab, herauszufinden, wo Beverly Danziger in dieser Nacht gewesen war. Bei ihrem Porzellan-Aussehen und den kobaltblauen Augen war es kaum vorstellbar, dass sie zu dieser Wahnsinnsmelodie getanzt hatte. Aber wie konnte ich sicher sein? Vielleicht war sie auf Anstaltsurlaub gewesen, als sie das erste Mal nach Santa Teresa gekommen war.

Ich versuchte mir vorzustellen, was es für ein Gefühl sein musste, mitten in der Nacht von einem tobenden, zischenden Weib geweckt zu werden. Ein unwillkürlicher Schauer durchfuhr mich, und ich ging zurück in die Küche. Tillie hatte sich nicht bewegt, aber sie sah mich mit einem hilflosen Blick an.

»Los, räumen wir auf«, sagte ich. »Keiner von uns beiden kann jetzt schlafen, und Sie sollten das nicht alles allein machen. Wo sind Besen und Kehrschaufel?«

Sie deutete auf die Abstellkammer. Dann stand sie mit einem Seufzer auf, und wir machten uns an die Arbeit.

Als die Ordnung wiederhergestellt war, fragte ich Tillie nach dem Schlüssel für Elaines Apartment.

»Wozu?«, fragte sie besorgt.

»Ich will mal reinschauen. Vielleicht ist sie dort oben.«

»Ich komme mit«, bot sie sich prompt an. Ich fragte mich vage, ob sie mir nun mein Leben lang hinterherlaufen würde wie bei Yogi-Bär und Bubu. Dennoch umarmte ich sie schnell und wies sie an, einen Moment zu warten, während ich rasch zu meinem VW hinunterlief. Sie schüttelte den Kopf und ging mit mir hinaus.

Ich nahm meine Halbautomatik aus dem Handschuhfach und wiegte sie in meiner Hand. Es war eine nicht klassifizierte .32er mit einem schraffierten Elfenbeingriff und einem Magazin, in dem acht Patronen Platz hatten. Das Leben eines Privatdetektivs ist arm an Schusswechseln und reich an Routine-Nachforschungen, aber es gibt Zeiten, wo ein Kugelschreiber einfach nicht mehr reicht. Ich hatte Visionen von einem geistesgestörten weiblichen Wesen, das in der Dunkelheit wie eine Fledermaus auf mich zuflog. Eine .32er hat vielleicht nicht viel Durchschlagskraft, aber sie kann bestimmt jemanden aufhalten. Ich zwängte mir die Waffe in die hintere Jeanstasche und ging zum Aufzug zurück, Tillie auf meinen Fersen.

»Ich dachte, es verstößt gegen das Gesetz, heimlich eine Waffe bei sich zu tragen«, meinte sie unruhig.

»Deshalb habe ich eine Genehmigung«, erwiderte ich.

»Aber ich habe immer gehört, Handfeuerwaffen seien so gefährlich.«

»Natürlich sind sie gefährlich! Das ist es ja gerade. Was soll ich denn Ihrer Meinung nach tun? Mit einem Stapel zusammengerollter Zeitungen da hineingehen?«

Sie dachte noch immer darüber nach, als wir den zweiten Stock erreichten. Ich nahm die Pistole aus der Tasche und löste die Sicherung und lud durch. Ich steckte den Schlüssel in Elaines Schloss. Dann öffnete ich die Tür und stieß sie nach innen auf. Tillie hielt sich an meinem Ärmel fest wie ein kleines Kind. Ich wartete einen Moment und starrte mit klopfendem Herzen ins Innere. Es war kein Geräusch zu hören ... keine Bewegung. Ich tastete nach dem Lichtschalter, drückte ihn und sah schnell hinter den Türrahmen. Nichts. Ich deutete Tillie an, zu bleiben, wo sie sich befand. Leise ging ich durch die Wohnung, knipste überall das Licht an und versuchte mich jedes Mal, wenn ich einen Raum betrat, an einer abgeschwächten Version meiner besten Schützen-Haltung aus der Schulzeit. Soweit ich sehen konnte, gab es kein Anzeichen dafür, dass jemand da gewesen war. Ich durchsuchte die Schränke, warf einen flüchtigen Blick unter das Bett und seufzte, wobei mir klar wurde, dass ich den Atem angehalten hatte. Ich ging zurück zur Eingangstür und ließ Tillie reinkommen. Dann machte ich die Tür hinter uns zu und schloss sie ab. Ich ging wieder den Flur hinunter zum Kämmerchen. Rasch sah ich Elaines Schreibtisch durch und prüfte ihre Papiere. In der dritten Schublade von oben fand ich ihren Reisepass und blätterte die Seiten durch. Er war noch gültig, aber seit einer Reise nach Cozumel vor drei Jahren nicht mehr benutzt worden. Ich steckte den Pass in meine Hosentasche. Sollte sie noch hier sein, wollte ich nicht, dass sie ihren Pass benutzen konnte, um außer Landes zu gehen. Noch etwas ging mir im Kopf herum, aber ich konnte nicht herausfinden, was es war. Ich zuckte die Achseln und dachte, bei gegebenem Anlass würde es mir schon wieder einfallen. Ich lieferte Tillie vor ihrer Tür ab.

»Passen Sie auf«, sagte ich, »sehen Sie mal nach, ob irgendetwas fehlt. Wenn Sie zur Polizeiwache gehen, werden sie eine Liste der gestohlenen Dinge wollen, falls Sie was festgestellt haben. Haben Sie eine Hausratsversicherung, die den Schaden übernehmen könnte?«

»Ich weiß nicht«, meinte sie, »aber ich kann nachsehen. Möchten Sie Tee?« Ihre Miene war flehend, und sie hielt meine Hand fest.

»Tillie, ich wollte, ich könnte bleiben, aber ich muss gehen. Ich weiß, dass Sie aufgeregt sind, aber das legt sich. Gibt es jemanden im Haus, der Ihnen Gesellschaft leisten kann?«

»Vielleicht die Frau aus Apartment 6. Ich weiß, dass sie früh aufsteht. Ich werde es versuchen. Und danke, Kinsey. Das meine ich ernst.«

»Schon gut. Ich habe gern geholfen. Ich komme später noch mal. Versuchen Sie, ein wenig zu schlafen.«

Ich verließ sie, und sie blickte mir traurig nach, als ich zur Eingangshalle ging. Ich stieg in den Wagen und legte die Waffe wieder ins Handschuhfach. Dann fuhr ich nach Hause. Mein Kopf war voller Fragen, aber ich war zu müde, um nachzudenken. Als ich unter meine Decke krabbelte, war der Himmel dämmergrau, und ein kühner Hahn irgendwo in der Umgebung kündigte den Tag an.

Das Telefon schrillte um acht Uhr morgens. Ich hatte gerade jenen wundervollen Schlafzustand erreicht, in dem das Nervensystem zu Blei wird und man sich von einer Art magnetischer Kraft ans Bett gefesselt fühlt. Wenn man jemanden ständig aus einem solchen Schlaf weckt, kann das innerhalb von zwei Tagen Psychosen hervorrufen.

»Was«, murmelte ich. Ich hörte Geräusche in der Leitung, aber sonst nichts. O prima, wahrscheinlich war ich von einem obszönen Anrufer, der Ferngespräche führte, geweckt worden.

»Hallo?«

»Oh, da sind Sie ja! Ich dachte schon, ich hätte die falsche Nummer gewählt. Hier ist Julia Ochsner aus Florida. Habe ich Sie geweckt?«

»Keine Sorge«, meinte ich. »Ich dachte, ich hätte Sie eben gesehen. Was ist passiert?«

»Ich habe da etwas herausgefunden, von dem ich dachte, es könnte Sie interessieren. Es sieht so aus, als hätte die Frau von nebenan die Wahrheit gesagt, als sie Ihnen erzählte, Elaine sei im Januar hierhergeflogen, zumindest bis Miami.«

»Tatsächlich?«, sagte ich und richtete mich auf. »Wie kommen Sie darauf?«

»Ich habe das Flugticket im Abfall gefunden«, erzählte sie stolz. »Sie glauben ja nicht, was ich getan habe. Sie packte für den Auszug und stellte einige Kisten voll ausrangierter Sachen und Abfall hinaus. Ich war beim Hausmeister unten gewesen, und auf dem Rückweg erspähte ich das Ticket. Es lag gleich obenauf, so hineingesteckt, dass nur eine Hälfte sichtbar war. Ich wollte wissen, wem es gehörte. Ich dachte nicht, dass ich einfach hingehen und sie fragen könnte, also wartete ich, bis sie mit einem Haufen Kleidung zum Parkplatz ging. Dann sauste ich hinaus und nahm es weg.«

»Sie sausten?«, fragte ich ungläubig.

»Nun ja, es war kein richtiges ›Sausen‹. Eher ein schnelles Kriechen. Ich glaube, sie hat es nicht mal vermisst.«

»Julia, wie konnten Sie das tun? Stellen Sie sich vor, sie hätte Sie erwischt!«

»Na und? Ich hatte meinen Spaß. Als ich zurückkam, musste ich mich hinlegen, so sehr schüttelte es mich vor Lachen!«

»Tja, aber Sie werden nicht erraten, was hier geschehen ist«, sagte ich. »Man hat mich gefeuert.«

»Gefeuert?«

»Mehr oder weniger. Elaines Schwester wies mich an, die Sache vorläufig fallen zu lassen. Sie wurde nervös, als ich ihr sagte, dass wir meiner Meinung nach eine Vermisstenanzeige bei den Cops aufgeben sollten.«

»Ich verstehe nicht. Was sollte sie dagegen einzuwenden haben?«

»Ich war auch platt. Wann hat Elaine Santa Teresa verlassen? Haben Sie das Datum?«

»Sieht aus wie der neunte Januar. Das Rückflugsdatum ist offen gelassen worden.«

»Nun, das hilft uns weiter. Warum schicken Sie mir das Ganze nicht einfach zu, sofern es nicht zu viel Umstände macht? Beverly könnte sich allerdings trotzdem drücken.«

»Aber das ist doch lächerlich! Was, wenn Elaine in Schwierigkeiten steckt?«

»Was soll ich machen? Ich werde bezahlt, um Befehle auszuführen. Ich kann nicht einfach herumspringen und tun, wozu ich Lust habe.«

»Wie wäre es, wenn ich Sie engagieren würde?«

Ich zögerte, überrascht von diesem Gedanken, aber nicht abgeneigt.

»Ich weiß nicht. Das könnte heikel werden. Ich denke, ich könnte meine Beziehung zu ihr beenden, aber es gibt keine Möglichkeit, die Informationen, die ich für Beverly entdeckt habe, an Sie weiterzugeben. Sie und ich müssten ganz von vorn anfangen.«

»Aber sie kann mich nicht hindern, Sie zu engagieren, oder? Ich meine, nachdem Sie mit ihr quitt sind?«

»Lieber Gott, es ist zu früh am Morgen, um mich mit diesem Zeug herumzuärgern, aber ich werde darüber nachdenken und sehen, was mir einfällt. Meines Erachtens nach könnte ich auf der Stelle für Sie arbeiten, so lange es keinen Interessenskonflikt darstellt. Ich würde sie darüber unterrichten müssen, aber ich glaube nicht, dass sie Einspruch einlegen könnte!«

»Gut, dann machen Sie das.«

»Sind Sie sicher, dass Sie Ihr Geld auf diese Weise ausgeben wollen?«

»Natürlich. Ich habe genug, und ich will wissen, was mit Elaine passiert ist. Außerdem amüsiere ich mich dabei! Sagen Sie mir einfach, was wir als Nächstes tun.«

»Okay. Lassen Sie mich ein wenig herumschnüffeln, dann rufe ich Sie zurück. Und, Julia, würden Sie in der Zwischenzeit bitte gut auf sich aufpassen?«, meinte ich, aber sie lachte nur.

6

Ich blieb unter der Dusche stehen, bis kein heißes Wasser mehr kam. Dann zog ich mich an: Jeans, Baumwollpullover, kniehohe Reißverschlussstiefel. Ich drückte mir einen weichen Lederhut mit einer breiten Krempe auf den Kopf und überprüfte den Effekt im Badezimmerspiegel. Es ging.

Ich steuerte zuerst das Büro an und schrieb einen Brief an

Beverly, in dem ich unsere Geschäftsbeziehungen beendete. Ich war ziemlich sicher, dass sie dadurch in große Verlegenheit gebracht wurde, und das gab mir ein gutes Gefühl. Ich ging nach nebenan zu den Büros der California-Fidelity-Versicherungsgesellschaft, machte eine Fotokopie der spezifizierten Rechnung für sie, kennzeichnete sie als »Endabrechnung« und packte sie zu dem Brief und einer Kopie meines letzten Berichts. Dann ging ich zur Polizeiwache in der Floresta und gab bei Sergeant Jonah Robb eine Vermisstenanzeige für Elaine Boldt auf. Ich beobachtete, wie seine Finger über die Tasten flogen, als er die Informationen, die ich ihm gab, in den Vordruck tippte.

Er sah aus wie Ende dreißig. Sein Körper war in die Uniform gezwängt. Er hatte etwa zwanzig Pfund Übergewicht, noch nicht unattraktiv viel, aber genug, um bald etwas dagegen unternehmen zu müssen. Dunkle, sehr kurz geschnittene Haare, ein sanft gerundetes Gesicht und eine Kerbe am linken Ringfinger, an dem noch kürzlich ein Ehering getragen worden war. In diesem Moment sah er mich an. Blaue Augen, grün gesprenkelt.

»Haben Sie noch etwas hinzuzufügen?«

»Ihre unmittelbare Nachbarin in Florida schickt mir ein Flugticket, das sie offensichtlich benutzt hat. Ich werde mir ansehen, ob es uns weitere Aufschlüsse gibt. Eine Freundin von ihr namens Pat Usher schwört sämtliche Eide, dass sie ein paar Tage mit Elaine Boldt verbracht hat, bevor sie nach Sarasota fuhr, aber ich glaube nicht viel von dem, was sie erzählt.«

»Wahrscheinlich taucht sie wieder auf. Gewöhnlich ist das so.« Er nahm einen Aktenordner und fügte eine Klammer ein. »Sie haben doch auch mal als Cop gearbeitet, nicht wahr?«

»Kurzfristig«, erwiderte ich. »Aber ich bin damit nicht klargekommen. Wahrscheinlich zu rebellisch. Was ist mit Ihnen? Wie lange sind Sie jetzt schon bei der Truppe?«

»Acht Jahre. Vorher war ich Vertreter. Verkaufte Medikamente für Smith, Kline und French. Ich hatte keine Lust mehr, im neuesten Wagen herumzufahren und Ärzte anzubetteln. Es war sowieso nichts als Drogenhandel. Ein Geschäft wie jedes andere. In der Krankheit steckt das große Geld.« Er sah auf seine Hände hinab, dann blickte er mich wieder an. »Nun denn. Jedenfalls hoffe ich, dass Sie Ihre Lady finden. Wir werden tun, was wir können.«

»Danke«, meinte ich, »ich rufe Sie Ende der Woche wieder an.«

Ich nahm meine Tasche und ging zur Tür.

»He«, sagte er.

Ich drehte mich um.

»Der Hut gefällt mir.«

Ich lächelte.

Als ich auf meinem Rückweg am Empfangsschalter vorbeikam, bemerkte ich Lieutenant Dolan, der sich in der erkennungsdienstlichen Abteilung aufhielt. Er sprach mit einer jungen, schwarzen Angestellten in Uniform. Sein Blick glitt an mir vorüber und kehrte dann mit einem Ausdruck des Erkennens zurück. Er brach seine Unterhaltung mit ihr ab und schlenderte zum Schalter. Lieutenant Dolan ist Mitte fünfzig und hat ein eckiges, schlaffes Gesicht und eine Stirnglatze, die er durch raffiniertes Frisieren der verbliebenen Haare zu verbergen versucht. Es ist der einzige Hinweis auf Eitelkeit an ihm, und er muntert mich irgendwie auf. Ich stelle mir vor, wie er jeden Morgen vor seinem Badezimmerspiegel steht und versucht, mit der schleichenden Ausbreitung seines nackten Skalps fertig zu werden. Er trug eine randlose Zweistärkenbrille, die offensichtlich neu war, denn er konnte mich nicht richtig ins Visier bekommen. Erst schaute er mich an, indem er über die kleinen Halbmonde hinwegsah, dann, indem er durch sie hindurchsah. Schließlich nahm er die Brille ab und steckte sie in die Tasche seines verknitterten grauen Anzugs.

»Hallo, Kinsey. Wir haben uns seit der Schießerei nicht mehr gesehen. Wie sind Sie damit klargekommen?«

Ich fühlte Unbehagen in mir aufsteigen. Vor zwei Wochen hatte ich jemanden im Verlaufe einer Untersuchung getötet, und ich war eifrig darauf bedacht, das Thema zu vermeiden. Als er es erwähnte, wurde mir klar, wie vollständig ich die Sache verdrängt hatte. Sie hatte meine Gedanken nicht einmal gestreift, und dass er sie jetzt erwähnt hatte, schien so erschreckend wie der Traum, in dem man sich splitternackt in der Öffentlichkeit wieder findet.

»Ich bin okay«, meinte ich kurz angebunden, wobei ich den Augenkontakt abbrach. Im Nu sah ich wieder den Strand bei Nacht. Dieser Lichtspalt, als die große Mülltonne, in der ich mich versteckt hatte, geöffnet wurde und ich aufblickte. Meine kleine Halbautomatik war in meine Hand gesprungen wie bei einem Reflextest, und ich hatte mehr Kugeln abgedrückt, als tatsächlich nötig gewesen wären, um die Sache zu erledigen. Der Lärm in diesem geschlossenen Raum war betäubend gewesen. Seitdem klingelten meine Ohren: ein hohes Pfeifen, wie Gas, das aus einem defekten Ventil entweicht. Im Nu war die Vorstellung wieder verschwunden, und Lieutenant Dolan stand vor mir. Seinem Gesichtsausdruck nach zu urteilen, wünschte er sich, besser den Mund gehalten zu haben.

Meine Beziehung zu Con Dolan war immer schon gespalten, indirekt, auf widerwilligem gegenseitigem Respekt beruhend. Er mag Privatdetektive prinzipiell nicht. Er meint, wir sollten uns um unsere eigenen Sachen kümmern, was immer das war, und das Gesetz Professionellen wie ihm überlassen. In meiner Fantasie hatte ich mir immer vorgestellt, dass wir eines Tages dasitzen und kriminalistischen Klatsch austauschen würden wie alte Jungfern. Aber da er nun diese persönliche Note eingebracht hatte, spürte ich, wie ich mich zurückzog, verunsichert von dieser Änderung. Als sich unsere Augen wieder trafen, war sein Blick nichts sagend, sein Ausdruck höflich.

Ich schüttelte den Kopf. »Tut mir Leid«, sagte ich, »Sie haben mich überrumpelt. Ich glaube, ich habe das noch nicht ganz verarbeitet.« Was mich wirklich überraschte, war die Erkenntnis, dass ich jemanden getötet hatte, und es mir nichts ausmachte. Nein, das stimmte nicht. Es machte mir etwas aus, aber ich wusste, wenn mein Leben bedroht wäre, würde ich es wieder tun. Ich hatte immer geglaubt, ein guter Mensch zu sein. Nun wusste ich nicht mehr, was »gut« bedeutete. Sicherlich töteten gute Menschen keine anderen menschlichen Wesen, also wozu gehörte ich jetzt?

Er fragte: »Was machen Sie hier?«

Ich schüttelte wieder leicht den Kopf und konzentrierte mich auf das anstehende Thema. »Ich habe gerade eine Vermisstenanzeige für einen Klienten aufgegeben«, erwiderte ich. Ich zögerte und fragte mich, ob er Elaine während seiner Untersuchung der Ereignisse von nebenan begegnet war. »Haben Sie den Grice-Mord im Januar dieses Jahres behandelt?«

Er starrte mich an, und sein Gesicht verschloss sich wie eine Seeanemone. Offensichtlich ja. »Was ist damit?«

»Ich frage mich, ob Sie eine Frau namens Elaine Boldt verhört haben. Sie wohnt in der Anlage nebenan.«

»Ich erinnere mich an den Namen«, sagte er vorsichtig. »Ich habe selbst mit ihr am Telefon gesprochen. Sie sollte herkommen und mit uns reden, aber ich glaube, sie ist nie aufgetaucht. Ist sie Ihre Klientin?«

»Sie ist die Person, die ich suche.«

»Seit wann ist sie verschwunden?«

Ich legte die Informationen dar, die ich hatte, und konnte sehen, wie er, genau wie ich es getan hatte, alle Möglichkeiten durchging. Im Santa Teresa County werden jedes Jahr um die viertausend Personen, männlich und weiblich, als vermisst gemeldet. Die meisten werden wieder gefunden, aber einige bleiben irgendwo draußen im Äther.

Er vergrub die Hände in seinen Hosentaschen und wippte auf den Absätzen. »Sollte sie auftauchen, sagen Sie ihr, dass ich sie zur Vernehmung hier sehen möchte«, sagte er.

Ich war verblüfft. »Ist dieser Fall denn noch nicht aufgeklärt?«

»Nein, und ich werde ihn auch nicht mit Ihnen diskutieren. Betriebsgeheimnis«, meinte er. Seine bevorzugte Redewendung.

»Lieber Gott, Lieutenant Dolan. Mal langsam, wer hat denn überhaupt gefragt?« Ich wusste, dass er seinen Fall unter Verschluss halten wollte, aber mir reichte seine blöde Verkniffenheit. Er denkt, er hat ein Anrecht auf alle Informationen, die ich habe, während er mir nie etwas weitergibt. Ich war heiß darauf, und er wusste es.

Er lächelte mich an. »Ich dachte mir eben, ich sollte Ihrer Neigung zuvorkommen, Ihre Nase in Dinge zu stecken, die Sie nichts angehen.«

»Ich helfe Ihnen schließlich auch manchmal aus«, protestierte ich. »Und im Übrigen, wenn Sie mit Elaine Boldt reden wollen, suchen Sie sie doch selbst.«

Ich stürzte vom Schalter weg Richtung Ausgang.

»Nun, Sie müssen doch nicht gleich eingeschnappt sein«, rief er. Ich blickte mich um. Er wirkte für meinen Geschmack entschieden zu selbstgefällig.

»Richtig«, erwiderte ich und stürzte durch die Doppeltüren.

Ich kam aus der Polizeiwache in den trüben, bedeckten Tag und blieb einen Moment lang stehen, um mich zu sammeln. Der Mann nervte mich, ohne Zweifel. Ich atmete tief ein.

Die Temperatur lag unter zwanzig Grad. Wenige blasse Sonnenstrahlen schienen durch die Wolken und tauchten die Umgebung in ein zitronenfarbenes Licht. Das Gebüsch schimmerte gelblich, und das Gras wirkte auf Grund fehlender Feuchtigkeit trocken und künstlich. Es hatte seit Wochen nicht geregnet. Der Monat Juni war eine Serie nebeliger Morgen, dunstiger Nachmittage und kühler Nächte gewesen. Immerhin hatte Lieutenant Dolan eine neue Perspektive eröffnet, und ich fragte mich, ob Elaines Abreise zufällig mit der Ermordung von Marty Grice zusammenfiel, oder ob sie irgendwie damit in Verbindung stand. Wenn der Vandalismus bei Tillie damit zu tun hatte, warum nicht auch dies? Konnte sie verschwunden sein, um der Befragung durch den Lieutenant zu entgehen? Ich dachte, es könnte hilfreich sein, ein paar Daten festzuhalten.

Ich ging zum Zeitungsverlag sechs Blöcke weiter und bat den Angestellten im Archiv, mir die Zeitungsausschnitte zu Marty Grices Tod herauszusuchen. Es gab nur einen Ausschnitt, einen kurzen Artikel, vielleicht fünf Zentimeter lang, der auf der Seite Acht der Lokalnachrichten untergebracht war.

Einbrecher tötet und verbrennt Hausfrau

Eine Hausfrau aus Santa Teresa wurde gestern Abend offensichtlich während eines Einbruchs in ihrem Haus an der Westside erschlagen. Beamten der Mordkommission zufolge wurde Martha Renée Grice, 45, wohnhaft Via Madrina 2095, mehrfach mit einem stumpfen Gegenstand geschlagen und mit brennbarer Flüssigkeit übergossen. Die stark verkohlte Leiche des Opfers wurde im Eingang des teilweise zerstörten Einfamilienhauses entdeckt, nachdem die örtliche Feuerwehr die Flammen dreißig Minuten lang bekämpft hatte. Das Feuer war um 21.55 Uhr von Nachbarn entdeckt worden. Zwei angrenzende Häuser mussten evakuiert werden, aber es gab keine weiteren Verletzten. Einzelheiten der Brandstiftung wurden mit Rücksicht auf die laufenden Ermittlungen noch nicht bekannt gegeben.

Das Verbrechen schien mir zu spektakulär, um so wenig Beachtung zu finden. Vielleicht hatten die Cops nicht genug in der Hand, um weiterzumachen, und hatten deshalb versucht, die Berichterstattung so knapp wie möglich zu halten. Das konnte auch Dolans Haltung erklären. Vielleicht war er gar nicht so unkooperativ, vielleicht hatte er keine Beweise. Nichts macht einen Cop verschlossener als das. Ich schrieb die interessanten Informationen in mein Notizbuch. Dann ging ich zur öffentlichen Bücherei und sah mir das Adressbuch von Santa Teresa an, das im letzten Frühjahr herausgekommen war. Martha Grice war unter 2095 Via Madrina aufgeführt, zusammen mit einem Leonard Grice, Bauunternehmer. Ich nahm an, dass er ihr Ehemann war. Die Zeitung hatte ihn nicht erwähnt, und ich fragte mich, wo er sich aufgehalten hatte, als das alles geschehen war. Das Adressbuch verzeichnete die Nachbarn in Nr. 2093 als Orris und May Snyder. Sein Beruf war »im Ruhestand«, aber das Adressbuch teilte nicht mit, aus welchem Beruf. Ich notierte die Namen und Telefonnummer. Es konnte interessant werden, herauszufinden, was weiter geschehen war, und ob Elaine etwas gesehen hatte, über das sie nicht sprechen wollte. Je länger ich darüber nachdachte, umso mehr gefiel mir dieser Gedanke. Er brachte mich auf eine ganz neue Spur.

Ich holte meinen Wagen vom Parkplatz hinter dem Büro und fuhr wieder zur Via Madrina. Es war jetzt genau zwölf Uhr, und die Highschool-Schüler strömten auf die Straßen: Mädchen in Jeans, kurzen weißen Söckchen und hohen Absätzen, Jungen in Baumwollhosen und Flanellhemden. Die gesunden kalifornischen Typen übertrafen die Punks zahlenmäßig im Verhältnis drei zu eins, aber die meisten sahen aus wie in Müllsäcke gekleidet. Einige der Jugendlichen trugen abscheuliche Designer-Latzhosen, andere waren ganz mit Stoffen in Tarnfarben ausgestattet, als wären sie auf einen Luftangriff vorbereitet. Ungefähr die Hälfte der Mädchen protzte mit drei bis vier Ohrringen pro Ohr. In der Haarmode bevorzugten sie offenbar den Wet-Look, oder sie trugen Pferdeschwänze, die von ihrem Kopf abstanden wie Wasserfontänen.

Als ich vor der Wohnanlage hielt, trampelte eine Gruppe von sechs Mädchen den Gehweg hinunter und rauchte Zigaretten mit Nelkenaroma. Wattierte Schultern, grüner Nagellack, dunkelroter Lippenstift. Sie sahen aus, als wären sie auf dem Weg zu einem Armeeball des Jahres 1943.

Ich schnappte Bruchstücke ihrer Unterhaltung auf.

»Also, ich sage: ›Was, zum Teufel, glaubst du eigentlich, worüber ich die ganze Zeit geredet habe, du Blödmann?!‹ und er ›Heh, hör mal, ich hab dir nichts getan, Alte, also was willst du von mir?‹«

Ich lächelte innerlich und sah dann interessiert zu Grices Haus hinüber. Es war aus weißem Fachwerk, anderthalb Stockwerke hoch, und hatte eine flache, L-förmige Veranda um die Vorderseite herum, die auf dicken, mit kleinen Holzpyramiden geschmückten Ziegelsäulen ruhte. Sie sah aus, als wäre sie irgendwie hochgeschoben worden und könnte im nächsten Moment zusammenbrechen. Der größte Teil des Verandadaches war verbrannt. Der Hof sah verwahrlost aus. Eine Reihe blasser, pink- und blaufarbener Hortensiensträucher belebte die Veranda. Sie wirkten immer noch verbrannt und verwelkt vom Feuer, obwohl neue Triebe tapfer hervorlugten. Die Fensterrahmen im ersten Stock waren mit Haufen von schwarzem Ruß bedeckt, wo das Feuer an das Gebälk gezüngelt war. Ein Schild sollte Unbefugte am Betreten des Grundstücks hindern. Ich fragte mich, ob das Bergungsteam im Innern des Hauses schon aufgeräumt hatte. Ich hoffte nicht, aber möglicherweise hatte ich diesbezüglich kein Glück. Ich wollte das Haus gern so sehen, wie es in der Nacht des Feuers gewesen war. Ich wollte außerdem gern mit Leonard Grice sprechen, aber es gab keinerlei Hinweis darauf, dass das Haus bewohnt war. Sogar von der Straße aus konnte ich den Geruch des verkohlten Holzes und der Löschflüssigkeit wahrnehmen, die die Feuerwehrschläuche in jeden Riss und jede Spalte gezwungen hatten.

Als ich auf Elaines Wohnanlage zuging, bemerkte ich jemanden, der aus dem kleinen Geräteschuppen im Hof der Grices herauskam. Ich blieb stehen, um ihn zu beobachten. Ein Jugendlicher, vielleicht siebzehn. Er hatte einen Irokesenhaarschnitt, acht Zentimeter von etwas, das aussah wie leuchtend rosafarbenes Heu, in das auf beide Seiten ein Weg gemäht war.

Er hielt den Kopf gesenkt und hatte die Hände in die Taschen seines Army-Overalls gesteckt. Schlagartig wurde mir klar, dass ich ihn schon mal gesehen hatte – von Elaines Vorderfenster aus, als ich ihre Wohnung zum ersten Mal durchsucht hatte. Er hatte unten auf der Straße gestanden und sich in aller Seelenruhe einen Joint gedreht. Also, was hatte er vor? Ich drehte mich um und beschleunigte meinen Schritt, so dass sich unsere Wege genau an der Grundstücksgrenze treffen mussten.

»Hallo«, sagte ich.

Er sah zu mir hoch, überrascht, und setzte sofort die Sorte Lächeln auf, die Jugendliche für Erwachsene reserviert haben. »Hi.«

Sein Gesicht passte nicht zu dem Rest seiner Erscheinung. Er hatte tief liegende Augen; ein Jadegrün, das von dunklen Wimpern und dunklen Augenbrauen, die sich an seiner Nase trafen, hervorgehoben wurde. Seine Haut war rein, sein Lächeln verbindlich, seine Zähne ein wenig hervorstehend, und er hatte ein Grübchen in der linken Wange. Er blickte zur Seite und ging an mir vorüber. Ich streckte die Hand aus und erwischte ihn am Ärmel.

»Kann ich mit dir reden?«

Er sah mich an und blickte dann schnell über seine Schulter.

»Sprechen Sie mit mir?«

»Ja. Ich sah dich aus diesem Geräteschuppen da hinten kommen. Wohnst du hier in der Gegend?«

»Was? Oh. Klar, 'n paar Blöcke weiter. Das ist das Haus meines Onkels Leonard. Ich soll aufpassen, dass niemand an das Zeug drangeht.« Seine Stimme war hoch, beinah feminin.

»Was für ein Zeug ist das?«

Die jadegrünen Augen ruhten neugierig auf mir. Er lächelte, und sein ganzes Gesicht erhellte sich. »Sie sind 'n Cop oder so was?«

»Privatdetektivin«, sagte ich. »Ich heiße Kinsey Millhone.«

»Wow, das ist ja toll«, meinte er. »Ich bin Mike. Passen Sie hier auf oder was?«

Ich schüttelte den Kopf. »Ich bin mit einer anderen Sache beschäftigt, aber ich habe von dem Feuer gehört. War es deine Tante, die ermordet wurde?«

Das Lächeln flackerte. »Ja, genau. Mein Gott, das war schrecklich. Ich meine, sie und ich hatten nie viel miteinander zu tun, aber mein Onkel ist darüber fast verrückt geworden. Den kannste jetzt vergessen. Oh. Tschuldigung«, sagte er schüchtern. »Er ist völlig fertig jetzt, lebt bei meiner anderen Tante.«

»Kannst du mir sagen, wie ich ihn erreichen kann?«

»Ja, also, meine Tante heißt Lily Howe. Ich kann mich auf Anhieb nicht an die Telefonnummer erinnern, sonst würde ich Ihnen helfen.«

Er errötete, und der Effekt war merkwürdig. Rosafarbene Haare, grüne Augen, rosige Wangen, grüner Army-Overall. Er sah aus wie eine Geburtstagstorte, unschuldig und irgendwie festlich. Er fuhr sich mit der Hand durchs Haar, das hoch aufgerichtet von seinem Kopf abstand wie ein Reisigbesen.

Ich fragte mich, warum er sich so unwohl fühlte. »Was hast du da hinten gemacht?«

Er blickte mit einem verlegenen Achselzucken Richtung Schuppen. »Ich habe das Vorhängeschloss kontrolliert. Ich werde manchmal ein bisschen schizophren, verstehen Sie? Ich meine, der Mann zahlt mir zehn Dollar im Monat, und ich möchte es ihm recht machen. Wollten Sie sonst noch etwas? Weil ich nämlich los muss, Essen fassen und dann zurück zur Schule, okay?«

»Klar. Vielleicht sehen wir uns später noch mal.«

»Genau. Das wäre toll. Jederzeit.« Er lächelte mich wieder an und ging dann fort. Erst lief er rückwärts und hatte seine Augen auf mich geheftet, dann drehte er sich endlich um, so dass ich seinen schmalen Rücken und die schlanken Hüften beobachten konnte. Er hatte etwas Merkwürdiges an sich, aber mir fiel nicht ein, was. Irgendetwas passte nicht zusammen. Diese übertriebene Hilfsbereitschaft und der Blick in seinen Augen. Naiv und verschlagen ... ein Jugendlicher, dessen Gewissen rein war, weil er keins hatte. Vielleicht sollte ich ihn auch mal unter die Lupe nehmen, wenn ich schon dabei war. Ich ging in den Hof der Wohnanlage.

7

Ich traf Tillie beim Sprengen der Wege an. Durch die Kraft des Wasserstrahls wirbelte ein Wirrwarr von Blättern und Dreck herum. Wasser tropfte von den Palmblättern, und der Gummigeruch des Schlauchs mischte sich mit dem Duft feuchter Erde. Zwischen den riesigen Farnsträuchern waren Trittsteine eingelassen, obwohl mir nicht einleuchten wollte, wer sie betreten sollte. Es sah aus wie ein schattiger Hort für Weberknechte. Tillie lachte, als sie mich sah, und ließ die Spritzdüse los, um die Brause abzustellen. Sie trug Jeans und ein T-Shirt, was ihrer knochigen Gestalt selbst mit über sechzig Jahren noch ein mädchenhaftes Aussehen gab.

»Haben Sie überhaupt geschlafen?«, fragte ich.

»Nein, und ich bleibe auch so lange nicht in der Wohnung, bis die Fenster repariert sind. Vielleicht lasse ich auch eine Alarmanlage installieren. Ich bin nur hier rausgekommen, um mich zu beschäftigen. Wege sprengen ist so entspannend, finden Sie nicht auch? Das ist eine der Annehmlichkeiten des Erwachsenenlebens. Als ich ein Kind war, hätte mein Vater mich da niemals drangelassen.«

»Waren Sie schon auf der Polizeiwache?«

»Oh, ich werde gleich gehen, aber ich freue mich nicht gerade darauf.«

»Ich war vorhin da und habe eine Vermisstenanzeige für Elaine Boldt aufgegeben.«

»Was haben sie gesagt?«

Ich zuckte die Achseln. »Nicht viel. Sie werden tun, was sie können. Ich traf einen Beamten des Morddezernats, der an Marty Grices Mord arbeitete. Er sagte, Elaine hätte zur Vernehmung kommen sollen, ist aber nie erschienen. Können Sie sich erinnern, wie bald nach dem Vorfall sie nach Florida gefahren ist?«

»Hm, ich bin nicht sicher. Es war in derselben Woche, das weiß ich genau. Sie war schrecklich aufgeregt über den Mord. Das war einer der Gründe für ihre Abreise. Ich dachte, ich hätte das schon erwähnt.«

»Sie sagte, sie sei krank gewesen.«

»Das war sie auch, aber mit ihrer Gesundheit schien immer etwas nicht zu stimmen. Sie sagte, der Mord habe sie vor Angst verrückt gemacht. Sie dachte, es könnte besser für sie sein, aus der Stadt wegzukommen. Moment mal eben.« Sie ging in das Gebüsch und stellte das Wasser ab, indem sie den Hahn zudrehte. Sie benutzte den restlichen Wasserdruck, um den Schlauch zu entleeren, bevor sie ihn wieder aufrollte. Dann stieg sie aus den Büschen und wischte sich die feuchten Hände an der Jeans ab. »Glauben Sie, dass sie etwas über Martys Tod wusste?«

»Ich denke, das wäre einer genaueren Betrachtung wert«, erwiderte ich. »Ihr Seitenfenster führt genau zu Mrs Grices Eingang hinaus. Vielleicht hat sie den Einbrecher gesehen.«

Tillie machte ein skeptisches Gesicht. »Im Dunkeln?«

Ich zuckte die Achseln. »Es ist nicht sehr wahrscheinlich, nicht wahr, aber ich weiß nicht, was sonst in Frage käme.«

»Aber warum ist sie nicht zur Polizei gegangen, wenn sie wusste, wer es war?«

»Wer weiß? Vielleicht konnte sie nicht mehr klar denken. Manche Leute geraten in Panik. Sie wollen nicht in solche Sachen verwickelt werden. Vielleicht hatte sie das Gefühl, selbst in Gefahr zu sein.«

»Nun, sie *war* nervös«, meinte Tillie. »Aber andererseits

waren wir alle in jener Woche die reinsten Nervenbündel. Wollen Sie reinkommen?«

»Ja, sehr gerne. Ich denke, ich sollte mal einen Blick auf diese Rechnungen werfen, die für sie gekommen sind. Zumindest können wir daran sehen, wann sie zuletzt ihr Konto belastet hat, und wo sie zu dem Zeitpunkt war. Ist sonst noch etwas gekommen?«

»Nur ein paar Sachen. Ich werde Ihnen zeigen, was ich habe.«

Ich folgte Tillie durch die Halle in den angrenzenden Flur.

Sie schloss ihre Eingangstür auf und ging durch das Wohnzimmer zum Sekretär. Da das Glas aus den Türen herausgebrochen war, gab es keinen Grund, etwas aufzuschließen. Trotzdem sah ich, wie sie zögerte und ratlos einen Zeigefinger an die Wange legte wie jemand, der für ein Foto posiert. »Also, das ist ja merkwürdig.«

»Was?«, fragte ich. Ich ging zum Sekretär hinüber und sah hinein. Wir hatten den Stapel Bücher in der vergangenen Nacht weggestellt, und jetzt war nichts mehr auf dem Regal, außer einem kleinen Messingelefanten und einem gerahmten Foto von einem Hündchen mit einem Stock im Maul.

»Ich kann Elaines Rechnungen nicht finden, aber sie müssen hier sein«, sagte sie. »Also, ist das nicht seltsam.« Sie sah die Regale noch einmal an und öffnete dann die Schubladen eine nach der anderen und durchsuchte ihren Inhalt.

Sie ging in die Küche und wühlte in der großen schwarzen Plastiktüte, in die wir all das zerbrochene Glas und die anderen Trümmer der vergangenen Nacht geworfen hatten. Es gab keine Spur von den Rechnungen.

»Kinsey, gestern waren sie noch in dem Sekretär. Ich habe sie selbst gesehen. Wo können sie geblieben sein?«

Sie sah mich an. Es bedurfte keines großen Gedankenblitzes, um auf die nahe liegendste Möglichkeit zu kommen.

»Könnte *sie* sie mitgenommen haben?«, fragte Tillie. »Diese

Frau, die letzte Nacht eingebrochen ist? War sie nur dahinter her?«

»Tillie, ich weiß es nicht. Irgendetwas hatte mich die ganze Zeit gestört«, erwiderte ich. »Es gibt wenig Sinn, sich vorzustellen, dass jemand hier einbricht, während Sie da sind, nur um die Wohnung auseinander zu nehmen. Sind Sie sicher, dass Sie sie gestern noch gesehen haben?«

»Natürlich. Ich habe den neuen Stapel Rechnungen zusammen mit den anderen auf das Regal gelegt. Sie waren genau hier. Und ich kann mich nicht erinnern, sie gesehen zu haben, als wir aufräumten. Sie?«

Ich dachte nach und wühlte in meinem Gedächtnis. Ich hatte die Rechnungen nur einmal gesehen, als ich das erste Mal mit Tillie gesprochen hatte. Aber warum sollte sich jemand die Mühe machen, sie zu stehlen? Es ergab keinen Sinn.

»Vielleicht hat sie Sie absichtlich zu Tode erschreckt, um Sie aus dem Weg zu haben, während sie die Wohnung durchsuchte«, sagte ich.

»Na, dann war das der richtige Weg. Um nichts in der Welt wäre ich aus meinem Zimmer gekommen! Aber warum sollte sie das tun? Ich verstehe das nicht.«

»Ich auch nicht. Ich kann jederzeit Duplikate der Rechnungen bekommen, aber es wird eine Wahnsinnsarbeit sein, und ich würde es lieber nicht tun, wenn es sich vermeiden lässt.«

»Ich möchte wissen, wer den Schlüssel zu meinem Apartment hat. Der Gedanke lässt mir das Blut in den Adern erstarren.«

»Kann ich Ihnen nicht verdenken. Passen Sie auf, Tillie. Nichts geht mir mehr auf die Nerven als sechzehn unbeantwortete Fragen auf einmal. Ich werde sehen, was ich über diesen Mord nebenan herausfinden kann. Er muss irgendwie damit zusammenhängen. Haben Sie in letzter Zeit mit Leonard Grice gesprochen?«

»Oh, er war nicht mehr hier, seit es passiert ist«, meinte sie. »Ich habe ihn zumindest nicht gesehen.«

»Was ist mit den Snyders auf der anderen Seite? Glauben Sie, sie könnten uns weiterhelfen?«

»Vielleicht. Soll ich mit ihnen reden?«

»Nein, das brauchen Sie nicht. Ich werde das selbst erledigen. Nur eine Sache noch. Leonard Grice hat einen Neffen … einen Jugendlichen mit einem rosafarbenen Irokesenschnitt.«

»Mike.«

»Ja, der. Besteht eine Möglichkeit, dass er die Person war, die letzte Nacht hier eingebrochen ist? Ich habe gerade da draußen mit ihm gesprochen. Er ist nicht besonders groß, er könnte im Dunkeln gut wie eine Frau ausgesehen haben.«

»Ich glaube nicht«, sagte sie mit offener Skepsis. »Ich könnte es nicht beschwören, aber ich glaube nicht, dass er es war.«

»Na, ja. Nur so ein Gedanke. Ich mag keine Vermutungen über das Geschlecht anstellen. Es kann wirklich jeder gewesen sein. Ich werde nach nebenan gehen und sehen, was die Snyders zu sagen haben. Passen Sie gut auf sich auf.«

Das Haus Nummer 2093 war der Struktur nach das Gleiche wie das, was abgebrannt war … gleiche Größe, die gleichen schiefen Proportionen, die gleichen weißen Balken und roten Ziegel. Die Ziegel selbst waren grob geformt, eine geschickte Imitation gebrannten Lehms. Vor dem Haus stand ein ZU-VERKAUFEN-Schild, über das ein Streifen geklebt war, der stolz verkündete VERKAUFT!, als hätte just, bevor ich den Weg hinaufging, eine Auktion stattgefunden. Ein großer Baum überschattete den Hof. Dunkler Efeu würgte seinen Stamm und verteilte sich in alle Richtungen als dichter Teppich, der den Weg fast völlig bedeckte. Ich ging die Verandastufen hinauf und klopfte an der Tür. In der Eingangstür befand sich eine große Glasscheibe, die von einer durchsichtigen, weißen, zwischen zwei Stäben gespannten Gardine verdeckt war. Einen Moment später schob jemand die Gardine zur Seite und spähte hinaus.

»Mr Snyder?«

Die Gardine wurde losgelassen, und die Tür öffnete sich einen Spaltbreit. Der Mann schien über siebzig zu sein, korpulent und gutmütig. Das Alter hatte ihm seinen Babyspeck und den Blick ernster Neugierde zurückgebracht.

Ich hielt ihm meine Karte hin. »Mein Name ist Kinsey Millhone. Haben Sie ein paar Minuten Zeit für mich? Ich versuche, Elaine Boldt aufzuspüren, die dort in der großen Wohnanlage wohnt, und Tillie Ahlberg riet mir, mit Ihnen zu sprechen. Können Sie mir behilflich sein?«

Mr Snyder löste die Sicherung an der Tür. »Ich werde tun, was ich kann. Kommen Sie herein.« Er hielt die Tür auf, und ich trat ein. Im Haus war es so düster wie im Innern einer Konservenbüchse, und es roch nach gekochtem Sellerie.

Aus dem hinteren Teil des Hauses rief eine schrille Stimme: »Was ist los? Wer ist denn da, Orris?«

»Jemand, den Tillie geschickt hat.«

»Wer?«

»Warten Sie einen Moment«, bat er mich, »sie ist taub wie ein Stück Rasen. Setzen Sie sich.«

Mr Snyder polterte nach hinten. Ich ließ mich auf einem gepolsterten Stuhl mit hölzernen Armlehnen nieder. Der Stoff war ein dunkler, kastanienbrauner Plüsch mit einem reliefartigen Muster. Es stellte eine unbestimmte Pflanzenart dar, die ich in der Natur noch nie gesehen hatte. Der Sitz war rissig, überall waren scharfe Kanten, und er roch nach Staub. Es gab eine passende Couch dazu, die mit Zeitungen voll gepackt war; ferner einen niedrigen Teetisch aus Mahagoni mit einer ovalen Glasplatte, die aber kaum noch sichtbar war, weil so viel Zeug oben drauf lag: eselsohrige Taschenbücher, Plastikblumen in einer Keramikvase, die geformt war wie zwei sich umarmende Mäuse, eine Bronzeversion der Betenden Hände, sechs Bleistifte mit abgekautem Radiergummi, Pillendöschen und ein Becher, der offensichtlich heiße Milch enthalten hatte, wovon ein spitzenartiges Muster auf dem Glas zeugte. Außerdem stand da ein unerklärlicher Stapel zellophanverpackter Pfannkuchen. Ich beugte mich vor und kniff die Augen zusammen. Es war eine Kerze. Mr Snyder hätte den gesamten Tisch hinausstellen und als Haushaltsauflösung verkaufen können.

Vom hinteren Ende des Hauses konnte ich seine entnervten Erklärungen an seine Frau hören. »Das ist niemand, der uns etwas verkaufen will«, bellte er. »Es ist eine Frau, die Tillie hergeschickt hat, und sie sagt, sie sucht Mrs Boldt. Boldt!! Diese Witwe, die über Tillie wohnt. Die, die manchmal mit Leonard und Martha Karten gespielt hat.«

Es gab einen schwachen Zwischenruf, dann wurde seine Stimme leiser.

»Nein, du musst nicht aufstehen! Bleib liegen. Ich mache das schon.«

Kopfschüttelnd und mit geröteten Wangen kehrte er zurück. Sein Oberkörper ging nahtlos in die beleibte Taille über. Er musste die Hose unter dem großen Bauch mit einem Gürtel festhalten, und die Hosenbeine schlotterten ihm um die Knöchel. Nervös zupfte er daran herum, offenbar aus Überzeugung, er würde sie verlieren, wenn er nicht aufpasste. Er trug Pantoffeln, aber keine Socken, und die Haare hatten sich von den Knöcheln abgescheuert, die dünn und weiß wie Suppenknochen waren.

»Machen Sie doch das Licht da an«, forderte er mich auf. »Sie knausert gern mit Strom. Die meiste Zeit sehe ich überhaupt nichts.«

Ich beugte mich zu der Stehlampe und zog an der Kette. Eine Vierzig-Watt-Birne leuchtete auf und summte leise, aber dadurch wurde es nicht viel heller. Ich hörte ein gleichmäßiges Schlagen und Schlurfen im Flur.

Mrs Snyder erschien. Sie schob ein Laufgestell vor sich her. Sie war klein und zerbrechlich, und ihr Kiefer arbeitete unaufhörlich. Starr blickte sie auf den Holzfußboden, auf dem ihre Füße ein klebriges Geräusch beim Gehen hinterließen, als wäre der Boden zwar versiegelt, aber niemals richtig gereinigt worden. Sie blieb stehen und hielt sich mit zitternden Händen an ihrer Gehhilfe fest. Ich stand auf und hob die Stimme.

»Möchten Sie sich hierhin setzen?«, fragte ich sie.

Sie suchte mit wässerigen Augen die Wand ab, um die Geräuschquelle auszumachen. Ihr Kopf war winzig wie ein kleiner Kürbis, der zu lange herumgelegen hatte und nun durch innere Fäulnis verschrumpelte. Ihre Augen waren wie schmale, eingefallene Vs, und ein Zahn stand wie ein Kerzendocht aus ihrem Unterkiefer hervor. Sie wirkte verwirrt.

»Was?«, sagte sie, aber in der Frage schwang ein hoffnungsloser Klang. Vermutlich wurde ihr nicht mehr sehr oft geantwortet.

Snyder winkte mir ungeduldig zu. »Es geht ihr gut. Lassen Sie sie einfach in Ruhe. Der Doktor meint sowieso, sie muss öfter auf die Beine kommen«, meinte er.

Ich sah ihr besorgt zu. Sie stand weiterhin da und wirkte durcheinander und erschrocken wie ein Baby, das zwar gelernt hat, sich an den Stäben seines Bettchens hochzuziehen, nun aber nicht weiß, wie es sich wieder setzen soll.

Mr Snyder ignorierte sie und setzte sich breitbeinig auf die Couch. Sein Bauch füllte den Raum zwischen den Beinen wie ein dicker Sack aus, der ihm so beschwerlich sein musste wie ein ausgestopftes Clownskostüm. Er legte die Hände auf die Knie und widmete mir seine ganze Aufmerksamkeit, als ob ich seine gesamte Lebensgeschichte für einen Auftritt in »Das war ihr Leben« aufnehmen wollte.

»Seit vierzig Jahren sind wir jetzt in diesem Haus«, begann er. »Damals, neunzehnhundertdreiundvierzig, haben wir es für viertausend Dollar gekauft. Von so ’nem billigen Haus haben Sie noch nie gehört, nicht? Heute ist es hundertfünfzehntausend wert. Bloß der Boden, auf dem wir sitzen. Da ist das Haus noch gar nicht mitgerechnet. Sie können es abreißen und hier hinsetzen, was Sie wollen. Verdammt, sie kann nicht mal ihr Gehgestell in den Schrank kriegen. Und Leonard von nebenan, der hat sein Haus beinah für hundertfünfunddreißig verkauft, war schon beim Notar und alles, und dann fiel das Geschäft ins Wasser. Das hat ihn fast fertig gemacht. Er tut mir wirklich Leid. Haus verbrannt, Frau tot. Wie würde die Jugend von heute sagen … sein Karma war schlecht.«

So redete er immer weiter, während ich mir gedankliche Notizen machte. Das lief ja besser, als ich gehofft hatte. Ich hatte gedacht, ich hätte ein bisschen herumschwindeln müssen, um das Gesprächsthema vorsichtig von Elaines Verbleib auf den Mord nebenan zu bringen, doch nun saß Orris Snyder hier vor mir und machte aus dem Stegreif eine Zeugenaussage. Ich bemerkte, dass er innehielt. Er sah mich an.

»Haben Sie das Haus verkauft? Ich habe das Schild draußen gesehen.«

»Verkauft«, sagte er befriedigt. »Wir können jetzt ins Altersheim gehen, sobald die Kinder hier zusammengepackt haben. Sind schon offiziell vorgemerkt. Stehen auf der Liste und so. Sie ist alt. Die meiste Zeit weiß sie nicht mal mehr, wo sie ist. Wenn hier ein Feuer ausbrechen würde, würde sie daliegen und brutzeln.«

Ich sah zu seiner Frau hinüber, die ihre Knie geschlossen hielt. Ich fürchtete, sie könnte ohnmächtig werden, aber er schien sich keine Gedanken darüber zu machen. Sie hätte genauso gut ein Garderobenständer sein können.

Snyder fuhr fort, als würde er durch ein unsichtbares Publikum angetrieben. »Jawoll, ich habe es verkauft. Sie hätte gern einen Anteil gehabt, aber das Haus geht auf meinen Namen, und es gehört mir ganz allein. Viertausend Dollar hab ich gezahlt. Also, das nenn' ich ein Geschäft, Sie nicht auch?«

»Ja, das ist gut«, erwiderte ich. Ich sah wieder zu seiner Frau hinüber. Ihre Beine begannen zu zittern.

»Warum gehst du nicht wieder ins Bett zurück, May?«, fragte er und sah mich dann mit einem missbilligenden Kopfschütteln an. »Sie kann nicht gut hören. Das Gehör kommt und geht.

Hat schon Stecker in den Ohren, und alles, was sie sieht, sind lebende Schatten. Letzte Woche hatte sich ein Bein von ihrem Gehgestell in der Besenschranktür verhakt, und sie brauchte sechsundvierzig Minuten, bis sie loskam. Alter Trottel.«

»Möchten Sie, dass ich Ihnen helfe, sie ins Bett zu bringen?«, fragte ich.

Snyder mühte sich auf der Couch ab und drehte sich zur Seite, um aufstehen zu können. Er kam auf die Füße und ging dann zu ihr hinüber und schrie ihr ins Gesicht: »Leg dich jetzt mal ein Weilchen hin, May, und später bring ich dir was zum Knabbern.«

Sie starrte ihm unverwandt auf den Hals, doch ich hätte schwören mögen, dass sie ganz genau wusste, worüber er sprach, und einfach mürrisch und eigensinnig war.

»Warum hast du das Licht angemacht? Ich dachte, es wäre Tag«, meinte sie.

»Es kostet nur fünf Cents, die Lampe brennen zu lassen«, erwiderte er.

»Was?«

»Ich sagte, es ist stockfinstere Nacht draußen, und du musst ins Bett gehen«, brüllte er.

»Na gut«, meinte sie, »dann werde ich wohl mal gehen.«

Umständlich schob sie ihr Gestell herum und lenkte es erfolgreich in die richtige Richtung. Ihr Blick streifte mich, und plötzlich schien sie mich durch den Nebel auszumachen.

»Wer ist das?«

»Das ist eine Frau«, unterbrach Snyder. »Ich habe ihr von Leonards Unglück erzählt.«

»Hast du ihr gesagt, was ich in der Nacht gehört habe? Von diesem Gehämmere, das mich wach hielt. Bilder wurden aufgehängt … peng, peng, peng. Ich musste eine Tablette nehmen, weil mein Kopf davon so schmerzte.«

»Das war nicht in derselben Nacht, May. Wie oft soll ich dir das noch sagen? Es kann nicht da gewesen sein, weil er nicht zu

Hause war, und er ist derjenige, der so etwas machen würde. Einbrecher hängen keine Bilder auf.«

Er sah zu mir herüber und drehte den Zeigefinger an der Schläfe herum, um anzudeuten, dass sie wirr redete.

»Klopfte und klopfte«, sagte sie, aber murmelte es nur noch zu sich selbst, während sie weghumpelte und die Gehhilfe vor sich her schob wie einen Kleiderständer.

»Keine ihrer Körperfunktionen ist geblieben«, sagte er zu mir über die Schulter hinweg. »Macht sich dauernd in die Hose. Ich musste jedes einzelne Möbelstück aus dem Esszimmer herausnehmen und ihr Bett reinstellen, genau da, wo das Büfett gestanden hat. An dem Tag, an dem ich sie heiratete, habe ich ihr gesagt, dass ich sie überlebe. Sie geht mir auf die Nerven. Das war damals schon so. Ich könnte genauso gut mit einem Stück Fleisch leben.«

»Wer ist an der Tür?«, beharrte sie.

»Niemand. Ich rede mit mir selbst«, erwiderte er.

Er schlurfte hinter ihr her in den Flur. Seine Fürsorge hatte etwas Zärtliches, trotz seiner Art, über sie zu sprechen. Auf jeden Fall schien sie nichts von seinen Sticheleien oder den kleinen Tyranneien zu bemerken. Ich fragte mich, ob er wohl dagestanden und die sechsundvierzig Minuten gestoppt hatte, die sie mit der Besenschranktür kämpfte. Enden alle Ehen so? Wenn ich alte Paare Händchen haltend die Straße hinunterzockeln sah, habe ich ihnen immer mit diesem leicht verklärten Blick nachgeschaut, aber vielleicht ist es doch überall der gleiche Machtkampf hinter den geschlossenen Türen. Ich war selbst zweimal verheiratet, und beide Male endete es mit Scheidung. Manches Mal habe ich deshalb mit mir gehadert, aber jetzt bin ich nicht mehr sicher. Vielleicht bin ich dabei gar nicht so schlecht weggekommen. Ganz im Vertrauen: Ich werde lieber allein alt als in Gesellschaft von irgendjemandem, den ich bisher kennen gelernt habe. Ich erlebe mich nicht als einsam, unvollständig oder unbefriedigt, doch ich rede auch nicht oft darüber. Es scheint Leute abzustoßen – insbesondere Männer.

8

Mr Snyder kam ins Wohnzimmer zurück und ließ sich schwerfällig auf die Couch fallen. »Also dann.«

»Was wissen Sie über das Feuer nebenan?«, fragte ich. »Ich habe das Haus gesehen. Es sieht schrecklich aus.«

Er nickte und setzte sich zurecht, als ginge es um ein Fernsehinterview. Den Blick hatte er geradeaus vor sich gerichtet. »Nun, ja, die Feuerwehrwagen weckten mich abends um zehn. Zwei Stück. Ich schlafe sowieso nicht gut, und ich hörte, dass die Sirenen ganz hier in der Nähe waren, also stand ich auf und ging hinaus. Von überall her kamen die Nachbarn angerannt. Da kam schwarzer Rauch aus dem Haus, so was haben Sie noch nicht gesehen. Die Feuerwehrmänner kämpften sich den Weg ins Haus frei, und kurz darauf fraßen die Flammen schon die vordere Veranda. Die ganze Rückseite wurde gerettet. Sie fanden Marty, das war Leonards Frau, auf dem Boden liegend. Es muss genau an dieser Stelle gewesen sein«, sagte er und deutete Richtung Eingangstür. »Ich habe sie selbst nicht gesehen, aber Tillie sagt, sie war von Kopf bis Fuß verkohlt. Nur noch ein Bündel Stümpfe, wie ein Stück Holz.«

»Oh, ja? Tillie hat das mir gegenüber gar nicht erwähnt.«

»Sie hat den Rauch gesehen und gleich angerufen. Neun-einseins. Ich schlief meinen gesunden Schlaf. Wachte auf, als die Feuerwehrwagen die Straße hochgerast kamen. Ich dachte, sie würden direkt an uns vorbeifahren, aber dann sah ich die Lichter, und ich stand auf, zog einen Bademantel über und ging hinaus. Der arme Leonard war nicht mal zu Hause gewesen. Er kam, als das Feuer gerade gelöscht war. Brach sofort auf der Straße zusammen, als er hörte, dass sie tot war. Ich habe noch nie einen Mann gesehen, der so fertig war. Meine Frau, May, die wachte nicht mal auf. Sie hatte eine Pille genommen, außerdem ist sie sowieso taub wie ein Besen. Haben Sie ja selbst gesehen.

Wenn das Feuer hier ausgebrochen wäre, wär Schmorfleisch aus ihr geworden.«

»Wie spät war es, als Mr Grice nach Hause kam?«

»Ich weiß nicht genau. Fünfzehn, zwanzig Minuten, nachdem die Feuerwehr gekommen war, soweit ich mich erinnere. Er war mit seiner Schwester zum Essen ausgegangen, wie ich hörte, und er kommt nach Hause und findet seine eigene Frau tot vor. Seine Knie gaben nach, und dann trat er ab. Mitten auf dem Gehsteig, gar nicht weit von mir entfernt. Wurde weiß und fiel hin, als hätte ihm eine große Hand einen Stoß gegeben und ihn k. o. geschlagen. Es war das Schlimmste, was ich je gesehen habe. Sie brachten sie in einem verschlossenen Plastiksack raus –«

»Wie konnte Tillie sie dann gesehen haben?«, unterbrach ich ihn. »Ich meine, wenn sie in einem Leichensack lag?«

»Oh, das ist Tillie, sie sieht alles. Fragen Sie sie. Wahrscheinlich ist sie reingekommen, als die Tür eingeschlagen wurde, und hat die Leiche selbst gesehen. Allein der Gedanke macht mich schon krank.«

»Soweit ich weiß, ist Leonard seitdem bei seiner Schwester untergebracht?«

»Das habe ich auch gehört. Sie heißt Howe. Wohnt in der Carolina. Steht im Telefonbuch, wenn Sie mit ihm sprechen wollen.«

»Gut. Ich werde versuchen, ihn heute Nachmittag zu treffen. Hoffentlich kann er mir etwas darüber erzählen, wo Mrs Boldt möglicherweise abgeblieben ist.«

Ich stand auf und hielt ihm die Hand hin. »Sie waren mir eine große Hilfe.«

Mr Snyder kämpfte sich auf die Beine und schüttelte mir die Hand, dann ging er mit mir zur Tür.

Ich sah ihn neugierig an. »Worauf, glauben Sie, bezog sich Ihre Frau, als sie das Gehämmere in der Nacht erwähnte? Haben Sie eine Ahnung, was sie damit meinte?«

Er winkte ungeduldig ab. »Sie weiß nicht, worüber sie redet. Sie hat das alles durcheinander gebracht.«

Ich zuckte die Achseln. »Nun, auf jeden Fall hoffe ich, dass es Mr Grice gut geht. War er eigentlich ausreichend versichert? Sicherlich wäre das eine große Hilfe.«

Er schüttelte den Kopf und zupfte sich am Kinn. »Ich glaube nicht, dass er so besonders gut dasteht. Er und ich sind bei derselben Versicherungsgesellschaft, aber seine Police ist nicht besonders hoch, soviel ich weiß. Durch das Feuer und den Tod seiner Frau ist er so gut wie ruiniert. Er bekommt Frührente für seinen schlechten Rücken, verstehen Sie, und sie war seine einzige Unterstützung.«

»O Gott, das ist schlimm. Tut mir Leid, das zu hören«, sagte ich und nahm dann die Gelegenheit wahr. »Welche Versicherungsgesellschaft?«

»California Fidelity.«

Ah. Ich fühlte mein kleines Herzchen pochen. Dies war mein erster Erfolg. Ich arbeitete nämlich für sie.

Die California-Fidelity-Versicherungsgesellschaft ist ein kleines Unternehmen, das all den üblichen Kram vertritt, Leben und Krankheit, Hausrat und Auto, und ein paar Filialen in San Francisco, Pasadena und Palm Springs hat. In Santa Teresa ist das Stammbüro. Es belegt die zweite Etage eines dreistöckigen Gebäudes in der State Street, die genau durch das Herz der Stadt führt. Meine Ecke besteht aus zwei Räumen – einer zur Straße, einer nach innen führend – mit einem separaten Eingang. Am Anfang meiner Karriere arbeitete ich für die CF. Ich betrieb Nachforschungen bei Ansprüchen aus Feuerschäden oder unnatürlichen Todesfällen. Seitdem ich mein eigenes Geschäft habe, halten wir eine lockere Verbindung aufrecht. Im Tausch gegen meine Büroräume ziehe ich jeden Monat Erkundigungen für sie ein.

Ich ging ins Büro und hörte den Anrufbeantworter ab. Das Licht blinkte, aber das Band war bis auf ein Pfeifen und ein paar hohe Piepstöne leer. Eine Zeit lang hatte ich mal einen Antwortdienst engagiert, aber die Mitteilungen waren in der Regel vermurkst angekommen. Ich glaube, dass potenzielle Kunden nicht besonders scharf darauf waren, ihre Probleme einer zwanzigjährigen Telefonistin anzuvertrauen, die kaum schreiben konnte, geschweige denn die Zahlen auf die Reihe bekam. Ein Anrufbeantworter ist irritierend, aber er kann dem Anrufer zumindest mitteilen, dass ich weiblich bin und beim zweiten Klingelzeichen abnehme. Die Post war noch nicht da, also ging ich nach nebenan zu Vera Lipton, eine der California-Fidelity-Schadenssachverständigen.

Veras Büro liegt in der Mitte eines Labyrinths aus Zellen, die die Sachbearbeiter voneinander trennen. Jeder der kleinen Räume ist mit einem Schreibtisch, einem Aktenschrank, zwei Stühlen und einem Telefon ausgestattet, eher wie ein kleiner Buchmacherladen. Veras Nische ist an der Rauchwolke zu erkennen, die über den schulterhohen Trennwänden schwebt. Sie ist die einzige in der Firma, die raucht, und sie tut es leidenschaftlich. Sie stapelt die fleckigen Zigarettenfilter wie Ampullen voll destilliertem Nikotin. Außerdem ist sie Coca-Cola-süchtig und hat normalerweise eine Reihe leerer Flaschen um ihren Schreibtisch herum stehen, die sie im Verhältnis von einer Flasche pro Stunde dort anhäuft. Sie ist sechsunddreißig, allein stehend und sammelt Männer mit Leichtigkeit, obwohl ihr nie einer richtig zu passen scheint. Ich schielte in ihre Kabine.

»Was hast du mit deinen Haaren gemacht?«, fragte ich, als ich sie sah.

»Ich war die ganze Nacht auf. Es ist eine Perücke«, sagte sie. Sie steckte sich eine neue Zigarette zwischen die Zähne und biss leicht darauf, als sie sie anzündete. Ich habe schon immer ihren Rauchstil bewundert. Er ist locker und exquisit, graziös und kräftig. Sie deutete auf die Perücke, die blond gesträhnt war und einen Windstoß-Effekt hatte.

»Ich denke darüber nach, meine Haare so zu färben. Ich war schon seit Monaten keine Blondine mehr.«

»Mir gefällt's«, erwiderte ich. Ihre übliche Haarfarbe war goldbraun, eine Mischung aus verschiedenen Clairol-Angeboten, die im Farbton von Funkelnder Sherry bis Feurige Flamme variierte. Ihre Brille hatte heute einen Schildpattrahmen und große runde Gläser in der Farbe von Eistee. Brillen standen ihr so gut, dass sich andere Frauen bei ihrem Anblick wünschten, dass auch ihre Sehkraft nachließe.

»Es muss einen neuen Mann in deinem Leben geben«, sagte ich.

Vera zuckte ablehnend die Achseln und schüttelte den Kopf. »Eigentlich sind es sogar zwei, aber es war nicht so, wie du denkst. Ich habe ein Buch darüber gelesen, wie die neuen Technologien funktionieren. Laser und Geräte, die Analoges in Digitales umwandeln. Verstehst du, gestern wurde ich neugierig auf Elektrizität. Dabei stellt sich heraus, dass niemand wirklich weiß, was es ist. Beunruhigend, wenn du mich fragst. Aber eine großartige Terminologie: ›Impuls-Amplitude‹ und ›Oszillation‹. Vielleicht treffe ich mal einen, dem ich diese Worte sagen kann. Was ist mit dir? Willst du eine Cola?«

Sie hatte schon die unterste Schrankschublade geöffnet, in der sie einen kleinen, mit Eisstücken voll gepackten Kühleimer aufbewahrte. Sie nahm eine Flasche Cola in der Größe einer Babyflasche heraus und öffnete sie, indem sie sie unter dem Schubladengriff aus Metall verkeilte und eine schnelle Abwärtsbewegung machte. Sie bot mir die Flasche an, aber ich schüttelte den Kopf, und sie trank sie selbst aus. »Setz dich doch«, sagte sie dann und stellte die Flasche mit einem Knall auf den Schreibtisch.

Ich ging an einem Stapel Akten vorbei und setzte mich in den zweiten Stuhl. »Was weißt du über eine Frau namens Marty Grice, die vor sechs Monaten umgebracht wurde? Ich hörte, sie sei bei CF versichert gewesen.«

Vera fuhr sich leicht mit Daumen und Zeigefinger über die Mundwinkel. »Sicher, ich habe diesen Fall zugeteilt bekommen. Ich fuhr hinaus und sah mir den Ort zwei Tage nach dem Unglück an. Mein Gott, war das ein Durcheinander. Ich habe den Schadensnachweis noch nicht, aber Pam Sharkey sagt, sie wird ihn mir in den nächsten Wochen zukommen lassen.«

»Ist sie die Vertreterin?«

Vera nickte und zog an ihrer Zigarette. Sie blies den Rauch gerade hoch. »Die große Lebensversicherung war bereits abgelaufen, aber es gab eine kleine, gültige Zweitausendfünfhundert-Dollar-Police. Das reicht heutzutage nicht mal mehr, um einen Hund beerdigen zu lassen. Es gab außerdem eine Hausratversicherung für den Feuerschaden, aber der Mann war hoffnungslos unterversichert. Pam schwört sämtliche Eide, dass sie ihm geraten hatte, sich höher einstufen zu lassen, aber er wollte sich nicht mit den zusätzlichen Kosten belasten. Du weißt ja, wie die Leute sind. Sie versuchen, sechs Dollar zu sparen, und haben schließlich zwei-, dreihunderttausend in den Wind gesetzt, wenn sie mal den Boden unter den Füßen verlieren.« Sie schlug mit der Zigarette leicht auf den Rand der leeren Colaflasche und klopfte ordentlich die Asche hinein.

»Warum dauert die Erledigung der Sache so lange?«

Veras Mundwinkel zogen sich nach unten, und sie senkte ein Augenlid – eine Miene, die besagen sollte: »Viel Lärm um nichts«, obwohl ich mir nicht sicher war. »Wer weiß?«, sagte sie. »Man hat ein Jahr Zeit, den Antrag zu stellen. Pam sagt, er ist total fertig, seit seine Frau starb. Er kann kaum noch seinen eigenen Namen schreiben.«

»Hat sie ein Testament hinterlassen?«

»Nicht, dass ich wüsste. Die ganze Sache liegt sowieso seit den letzten fünf Monaten beim Nachlassgericht. Was hast du für ein Interesse daran? Untersuchst du ihren Tod?«

»Eigentlich nicht. Ich suche eine Frau, die nebenan gewohnt hat, als es geschah. Sie hat ein paar Tage später die Stadt verlassen und wurde seitdem nicht mehr gesehen. Ich denke immer noch, dass es da eine Verbindung geben muss. Ich hatte die Hoffnung, du würdest mir von einer richtig großen gültigen Police erzählen.«

»Die Cops hatten die gleiche Idee. Dein Kumpel Lieutenant Dolan hat tagelang praktisch auf meinem Schoß gesessen. Ich habe immer gesagt, ›Vergesst es! Der Typ ist fertig. Er wird keinen müden Cent mehr machen.‹ Vermutlich habe ich ihn letztendlich überzeugt, weil ich seitdem nichts mehr von ihm gehört habe. Was denkst du, dass Grice und die Puppe von nebenan unter einer Decke steckten?«

»Ja, das ging mir durch den Kopf. Ich habe ihn noch nicht getroffen, und ich habe keine Ahnung, ob ein Verhältnis zwischen den beiden bestanden haben könnte, aber es sieht verdächtig aus. Nach dem, was man mir erzählte, hat sie die Stadt Hals über Kopf verlassen, und sie war aufgeregt. Meine erste Vermutung war, dass sie vielleicht etwas gesehen hatte und wegfuhr, um nicht in die Sache hineingezogen zu werden.«

»Vielleicht.« Vera klang unschlüssig.

»Aber du glaubst es nicht.«

»Ich schau mir einfach seine Situation an. Wenn der Mann seine Frau aus Spaß und Profit umgebracht hat, dann war das sicher der falsche Weg. Warum hätte er die Police so herunterkommen lassen sollen? Wenn er schlau gewesen wäre, hätte er den Nennwert vor zwei, drei Jahren hinaufgesetzt, genügend Zeit verstreichen lassen, damit es nicht auffällig wirkte, und dann … zack, seine Frau ist tot und er kassiert. Wenn er sie ermordet hat, ohne Geld dabei herauszuschlagen, ist er ein Idiot.«

»Sofern er sie nicht aus dem Weg räumen wollte. Vielleicht war das alles, was ihn interessierte. Vielleicht war es eine List, die Police verfallen zu lassen.«

»Na, hör mal, wie soll ich das wissen? Ich bin nicht bei der Mordkommission.«

»Ich auch nicht. Ich versuche nur, herauszufinden, warum diese Frau verschwunden ist, und wo sie hingegangen sein könnte. Selbst wenn du Recht hast, und Grice hat nichts damit zu tun, könnte sie trotzdem noch etwas beobachtet haben. Diese Einbruchsgeschichte hört sich so unsagbar perfekt an.«

Vera lächelte zynisch. »Verdammt, vielleicht hat sie es selbst getan.«

»Mein Gott, du bist noch misstrauischer als ich.«

»Na ja, willst du die Nummer von Grice? Ich habe sie irgendwo hier.« Vera hielt inne, um den letzten Rest ihrer Zigarette in die Colaflasche zu werfen. Als die Glut mit dem Schluck übrig gebliebener Cola in Berührung kam, gab es einen kurzen Zischlaut. Sie zog eine Akte unter dem Stapel hervor und fand die Telefonnummer und die Adresse.

»Danke.«

Sie sah mich forschend an. »Hast du Interesse an einem arbeitslosen Raumfahrtingenieur? Er hat Knete. Er hat irgendein kleines Dingsbums erfunden, das nun überall in den Satelliten benutzt wird.«

»Wie kommt's, dass du ihn nicht willst?«, fragte ich. Vera neigte dazu, ihre Abgelegten wie Gastgeschenke anzubieten.

Sie verzog das Gesicht. »Eine Zeit lang war er okay, aber jetzt ist er auf dem Gesundheitstrip. Hat angefangen, Algenpillen zu schlucken. Ich will keinen Mann küssen, der den Abschaum des Wassers isst. Ich dachte, dir würde das vielleicht nichts ausmachen, weil du doch so sauber lebst. Vielleicht könntet ihr zwei zusammen joggen und getrocknete Seetangkekse knabbern. Wenn du Interesse hast, gehört er dir.«

»Du bist zu gut zu mir«, antwortete ich. »Ich werde die Augen offen halten. Möglicherweise treffe ich mal eine, die zu ihm passt.«

»Irgendwie bist du bei Männern zu wählerisch, Kinsey«, sagte sie tadelnd.

»*Ich* bin wählerisch?! Und was ist mit dir?«

Vera steckte sich eine weitere Zigarette zwischen die Zähne, und ich beobachtete, wie sie ein kleines goldenes Feuerzeug entzündete, bevor sie weitersprach.

»Ich denke, Männer sind wie Pralinen. Ich möchte einen kleinen Biss in jeden machen und dann weitergehen, bevor die ganze Schachtel alt wird.«

9

Inzwischen war es halb zwei, und soweit ich mich erinnern konnte, hatte ich noch nicht zu Mittag gegessen. Ich fuhr zu einem Schnellrestaurant, parkte und ging hinein. Ich hätte meine Bestellung auch einer elektronischen Kellnerin zubrüllen und dann im Auto während der Fahrt essen können, aber ich wollte zeigen, dass ich Stil besaß. Für einen Dollar und neunundsechzig Cents schlang ich einen Cheeseburger, Pommes frites und eine Cola hinunter und befand mich nach genau sieben Minuten wieder auf der Straße.

Das Haus, in dem Leonard Grice angeblich wohnte, lag in einem schäbigen Häuserblock direkt neben dem Freeway. Die kurvigen Straßen in der Umgebung waren nach Bundesstaaten benannt, angefangen mit denen der Ostküste. Ich fuhr also durch Maine-, Massachusetts-, New York- und Rhode-Island-Straßen und geriet in ein raffiniertes Einbahnstraßensystem, in dem Vermont und New Jersey zu Sackgassen wurden. Es schien, als wäre der Erbauer bis zur Colorado Avenue gekommen, bevor ihm entweder die Dollars oder die Geografiekenntnisse ausgegangen waren. Über eine lange Strecke freier Grundstücke standen von Zeit zu Zeit Pfosten, an denen kleine weiße Fetzen hingen, die dieses Gelände als unerschlossen auswiesen.

Die meisten dieser Häuser waren in den fünfziger Jahren erbaut worden. Die Bäume waren gut gediehen und beherrschten jetzt die kleinen Grundstücke. Die Häuser waren abwechselnd blassrosa und blassgrün verputzt. Eines war das Spiegelbild des nächsten, wie ein Blech voller Kuchen auf einem Bäckereiregal. Alle hatten die gleichen steinbedeckten Dächer, als wäre ein Vulkan in der Nähe ausgebrochen und hätte eine dünne Ascheschicht regnen lassen. Das gesamte Gebiet schien von weit geöffneten Garagenmäulern geprägt zu sein, und ich war dem Blick auf ein Durcheinander von Gartengeräten und Campingzubehör, Spielzeug, Werkzeug, staubigen Koffern und verbeulten Kühlschränken ausgesetzt. Überraschend wenige Autos waren zu sehen, und ich hatte den Eindruck, hier handelte es sich um eine Gemeinde, die angesichts einer Naturkatastrophe verlassen worden war. Vielleicht hatte eine Seuche ihren Weg hierher genommen, oder vielleicht waren giftige Abfälle im Boden aufgetaucht und hatten alle Hunde und Katzen getötet und Löcher in Kinderfüße geätzt. An der Kreuzung von Maryland und Virginia fuhr ich rechts.

In der Carolina hatten ein paar wagemutige Geister ihre Häuser mit Schiefer- oder Zedernschindeln verkleidet; einige andere hatten sich für orientalische Effekte entschieden – Spaliere aus Sperrholz mit geometrischen Ausschnitten, die chinesisch wirken sollten, und hochgezogene Dachecken im festlichen Pagodenstil der fünfziger Jahre. Verglichen mit den neueren Vierteln in den Außenbezirken von Santa Teresa waren diese Häuser schäbig. Spuren einer schlechten Bauweise trieben an der Oberfläche wie Hühnerfett auf selbstgekochten Suppen. Im Putz gab es Risse, die Fensterläden waren verzogen. Das Furnier der Eingangstüren schälte sich in Streifen ab. Sogar die Vorhänge hingen schief, und ich konnte mir vorstellen, wie der Mörtel in den Badezimmern Beulen warf und die Wasserhähne vor Rost starrten.

Die Howes hatten die Wiese vor ihrem Haus gegen einen Steingarten eingetauscht. Das struppige Gras war offensichtlich unter Tonnen von Sand begraben und mit malvenfarbigen und grünen Kiesschichten bedeckt worden. Ich konnte noch einen

Streifen der schwarzen Plastikplane an einer Ecke hervorlugen sehen, wo man den Versuch gemacht hatte, das Unkraut zu verdrängen. Das Bermudagras hatte sich der Herausforderung gestellt und schlängelte sich in aller Ruhe seinen Weg durch den Kies. Eine Vogelbadewanne war zwischen den Kakteen befestigt, und ein Eichhörnchen aus Gussbeton tauchte in einer Haltung von scheinbar immer währendem, steinernem Optimismus aus einem Kaktus auf: Ich bezweifelte, dass es im weiten Umkreis ein lebendes Eichhörnchen gab. Ich parkte den Wagen und ging zum Haus hinauf. Die Kladde, die ich immer auf dem Rücksitz liegen habe, nahm ich mit. Die Garage der Howes war geschlossen und ließ diesen Ort leer und nichts sagend erscheinen. Die lange, niedrige Verandalinie wurde durch Efeu verdunkelt, der zwar malerisch aussah, aber, wie ich wusste, in der Lage war, das Dach einfach abzuheben. Die Vorhänge waren geschlossen. Ich klingelte, aber es gab kein bestätigendes »Ding-Dong« drinnen. Eine Minute verging. Ich klopfte. Die Frau, die an die Tür kam, war gebeugt. Ihre blassen, blauen Augen betrachteten zögernd mein Gesicht.

»Mrs Howe?«

»Ich bin Mrs Howe«, sagte sie.

Ich fühlte mich wie in Lektion eins auf einer Fremdsprachenplatte. Sie hatte dunkle Ringe unter den Augen und eine Stimme, so fade und trocken wie Kräcker.

»Ich hörte, dass Leonard Grice hier wohnt. Stimmt das?«

»Ja.«

Ich hielt meine Kladde hoch. »Ich bin von der Versicherungsgesellschaft und würde gern ein paar Worte mit ihm wechseln.« Ein Wunder, dass Gott nicht auf der Stelle herabfuhr und mir für meine Lügen die Zunge mit der Wurzel herausriss.

»Leonard ruht sich gerade aus. Kommen Sie doch ein anderes Mal wieder.« Sie wollte die Tür schließen.

»Es dauert nur eine Minute.« Schnell steckte ich die Kladde in den Spalt. So würde sie die Tür niemals schließen können.

Sie hielt inne. »Der Doktor gibt ihm immer noch Beruhigungsmittel.« Ein falscher Schluss, aber ihr Standpunkt war klar.

»Verstehe. Nun, ich will ihn natürlich nicht stören, aber ich würde ihn wirklich gern mal sprechen, zumal ich den weiten Weg hier heraus gemacht habe.« Ich versuchte, gewinnend zu klingen, versagte aber sichtlich.

Sie schaute mich standhaft an, und ich sah, wie ihr die Röte ins Gesicht stieg. Sie blickte zur Seite, als wollte sie einen unsichtbaren Begleiter befragen. Plötzlich trat sie zurück und ließ mich ein, machte dabei aber den Eindruck, als würde sie im Stillen fluchen. Sie hatte feine, graue, schulterlange Haare, die zu einem strengen Pagenschnitt frisiert waren. Die Ponyfransen entlang der Stirn waren in einem Stil geschnitten, den ich seit den June-Allyson-Filmen nicht mehr gesehen habe, die, in denen sie so sehr liebte und so sehr litt. Mrs Howe trug eine einfache weiße Bluse und einen adretten anthrazitgrauen Wollrock. Sie hatte eine stämmige Taille. Woher kommt es eigentlich, dass Frauen mittleren Alters immer aussehen, als wären sie schwanger?

»Ich werde sehen, ob er mit Ihnen sprechen kann«, meinte sie und verließ den Raum.

Ich wartete direkt an der Eingangstür und bemerkte mit einem schnellen Blick in die Runde den geknüpften Teppich, den gemauerten, weißgestrichenen, offenen Kamin, ein Ölgemälde darüber mit Wellen, die auf Felsen krachten. Sie hatte das Gemälde offensichtlich als Mittelpunkt ihres Dekorationsschemas benutzt, denn die Couch und die Ohrensessel waren in dem gleichen leidenschaftlichen Türkiston gepolstert, in einem Stoff, der leicht feucht wirkte. Ich hasste diesen Teil meiner Arbeit – mich hartnäckig in die Sorgen und Nöte anderer Menschen einzumischen und ihre Privatsphäre zu verletzen. Ich kam mir vor wie ein Vertreter an der Tür, der den Leuten unerwünschte Serien eines Naturlexikons, komplett mit imitiertem Walnussschuber, aufdrängt. Außerdem hasste ich mich unterschwellig für meine Vorurteile. Was wusste ich schon von Frisuren? Was wusste ich über Wellen, die auf Felsen krachen? Vielleicht sagte das Türkis ja genau, was sie über diesen Raum sagen wollte.

Als Leonard Grice erschien, fühlte ich meinen Mut sinken. Er sah nicht aus wie ein Mann, der seine Frau umgebracht hat, so sehr mir diese Theorie gefiel. Er war vielleicht Anfang fünfzig, bewegte sich aber wie ein alter Mann. Er sah nicht schlecht aus, doch sein Gesicht war bleich und die Wangen eingefallen, als hätte er kürzlich viel Gewicht verloren. Sein Blick war leer, und er hielt die Hände beim Gehen vor sich, als ginge er mit verbundenen Augen. Er machte ganz den Eindruck eines Mannes, der im Dunkeln schwer über etwas gestolpert war und sichergehen wollte, dass ihm das nicht noch mal passiert. Natürlich war es möglich, dass er sie ermordet hatte und nun von Schuldgefühlen und Reue geplagt wurde, aber die Mörder, denen ich in meiner kurzen Karriere begegnet bin, waren immer entweder heiter oder nüchtern, als könnten sie nicht verstehen, warum so ein Theater darum gemacht wurde.

Die Hand an seinem Ellbogen, ging Leonards Schwester neben ihm her und achtete darauf, wo er seine Füße hinsetzte. Sie half ihm zu einem Stuhl und warf mir einen Blick zu, der klar ihre Hoffnung ausdrückte, dass ich über die Scherereien, die ich verursacht hatte, zufrieden sein könnte. Zugegebenermaßen fühlte ich mich tatsächlich mies.

Er setzte sich. Scheinbar kam er jetzt zu sich. Er langte automatisch nach einer Schachtel Camel in seiner Hemdtasche, während Mrs Howe sich auf dem Rand der Couch niederließ.

»Entschuldigen Sie, dass ich Sie stören muss«, begann ich, »aber ich habe eben mit dem Sachbearbeiter der California Fidelity gesprochen, und da gibt es ein paar Einzelheiten, die wir noch klären möchten. Haben Sie etwas dagegen, mir einige Fragen zu beantworten?«

»Er kann es sich kaum leisten, nicht mit der Versicherungsgesellschaft zusammenzuarbeiten«, unterbrach sie verdrießlich.

Leonard räusperte sich und strich zweimal ohne Erfolg ein Streichholz an der Reibfläche eines Streichholzheftchens entlang. Seine Hände zitterten, und ich bezweifelte, dass er es schaffen würde, die Flamme an das Ende seiner Zigarette zu bringen, selbst wenn er eines entzünden könnte. Mrs Howe nahm das Päckchen und zündete ihm das Streichholz an. Er inhalierte tief.

»Sie müssen mich entschuldigen«, meinte er, »der Doktor gibt mir ein Medikament, das das hier verursacht. Ich bin in Frührente wegen meines Rückens. Was genau möchten Sie wissen?«

»Ich habe diesen Fall erst kürzlich übertragen bekommen, und ich dachte, es könnte mir helfen, Ihren eigenen Bericht über das, was an jenem Abend geschah, zu hören.«

»Warum, um Himmels willen?«, rief Mrs Howe.

»Geht schon in Ordnung, Lily«, fiel er ein, »es macht mir nichts aus. Ich bin sicher, sie hat ihre Gründe, warum sie das wissen will.« Seine Stimme war jetzt kräftiger und verwischte den ursprünglichen Eindruck von Schwäche. Er nahm einen tiefen Zug aus seiner Zigarette und ließ sie in der Gabelung zwischen Zeige- und Mittelfinger ruhen.

»Meine Schwester ist verwitwet«, begann er, als wollte er so ihre Kampfbereitschaft erklären. »Mr Howe starb vor eineinhalb Jahren an einem Herzinfarkt. Danach gewöhnten Marty und ich uns an, Lil einmal in der Woche zum Essen auszuführen. Es war vor allem eine Möglichkeit, den Kontakt zueinander aufrechtzuerhalten und einander zu besuchen. Nun, an jenem Abend wollte Marty wie immer mitgehen, aber sie sagte, sie habe das Gefühl, eine Grippe sei im Anzug, und entschied sich im letzten Moment, zu Hause zu bleiben. Lil hatte Geburtstag, und Marty war enttäuscht, weil sie wusste, dass die Kellner einen kleinen Kuchen bringen und ein Ständchen halten würden ... Sie kennen das ja. Sie wollte Lilys Gesicht dabei sehen. Jedenfalls dachte sie, wenn es ihr nicht gut ginge, könnte sie allen den

Abend verderben, also blieb sie.« Er machte eine Pause und nahm einen tiefen Zug von seiner Zigarette. Ein langes Stück Asche hatte sich gebildet, und Lily schob ihm genau in dem Moment einen Aschenbecher zu, als es runterfiel.

»Sind Sie jedes Mal am gleichen Wochentag ausgegangen?«, fragte ich.

Er nickte. »In der Regel dienstags.«

Pflichtbewusst machte ich mir eine Notiz auf dem amtlichen Block meiner Kladde. Ich hoffte, es würde aussehen, als hätte ich offizielle Gründe, dieses ganze Zeug zu fragen. Ich gab vor, in ein oder zwei Listen nachzusehen, indem ich eine Seite zurückschlug. Ich fand, die Kladde war ein geschickter Zug gewesen. Ich denke, Lily fand das auch. Die blinzelte hinüber und wollte sehen, ob ich auch etwas von dem, was sie zu sagen hatte, aufschrieb.

»Das ist der beste Abend für mich«, versuchte sie es. »Meine Haare werden immer dienstags gelegt, und ich gehe gern aus, wenn sie hübsch aussehen.«

»Dienst. Friseur«, schrieb ich. »Wie viele Leute wussten, dass Sie dienstags auszugehen pflegten?«

Leonard schaute mich mit einem merkwürdigen Blick an. Die Medikamente hatten seine Pupillen ganz geöffnet, zu vollendeten schwarzen Löchern, die aussahen, wie mit dem Papierlocher gestanzt.

»Wie bitte?«

»Ich frage mich, wie viele Leute von Ihrem Ausgehabend wussten. Wenn der Einbrecher jemand war, den Sie kannten, könnte er gedacht haben, dass Sie wie üblich ausgegangen waren.«

Seine Miene flackerte unsicher. »Ich verstehe nicht, was das mit dem Versicherungsanspruch zu tun hat«, meinte er.

Jetzt musste ich vorsichtig mit der Formulierung meiner Antwort sein, weil er den Finger auf den schwachen Punkt meiner Scharade gelegt hatte. Meine Fragen hatten mit nichts etwas zu tun, außer damit, herauszufinden, ob Elaine den Mörder gesehen haben könnte. Bis jetzt wusste ich nicht einmal, was tatsächlich an jenem Abend geschehen war, und deshalb versuchte ich, die nötigen Informationen herauszubekommen. Lieutenant Dolan würde sie mir sicher nicht verraten, das war klar.

Ich lächelte kurz und sprach mit lockerer Stimme weiter. »Natürlich sind wir daran interessiert, diese Tat aufgeklärt zu sehen«, sagte ich. »Wir könnten eine Ermittlung in diesem Fall benötigen, bevor der Anspruch ausgezahlt wird.«

Alarmiert durch seine Zurückhaltung, blickte Lily erst Leonard, dann wieder mich an. »Was für eine ›Ermittlung‹?«, fragte sie. »Ich verstehe nicht, was Sie meinen.«

Leonard verlegte sich wieder auf seine ursprüngliche Haltung. »Schau, Lil, das kann doch nur helfen«, beschwichtigte er. »Die Versicherungsgesellschaft will der Sache auf den Grund gehen, genau wie wir auch. Die Polizei hat seit Monaten nichts mehr getan.« Er sah mich wieder an. »Sie müssen entschuldigen, aber Lil ...«

Sie warf ihm einen Blick zu. »Entschuldige dich nicht für mich, wenn ich hier neben dir sitze«, stieß sie hervor. »Du bist zu vertrauensselig, Leonard. Das ist es, was bei dir nicht stimmt. Marty war genauso. Wenn sie ein bisschen vorsichtiger gewesen wäre, konnte sie heute noch leben!«

Sie zögerte und schloss den Mund. Dann überraschte sie mich mit ein paar Einzelheiten. »Sie telefonierte mit mir an diesem Abend, und es kam jemand an ihre Tür. Sie hängte ein, um nachzusehen, wer es war.«

Er fiel ein. »Die Polizei sagt, es ist möglich, dass sie die Person gekannt hat, oder es könnte jemand aus der Straße gewesen sein. Die Polizei sagt, dass Einbrecher oft schellen, wenn Licht brennt. Wenn jemand die Tür öffnet, können sie so tun, als hätten sie sich in der Adresse geirrt. Kommt keiner, können sie loslegen und einbrechen.«

»Gab es Anzeichen für einen Kampf?«

»Ich glaube nicht«, erwiderte Leonard. »Nicht, dass ich wüsste. Ich habe das Haus selbst durchsucht, aber ich konnte nichts Fehlendes entdecken.«

Ich sah wieder zu Lily hinüber. »Warum hatte sie Sie angerufen?«, fragte ich. »Oder riefen Sie bei ihr an?«

»Ich habe sie angerufen, als wir zurückkamen«, sagte sie. »Wir kamen ein bisschen später, als wir dachten, und Leonard wollte nicht, dass sie sich sorgte.«

»Und sie klang normal, als Sie mit ihr sprachen?«

Lily nickte. »Sie klang okay. Sie klang wie immer. Leonard redete eine Weile mit ihr und gab sie dann wieder an mich zurück. Wir wollten gerade Schluss machen, als sie sagte, dass jemand an der Tür sei und sie aufmachen müsse. Ich wollte erst vorschlagen, dranzubleiben, aber wir waren sowieso fertig, also verabschiedete ich mich und hängte ein.«

Leonard zog ein Taschentuch aus der Tasche und presste es gegen seine Augen. Seine Hände begannen zu zittern, und ein Beben lag in seiner Stimme. »Ich weiß nicht einmal, wie ihre letzten Minuten waren. Die Polizei sagt, der Kerl muss ihr mit einem Baseballschläger oder einem ähnlich großen Gegenstand direkt ins Gesicht geschlagen haben. Sie muss schreckliche Angst gehabt haben –«

Seine Stimme erstarb.

Ich fühlte, wie ich mich innerlich wand, aber ich sagte nichts. Tatsächlich kam mir in den Sinn, so schäbig es klingt, dass ein Baseballschläger im Gesicht einem nicht mehr viel Zeit lässt, etwas zu fühlen. Knack! Weg bist du. Keine Angst, keine Schmerzen. Die Lichter gehen einfach aus.

Lily beugte sich hinüber und legte ihre Hand auf seine. »Sie waren zweiundzwanzig Jahre verheiratet.«

»Und gute Jahre«, sagte er in einem beinahe streitlustigen Ton. »Wir sind nie böse aufeinander zu Bett gegangen. Das haben wir uns früh zur Regel gemacht. Jedes Mal, wenn wir uns gestritten hatten, haben wir das wieder ins Reine gebracht. Sie war eine prima Frau. Schlauer als ich, und ich schäme mich nicht, das zuzugeben.«

Tränen glänzten in seinen Augen, aber ich fühlte mich seltsam distanziert, wie die einzig Nüchterne auf einer Party voller Betrunkener.

»Hat die Polizei von möglichen Zeugen gesprochen? Jemand, der etwas gesehen oder gehört haben könnte damals?«

Er schüttelte den Kopf und wischte sich die Augen. »Nein. Ich glaube nicht. Ich habe nichts davon gehört.«

»Vielleicht jemand aus dem Gebäude nebenan?«, schlug ich vor. »Oder ein Vorübergehender? Ich hörte, dass auch Leute gegenüber von Ihnen wohnen. Man sollte doch meinen, dass irgendjemand *irgendetwas* bemerkt hat.«

Er schnaubte sich die Nase und erlangte die Fassung wieder. »Ich glaube nicht. Die Polizei hat uns gegenüber nie etwas davon gesagt.«

»Nun ja, ich habe jetzt genug Ihrer Zeit in Anspruch genommen. Es tut mir Leid, dass ich Ihnen so viele Unannehmlichkeiten bereiten musste. Wenn Sie nichts dagegen haben, würde ich gerne mal durchs Haus gehen und den Feuerschaden schätzen. Einer unserer Sachbearbeiter war zwar schon einmal da, aber ich muss es mit eigenen Augen sehen, um meinen Bericht schreiben zu können.«

Er nickte. »Mein Nachbar hat den Schlüssel. Orris Snyder, gleich nebenan. Klopfen Sie bei ihm an, und sagen Sie ihm, ich sei einverstanden.«

Ich stand auf und streckte ihm die Hand entgegen. »Danke, dass Sie mit mir gesprochen haben.«

Leonard erhob sich automatisch und schüttelte mir die Hand. Der Druck war fest, aber die Hand fühlte sich beinahe fiebrig heiß an.

»Ach, übrigens«, sagte ich, als wäre es mir gerade in den Sinn gekommen, »haben Sie in der letzten Zeit etwas von Elaine Boldt gehört?«

Er starrte mich sichtlich bestürzt über diese Bemerkung an. »Elaine? Nein, warum?«

»Ich habe versucht, sie wegen einer anderen Sache zu erreichen, und merkte, dass sie in dieser Wohnanlage gleich neben Ihnen wohnte«, erwiderte ich leichthin. »Jemand erwähnte, dass sie eine Freundin von Ihnen war.«

»Ja, das stimmt. Bevor Marty starb, spielten wir öfter Bridge miteinander. Ich habe seit Monaten nicht mehr mit ihr gesprochen. Um diese Zeit des Jahres ist sie gewöhnlich in Florida.«

»Oh ja, richtig. Ich glaube, das sagte mir jemand. Nun, vielleicht ruft sie ja an, wenn sie zurück ist«, meinte ich. »Nochmals vielen Dank.«

Als ich zum Wagen zurückkam, waren meine Achseln schweißnass.

10

Es war nun fast drei Uhr, und ich fühlte mich total erschöpft. Seit zwei Uhr nachts war ich bereits auf den Beinen, mit Ausnahme des kleinen Schläfchens bei Morgengrauen, bevor mich der Anruf von Mrs Ochsner geweckt hatte. Ich konnte das Büro nicht schon wieder sehen, deshalb fuhr ich zu meinem Apartment und zog mir die Joggingsachen an. Wenn ich hier das Wort *Apartment* benutze, dann in seinem weitesten Sinne. Ich lebe nämlich in einer umgewandelten Garage, die vielleicht fünfundzwanzig Quadratmeter groß ist, aber zu Wohnzimmer, Schlafzimmer, Küche, Bad, Abstellkammer und Wäscheraum hergerichtet wurde. Ich habe schon immer gern in kleinen Räumen gewohnt. Als Kind, direkt nachdem meine Eltern ums Leben gekommen waren, verbrachte ich meine freie Zeit in einem Pappkarton, den ich mit Kissen ausgekleidet hatte. Das war mein Segelschiff auf dem Weg zu neuen Ufern. Man braucht keinen Analytiker, um dieses Verhalten zu interpretieren, aber diese Vorliebe hat sich bis ins Erwachsenenalter gehalten und äußert sich heute in allen möglichen Beziehungen. Ich fahre kleine Autos und bevorzuge überhaupt »Kleinheit« in jeder Form, so dass diese Wohnung genau zu mir passt. Für zweihundert Dollar im Monat habe ich alles, was ich brauche, einschließlich eines höflichen, einundachtzigjährigen Vermieters namens Henry Pitts.

Als ich nun auf dem Weg nach draußen bei ihm durchs Fenster schaute, sah ich ihn in der Küche beim Ausrollen eines Blätterteigs. Früher war er Bäcker von Beruf gewesen, und jetzt besserte er seine Rente auf, indem er Brote und Kuchen herstellte und sie an Geschäftsleute in der Umgegend verkaufte oder eintauschte. Ich klopfte an die Scheibe, und er winkte mich hinein. Henry ist das, was ich gern als achtzigjährige »Verführung« bezeichne, groß und schlank mit kurz geschorenem weißem Haar und veilchenblauen Augen, die voller Neugierde sind. Das Alter hat ihn zu einem konzentrierten Durch-und-Durch-Mann verdichtet, teilnahmsvoll und klug und verschroben. Ich könnte nicht sagen, dass er mit den Jahren mit einer besonderen Lebensklugheit ausgestattet wurde oder dass er von irgendeiner speziellen Weisheit, dem Zweiten Gesicht, außergewöhnlicher Tiefgründigkeit oder Scharfsinnigkeit erfüllt sei. Ich meine nur, man sollte das Ganze nicht überbewerten. Er war schon clever, als er damals angefangen hatte, und das Alter hatte daran kein bisschen geändert. Trotz unserer fünfzig Jahre Altersunterschied hatte seine Haltung mir gegenüber nichts von einem Gelehrten, und meine Haltung ihm gegenüber (wie ich hoffe) nichts Forderndes. Wir beobachteten einander einfach über dieses halbe Jahrhundert hinweg mit einem beträchtlichen, vitalen, sexuellen Interesse, das keiner von uns auch nur im Traum auszuleben gedachte.

An diesem Tag trug er ein rotes Tuch im Piratenstil um den Kopf gewickelt. Seine braun gebrannten Unterarme waren nackt und mehlbestäubt, die Finger lang und flink wie die eines

Affen, als er jetzt den Teig packte und ihn halb wendete. Er benutzte ein Stück Rohr als Teigrolle, das er zwischendurch mit Mehl bestäubte. Mit viel Geschick brachte er den Teig in eine rechteckige Form.

Ich ließ mich auf einem hölzernen Hocker nieder und schnürte meine Schuhe. »Machst du Napoleons?«

Er nickte. »Ich beliefere eine Teegesellschaft bei jemandem hier in der Straße. Was hast du vor, abgesehen von einem Lauf?«

Ich klärte ihn kurz über meine Suche nach Elaine Boldt auf, während er den Teig in Drittel teilte, einschlug und in den Kühlschrank zurücklegte. Als ich zu der Stelle über Marty Grice kam, bemerkte ich, wie er die Augenbrauen hochzog.

»Lass die Finger davon. Hör auf mich, und überlasse die Sache den Beamten vom Morddezernat. Du musst ein Narr sein, wenn du dich da reinziehen lässt.«

»Aber was ist, wenn sie gesehen hat, wer Marty umbrachte? Was, wenn das der Grund für ihr Verschwinden war?«

»Dann soll *sie* mit diesen Informationen herausrücken. Das ist nicht deine Sache. Wenn Lieutenant Dolan dich dabei erwischt, wie du ihm in seinen Fall pfuschst, kriegt er dich am Arsch.«

»In der Tat, das stimmt«, räumte ich reumütig ein. »Aber wie soll ich sonst weitermachen? Ich weiß nicht mehr, wo ich suchen soll.«

»Wer sagt eigentlich, dass sie verschwunden ist? Warum glaubst du nicht, dass sie irgendwo in Sarasota am Strand sitzt und Gin-Tonic schlürft?«

»Weil dann jemand etwas von ihr gehört hätte. Ich glaube, dass ich zwar nicht weiß, ob sie etwas Besonderes vorhat oder vielleicht selbst in Schwierigkeiten steckt. Aber solange sie nicht auftaucht, werde ich auf Büsche klopfen und Trommeln rühren und versuchen sie zu finden.«

»Eine Pseudo-Aufgabe«, sagte er. »Du jagst deinen eigenen Schwanz.«

»Nun, das mag richtig sein, aber ich muss etwas tun.«

Henry sah mich skeptisch an. Er öffnete eine Tüte Zucker und wog einen Haufen ab. »Du brauchst einen Hund.«

»Nein, brauche ich nicht. Und was soll das damit zu tun haben? Ich hasse Hunde.«

»Du brauchst Schutz. Diese Geschichte am Strand wäre nicht geschehen, hättest du einen Dobermann gehabt.«

Das nun wieder. Mein Gott, sogar meine Berührung mit dem Tod vor kurzem hatte in einer Abfalltonne stattgefunden ... ein kleiner, gemütlicher Ort und ich als schluchzendes Kind darin.

»Ich habe über diesen Kram heute noch nachgedacht, und soll ich dir etwas sagen? All dieses Gerede über die Frau als fürsorgliches Muttertier ist Blödsinn. Männer stellen uns ruhig, indem sie uns mit Konsumgütern überhäufen. Wenn mich heute wieder jemand verfolgen würde, ich würde es wieder tun, nur dass ich diesmal wohl nicht zögern würde.«

Henry schien nicht sehr beeindruckt. »Schade, dass du das sagst. Hoffentlich ist das nicht deine neue Linie.«

»Ich meine es ernst. Ich habe es satt, mich hilflos und ängstlich zu fühlen«, sagte ich.

Henry blies seine Wangen auf und stieß einen verächtlichen Pfiff aus, während er mich gelangweilt ansah. Große Worte, sagte seine Miene, aber mir kannst du nichts vormachen. Er schlug ein Ei auf der Arbeitsplatte auf und öffnete es mit einer Hand. Durch die Finger ließ er das Eiweiß langsam in eine Tasse laufen. Er kippte das Eigelb in eine Schale, nahm ein weiteres Ei und wiederholte den Vorgang. Seine Augen waren auf mich geheftet.

Er meinte: »Also los, verteidige dich. Wer sollte schon etwas dagegen haben? Aber du kannst die Scheißrhetorik weglassen. Töten ist töten. Schau dir lieber genau an, was du getan hast.«

»Ich weiß«, sagte ich kleinlaut. Der Ausdruck in seinen Augen machte mich verlegen, und auf seinen Tonfall war ich auch nicht besonders scharf. »Sieh mal, vielleicht habe ich mich noch nicht genug damit auseinander gesetzt. Ich will eben einfach kein Opfer mehr sein. Mir reicht's.«

Henry verquirlte die Eier mit routinierter Leichtigkeit. Wenn ich das mache, schwappen die Eier immer über den Rand.

»Wann warst du jemals Opfer? Du musst dich vor mir nicht rechtfertigen. Was du getan hast, hast du getan. Versuche jetzt bloß nicht, es in einen philosophischen Grundsatz zu verwandeln, das klingt nämlich nicht sehr wahrscheinlich. Es ist ja nicht so, dass du nach monatelanger Erwägung der Fakten eine vernünftige Entscheidung getroffen hättest. Du hast in der Hitze des Gefechts jemanden getötet. Das ist nicht der Ausgangspunkt für eine politische Kampagne, und es bedeutet auch keinen grundlegenden Geisteswandel bei dir.«

Versuchsweise lächelte ich ihn an. »Ich bin doch immer noch ein guter Mensch, nicht wahr?« Ich mochte diesen ernsten Ton nicht. Ich hatte ihm zeigen wollen, dass ich erwachsen war und mit der Realität fertig wurde. Bis zu dem Moment, in dem ich das aussprach, hatte ich nicht gewusst, dass ich so unsicher war.

Er lächelte nicht zurück. Seine Augen ruhten einen Moment lang auf meinem Gesicht und schweiften dann zu den Eiern zurück. »Was du getan hast, ändert nichts daran, Kinsey, aber du musst ehrlich bleiben. Jemandem das Hirn rauszupusten, kann man nicht einfach wegwischen. Und man kann es nicht in eine intellektuelle Haltung verwandeln.«

»Nein, kann man nicht«, sagte ich unbehaglich. Für einen kurzen Moment schoss mir das Bild des Gesichtes durch den Kopf, das in die Mülltonne geschaut hatte, bevor ich abdrückte. Auf Grund einer bemerkenswerten Verzerrung hätte ich schwören können, dass ich gesehen hatte, wie die erste Kugel das Fleisch wie Gummi gedehnt hatte, bevor sie durchschlug. Ich schüttelte diese Vorstellung ab und sprang auf die Füße. »Ich muss jetzt laufen«, meinte ich mit einem unguten Gefühl.

Ich verließ die Küche, ohne mich noch einmal umzuschauen,

doch ich wusste, was für ein Ausdruck auf Henrys Gesicht lag: Wachsamkeit und Kummer und Schmerz.

Als ich draußen war, musste ich die ganze Sache aus dem Gedächtnis streichen. Das Thema kam wieder in seine eigene kleine Schachtel. Ich machte schnell ein paar Dehnungsübungen und konzentrierte mich dabei auf meine Kniesehnen. Um ein großartiges Aufwärmprogramm zu rechtfertigen, renne ich weder schnell noch weit genug. Andere Jogger würden sicherlich über diesen Punkt streiten und Verletzungen zitieren, die aus einer ungenügenden Dehnung vor dem Lauf resultieren; aber ich finde das Training auch ohne die vorherigen Verrenkungen schon abscheulich genug. Eine Zeit lang habe ich es versucht. Pflichtbewusst lag ich auf dem Rücken im Gras und hatte ein Bein lang ausgestreckt und das andere seitlich Richtung Taille gezogen, als wäre meine Hüfte gebrochen. Hinterher konnte ich nie aufstehen, ohne mich wie ein Käfer abzustrampeln. Schließlich beschloss ich, dass es eine mögliche Muskelzerrung wert war, auf die Demütigungen zu verzichten. Ich habe mich beim Laufen noch nie verletzt. Ich war auch noch nie davon begeistert. Immer noch warte ich auf die viel zitierte »Euphorie«, die offensichtlich jeden außer mich erfasst. In flotter Gangart steuerte ich den Boulevard an und hielt mir den Kopf frei.

Normalerweise schaffe ich drei Meilen, indem ich den Radweg am Strand entlang nehme. Der Gehweg ist in regelmäßigen Abständen mit seltsamen Zeichnungen markiert, nach denen ich Ausschau halte und so die Viertelmeilen abzähle. Abdrücke irgendeines sagenhaften Vogels, die Spur eines einzelnen, dicken Reifens, die den Beton überquert und im Sand verschwindet. In der Regel gibt es Tramps am Strand; einige, die hier ständig ihr Lager aufgeschlagen haben, andere, die nur auf der Durchreise sind. Ihre Schlafsäcke sind unter den Palmen ausgebreitet wie große grüne Larven oder wie die abgelegten Häute einiger Nachttiere.

An diesem Nachmittag schien die Luft schwer und kühl zu

sein, und das Meer war träge. Die Wolkendecke riss langsam auf, aber das sichtbare Stück Himmel war von einem blassen, ausgewaschenen Blau, und es gab keine richtigen Anzeichen von Sonne. Draußen auf dem Wasser hielt ein Motorboot seinen Kurs parallel zum Strand, und der Weg seines Kielwassers schlängelte sich wie ein wirbelndes Silberband hinterher. Die Berge waren auf ihrer landzugewandten Seite dunkelgrün. Aus dieser Entfernung wirkte die niedrig gewachsene Vegetation wie weiches Wildleder, aus dem an den Kammlinien Felsoberflächen hervorschauten, als wäre der Flor hier durch häufigen Gebrauch verschlissen.

Am East Beach machte ich eine Wende und rannte die eineinhalb Meilen zurück. Dann ging ich in den Block zu meinem Apartment, um mich abzukühlen. Im Abkühlen war ich gut. Ich duschte, zog mich wieder an und sprang dann in meinen Wagen, um zu Pam Sharkeys Büro in der Chapel zu fahren. Pam war die Versicherungsvertreterin, die die Policen für Leonard Grice ausgestellt hatte, und ich wollte dieser Sache noch einmal nachgehen, bevor ich sie zu den Akten legte. Ich vertraue Vera, aber ich verlasse mich lieber nicht zu sehr auf die Aussagen der Menschen. Vielleicht hatte Grice ja eine Riesenpolice von einer anderen Gesellschaft kassiert. Man kann nie wissen.

Das Valdez-Gebäude liegt an der Ecke Chapel und Feria, das ist das spanische Wort für »Jahrmarkt«. Das weiß ich nur, weil ich es nachgeschlagen habe. Ich habe mal daran gedacht, einen Spanischkurs zu besuchen, aber bisher habe ich es noch nicht geschafft. Ich kann *taco* und *gracias* sagen, aber ich kenne kaum ein Verb. Das Valdez ist typisch für die Architektur dieser Stadt: zwei Stockwerke, weiß verputzt, rotes Ziegeldach, große Rundbögen, Fenster mit schmiedeeisernen Gittern davor. Die Markisen sind azurblau, und die Landschaft drumherum besteht aus kleinen, perfekten Rasenstücken. Palmen zieren den Hof, und ein Springbrunnen ist gekrönt mit einem kleinen, nackten Jungen, der etwas Schlimmes mit einem Fisch tut.

Pam Sharkeys Büro ist im ersten Stockwerk und besteht aus dem gleichen Zellennetz wie das der California Fidelity. Nichts architektonisch Neues für das Versicherungsgewerbe heutzutage. Sie müssen sich fühlen, als erledigten sie ihre Geschäfte in einer Reihe von Laufställen. Die Gesellschaft, für die sie arbeitet, Lambeth und Creek, ist eine unabhängige Agentur, die für eine Anzahl von Gesellschaften, CF eingeschlossen, Policen ausschreibt. Ich hatte erst einmal mit Pam zu tun gehabt, als ich einem Ehemann auf Abwegen nachspionierte. Seine Frau, meine Klientin, war dabei, sich von ihm scheiden zu lassen und hoffte auf Beweise für seine Verführungskünste, um sie bei der Verhandlung gegen ihn zu verwenden. Pam hatte mir das übel genommen, nicht weil ich ihre Affäre mit dem Mann aufgedeckt hatte, sondern weil ich zwei andere Frauen, die zur gleichen Zeit mit ihm zu tun hatten, zu Tage gefördert hatte. Natürlich ist nichts darüber vor Gericht zur Sprache gekommen, aber ihr Name stand in meinem Bericht. Sie hatte mir nie verziehen, dass ich zu viel wusste. Santa Teresa ist eine kleine Stadt, und wir laufen uns von Zeit zu Zeit über den Weg. Wir sind freundlich zueinander, aber die Höflichkeiten werden unterhöhlt von Groll auf ihrer Seite und heimlichem Amüsement auf meiner.

Pam ist winzig, ein struppiger kleiner Chihuahua von einem Menschen. Sie ist die einzige Frau, die ich kenne, die behauptet, sie sei zehn Jahre älter, als sie wirklich ist, damit jeder ihr sagt, wie jung sie aussieht. Folglich schwört sie, sie sei achtunddreißig. Ihr Gesicht ist klein, die Haut dunkel. Sie trägt fingerdickes Make-up in verschiedenen Schattierungen auf, ein vergeblicher Versuch, »Stufen« auf ihre Wangen zu zaubern. Ich habe da Neuigkeiten für sie: Es gibt keine Möglichkeit, Säcke unter den Augen durch den geschickten Gebrauch von »Abdeckung« zu vertuschen. Jeder, der ein bisschen Hirn hat, kann von fast allen Winkeln aus die Säcke genau dort sitzen sehen, nur dass sie dann gespenstisch weiß statt grau aussehen. Wer lässt sich davon an der Nase herumführen? Warum nicht auf den dunklen Ringen bestehen, und dann wenigstens exotisch und weltklug aussehen … Anna Magnani, Jeanne Moreau, Simone Signoret vielleicht. Pam hatte sich außerdem kürzlich eine Dauerwelle zugelegt, so dass ihre hellbraunen Haare jetzt kraus und zerzaust aussahen, ein Stil, der offensichtlich als »Schlafzimmer-Look« bezeichnet wurde. An diesem Tag war sie im Jagdstil zurechtgemacht: Reitjacke, braune Knickerbocker, rosa Strümpfe und flache Schuhe mit Schnallen. Die einzige Jagd, auf die sie ging, war allerdings in den Single-Bars. Dort sackte sie sich Eine-Nacht-Geschichten ein, als wäre die Saison beinahe vorbei und ihr Jagdschein liefe ab. Okay, einen Moment mal. Ich merke, dass ich jetzt unfair werde. Ich mag Pam nicht mehr als sie mich. Jedes Mal, wenn ich sie sehe, fühle ich mich klein und gemein – was nicht gerade mein Lieblingseindruck von mir ist. Vielleicht geht sie mir aus dem gleichen Grund aus dem Weg.

Ihre Kabine ist gleich am Anfang, wahrscheinlich ein Statussymbol. Sie sah mich und beschäftigte sich eilig mit Papieren und Akten. Bis ich bei ihr am Schreibtisch angelangt war, hatte sie ein Telefongespräch begonnen. Sie muss mit einem Mann gesprochen haben, weil sie sich sehr kokett benahm. Beim Reden berührte sie sich selbst überall, rollte sich eine Haarlocke um den Finger, überprüfte den Ohrring, strich sich über den Jackenaufschlag. Sie trug eine Reihe goldener Ketten, die ebenfalls geordnet wurden. Manchmal rieb sie sich das Kinn mit der Schlaufe einer Goldkette und stieß ein heiteres, trillerndes Lachen aus, das sie wohl spätnachts geübt hatte. Sie schaute mich an, heuchelte Überraschung und hielt eine Hand hoch, um anzudeuten, dass ich warten müsste.

Sie drehte sich mit ihrem Stuhl von mir weg und beendete das Telefonat mit irgendeiner gemurmelten Intimität. Auf dem Aktenstapel auf dem Schreibtisch lag eine Ausgabe von *Cosmopolitan,* die Artikel über den G-Punkt, kosmetische Chirurgie bei Brustoperationen und die alltägliche Vergewaltigung durch die Gesellschaft versprach.

Pam legte schließlich auf und drehte sich zu mir zurück, während all die Munterkeit aus ihrem Gesicht verschwand. Es gab keinen Grund, die ganze Show auf mich zu verschwenden. »Kann ich dir behilflich sein, Kinsey?«

»Ich hörte, dass du einige Policen für Leonard und Marty Grice ausgestellt hast.«

»Stimmt.«

Ich lächelte ein wenig. »Kannst du mir den momentanen Stand der Dinge mitteilen?«

Pam brach den Blickkontakt ab und führte schnell eine weitere Fingerprüfung durch: Ohrring, Haare, Revers. Sie nahm eine Schlaufe der Goldkette auf und fuhr mit dem Zeigefinger darin hin und her, dass ich schon Angst bekam, sie würde sich die Haut durchsägen. Sie wollte mir sagen, dass Leonard Grice mich nichts anginge, aber sie wusste auch, dass ich gelegentlich für California Fidelity arbeitete.

»Wo liegt das Problem?«

»Kein Problem«, meinte ich. »Vera Lipton macht sich Gedanken über den Anspruch aus dem Feuerschaden, und ich muss wissen, ob es noch andere gültige Policen gab.«

»Einen Moment mal, ja? Leonard Grice ist ein sehr lieber Mann, und er hat ein schreckliches halbes Jahr durchgemacht. Wenn California Fidelity vorhat, ihm Schwierigkeiten zu machen, dann sollte sich Vera besser direkt an mich wenden.«

»Wer hat denn was von Schwierigkeiten gesagt? Vera kann den Anspruch nicht bearbeiten, solange der Schadensnachweis nicht da ist.«

»Das versteht sich von selbst, Kinsey«, erwiderte sie. »Ich weiß immer noch nicht, was das mit dir zu tun hat.«

Ich fühlte, wie mir das Lächeln im Gesicht gefror. Ich lehnte mich vor, die linke Hand flach auf dem Schreibtisch, die rechte in die Hüften gestützt. Ich hielt die Zeit für gekommen, unsere Beziehung klarzustellen.

»Nicht, dass es dich irgendetwas anginge, Pam, aber ich bin

mitten in einer großen Untersuchung, die hiermit zu tun hat. Du musst mir nicht behilflich sein, doch dann werde ich hingehen und dem Geschäftsführer hier eine gerichtliche Verfügung präsentieren, und dann wird jemand so schwer wie eine Tonne Briketts auf dich runterknallen wegen der ganzen Schwierigkeiten, die du verursachen wirst. Also, willst du nun auf diese Art weitermachen, oder was ist?«

Unter ihrem dicken Make-up zeigten sich Spuren von Sonnenbräune. »Hoffentlich glaubst du nicht, dass du mich einschüchtern kannst«, sagte sie.

»Überhaupt nicht.« Ich hielt den Mund und ließ sie die Drohung verdauen. Ich dachte, dass es ziemlich gut geklungen hatte.

Sie nahm einen Stapel Papier auf und klopfte ihn auf den Schreibtisch, während sie die Ränder in eine Linie brachte. »Leonard Grice war durch die California-Fidelity-Lebens- und die California-Fidelity-Unfallversicherung versichert. Er erhielt zweitausendfünfhundert Dollar für die Lebensversicherung, und er wird fünfundzwanzigtausend für den Brandschaden an seinem Haus bekommen. Der Inhalt war nicht versichert.«

»Warum nur fünfundzwanzigtausend für das Haus? Ich dachte, es sei über hundert Riesen wert? Er wird nicht einmal genug Geld haben, um die Reparaturen ausführen zu lassen, oder?«

»Als er das Haus 1962 kaufte, war es fünfundzwanzigtausend wert, und dafür hat er es versichern lassen. Er hat den Umfang niemals vergrößert, und er hat auch keine andere Police abgeschlossen. Ich persönlich kann mir nicht vorstellen, was er mit dem Haus noch anfangen könnte. Es ist ein totaler Verlust, und das hat ihm wohl auch das Genick gebrochen.«

Nun, da sie es mir gesagt hatte, fühlte ich mich schuldig wegen dem ganzen Machoscheiß, den ich ihr zugemutet hatte.

»Danke. Das war eine große Hilfe«, sagte ich. »Ach ... übrigens, Vera lässt dich fragen, ob du Interesse daran hast, einen ungebundenen Luftfahrtingenieur mit Knete kennen zu lernen.«

Ein herrlicher Ausdruck der Ungewissheit huschte über ihr Gesicht: Zweifel, sexuelles Verlangen, Gier. Bot ich ihr da eine Torte oder einen dicken braunen Haufen auf dem Silbertablett an? Ich wusste, was in ihrem Kopf vorging. In Santa Teresa ist ein allein stehender Mann vielleicht zehn Tage auf dem Markt, bevor ihn sich eine geschnappt hat.

Sie warf mir einen skeptischen Blick zu. »Was stimmt denn nicht mit ihm? Warum hast du ihn nicht schon genommen?«

»Ich bin gerade einer Beziehung entflohen«, erwiderte ich, »ich bin auf dem Rückzug.« Was stimmte.

»Vielleicht klingel ich mal bei Vera durch«, sagte sie schwach.

»Prima. Nochmals vielen Dank für die Informationen«, sagte ich und winkte ihr zu, als ich ihren Schreibtisch verließ. Bei meinem Glück würde sie sich wahrscheinlich in diesen Typen verlieben und mich zur Brautjungfer wählen. Dann müsste ich eines dieser blöden Kleider mit Riesenvolant um die Hüften tragen. Als ich mich nach ihr umschaute, schien sie geschrumpft zu sein, und ich fühlte einen Stich. Sie war gar nicht so übel.

11

An diesem Abend ging ich zum Dinner zu Rosie, einem kleinen Lokal einen halben Block von meinem Apartment entfernt. Das ist eine Kreuzung zwischen einer Eckkneipe und einer altmodischen Gaststätte, eingeklemmt zwischen einem Waschsalon an der Ecke und einem Reparaturgeschäft für Elektrogeräte, das ein Mann namens McPherson in seinem Haus betreibt. Jedes dieser drei Geschäfte existiert seit mehr als fünfundzwanzig Jahren und ist heute theoretisch illegal, denn sie alle repräsentieren Gebietsübertretungen einer besonders schweren und anstößigen Art – zumindest für Leute, die woanders leben. Alle paar Jahre bekommt ein übereifriger Bürger einen Wutanfall, zieht vor den Stadtrat und prangert die Freveltaten dieses Zweiges unversehrter Wohnintegrität an. In den vergangenen Jahren haben wohl mehrfach Gelder den Besitzer gewechselt.

Rosie selbst ist vielleicht fünfundsechzig, Ungarin, klein und oben schwerer als unten, ein Geschöpf mit hennagefärbten Haaren, die ihr weit in die Stirn wachsen. Ihr Lippenstift hat einen flammend orangefarbenen Ton und reicht gewöhnlich über die tatsächliche Form ihres Mundes hinaus. Das vermittelt den Eindruck, sie hätte früher mal ein viel größeres Paar Lippen gehabt. Mit ihrem braunen Augenbrauenstift geht sie so verschwenderisch um, dass ihre Augen finster und vorwurfsvoll blicken. Die Spitze ihrer Nase berührt beinahe die Oberlippe.

Ich setzte mich nach hinten in die übliche Nische. Ein vervielfältigtes Blatt in einem durchsichtigen Plastikumschlag steckte als Speisekarte zwischen der Ketchupflasche und dem Serviettenhalter. Die Eintragungen waren in blassvioletter Schreibmaschinenschrift, wie diese Benachrichtungen, die wir in der Grundschule immer mit nach Hause bekamen.

Die meisten Speisen waren in Ungarisch aufgeführt; Wörter mit vielen Akzentzeichen und Zetts und Doppelpunkten, die auf feurige und emphatische Gerichte schließen ließen.

Rosie kam, Block und Bleistift balancierend, heranmarschiert. Sie wirkte distanziert. Durch irgendetwas fühlte sie sich wohl beleidigt, aber ich war noch nicht sicher, was ich ihr getan hatte. Sie riss mir die Speisekarte aus den Händen, legte sie zurück und notierte, ohne mich zu fragen, eine Bestellung. Wenn man die Art, wie dieses Lokal geführt wird, nicht mag, muss man halt woanders hingehen. Sie beendete ihre Notizen und schielte auf den Block, um das Ergebnis zu überprüfen. Sie wollte mir nicht so recht in die Augen sehen.

»Eine Woche lang warst du jetzt nicht mehr da, also dachte ich, du wärst mir böse«, sagte sie. »Ich wette, du hast so 'n Scheißfraß gegessen, stimmt's? Antworte nicht. Ich will nichts davon hören. Du bist mir keine Rechtfertigung schuldig. Du kannst nur froh sein, dass ich dir etwas Gescheites gebe. Hier, das wirst du bekommen.«

Sie schaute nochmals kritischen Auges auf den Block und las mir dann mit einem Interesse die Bestellung vor, als wäre sie auch ihr völlig neu.

»Grüner Paprikasalat. Fantastisch. Der beste. Ich mache ihn selbst, deshalb weiß ich, dass er gut ist. Olivenöl, Essig, kleine Prise Zucker. Das Brot kannst du vergessen, es ist keins mehr da. Henry hat mir heute kein frisches gebracht, also was soll ich tun? Vielleicht ist er mir auch böse. Woher soll ich wissen, was ich getan habe? Niemand sagt mir was. Dann gebe ich dir sauren Ochsenschwanz-Eintopf.«

Sie strich das durch. »Zu fettig. Nichts für dich. Stattdessen gebe ich dir Tejfeles Sult Ponty, feiner Hecht in Sahne gebacken, und wenn du deinen Teller leermachst, könnte ich dir frittierte Kirschen geben, wenn ich meine, dass du sie verdient hast, was du nicht hast. Den Wein bringe ich mit dem Besteck zusammen. Ist österreichischer, aber okay.«

Dann marschierte sie aufrecht von dannen. Ihre Haare hatten die Farbe getrockneter Mandarinenschalen. Manchmal hat ihre Rauheit einen exzentrischen Charme an sich, doch ebenso oft ist sie einfach irritierend, etwas, das man ertragen muss, wenn man Rosies Gerichte essen will. An manchen Abenden kann ich diese verbale Anmache nicht ertragen, und ziehe stattdessen die unpersönliche Automatik eines Drive-In-Restaurants oder die Ruhe und den Frieden eines Erdnussbutter- und Dillgurkensandwiches zu Hause vor.

An diesem Abend war es leer bei Rosie, und es wirkte düster und nicht sehr sauber. Die Wände sind mit Sperrholzbrettern in Selbstbauweise verkleidet und dunkel gebeizt, mit einem matten Überzug aus Kochdünsten und Zigarettenrauch. Die Beleuchtung ist falsch – zu hell, zu allgemein –, so dass die paar Typen, die sich hier hineinverirren, blass und ungesund aussehen. Ein Fernseher auf der Theke bringt gewöhnlich bunte Bilder ohne Ton, und ein Rundbogen darüber sieht aus wie aus Gips geformt und mit Ruß bestäubt. Mir ist es fast peinlich, zu sagen, wie sehr ich dieses Lokal mag. Es wird nie eine Touristenattraktion sein. Es wird nie eine Single-Bar sein. Es wird niemals »entdeckt« oder auch nur mit einem halben Stern ausgezeichnet werden. Es wird immer nach verschüttetem Bier, Paprika und heißem Fett riechen. Es ist ein Ort, an dem ich alleine essen gehen kann und nicht einmal ein Buch mitnehmen muss, um unerwünschte Gesellschaft zu vermeiden. Ein Mann müsste sich schon Gedanken machen über eine Frau, die er in einer Kneipe wie dieser findet.

Die Eingangstür öffnete sich, und das alte Weib, das auf der anderen Straßenseite wohnt, kam herein, gefolgt von Jonah Robb, mit dem ich an diesem Morgen in der Vermisstenabteilung gesprochen hatte. In seinen Zivilsachen hätte ich ihn beinahe nicht erkannt. Er trug Jeans, ein graues Tweedjacket und braune Stiefel. Sein Hemd wirkte neu; die Verpackungsfalten waren noch sichtbar und der Kragen fest gestärkt und steif. Er bewegte sich wie ein Mann, der ein Schulterhalfter unter dem linken Arm trägt. Augenscheinlich war er hereingekommen, um mich zu suchen, denn er steuerte geradewegs meinen Tisch an und ließ sich nieder.

Ich sagte: »Hallo. Nehmen Sie Platz.«

»Ich hörte, dass Sie hier verkehren«, meinte er. Er schaute sich um und zog die Augenbrauen leicht hoch, als wäre das Gerücht zwar wahr, aber kaum zu glauben. »Weiß das Gesundheitsamt über dieses Lokal Bescheid?«

Ich lachte.

Rosie, die gerade aus der Küche kam, sah Jonah, blieb auf der Stelle stehen und ging zurück, als würde sie an einem Seil nach hinten gezerrt.

Er sah sich über die Schulter um, ob er etwas verpasst hatte. »Was ist los? Hat sie mich als Cop erkannt? Hat sie Probleme damit?«

»Sie überprüft ihr Make-up. In der Küchentür hängt ein Spiegel«, erklärte ich.

Rosie erschien erneut und lächelte gekünstelt kokett, als sie mir das Besteck in eine Papierserviette eingewickelt auf den Tisch warf.

»Du hast nicht gesagt, dass du jemanden eingeladen hast«, murmelte sie. »Beabsichtigt dein Freund, einen kleinen Happen zu essen? Oder eine flüssige Erfrischung vielleicht? Bier, Wein, Mixgetränke?«

»Bier klingt gut«, meinte er. »Was haben Sie vom Fass?«

Rosie faltete die Hände und betrachtete mich interessiert. Sie verhandelt nie direkt mit einem Fremden, also wurden wir gezwungen, dieses kleine Spielchen mitzuspielen, mit mir als Dolmetscher, als wäre ich plötzlich bei der UNO angestellt.

»Haben Sie immer noch *Mich* vom Fass?«, fragte ich.

»Selbstverständlich. Warum sollte ich etwas anderes haben?«

Ich schaute Jonah an, und er nickte zustimmend. »Dann nehmen wir wohl ein *Mich.* Haben Sie Hunger? Das Essen ist großartig.«

»Umso besser«, erwiderte er. »Was würden Sie empfehlen?«

»Wie wär's, wenn Sie die Bestellung einfach verdoppeln würden, Rosie? Könnten Sie das für uns tun?«

»Natürlich.« Sie sah ihn mit heimlicher Anerkennung an. »Ich hatte ja keine Ahnung«, sagte sie. Ich fühlte, wie sie mich im Geiste mit dem Ellbogen anstieß. Mir war klar, wie ihre Bewertung zu Stande kam. Sie schätzte Gewicht bei Männern. Sie schätzte dunkle Haare und unkompliziertes Verhalten. Dann entfernte sie sich von unserem Tisch und ließ uns allein. Wenn ich mit Freundinnen herkomme, ist sie nicht annähernd so wohlwollend.

»Was führt Sie hierher?«, fragte ich.

»Langeweile. Neugier. Ich habe Ihre Vergangenheit und Ihr Umfeld untersucht, um uns das ganze Gerede über diesen blöden Kram zu ersparen.«

»Damit wir gleich zu welcher Sache kommen können?«, fragte ich.

»Meinen Sie, ich wollte Sie anmachen oder so?«

»Klar«, erwiderte ich. »Neues Hemd. Kein Trauring. Ich wette, Ihre Frau hat Sie vorletzte Woche verlassen, und Sie haben sich vor weniger als einer Stunde rasiert. Das Rasierwasser an Ihrem Hals ist noch nicht trocken.«

Er lachte. Er hatte ein harmloses Gesicht und gute Zähne. Er beugte sich auf den Ellbogen vor. »Also, es war so«, sagte er. »Mit dreizehn lernte ich sie kennen und war mit ihr von der Zeit an zusammen. Ich denke, sie entwickelte sich weiter, aber ich konnte das nicht, zumindest nicht mit ihr. Ich wusste nichts mit mir anzufangen. In Wirklichkeit ist sie schon seit einem Jahr weg. Es fühlt sich nur so an wie eine Woche. Sie sind die erste Frau, die ich überhaupt anschaue, seitdem sie gegangen ist.«

»Wohin ist sie gegangen?«

»Idaho. Sie nahm die Kinder mit. Zwei«, sagte er, als wüsste er, dass ich diese Frage als Nächstes stellen würde. »Ein Mädchen zehn, die andere acht. Courtney und Ashley. Ich hätte sie anders genannt. Sara und Diane, Patti und Jill, irgend so etwas. Ich verstehe Mädchen nicht. Ich weiß nicht mal, was sie denken. Ich liebe meine Kinder wirklich, aber vom Tag ihrer Geburt an schienen sie in einer Art exklusiven Club mit meiner Frau zu sein. Ich konnte wohl nicht Mitglied werden, egal, was ich tat.«

»Wie hieß Ihre Frau?«

»Camilla. Scheiße. Sie hat mir das Herz mit den Wurzeln ausgerissen. Ich habe in diesem Jahr dreißig Pfund zugenommen.«

»Zeit, abzunehmen«, bemerkte ich.

»Zeit, eine Menge Dinge zu tun.«

Mit einem Bier für ihn und einem Glas weißem Tischwein kam Rosie wieder an den Tisch. Diese Geschichte war mir doch bekannt, oder? Männer, die gerade eine Ehe hinter sich haben, sind verkorkst, und ich war auch verkorkst. Ich kannte all diesen Schmerz, die Ungewissheit und die fehlgeleiteten Emotionen bereits. Sogar Rosie spürte, dass hier nichts abging. Sie schaute mich an, als könnte sie nicht verstehen, wie ich die Sache so schnell verpfuscht hatte. Nachdem sie weg war, kam ich zum Thema zurück.

»Mir geht's da auch nicht so besonders gut«, meinte ich.

»Hab' ich gehört. Ich dachte, wir könnten uns gegenseitig unterstützen.«

»So klappt das nicht.«

»Möchten Sie mal mit zum Schießplatz gehen und ein bisschen schießen?«

Ich lachte. Ich konnte mir nicht helfen. Er hatte wirklich den Durchblick. »Klar. Können wir machen. Was für eine Waffe haben Sie?«

»Colt Python mit einer Sechs-Inch-Trommel. Er braucht .38er oder .357er Magnum-Patronen. Normalerweise trage ich einen Trooper MK III, aber ich bekam dieses Angebot für den Python und konnte es nicht ausschlagen. Vierhundert Dollar. Sie waren zweimal verheiratet? Ich begreife nicht, wie Sie das fertig gebracht haben. Ich meine – Himmel! Ich dachte, die Ehe sei eine wirkliche Bindung. Ein Herz und eine Seele, verstehen Sie, zusammengeschweißt bis in alle Ewigkeit und so 'n Scheiß.«

»Vierhundert Dollar, da haben Sie einen guten Fang gemacht. Wie haben Sie das geschafft?« Ich schielte zu ihm hinüber. »Was ist los, sind Sie katholisch oder so?«

»Nein, vermutlich bin ich bloß doof. Meine Vorstellungen von Liebesgeschichten stammen aus den Frauenzeitschriften, die meine Mutter in dem Kosmetikgeschäft hatte, das sie während meiner Kindheit besaß. Die Waffe habe ich aus Dave Whitakers Nachlass. Seine Witwe hasst Waffen und hat es nie gern gesehen, dass er damit zu tun hatte. Also entledigte sie sich bei der erstbesten Gelegenheit seiner Sammlung. Ich hätte auch den gängigen Preis bezahlt, aber davon wollte sie nichts hören. Kennen Sie sie? Bess Whitaker?«

Ich schüttelte den Kopf.

Er blickte auf, als Rosie jeweils einen Teller vor uns hinstellte. An seinem Blick war zu erkennen, dass er keine grünen Paprika in Vinaigrette erwartet hatte, die sogar hier und da noch mit kleinen Petersiliensträußchen verziert waren.

Normalerweise wartete Rosie, bis ich das Essen probiert hatte und gab dann ausführliche Kommentare nach Art schwärmerischer Restaurantkritiken ab, aber dieses Mal schien sie sich eines Besseren zu besinnen. Sie war kaum gegangen, als Jonah sich vorlehnte.

»Was ist denn das für ein Mist?«

»Essen Sie einfach.«

»Kinsey, ich habe in den letzten zehn Jahren mit Kindern zusammen gegessen, die dasaßen und alle Zwiebeln und Pilze herauspickten. Ich weiß nicht, wie ich etwas essen soll, das nicht mit Knödelhilfe gemacht ist.«

»Sie erwartet eine große Überraschung«, erwiderte ich. »Was haben Sie in dem Jahr gegessen, seitdem Ihre Frau weg ist?«

»Sie hat mir lauter fertige Mahlzeiten in die Tiefkühltruhe gepackt. Jeden Abend taue ich eine davon auf und stecke sie eine Stunde lang bei 180 Grad in den Herd. Vermutlich ist sie zu einem Großhandel gegangen und hat eine ganze Palette dieser TV-Dinner-Packungen mit den kleinen Fächern aufgekauft. Sie wollte, dass ich ausgewogene Mahlzeiten zu mir nehme, obwohl sie mich finanziell ruiniert hat.«

Ich senkte die Gabel, schaute ihn an und versuchte mir vorzustellen, wie jemand 365 Mahlzeiten einfriert, um abhauen zu können. So war die Frau, mit der er anscheinend sein Leben lang zusammenleben wollte, wie zwei Eulen.

Er nahm gerade den ersten Happen des Paprikasalates. Sein Blick war nach innen gekehrt. Seine Miene ließ vermuten, dass die Paprika in der Mitte seiner Zunge lag, während er kauende Bewegungen drumherum machte. Das mache ich auch bei diesem kandierten Süßkartoffelpüree, auf den Leute zur Erntedankzeit bestehen. Wie kann man nur Marshmallows mit Gemüse zusammen essen? Esse ich vielleicht Lakritz auf Spargel oder Geleebananen auf Rosenkohl? Beim bloßen Gedanken zieht es mir den Mund zusammen.

Jonah nickte philosophisch und begann, den Paprikasalat mit Genuss in sich hineinzuspachteln. Er musste mindestens so gut schmecken wie der Kram, den Camilla ihm gekocht hatte. Ich stellte mir Schale für Schale gefrorener Tunfisch-Kasserole vor, mit zerbrochenen Kartoffelchips und vielleicht gefrorenen Erbsen in dem einen Fach und Karottenscheiben in dem nächsten. Ich wette, sie hat ihm Six-Packs mit Fruchtcocktaildosen zum Nachtisch dagelassen. Er schaute mich an.

»Was ist los? Was soll dieser Ausdruck auf Ihrem Gesicht?«, fragte er.

Ich zuckte die Achseln. »Die Ehe ist ein Rätsel.«

»Dem kann ich nur beipflichten«, sagte er. »Übrigens, wie entwickelt sich Ihr Fall?«

»Nun, ich schnüffle immer noch herum«, erwiderte ich. »Im Moment mache ich gerade eine kleine Nebenuntersuchung eines ungeklärten Mordfalles. Ihre Nachbarin wurde nämlich in derselben Woche, in der sie ging, umgebracht.«

»Das hört sich nicht gut an. Wo ist der Zusammenhang?«

»Das weiß ich noch nicht. Vielleicht gibt es keinen. Es schien mir einfach eine interessante Abfolge der Ereignisse, dass Marty Grice ermordet wird und Elaine Boldt wenige Tage später verschwindet.«

»Gab es eine positive Identifizierung?«

»Bei Marty? Keine Ahnung. Dolan ist bei diesem Kram sehr zugeknöpft. Er wird mir gar nichts sagen.«

»Warum werfen Sie nicht einen Blick in die Akten?«

»Ach, hören Sie auf. Er wird mich kaum die Akten sehen lassen.«

»Dann fragen Sie ihn nicht. Fragen Sie mich. Ich kann Kopien machen, wenn Sie mir sagen, was Sie haben wollen.«

»Jonah, er wird Ihnen einen Tritt in den Hintern geben. Sie werden nie wieder arbeiten dürfen. Sie müssten für den Rest Ihres Lebens Schuhe verkaufen.«

»Warum sollte er davon erfahren?«

»Wie sollen Sie es verbergen? Er weiß alles.«

»Scheißkram. Die Akten liegen in der erkennungsdienstlichen Abteilung. Ich wette, er hat ein zweites Paar in seinem Büro, so dass er die Originale wahrscheinlich nie anschaut. Ich werde einfach warten, bis er nicht da ist und dann alles, was Sie brauchen, fotokopieren. Dann lege ich sie zurück.«

»Müssen Sie nicht Ihre Unterschrift hinterlassen, wenn Sie sie mit hinausnehmen wollen?«

Er warf mir einen Blick zu, als gehörte ich zu der Sorte von Menschen, die niemals im Parkverbot parkten. Für jemanden, der so problemlos lügt wie ich, bin ich tatsächlich sehr ängstlich, wenn es um die Straßenverkehrsordnung oder um überzogene Bibliotheksfristen geht. Verletzungen des Gemeinwohls. Oh, klar, von Zeit zu Zeit knacke ich schon mal illegal ein Schloss, aber nicht, wenn die Möglichkeit besteht, dass ich *geschnappt* werde. Der Gedanke, offizielle Dokumente aus der Polizeiwache herauszuschmuggeln, zog mir den Magen zusammen, als stünde ich kurz davor, eine Tetanusspritze zu bekommen. »Oh, Mann, machen Sie's nicht«, stöhnte ich. »Das können Sie nicht tun.«

»Wie meinen Sie das, ich ›kann nicht‹? Natürlich kann ich. Was möchten Sie haben? Den Autopsiebericht? Hergang der Ereignisse? Anschließende Befragungen? Die Laborberichte?«

»Das wär toll. Das würde mir sehr helfen.«

Ich blickte schuldbewusst auf. Rosie stand da und wartete darauf, die Salatteller abzuräumen. Ich lehnte mich in die Nische zurück und wartete, bis sie fertig war. »Hören Sie mal, ich würde Sie niemals bitten, so etwas zu tun –«

»Sie haben mich nicht gebeten. Ich habe mich angeboten. Jetzt werden Sie mal nicht zickig. Eines Tages können Sie mir umgekehrt mal einen Gefallen erweisen.«

»Aber Jonah, er ist wirklich fanatisch in Bezug auf undichte Stellen in seiner Abteilung. Sie wissen, wie er sein kann. Bitte, bringen Sie sich nicht in Gefahr.«

»Übertreiben Sie nicht. Polizisten bei der Mordkommission sind eben manchmal Arschlöcher. Sie werden ihm den Fall schon nicht verpfuschen. Wahrscheinlich hat er nicht mal einen Fall, also was kümmert es uns?«

Nach dem Essen brachte er mich nach Hause. Es war zwar erst Viertel nach acht, aber ich musste noch arbeiten, und er schien tatsächlich ein bisschen erleichtert zu sein, dass unser Kontakt nicht länger andauerte oder intimer wurde. Sobald ich hörte, wie sich seine Schritte entfernten, knipste ich die Außenbeleuchtung aus, setzte mich mit einigen Karteikarten an den Schreibtisch und arbeitete meine Notizen auf.

Ich ging die Karten, die ich früher ausgefüllt hatte, noch mal durch und heftete sie an die Pinnwand über dem Schreibtisch. Lange stand ich davor, las eine nach der anderen und hoffte auf einen Gedankenblitz. Es tauchte nur eine merkwürdige Notiz auf. Ich hatte jeden Punkt, an den ich mich nach meiner ersten Durchsuchung von Elaines Apartment erinnern konnte, peinlich genau aufgeschrieben. Das mache ich gewöhnlich so. Es ist fast ein kleines Spiel, um mein Gedächtnis auf die Probe zu stellen. Sie hatte im Küchenschrank einige Dosen Katzenfutter gehabt. *9-Lives Beef* und *Liver Platter,* besagte die Notiz. Nun schien es mir ungewöhnlich. Welche Katze?

12

Am nächsten Morgen um neun fuhr ich zur Via Madrina. Tillie öffnete nicht auf mein Klingeln, also blieb ich einen Moment stehen und studierte die Namensliste der Mieter auf den Klingelschildern. In Apartment 10, das direkt neben dem von Elaine liegt, gab es einen Wm. Hoover. Ich klingelte.

Die Gegensprechanlage erwachte zum Leben. »Ja?«

»Mr Hoover? Hier spricht Kinsey Millhone. Ich bin Privatdetektivin hier in der Stadt, und ich bin auf der Suche nach Elaine Boldt. Hätten Sie etwas dagegen, wenn ich Ihnen ein paar Fragen stelle?«

»Sie meinen, jetzt sofort?«

»Nun, ja, wenn Sie nichts dagegen haben. Ich bin vorbeigekommen, um mit der Hauswartsfrau zu sprechen, aber sie ist nicht da.«

Ich hörte einen gemurmelten Dialog. Dann summte der Türöffner, gewissermaßen zum Zeichen der Zustimmung. Mit einem Hechtsprung erreichte ich gerade noch die Tür, bevor das Schloss wieder unnachgiebig wurde. Ich fuhr mit dem Aufzug ein Stockwerk hinauf. Als sich die Fahrstuhltür öffnete, lag mir Apartment 10 genau gegenüber. Hoover stand in einem kurzen blauen Bademantel aus Plüsch im Flur. Ich schätzte sein Alter auf vierunddreißig bis fünfunddreißig. Er war schmächtig, vielleicht einen Meter achtundsechzig groß und hatte schlanke, muskulöse Beine, die von einem leichten Flaum bedeckt waren. Seine dunklen Haare waren zerzaust, und er wirkte, als hätte er sich seit zwei Tagen nicht mehr rasiert. Seine Augen waren noch schlafverquollen.

»Oje, ich habe Sie geweckt«, sagte ich. »Das tu ich Leuten ungern an.«

»Nein, ich war schon auf«, erwiderte er. Er fuhr sich mit der Hand durch die Haare und kratzte sich den Hinterkopf, während er gähnte. Ich musste die Zähne zusammenbeißen, um nicht mitzugähnen. Auf nackten Füßen ging er in sein Apartment zurück, und ich folgte ihm.

»Ich setze kurz einen Kaffee auf. Er ist dann sofort fertig. Kommen Sie herein, und nehmen Sie Platz.« Seine Stimme war hoch und dünn.

Er deutete auf die Küche zu seiner Rechten. Sein Apartment war das Spiegelbild von Elaines. Vermutlich grenzten ihre

Schlafzimmer an dieselbe Wand. Ich warf einen Blick in das Wohnzimmer, das, wie ihres, zum Eingang hinausführte und ebenfalls auf Grices Grundstück nebenan sah. Wo Elaines Apartment einen Blick auf die Straße freigab, hatte die Aussicht hier nichts besonders Anziehendes – man sah nur einen Schimmer der Berge weit weg zur Linken, der noch teilweise von den zwei Reihen italienischer Pinien verdeckt wurde, die entlang der Via Madrina wuchsen.

Hoover zog sich den Bademantel fester zu, setzte sich auf einen Küchenstuhl und schlug die Beine übereinander. Er hatte hübsche Knie. »Wie war Ihr Name noch gleich? Sie müssen schon entschuldigen, aber ich bin noch halb bewusstlos.«

»Kinsey Millhone«, sagte ich. Die Küche roch nach aufgebrühtem Kaffee und dem Dunst ungeputzter Zähne. Seiner, nicht meiner. Er langte nach einer schlanken braunen Zigarette und zündete sie an. Wahrscheinlich hoffte er, seinen morgendlichen Mauldampf mit etwas noch schlechter Riechendem übertünchen zu können. Seine Augen hatten das Braun leichten Tabaks. Er hatte spärliche Wimpern und ein mageres Gesicht und betrachtete mich mit der ganzen Langeweile einer Boa Constrictor nach einer fetten Murmeltiermahlzeit. Die Kaffeemaschine gab ein paar letzte Rülpser von sich und erstarb, während er zwei große blauweiße Becher holte. Der eine hatte rundherum ein Muster, das rammelnde Karnickel darstellte. Der andere zeigte Elefanten bei der gleichen Beschäftigung. Ich versuchte, nicht hinzusehen. Seit Jahren schon denke ich darüber nach, wie Dinosaurier sich wohl gepaart haben, besonders diese riesengroßen, stacheligen. Jemand sagte mal, sie hätten es im Wasser getan, was ihnen geholfen hätte, das ganze Gewicht zu tragen. Aber ich kann nicht glauben, dass Dinosaurier so clever waren. Es kommt mir nicht sehr wahrscheinlich vor bei ihren winzigen, schmalen Köpfen. Ich schubste mich in die Realität zurück.

»Wie nennen Sie sich? William? Bill?«

»Wim«, antwortete er. Er nahm eine Packung Milch aus dem Kühlschrank und besorgte einen Löffel für die Zuckerdose. Ich kippte mir Milch in den Kaffee und beobachtete mit Interesse, wie er zwei gehäufte Esslöffel Zucker in seinen schüttete. Er sah meinen Blick.

»Ich versuche, ein bisschen zuzunehmen«, erklärte er. »Ich weiß, Zucker ist schlecht für die Zähne. Aber ich bin diese mörderischen Proteindrinks morgens leid – Sie kennen das Zeug – mit Ei und Banane und Weizenkeimen. Bah. Den Nachgeschmack wird man nicht mehr los. Außerdem hasse ich es, vor zwei Uhr nachmittags zu essen, also muss ich mich wohl damit abfinden, dünn zu sein. Ja, jedenfalls packe ich mir deshalb den Kaffee voll. Ich denke, irgendetwas muss doch helfen. Sie scheinen auch eher zur Twiggy-Fraktion zu gehören.«

»Ich laufe jeden Tag, und ich vergesse das Essen.« Ich nippte an meinem Kaffee, der leicht mit Minze gewürzt war. Er schmeckte ganz ausgezeichnet.

»Wie gut kannten Sie Elaine?«, fragte ich.

»Wir unterhielten uns, wenn wir uns zufällig im Flur trafen«, erwiderte er. »Wir sind seit Jahren Nachbarn. Was wollen Sie von ihr? Hat sie ihre Rechnungen nicht bezahlt?«

Ich erzählte ihm kurz von ihrem scheinbaren Verschwinden und fügte hinzu, dass das zwar nichts Schlimmes heißen müsse, aber trotzdem rätselhaft war. »Können Sie sich daran erinnern, wann Sie sie zuletzt gesehen haben?«

»Nicht genau. Irgendwann, bevor sie gefahren ist. Ich glaube Weihnachten. Nein, das nehme ich zurück. Ich habe sie am Silvesterabend gesehen. Sie sagte, sie würde zu Hause bleiben.«

»Wissen Sie zufällig, ob sie eine Katze besaß?«

»Na klar. Ein prachtvolles Tier. Ein riesiger grauer Perser namens Mingus. Eigentlich ist er ursprünglich mein Kater gewesen, aber ich war so selten zu Hause und dachte, er sollte Gesellschaft haben. Also gab ich ihn ihr. Da war er noch ein Kätzchen. Ich hatte keine Ahnung, dass er sich zu einer solchen

Schönheit entwickeln würde, sonst hätte ich ihn nicht abgegeben. Ich meine, seitdem könnte ich mich ständig ohrfeigen, aber was soll man machen? Geschäft ist Geschäft.«

»Was war das für ein Geschäft?«

Er zuckte interesselos die Achseln. »Sie musste mir schwören, dass sie niemals seinen Namen ändern würde. Charlie Mingus. Nach dem Jazzpianisten. Außerdem musste sie versprechen, ihn nicht allein zu lassen; denn was hätte es sonst für einen Sinn gehabt, ihn wegzugeben? Dann hätte ich ihn auch selbst behalten können.«

Wim zog vorsichtig an seiner Zigarette, wobei er den Ellbogen auf dem Tisch liegen ließ. Irgendwo im hinteren Teil des Apartments hörte ich die Dusche laufen.

»Hat sie ihn jedes Jahr nach Florida mitgenommen?«

»Na klar. Manchmal sogar als Handgepäck, wenn die Fluggesellschaft genügend Platz hatte. Sie sagte, er liebte es, dort unten zu sein. Dächte, ihm gehöre die ganze Wohnung.« Er nahm eine Serviette und faltete sie halb.

»Tja, es ist seltsam, dass er nirgendwo aufgetaucht ist.«

»Wahrscheinlich ist er bei ihr, wo immer sie ist.«

»Haben Sie mit ihr gesprochen, nachdem der Mord nebenan geschehen war?«

Wim schüttelte den Kopf und schnippte seine Asche säuberlich in die gefaltete Serviette. »Ich habe mit der Polizei gesprochen, oder vielmehr sie mit mir. Mein Wohnzimmerfenster führt genau zu dem Haus hinaus, und es interessierte sie, was ich gesehen hatte. Was rein gar nichts war, wie ich hinzufügen darf. Dieser Detective war das größte Macho-Arschloch, das mir jemals begegnet ist; seine feindselige Art hat mir gar nicht gepasst. Soll ich Ihnen den aufwärmen?«

Er stand auf und nahm den Kaffee.

Ich nickte, und er füllte unsere Becher aus einer Thermoskanne nach. Das Geräusch des laufenden Wassers war abrupt abgebrochen, und Wim registrierte es genau wie ich. Er ging zum Spülbecken zurück und löschte seine Zigarette unter dem geöffneten Wasserhahn. Dann warf er sie in den Abfall. Er holte eine Bratpfanne und nahm eine Packung Speck aus dem Kühlschrank. »Ich würde Ihnen Frühstück anbieten, aber ich habe nicht genug da, es sei denn, Sie wollten einen Proteindrink mit mir trinken. Ich werde gleich einen fertig machen, egal, wie ekelhaft er ist. Dieses Essen hier ist für einen Freund von mir.«

»Ich muss jetzt sowieso gehen«, sagte ich und stand auf.

Ungeduldig winkte er mir zu. »Setzen Sie sich, setzen Sie sich. Trinken Sie auf jeden Fall erst mal Ihren Kaffee aus. Und solange Sie hier sind, können Sie fragen, was Sie wollen.«

»Was ist mit einem Tierarzt für den Kater? Hatte sie einen hier in der Nachbarschaft?«

Wim zog drei Streifen Speck ab, legte sie in die Pfanne und zündete das Gas an. Er beugte sich vor und kontrollierte die kleine blaue Flamme. Er hätte seinen Mantel hinten etwas tiefer ziehen müssen.

Er meinte: »Es gibt hier eine Katzenklinik an der Ecke Serenata Street. Da hat sie Ming immer in einem dieser Katzenkörbe hingebracht, während er wie ein Kojote heulte. Er hasste den Tierarzt.«

»Haben Sie irgendwelche Vermutungen, wo Elaine sein könnte?«

»Was ist mit ihrer Schwester? Vielleicht ist sie nach L. A. gefahren, um sie zu besuchen.«

»Die Schwester war diejenige, die mich zuerst angestellt hatte«, erwiderte ich. »Sie hat Elaine seit Jahren nicht mehr gesehen.«

Wim sah scharf von der Speckpfanne auf und lachte. »Das ist ja kompletter Schwachsinn! Wer hat Ihnen das gesagt? Ich habe sie selbst vor noch nicht ganz sechs Monaten hier gesehen.«

»Sie haben Beverly gesehen?«

»Klar«, meinte er. Er nahm eine Gabel und wendete die Speckstreifen in der Pfanne. Er ging zum Kühlschrank zurück und nahm drei Eier heraus. Beim bloßen Zusehen starb ich schon fast vor Hunger.

Er fuhr beredt fort. »Sie war vielleicht vier Jahre jünger als Elaine. Schwarze Haare, superkurz geschnitten, exquisite Haut.« Er schaute mich an. »Habe ich Recht oder nicht?«

»Klingt nach der Frau, die ich getroffen habe«, sagte ich. »Aber ich frage mich, warum sie mich belogen hat.«

»Das kann ich vielleicht erraten«, bot er an. Er riss einige Papiertücher von der Rolle, faltete sie und legte sie neben die Bratpfanne. »Sie hatten einen üblen Krach, wissen Sie, zu Weihnachten. Beverly wollte das wahrscheinlich nicht zugeben. Sie haben auf jeden Fall geschrien, mit Gegenständen geworfen und Türen geknallt. Oh, mein Gott! Und erst die Sprache, die sie gebrauchten. Obszön. Ich hätte nie gedacht, dass Elaine so fluchen kann, obwohl ich sagen muss, dass die andere noch schlimmer war.«

»Worum ging es?«

»Um einen Mann natürlich. Worum sollte einer von uns sonst so ein Theater machen?«

»Haben Sie eine Ahnung, wer es war?«

»Nee. Offen gestanden, ich nehme an, Elaine ist eine der Frauen, die ihr Witwendasein insgeheim genießen. Ihr wird eine Menge Sympathie entgegengebracht, und sie genießt tonnenweise Freiheit. Sie hat das ganze Geld und keinen, mit dem sie sich streiten muss. Warum sollte sie einen Typen an diesem Geschäft beteiligen? Sie ist alleine besser dran.«

»Wenn das der Fall ist, warum legt sie sich dann mit Beverly an?«

»Wer weiß? Vielleicht fanden sie es lustig.«

Ich trank meinen Kaffee aus und stand auf. »Ich hau jetzt besser ab. Ich will Sie nicht beim Frühstück stören, aber ich komme eventuell nochmal vorbei. Stehen Sie im Telefonbuch?«

»Natürlich. Ich arbeite … als Barkeeper im Edgewood Hotel am Strand. Kennen Sie den Laden?«

»Den kann ich mir nicht leisten, aber ich weiß, welchen Sie meinen.«

»Schauen Sie gelegentlich doch mal rein. Ich bin jeden Abend außer montags von sechs Uhr bis zum Schluss da. Ich lade Sie ein.«

»Danke, Wim. Das werde ich machen. Für Ihre Hilfe bin ich Ihnen sehr dankbar. Der Kaffee war ein Hochgenuss.«

»Stets zu Diensten«, sagte er.

Ich ging allein zur Tür und erhaschte noch einen Blick auf Wims Frühstücksgefährten. Er sah aus wie jemand aus dem *Gentlemen's Quarterly:* feuriger Blick, eine perfekte Kinnform, kragenloses Hemd, einen italienischen Kaschmirpullover um die Schultern geworfen und vorn an den Ärmeln geknotet.

In der Küche hatte Wim begonnen, eine Version von *The Man I Love* zu singen. Seine Singstimme klang genau wie die von Marlene Dietrich.

Als ich in die Eingangshalle kam, traf ich Tillie, die einen Einkaufswagen vor sich her schob. Er war mit braunen Papiertüten voll gepackt.

»Ich glaube, ich muss zweimal täglich einkaufen gehen«, meinte sie. »Sind Sie wegen mir hier?«

»Ja, doch nachdem Sie nicht da waren, bin ich hochgegangen und hatte stattdessen eine kurze Plauderei mit Wim. Ich wusste gar nicht, dass Elaine eine Katze hatte.«

»Oh, sie hatte Ming schon seit Jahren. Ich weiß gar nicht, warum ich nicht daran gedacht habe, das zu erwähnen. Was hat sie wohl mit ihm gemacht?«

»Sie sagten, sie habe eine Menge Gepäck bei sich gehabt, als sie an jenem Abend zum Taxi ging. Könnte Mingus im Katzenkorb dabei gewesen sein?«

»Tja, muss er wohl. Groß genug war er ja, und sie hat den Kater überall hin mitgenommen. Vermutlich wird er auch vermisst. Wollten Sie nicht darauf hinaus?«

»Weiß ich selbst noch nicht, aber wahrscheinlich. Schade,

dass er nicht an einer seltenen Katzenkrankheit leidet, dann könnte ich ihn über einen Tierarzt aufspüren«, sagte ich.

Sie schüttelte den Kopf. »Kann ich nicht mit dienen. Er war immer in guter Verfassung, soweit ich weiß. Er müsste leicht wieder zu erkennen sein. Großes, altes, graues, langhaariges Viech. Er muss fast zwanzig Pfund gewogen haben.«

»War er reinrassig?«

»Nein, und sie hat ihn früh kastrieren lassen, also wurde er auch nicht für Zuchtzwecke oder Ähnliches benutzt.«

»Nun«, meinte ich, »ich kann genauso gut auch ihn suchen, da ich im Moment keine weiteren Anhaltspunkte habe. Haben Sie gestern mit der Polizei gesprochen?«

»Oh ja, und ihnen gesagt, dass wir dachten, die Frau könnte Elaines Rechnungen gestohlen haben, als sie einbrach. Der Officer hat mich angesehen, als dachte er, ich sei übergeschnappt, aber er hat es notiert.«

»Ich werde Ihnen noch etwas erzählen. Wim schwört, Elaines Schwester Beverly sei zur Weihnachtszeit hier gewesen und in einen dicken Streit mit ihr geraten. Wussten Sie davon?«

»Nein, und Elaine hat mir gegenüber davon auch nichts erwähnt«, erwiderte sie und bewegte sich unruhig. »Ich muss reingehen, Kinsey. Ich habe Sorbet gekauft, das mir gleich ausläuft, wenn ich es nicht in die Truhe packe.«

»In Ordnung. Ich werde später wiederkommen, wenn ich noch etwas brauche«, sagte ich. »Danke, Tillie.«

Tillie durchquerte die Halle und schleppte ihren Einkaufswagen, und ich ging zu meinem Wagen und schloss ihn auf. Wie gewöhnlich sah ich zu Grices Haus hinüber. Meine Aufmerksamkeit wurde fast unwiderstehlich von dieser halb verkohlten Ruine angezogen, wo der Mord stattgefunden hatte. Impulsiv verschloss ich den Wagen wieder und ging zu Snyders Eingangstür. Er musste mich durch das Fenster gesehen haben, denn die Tür wurde geöffnet, als ich gerade meine Hand zum Klopfen gehoben hatte. Er trat auf die Veranda hinaus.

»Ich sah Sie den Weg heraufkommen. Sie waren doch gestern schon hier«, begann er. »Ich kann mich nicht mehr an Ihren Namen erinnern.«

»Kinsey Millhone. Ich habe gestern mit Mr Grice draußen in dem Haus seiner Schwester gesprochen. Er sagte, Sie hätten einen Schlüssel für sein Haus und könnten mich einlassen, damit ich mich umsehen kann.«

»Ja, das stimmt. Ich hab ihn hier irgendwo.« Mr Snyder schien sich selbst zu filzen und fischte schließlich einen Schlüsselring aus der Tasche. Er durchkämmte die Schlüssel.

»Das isser«, sagte er. Er nestelte den Schlüssel von dem Ring und gab ihn mir. »Der ist für die Hintertür. Vorne ist ja alles verriegelt, wie man sehen kann. Für 'ne Weile hatten sie das ganze Haus abgesperrt, bis die Burschen von der Spurensicherung alles untersucht hatten.«

Aus dem Hintergrund hörte ich: »Was ist los, Orris? Mit wem sprichst du da?«

»Nun reiß dich zusammen! Dummes Huhn. Ich muss gehen«, meinte er mit zitterndem Kiefer.

»Ich bring ihn zurück, wenn ich fertig bin«, rief ich noch, aber er schleppte sich schon zum hinteren Teil des Hauses. Ich dachte, dass sie erstaunlich gut hörte für jemanden, der behauptete, taub wie Brot zu sein.

Ich ging über Snyders Hof, und der Efeu raschelte unter meinen Füßen. Der Vorgarten der Grices war vernachlässigt und verwelkt und der Gehweg mit Schutt verunreinigt. Es sah nicht so aus, als hätte hier jemand sauber gemacht, nachdem die Feuerwehrwagen das Feld geräumt hatten. Ich drückte mir die Daumen, dass die Bergungsmannschaften noch keine Aufräumarbeiten im Haus durchgeführt hatten. Ich ging ums Haus herum und an den mit Vorhängeschlössern versehenen Doppeltüren vorbei, die schräg zum Haus geneigt waren und in den Keller führten. Auf der Rückseite stieg ich fünf verfallene Stufen zu der kleinen Veranda hinauf. Die hintere Tür hatte ein großes Glasfenster in der oberen Hälfte, und ich konnte durch geraffte Vorhänge, die nun schmuddelig waren und schief hingen, in die Küche sehen.

Ich öffnete die Tür und ging hinein. Dieses eine Mal hatte ich Glück. Der Boden war schuttbedeckt, aber die Möbel standen noch immer an ihrem Platz; ein schmutziger Küchentisch, umgefallene Stühle. Ich ließ die Tür hinter mir offen und sah mich um. Auf dem Tresen stand Geschirr, und durch eine offene Speisekammertür waren Regale mit Lebensmittelkonserven sichtbar. Wie immer in solchen Situationen fühlte ich einen leichten Schauer von Unwohlsein.

Das Haus roch intensiv nach verbranntem Holz, und eine dicke Rußschicht lag auf allen Gegenständen. Die Küchenwände waren grau vom Rauch, und meine Schuhe machten ein knirschendes Geräusch, als ich durch den Flur lief. Unter meinen Füßen wurden die Glasscherben zu zuckerähnlichen Kristallen zermalmt. Soweit ich das beurteilen konnte, war das Innere von Grices Haus genauso angelegt wie das der Snyders nebenan. Das, was ich für den Essraum hielt, konnte ich gleich hinter der Küche ausmachen; dazwischen war eine geschwärzte Schwingtür. Das musste das Gegenstück zu dem Raum in Snyders Haus sein, den Orris nun zu einem Schlafzimmer für seine Frau umgestaltet hatte. Am Flur lag ein Gästebad, das nur eine Toilette und ein Waschbecken hatte. Das alte Linoleum war gewölbt und verzogen. Darunter zeigten sich schwarze Fußbodendielen. Das Fenster im Flur war jetzt zerbrochen, aber es führte auf einen schmalen Fußweg zwischen den beiden Häusern hinaus und direkt zu May Snyders umgestaltetem Schlafzimmer. Ich sah sie genau, wie sie auf ihrem Krankenbett lag, das zu einem Fünfundvierzig-Grad-Winkel hochgestellt war. Sie schien zu schlafen und sah unter der weißen Bettdecke klein und verschrumpelt aus. Ich wandte mich vom Fenster ab und ging den Flur hinunter zum Wohnzimmer.

Das Feuer hatte die Farbe aus allen Sachen gelaugt; das Ganze sah jetzt aus wie eine Schwarz-Weiß-Fotografie. Ein verkohltes Muster – wie dunkle Streifen einer Alligatorhaut – bedeckte Tür- und Fensterrahmen. Noch deutlicher wurde die Zerstörung, als ich in den vorderen Teil des Hauses kam. Als ich an der Treppe vorbeiging, die zu dem halben oberen Stockwerk führte, konnte ich sehen, wo die Flammen Stufen und Teile des hölzernen Geländers gefressen hatten. Die Tapete im Treppenaufgang war zerfetzt und verschmiert wie eine alte Schatzkarte.

Ich ging weiter und versuchte mich zurechtzufinden. An der Eingangstür gab es eine ominöse Stelle mit fehlenden Dielenbrettern, wo man wohl Marty Grices Leiche gefunden hatte. Flammen hatten die Wände verzehrt und Rohre und verkohlte Balken offen gelegt. Auf dem Boden hier und bis in den Flur zurück und die Treppe hinauf gab es unregelmäßig verbrannte Spuren, wo irgendeine brennbare Flüssigkeit vergossen worden war. Ich ging an dem klaffenden Loch vorbei und schaute in das Wohnzimmer. Es sah aus, als wäre es mit avantgardistischen »Möbelarbeiten« aus Braunkohle-Briketts ausgestattet. Zwei Stühle und eine Couch standen zwar immer noch in der üblichen Anordnung, aber das Feuer hatte die Polsterung bis auf die nackten Sprungfedern abgenagt. Alles, was von dem Teetischchen übrig geblieben war, war ein verbranntes Gestell.

Ich ging zur Treppe zurück und stieg vorsichtig hinauf. Das Feuer hatte das Schlafzimmer in wunderlichen Häppchen verzehrt; ein Stapel Taschenbücher war unberührt geblieben, während die Fußbank daneben fast total verschwunden war. Das Bett war noch gemacht, aber der Raum war von den Feuerwehrschläuchen unter Wasser gesetzt worden und roch nun nach faulender Teppichfaser, durchgeweichter Tapete, schimmelnden Bettdecken und verbrannter Kleidung. Hier und da kamen Klumpen der Isolation durch die vom Feuer freigelegten Putzträger. Auf dem Nachttisch stand ein gerahmtes Foto von Leonard. Unter dem Rand des Glases steckte eine Erinnerungskarte für eine Zahnreinigung und -untersuchung.

Ich schob die Karte beiseite und schaute mir Leonards Gesicht genauer an. Ich dachte an den Schnappschuss, den ich von Marty gesehen hatte. So ein plumpes kleines Etwas: übergewichtig, Brillenrahmen aus Plastik, Frisur, die aussah wie eine Perücke. Leonard war viel attraktiver und musste in glücklicheren Zeiten eine schmucke Erscheinung abgegeben haben. Er hatte ein bemerkenswertes Gesicht, graue Haare, einen festen Blick. Seine Schultern waren gerundet, wahrscheinlich auf Grund seiner Rückenprobleme, aber das erweckte den Eindruck von etwas Schwachem und Entschuldigendem in seinem Charakter. Ich fragte mich, ob Elaine Boldt ihn anziehend gefunden hatte. Könnte sie zwischen die beiden getreten sein?

Ich stellte das Bild zurück und suchte mir einen Weg die Treppen hinunter. Als ich den Flur entlang zur Küche ging, bemerkte ich eine angelehnte Tür, die ich sachte aufstieß. Vor mir gähnte der Keller wie eine große schwarze Grube. Scheiße! Wenn ich gründlich sein wollte, musste ich ihn untersuchen. Ich schnitt mir selbst eine Grimasse und ging hinaus zu meinem Wagen, um die Taschenlampe aus dem Handschuhfach zu holen.

13

Die Kellertreppe war intakt. Offensichtlich hatte man das Feuer unter Kontrolle gehabt, bevor es bis hierher vordringen konnte. Die Schäden in den oberen Räumen schienen von einer brennbaren Flüssigkeit verursacht worden zu sein, die zumindest für Oberflächenverbrennungen im ganzen Haus gesorgt hatte. Der Strahl meiner Taschenlampe durchdrang die Dunkelheit und erleuchtete einen schmalen Gang voller Sachen, die ich lieber nicht anfassen wollte. Ich erreichte den Fuß der Treppe. Die Decke war ziemlich niedrig. Das Haus war über vierzig Jahre alt, und das Fundament war nass und von Spinnen bevölkert.

Die Luft war undurchlässig wie in einem Treibhaus, nur dass hier unten alles tot war und einen sumpfigen Geruch von Feuer und Feuchtigkeit, Verlassenheit und Verwesung absonderte.

Ich leuchtete mit der Lampe die Balken entlang und suchte sie bis zu dem Loch ab, durch welches das Tageslicht einfiel. War der Fußboden durchgebrannt und die Leiche in den Keller gefallen? Ich ging näher heran und streckte den Hals vor, um besser sehen zu können. Für mich sahen die Ränder des Lochs herausgeschnitten aus. Vielleicht hatte der Feuerwehrexperte Proben der Dielen genommen, um Labortests durchzuführen. Zu meiner Linken sah ich den Heizungskessel, ein stummer, flacher, grauer Buckel, von dem aus rußige Leitungen in alle Richtungen abgingen. Der Boden bestand aus festgetretener Erde und rissigem Beton, und der ganze Raum stand voller Plunder. Farbdosen und alte Fensterscheiben waren unter der Treppe gestapelt. In der Ecke gab es ein uraltes verzinktes Waschbecken, dessen Rohre weggerostet waren.

Ich ging an der Wand entlang und stöberte mit der Lampe in Lücken herum, wo achtbeinige Kreaturen entsetzt vor mir wegrannten. Später war ich froh, dass ich so gewissenhaft war, aber in dem Moment wollte ich nur noch so schnell wie möglich da herauskommen. Ein leeres Haus scheint immer Geräusche zu machen, die einen an einen Axtmörder denken lassen, der auf der Suche nach einem Opfer durch die Räumlichkeiten schleicht. Ich richtete die Taschenlampe auf die gegenüberliegende Wand, an der eine Treppe das kleine Stück zu den verriegelten Doppeltüren hinaufführte, die auf den Seitenhof hinausgingen. Obwohl Tageslicht schräg durch die Risse fiel, drang der Geruch frischer Luft nicht so weit herab. Ich wusste, dass die Doppeltüren von außen mit Schlössern versehen waren, aber das Holz war alt und morsch und schien nicht sehr stabil. Nach dem, was Lily Howe gesagt hatte, hatte der Einbrecher sich gar nicht erst mit Aufbrechen und Hineinkommen aufgehalten. Er war einfach zur Vordertür gegangen und hatte geläutet. Hatten sie gekämpft? War er in Panik geraten, als sie die Tür öffnete, und hatte sie sofort getötet? Der Eindringling konnte natürlich auch eine Frau gewesen sein, besonders wenn die Waffe tatsächlich ein Baseballschläger gewesen war. Frauen sind, seit sie an Olympischen Spielen teilnehmen, im Umgang mit Waffen aus dem sportlichen Bereich sehr geschickt geworden; Tod durch Diskus, Speer, Kugel, Pfeil und Bogen, Hockeypuck ... unendliche Möglichkeiten, sollte man meinen.

Ich ging zur Treppe zurück und zitterte unwillkürlich angesichts der Dunkelheit in meinem Rücken. Ich nahm zwei Stufen auf einmal und hätte mich beinah selbst ausgeknockt, als ich gegen den Querbalken knallte. Laut vor mich hin fluchend, stürzte ich aus dem Keller und wieder in den Flur, als wäre der Teufel hinter mir her. Etwas Federartiges streifte mein Auge, und als mir klar wurde, dass es sich um einen zierlichen Tausendfüßler handelte, der sich an mir niederließ, machte ich einen dieser unregelmäßigen Quickdance-Schritte und bürstete an meinem Hemd herum, als stünde ich plötzlich in Flammen. Mensch, was man nicht alles für Geld tut, dachte ich wütend. Ich ging zur Hintertür hinaus, verschloss sie hinter mir und setzte mich auf die Verandastufen. Schließlich beruhigte sich mein Atem, aber ich brauchte noch einige Minuten, um meine Haltung wiederzugewinnen.

In der Zwischenzeit hatte ich Gelegenheit, den Hof zu untersuchen. Ich weiß nicht, wonach ich suchte, oder was ich nach einem halben Jahr zu finden glaubte. Es gab nur überwucherte Büsche und Gräser; ein kleiner, durch Wassermangel verkrüppelter Orangenbaum hing voller reifer Früchte, die braun wurden, weil sie niemand pflückte. Die Hütte war eines dieser vorfabrizierten Metalldinger, die man über den *Sears*-Katalog bestellen und überall aufstellen kann. Verschlossen war sie mit einem richtig schönen, fetten Vorhängeschloss, das ziemlich stabil aussah. Ich ging quer über den Hof, um es mir genauer anzusehen. Es war doch nur ein einfaches Sicherheitsschloss, das ich bestimmt in wenigen Minuten aufbekommen würde. Doch ich hatte weder meinen kleinen zweiköpfigen Dietrich dabei, noch war ich begeistert von der Vorstellung, am helllichten Tage dazustehen und an einem Schloss herumzufingern. Besser wäre es, nach Sonnenuntergang wiederzukommen und nachzusehen, was Grice oder sein Neffe darin aufbewahrten. Mein Tipp: alte Gartenmöbel. Aber man kann ja nie wissen.

Ich brachte den Hausschlüssel zu Snyders zurück. Dann stieg ich in meinen Wagen und fuhr Richtung Büro. Ich ging hinein und machte eine Kanne Kaffee. Die Post war noch nicht da, und auf dem Band des Anrufbeantworters waren auch keine Mitteilungen.

Ich öffnete die Schiebetüren und trat auf den Balkon hinaus. Wo zum Teufel steckte Elaine Boldt? Und wo war Elaine Boldts Miezekätzchen? Ich wusste nicht mehr, was ich tun oder wo ich noch suchen sollte. Ich tippte einen Vertrag, den Julia Ochsner unterzeichnen sollte, und legte ihn in meinen Ausgangskorb. Als der Kaffee fertig war, goss ich mir eine Tasse ein, setzte mich in meinen Schaukelstuhl und schaukelte. Wenn man zweifelt, so dachte ich, ist es am besten, auf Routine zurückzugreifen.

Ich führte ein Ferngespräch mit einer Tageszeitung in Boca Raton und ein weiteres mit einer in Sarasota und gab jeweils eine Kleinanzeige für die Sparte »Persönliches« auf: »Wer weiß etwas über den Aufenthaltsort von Elaine Boldt, weiblich, weiß, 43 Jahre alt …« etc. »Bitte melden bei …« mit meinem Namen, Adresse und Telefonnummer und dem Angebot, per R-Gespräch zu telefonieren.

Ich kam mir sehr produktiv vor. Was sonst noch? Ich schaukelte noch ein bisschen und rief dann Mrs Ochsner an. Sie ging mir sowieso schon im Kopf herum.

»Hallo?«, meldete sie sich, als sie nach langer Zeit abnahm. Ihre Stimme zitterte, hatte aber einen erwartungsvollen Klang; als könnte sie trotz ihrer achtundachtzig Jahre noch jemand anrufen, und dann würde irgendetwas geschehen. Ich hoffte, ich könnte mich auch immer so fühlen. Im Moment war ich nicht sehr optimistisch.

»Tag, Julia. Hier ist Kinsey aus Kalifornien.«

»Einen Moment, Liebes, ich will eben den Fernseher leiser stellen. Ich schaue mir gerade mein Programm an.«

»Soll ich später noch mal anrufen? Ich möchte Sie nicht stören.«

»Nein, nein. Ich möchte lieber mit Ihnen sprechen. Warten Sie.«

Einige Zeit verging, und ich hörte, wie die Lautstärke des Hintergrundgeräusches zur Stille erstarb. Vermutlich schlich Julia so schnell sie konnte zum Telefon zurück. Ich wartete. Schließlich nahm sie den Hörer wieder auf. »Ich habe das Bild noch an«, sagte sie außer Atem, »aber aus dieser Entfernung sieht alles verschwommen aus. Wie geht es Ihnen?«

»Zur Zeit bin ich frustriert«, erwiderte ich. »Ich weiß nicht mehr weiter; doch ich wollte Sie nach Elaines Kater fragen. Ich nehme nicht an, dass Sie Mingus im letzten halben Jahr gesehen haben, oder?«

»Du lieber Gott, nein. Ich habe nicht mal an ihn gedacht. Wenn sie fort ist, muss er wohl auch verschwunden sein.«

»Tja, sieht so aus. Die Hauswartsfrau hier sagt, als Elaine an jenem Abend fuhr, habe sie so etwas wie einen Katzenkorb dabeigehabt. Also, wenn sie tatsächlich nach Florida geflogen ist, ist anzunehmen, dass sie ihn bei sich hatte.«

»Ich bin bereit, zu schwören, dass er genauso wenig wie sie jemals hier ankam, aber ich könnte bei Tierärzten und -heimen hier in der Gegend nachfragen«, schlug Julia vor. »Vielleicht hat sie ihn aus irgendeinem Grund in Pflege gegeben.«

»Würden Sie das tun? Das würde mir wirklich Zeit sparen. Ich glaube zwar nicht, dass Sie etwas herausfinden, aber dann haben wir es zumindest versucht. Ich werde sehen, ob ich das Taxi aufspüren kann, das sie benutzt hat, um zum Flughafen zu kommen. Vielleicht finde ich heraus, ob sie den Kater bei sich hatte. Hat Pat Usher ihn jemals erwähnt?«

»Kann mich nicht erinnern. Sie ist jetzt weg, wissen Sie. Mit Sack und Pack ausgezogen.«

»Ach wirklich? Nun, das überrascht mich nicht, aber ich würde gern wissen, wo sie ist. Könnten Sie ihre Nachsendeadresse von den Makowskis besorgen? Ich werde dann in ein oder zwei Tagen noch mal mit Ihnen telefonieren, aber unterstehen Sie sich, Pat selbst anzurufen. Ich will nicht, dass sie von Ihrer Beteiligung erfährt. Ich könnte Sie später noch mal brauchen, um ein bisschen herumzuschnüffeln, und ich will nicht, dass Ihre Tarnung vorher auffliegt. Wie geht es Ihnen sonst?«, fügte ich hinzu.

»Oh, mir geht es gut, Kinsey. Sie brauchen sich um mich keine Sorgen zu machen. Ich nehme nicht an, dass Sie eine Partnerschaft in Erwägung ziehen, nachdem wir diesen Fall aufgeklärt haben?«

»Ich habe schon schlechtere Angebote bekommen«, sagte ich.

Julia lachte. »Ich werde jetzt anfangen, Mickey Spillane zu lesen, einfach um mich in Form zu bringen. Ich kenne nämlich nicht sehr viele grobe Wörter, wissen Sie.«

»Ich glaube, in dieser Hinsicht reicht es bei mir für uns beide. Ich werde später mit Ihnen darüber sprechen. Lassen Sie mich wissen, wenn Sie in der Zwischenzeit etwas Überraschendes herausfinden. Ach ja – ich sende Ihnen einen Vertrag zur Unterschrift zu. Wir können das genauso gut offiziell machen.«

»Roger. Over and out«, sagte sie und hängte ein.

Ich ließ meinen alten VW auf dem Parkplatz hinter dem Büro stehen und ging zu Fuß zum Tipp-Top-Taxiunternehmen auf der Delgado hinüber. Die Geschäftsräume liegen in einer schmalen Reihe von Läden, die für ihre Ausverkäufe bekannt sind: ein stetiger Kreislauf von Discountschuhen, Autoradios, Imbissbars, Motorradgeschäften und gelegentlich mal ein Schönheitssalon oder ein Schnellfoto-Unternehmen. Es ist keine sehr reizvolle Gegend. Die Einbahnstraße verläuft in der falschen Richtung, der Parkplatz ist zu klein. Und offensichtlich meint der Besitzer des Gebäudes, weil er keine unverschämten Mieten fordert, könne er auch die Räumlichkeiten unter der abgeblätterten Farbe und den zerrissenen Bodenbelägen verkommen lassen.

Zwischen einem Verwaltungsbüro der Gesellschaft zur Rettung Schiffbrüchiger und einem Big N' Tall Men's Shop mit einem Anzug im Fenster, der für Steroidenthusiasten entworfen war, hatte sich Tipp Top gequetscht. Das Büro selbst war lang und schmal und in der Mitte durch eine Pressspanwand mit einer hineingeschnittenen Tür unterteilt. Der Raum war wie ein Kinderversteck möbliert, samt zweier zusammengebrochener Sofas und einem Tisch mit einem zu kurzen Bein. An den Wänden waren mit Klebestreifen Zeichnungen und handgeschriebene Notizen angebracht, in einer Ecke stapelte sich Abfall, und an der Eingangstür waren mit Eselsohren versehene Ausgaben der *Road and Track*-Zeitschrift unregelmäßig geschichtet. An die gegenüberliegende Wand war der Notsitz eines Autos gelehnt, dessen Lederpolsterung an einer Stelle aufgeschlitzt und mit altem, mit Sternchen gemustertem Heftpflaster repariert war. Der Dienst Habende thronte auf einem Hocker und hatte einen Ellbogen auf die Theke gelehnt, die unaufgeräumt wie eine Werkbank war. Er war vielleicht fünfundzwanzig und hatte lockige schwarze Haare und einen kleinen dunklen Schnurrbart. Er trug eine Baumwollhose und ein hellblaues T-Shirt mit einem verblichenen Emblem der *Grateful Dead* darauf und eine Schirmmütze, die seine Haare an den Seiten hochstehen ließ. Der Kurzwellenfunk quäkte Unverständliches, und er nahm das Mikro.

»Sieben-null«, sagte er und heftete die Augen sofort auf eine Straßenkarte, die an der Wand über der Theke angebracht war. Ich sah einen Aschenbecher voller Zigarettenstummel, eine Flasche Aspirin, einen Pappkalender der Kirche *Unsere Liebe*

Frau der Leiden, einen Ventilatortreibriemen, Plastiktütchen voll Ketchup und eine große, handgeschriebene Notiz, auf der stand: »Hat jemand meine rote Taschenlampe gesehen?« An der Wand hing eine Liste mit den Adressen von Kunden, die ungedeckte Schecks abgegeben hatten oder des Öfteren mehr als ein Taxi riefen, um zu sehen, welches zuerst da war.

Es gab eine kurze Salve quäkender Töne, und der Mann führte einen runden Magneten von einem Teil der Karte zu einem anderen. Es sah aus, als würde er mit sich allein ein Brettspiel spielen.

Auf seinem Hocker drehte er sich zu mir um. »Ja, Ma'am.«

Ich hielt ihm die Hand hin. »Ich bin Kinsey Millhone«, sagte ich. Bei der Vorstellung, mir die Hand geben zu müssen, schien er ein wenig verlegen zu werden, aber er überspielte das und tat mir entschlossen den Gefallen.

»Ron Coachello.«

Ich nahm meine Brieftasche heraus und zeigte ihm meinen Ausweis. »Ich dachte, vielleicht könnten Sie ein paar Daten für mich nachprüfen.«

Seine Augen waren sehr dunkel und leuchtend, und sein Ausdruck sagte, dass er alles prüfen könnte, was er wollte, wenn es ihm passte. »Worum geht's?«

Ich erzählte ihm die gekürzte Version der Geschichte, zusammen mit Elaine Boldts Adresse und der ungefähren Zeit, zu der das Taxi da gewesen war. »Können Sie nachsehen, ob Tipp Top diesen Fahrgast am neunten Januar dieses Jahres gefahren hat? Es könnte auch City Cab oder Green Stripe gewesen sein. Ich hätte da ein paar Fragen an den Fahrer.«

Er zuckte die Achseln. »Klar. Es kann einen Tag dauern. Ich habe diesen Kram zu Hause. Ich bewahre ihn nicht hier auf. Ich kann Sie ja dann anrufen, oder noch besser, Sie rufen zurück? Wie wär's damit?«

Das Telefon klingelte, und er führte ein Gespräch und hielt die Route fest. Dann nahm er das Mikro und drückte auf den

Knopf. »Sechs-acht.« Er legte den Kopf schief und lauschte vergeblich. Es gab Störungen, dann ein Quäken.

»Vier-null-zwei-neun Orion«, sagte er und schaltete sich aus. Ich gab ihm meine Karte. Er schaute sie so merkwürdig an, als hätte er noch nie eine Frau mit einer Geschäftskarte gesehen. Plötzlich erwachte das Funkgerät wieder zum Leben. Er drehte sich um und nahm das Mikro. Ich winkte ihm zu, und er winkte über die Schulter zurück.

Ich machte genau die gleiche Prozedur mit den anderen beiden Taxiunternehmen durch, die glücklicherweise in geringer Entfernung zueinander lagen. Nachdem ich die gleiche Geschichte noch zweimal erzählt hatte, fühlte ich mich, als litte ich unter einem besonders schweren Fall von Sprachstörung.

Als ich ins Büro zurückkam, war auf dem Band des Anrufbeantworters eine Nachricht von Jonah Robb.

»Äh, ja, Kinsey. Hier ist Officer Robb wegen dieser ... äh ... Sache, über die wir gesprochen haben. Vielleicht könnten Sie mich ja mal anrufen ... äh ... heute Nachmittag, damit wir einen Treffpunkt deshalb ausmachen können. Heute ist Freitag, und es ist ... äh ... zehn nach zwölf. Bis bald. Okay. Danke.« Die Nummer, die er hinterlassen hatte, war die der Polizeiwache mit der Durchwahl für die Vermisstenabteilung.

Ich rief ihn an und meldete mich sofort, als er am Apparat war. »Ich hörte, Sie haben Informationen für mich.«

»Stimmt«, erwiderte er. »Wollen Sie nachher mal bei mir vorbeikommen?«

»Könnte ich machen«, meinte ich. Ich schrieb mir seine Adresse auf, und wir machten Viertel nach acht aus, womit wir das Abendessen umgingen. Ich fand, wir sollten jetzt noch keine familiären Gewohnheiten pflegen. Ich dankte ihm für die Hilfe und legte auf.

Mir fiel beim besten Willen nicht ein, was ich nachmittags noch an dem Fall hätte arbeiten können, also schloss ich das Büro ab und fuhr nach Hause. Es war erst zwanzig nach eins, und weil ich bei der Arbeit so wenig erreicht hatte, fühlte ich mich moralisch verpflichtet, mich in meiner Wohnung nützlich zu machen. Ich spülte die Tasse und die Untertasse und den Teller, die im Spülbecken gestanden hatten, und ließ sie zum Trocknen im Abtropfkorb stehen, bis sie wieder gebraucht wurden. Ich packte einen Haufen Handtücher in die Waschmaschine, schrubbte die Bad- und Küchenwaschbecken, brachte den Abfall hinaus und saugte einen Weg um die Möbel herum. Von Zeit zu Zeit verrücke ich die Sachen tatsächlich mal und sauge die ganzen Wollmäuse darunter auf. Heute jedoch reichten ein paar Staubsaugerspuren hier und da und der Geruch, der in der Wohnung lag, diese eigentümliche Mischung zwischen heißem Maschinenöl und gekochtem Staub. Ich liebe Sauberkeit. Wenn man alleine wohnt, kann man entweder total schweinisch werden oder immer wieder nebenher sauber machen, was ich bevorzuge. Es gibt nichts Deprimierenderes, als am Ende eines langen Tages nach Hause zu kommen in eine Wohnung, die aussieht, als wäre ein Wirbelsturm durchgefegt.

Ich zog meine Jogginghose an und lief drei Meilen mit voller Energie. Dies war einer der seltenen Tage, an denen das Laufen unerklärlich großartig erscheint.

Ich kehrte heim, duschte, wusch mir die Haare, machte ein Nickerchen, zog mich an, schlich zu einem kleinen Lebensmitteleinkauf und setzte mich dann an den Schreibtisch und arbeitete die Karteikarten durch. Dabei trank ich ein Glas Weißwein und aß ein warmes Sandwich mit schnittfest gekochtem Ei und massenhaft Best-Food-Mayonnaise und Salz. Bei dem Geschmack wäre ich fast in Ekstase geraten.

Um acht griff ich mir eine Jacke, meine Handtasche und meinen Dietrich und sprang ins Auto. Ich fuhr Richtung Cabana Boulevard, der breiten Straße, die parallel zum Strand verläuft. Ich fuhr rechts ab. Jonah wohnte in einem abseits gelegenen kleinen Häusertrakt außerhalb von Primavera, ungefähr eine Meile entfernt. Ich fuhr an der Marina vorbei, dann am Ludlow

Beach, und schaute nach links. Trotz der zunehmenden Dämmerung konnte ich die große Mülltonne ausmachen, in der mich vor zwei Wochen beinahe der Tod eingeholt hätte.

Ich fragte mich, wie lange es wohl dauern würde, bis ich hier vorbeifahren könnte, ohne unbewusst nach links zu sehen, ohne zumindest diesen einen Blick auf den Ort zu werfen, wo ich gedacht hatte, mein Leben sei zu Ende. Der Strand schien vom letzten Tageslicht zu leuchten, und der silbergraue Himmel war von rosa- und lavendelfarbenen Tönen überlagert, die dort, wo die nahen Hügel in Sicht kamen, in ein tiefes Magentarot übergingen. Draußen auf dem Meer wurden die Inseln in ein magisches tiefgoldenes Licht getaucht, wo zurückgebliebene Flüsschen aus Sonnenlicht einen schimmernden Teich gebildet hatten.

Ich fuhr den Berg hinauf, am Sea Shore Park vorbei und bog dann nach rechts in ein Straßenknäuel über den Boulevard hinweg ab. Die Nähe zum Pazifik bedeutete zwar zu viel kühlen Nebel und ätzend salzige Luft, aber es gab eine Grundschule in der Nachbarschaft. Für Jonah, der früher von einem Polizistengehalt eine Familie zu ernähren hatte, war diese Gegend erschwinglich, doch war sie keineswegs besonders vornehm.

Ich fand die gesuchte Hausnummer und fuhr in die Einfahrt. Die Verandabeleuchtung brannte, und der Garten sah gut gepflegt aus. Das Haus war im Ranchstil verputzt und graublau mit dunkelblauen Absätzen gestrichen. Ich nahm an, dass es drei Schlafzimmer und vielleicht einen Innenhof nach hinten raus geben würde. Ich klingelte, und Jonah öffnete die Tür. Er trug Jeans und ein L.-L.-Bean-Frackhemd aus Oxfordtuch mit rosa Nadelstreifen. Er hatte eine Bierflasche in der Hand und hielt sie locker am Hals. Mit einem Blick auf die Uhr winkte er mich hinein.

»Mensch, sind Sie pünktlich«, meinte er.

»Tja, es ist ja nicht so weit. Ich wohne am Fuße des Berges.«

»Ich weiß. Soll ich Ihnen das abnehmen?«

Er streckte seine Hand nach meiner Jacke aus. Ich zog sie aus und gab sie ihm zusammen mit meiner Handtasche. Er warf beides unsanft in einen Sessel.

Für einen Moment wussten wir beide nichts zu sagen. Er nahm einen Schluck Bier. Ich steckte die Hände in die Hosentaschen. Warum musste das so unangenehm sein? Es erinnerte mich an diese schrecklichen Junior-Highschool-Treffen, wo man von irgendeiner Mutter ins Kino gefahren wird und nie weiß, worüber man reden soll.

Ich schaute mich um. »Nettes Haus«, bemerkte ich.

»Kommen Sie, ich führe Sie herum.«

Ich folgte ihm, während er über die Schulter hinweg mit mir sprach.

»Es war ein Scheißhaufen, als wir das erste Mal reinkamen. Der Kerl hatte es einem dieser Spinner vermietet, der sich ein Frettchen im Schrank hielt und die Toilette nie spülte, weil es seiner religiösen Überzeugung widersprach. Vielleicht haben Sie schon welche von denen in der Stadt gesehen. Barfuß, so rote und gelbe Tücher um den Kopf und Kleidung wie aus dem Alten Testament. Er sagte, sie hätten fast nie die Miete bezahlt. Aber jedes Mal, wenn er kam, um mit ihnen darüber zu reden, fingen sie an zu summen und seine Hand zu halten und viel sagenden Blickkontakt zu halten. Möchten Sie Wein? Ich habe 'nen extra guten gekauft – keinen mit Drehverschluss.«

Ich lächelte. »Ich fühle mich geschmeichelt.«

Wir machten einen Umweg in die Küche, und er öffnete eine Flasche Weißwein für mich. Er goss mir ein Glas ein, das noch mit einem Preisschild versehen war. Er grinste schüchtern, als er es bemerkte.

»Alles, was ich hatte, waren die Plastikgläser, die die Kinder zum Spielen draußen benutzt hatten«, meinte er. »Dies ist die Küche.«

»Habe ich mir beinah gedacht.«

Es war ein hübsches Haus. Ich weiß nicht, was ich erwartet

hatte, aber hier hatte jemand guten Geschmack bewiesen. Die ganze Wohnung hatte etwas Offenes an sich: nackte, schimmernde Holzfußböden, Möbel mit klaren Linien, saubere Oberflächen. Warum hatte Camilla all dies verlassen? Wonach suchte sie denn noch?

Er zeigte mir drei Schlafzimmer, zwei Badezimmer, einen überdachten Raum hinterm Haus und einen kleinen Hof, umrandet von einer weinbedeckten Gipswand.

»Ich werde Ihnen die Wahrheit sagen«, begann er. »Als sie ausgezogen war, habe ich ihren ganzen Krempel zusammengepackt und ihn von der Heilsarmee abholen lassen. Ich wollte nicht dasitzen und mir ständig ihren ganzen Schickimicki-Schnickschnack anschauen. Die Räume der Kinder hab ich gelassen, wie sie waren. Vielleicht wird sie ihrer ja mal überdrüssig, so wie sie meiner überdrüssig geworden ist, und schickt sie zurück, aber *ihren* Kram brauche ich nicht. Sie war ganz schön irritiert, als sie davon hörte, aber was sollte ich denn machen?« Er zuckte die Achseln und stand da, die Bierflasche am Hals umfasst.

Nun, da ich ihn zweimal gesehen hatte, nahm sein Gesicht langsam Form an. Vorher hatte ich bloß Eigenschaften wie »sanft« und »harmlos« registriert. Mir war das Übergewicht, das er mit sich herumschleppte, aufgefallen, und dass seine Persönlichkeit aus etwas Nettem, gemischt mit etwas Komischem bestand. Er war offen, und dafür war ich empfänglich, aber er hatte auch einen Charakterzug, den ich vorher schon bei anderen Cops festgestellt hatte: ein gedankenverlorenes Selbstbewusstsein, als schaute er aus großer Entfernung auf die Welt zurück; aber bei ihm war es nicht so schlimm. Camilla war immer noch von sichtlich großer Bedeutung für sein Leben, und er lächelte jedes Mal, wenn er von ihr sprach, aber nicht aus Zuneigung, sondern um seine Wut zu verbergen. Ich dachte, er müsste noch ein paar mehr Frauen erleben, bevor er sich mit mir befasste.

»Was ist das? Was bedeutet dieser Blick?«, fragte er.

Ich lächelte. »Vorsicht! Bissiger Hund!«, erwiderte ich.

Mir war nicht klar, ob ich über ihn oder über mich sprach.

Er lächelte ebenfalls, aber er wusste, was ich meinte. »Hier liegt der Kram.«

Er deutete auf den Esstisch, der in einer Nische gleich neben dem Wohnzimmer stand.

Ich setzte mich in einen heißen Kranz aus Licht und kam mir vor wie ein Vielfraß mit der Serviette unter das Kinn geklemmt, Messer und Gabel in den Fäusten. Außer den fotokopierten Berichten hatte er es noch geschafft, einige doppelte Fotografien zu besorgen. Ich würde die Auswirkungen des Verbrechens mit eigenen Augen sehen, und ich konnte es kaum noch erwarten.

14

Ich las mir alles schnell durch, um erst einmal einen Überblick zu bekommen. Dann fing ich noch mal an und notierte mir die Details, die mich interessierten. Die offizielle Version der Geschichte, so weit sie mir bekannt war, und die Befragungen von Leonard Grice, seiner Schwester Lily, Nachbarn, dem Einsatzleiter der Feuerwehr und dem zuerst am Tatort eingetroffenen Polizisten hatten im Großen und Ganzen nicht mehr ergeben, als ich selbst schon wusste: Leonard und Marty sollten mit Leonards verwitweter Schwester, Mrs Howe, zu ihrem traditionellen Dienstagabend-Essen ausgehen. Marty fühlte sich nicht gut und sagte in letzter Minute ab. Leonard und Lily gingen wie geplant aus und kehrten gegen neun Uhr abends zu den Howes zurück. Zu dem Zeitpunkt riefen sie Marty an, um Bescheid zu sagen, dass sie wieder zu Hause waren. Sowohl Mr Grice als auch seine Schwester sprachen mit Marty, die schließlich das Gespräch beendete, um auf ein Klopfen an der Tür zu reagieren. Laut Lily und Leonard hatten sie noch eine Tasse Kaffee getrunken und ein bisschen geplaudert. Um ungefähr zehn Uhr verließ er sie und kam zirka zwanzig Minuten später in der Via Madrina an, um festzustellen, dass sein Haus niedergebrannt war. Zu diesem Zeitpunkt war das Feuer unter Kontrolle, und man holte die Leiche seiner Frau aus dem teilweise zerstörten Gebäude. Er brach zusammen und wurde von anwesenden Medizinstudenten wieder zu Bewusstsein gebracht. Tillie Ahlberg war es gewesen, die den Rauch entdeckt hatte und um 21.55 Uhr Alarm gab. Sofort rückten zwei Einheiten an, aber auf Grund der Ausbreitung des Feuers war der Zugang durch die Vordertür nicht möglich. Die Feuerwehrmänner hatten die hintere Tür aufgebrochen und das Feuer nach ungefähr dreißig Minuten gelöscht. Die Leiche war am Eingang gefunden und zur Leichenhalle gebracht worden.

Die endgültige Identifizierung gelang durch Röntgenaufnahmen des kompletten Gebisses, die Martys Hauszahnarzt zur Verfügung gestellt hatte, und durch die Untersuchung des Mageninhalts. Sie hatte offensichtlich Leonard am Telefon gegenüber geäußert, dass sie sich eine Dose Tomatensuppe und ein Tunfischsandwich gemacht hatte. Die leeren Dosen waren im Küchenabfall gefunden worden. Den Zeitpunkt des Todes hatte man mehr oder weniger genau festgelegt auf die kurze Spanne zwischen dem Telefongespräch und dem Moment, in dem der Alarm einging.

Ich las mir den Autopsiebericht durch und fasste im Kopf eine Menge technischer Einzelheiten zusammen. Der Pathologe hatte keinen Kohlenstaub in den Atemwegen oder den Lungen festgestellt, und es hatte auch kein Kohlenmonoxid im Blut oder in anderem Gewebe gegeben. Damit stand fest, dass sie tot gewesen war, bevor das Feuer ausbrach. Zusätzlich durchgeführte Labortests hatten weder Alkohol noch Chloroform, Drogen oder Gift im Körper gefunden. Die Todesursache wurde auf mehrfachen Schädelbruch zurückgeführt, der vermutlich durch wiederholte Schläge mit einem stumpfen Gegenstand hervorgerufen worden war. Auf Grund der Art der Verletzungen schätzte der Pathologe die Breite des Gegenstandes auf zehn bis zwölf Zentimeter und vermutete einen großen, mit viel Kraft angewandten Schraubenschlüssel, einen Baseballschläger oder eine Art Keule, vielleicht aus Metall. Die Mordwaffe war nie gefunden worden. Es sei denn, natürlich, es war ein großes altes Brett gewesen, das im Feuer verbrannt war; es gab jedoch keinen Hinweis, der diese Vermutung stützen konnte.

Die Brandstiftungsspezialisten schienen überhaupt keine Zweifel zu haben, dass das Feuer vorsätzlich gelegt worden war. Labortests hatten Kerosinspuren auf dem Fußboden nachgewiesen. Die verkohlten Muster im ganzen Haus hatten diese Vermutung bestätigt. Sie hatten dieselben schwarzen Spritzflecken und dieselben Spuren von Flüssigkeit gesehen, die ich entdeckt hatte, als ich das Haus untersucht hatte. Außerdem hatten sie einige raffinierte Methoden angewandt, um die Stelle des Feuerausbruchs und seinen Verlauf nachzuweisen. Leonard Grice war nach dem Kerosin gefragt worden, und er sagte, er habe eine Menge im Keller aufbewahrt; er und Marty hätten es bei ihren Campingausflügen für zwei Lampen und einen Kocher benutzt. Das begründete, warum der Eindringling Zugang zu brennbarer Flüssigkeit gehabt hatte. Es sah so aus, als sei der Einbrecher zwar mit einer Waffe in der Hand gekommen, aber ohne den Plan, das Haus niederzubrennen. Das Feuer war offensichtlich ein nachträglicher Einfall, ein hastig ausgedachter Plan, um zu vertuschen, dass Marty Grice erschlagen worden war. Bisher deutete nichts darauf hin, dass jemand gewusst hatte, dass sie da sein würde. Folglich war es den Cops schwer gefallen, von einem im Voraus geplanten Mord auszugehen.

Es gab keinen Hinweis auf eine vorher angebrachte Zeitzündervorrichtung, wodurch die Möglichkeit ausgeschlossen wurde, dass Grice das Feuer präpariert hatte, bevor er das Haus verließ. Grices Neffe, Mike, war befragt und entlastet worden. Er war von zahlreichen neutralen Zeugen im entscheidenden Zeitraum, den die Experten als Ausbruchstermin des Feuers ansahen, in einem Laden namens The Clockworks in Santa Teresa City gesehen worden. Es gab keine anderen Verdächtigungen und keine weiteren Zeugen. Jeder andere eindeutige Beweis einschließlich der Fingerabdrücke war vom Feuer zerstört worden. Elaine Boldts Name war auf einer Liste von Personen, die befragt werden sollten, und es gab eine Notiz, dass Lieutenant Dolan sie am fünften telefonisch gesprochen hatte. Er hatte mit ihr verabredet, dass sie am zehnten Januar vorbeikommen sollte, aber sie war nie erschienen. Nach meinen Informationen verließ sie die Stadt Richtung Florida am Abend vorher.

Eine Eintragung, die in der Mitte eines getippten Berichts erschien, interessierte mich beträchtlich. Laut eines Deputy im Police Department war am Abend des Mordes um 21.06 Uhr ein Anruf eingegangen, der durchaus von Marty Grice hätte stammen können. Der Anrufer war weiblich und in Panik gewesen und hatte einen Hilfeschrei ausgestoßen, bevor die Leitung erstarb. Da der Anruf bei der Polizeiwache und nicht über 911 eingegangen war, hatte der Deputy keine Möglichkeit gehabt, den Ursprung des Anrufs festzustellen. Er hatte jedoch eine Notiz darüber angefertigt, und Dolan davon erzählt, als der Mord bekannt wurde. Er hatte es in seinen Bericht aufgenommen. Er hatte Grice auch darüber befragt. Wenn es Marty gewesen war, warum hätte sie die Wache anrufen sollen statt 911 zu wählen? Leonard hatte darauf hingewiesen, dass er und Marty einen Anrufbeantworter hatten, der über eine Schnellwählfunktion verfügte. Sie hatte sowohl die Nummer der Polizei- wie auch die der Feuerwache eingegeben. Der Apparat wurde unbeschädigt auf einem Tisch im hinteren Teil des Flurs gefunden. Die Nummern waren säuberlich in das Inhaltsverzeichnis geschrieben. Es schien, als wäre Marty vor dem Angriff gewarnt gewesen und hätte es geschafft, ans Telefon zu kommen und zumindest einen Notruf zu versuchen, bevor sie getötet wurde. Wenn tatsächlich sie es war, die diesen Anruf getätigt hatte, dann war der Zeitpunkt ihres Todes auf 21.06 Uhr oder kurz danach festgelegt.

Einen Moment lang hegte ich die flüchtige Hoffnung, dass Leonard Grice trotzdem darin verwickelt war. Soweit ich es beurteilen konnte, hatte die Polizei schließlich nur Lilys Wort für die Tatsache, dass er zu dieser Zeit noch in ihrer Wohnung war. Ich überlegte, dass er vielleicht früher nach Hause gekommen war, Marty umgebracht, das Feuer gelegt und einen Block weiter den geeigneten Moment abgewartet hatte, um einzutreffen. Wenn er und seine Schwester unter einer Decke steckten, konnten sie hinterher beide einfach behaupten, er sei bei ihr gewesen. Diesmal hatte ich kein Glück. Nach drei weiteren Befragungen folgte ein kleiner Absatz über ein Gespräch, das Dolan mit Lilys Nachbarn hatte, die unerwartet vorbeigekommen waren, um ein Geburtstagsgeschenk zu überreichen. Der Ehemann und seine Frau sagten unabhängig voneinander aus, Leonard sei da gewesen und nicht vor zirka zehn Uhr nach Hause gefahren. Sie erinnerten sich an die Zeit, weil sie versucht hatten, ihn zu einer Fernsehsendung zu überreden, die um zehn anfing. Sie stellte sich als eine Wiederholung heraus, und da er sowieso gern zu seiner Frau nach Hause wollte, ging er.

Tja, Scheiße, dachte ich.

Also, warum machte mich das so verdrießlich? Ah, klar, weil ich wollte, dass Leonard Grice schuldig war. Mord, Anstiftung zum Mord, Beihilfe zum Mord. Ich mochte den Gedanken um der Ordnung willen – aus statistischen Zwecken zumindest. Kalifornien hat jährlich über dreitausend Mordopfer, und davon werden ganze zwei Drittel von Freunden, Bekannten oder Verwandten umgebracht. Da fragt man sich, ob man in diesem Staat als freundloses Waisenkind nicht besser dran ist. Tatsache ist, wenn ein Mord geschehen ist, sind die Chancen gut, dass jemand Liebes und Teures seine Finger im Spiel hatte.

Ich dachte darüber nach und sträubte mich dagegen, den Gedanken aufzugeben. Könnte Grice jemanden damit beauftragt haben, seine Frau zu töten? Die Möglichkeit bestand natürlich immer, aber es war schwer ersichtlich, was er dadurch gewann. Die Polizei, die ja auch nicht nur aus ignoranten Hampelmännern besteht, hatte diese Spur ebenfalls verfolgt, aber es war nichts dabei herausgekommen. Keine unerklärlichen Gelder, keine Treffen mit verdächtigen Gestalten, kein deutliches Motiv, kein sichtbarer Nutzen.

Was mich wieder zu Elaine Boldt führte. Könnte sie in Marty Grices Tod verstrickt sein? Alles, was ich bisher über sie wusste, schrie ein laut schallendes »Nein«. Es gab tatsächlich keinerlei Hinweis darauf, dass sie Leonard auf romantische oder irgendeine andere Art verbunden war, außer als eine gelegentliche Bridge-Partnerin. Ich glaube eigentlich nicht daran, dass Marty Grice getötet worden war, weil sie einen kleinen Schlemm verpfuscht hatte, aber bei Bridge-Spielern kann man nie wissen. Wim Hoover hatte erwähnt, dass Elaine und Beverly Weihnachten eines Mannes wegen gestritten hatten, aber es war schwierig, sich die beiden in einem Ringkampf um Leonard Grice vorzustellen. Ich kam immer wieder auf dieselbe Vermutung zurück – dass Elaine etwas wusste oder etwas gesehen hatte, was mit dem Mord in Verbindung stand, und die Stadt verlassen hatte, um der genauen Befragung durch die Polizei von Santa Teresa zu entgehen.

Ich wandte meine Aufmerksamkeit den Fotografien zu und schaltete vorher sorgfältig mein Gehirn ab. Ich musste wissen, wie die Dinge ausgesehen hatten, und konnte mir keine emotionale Reaktion erlauben. Gewaltsamer Tod ist abstoßend. Mein erster Impuls ist jedes Mal, mich abzuwenden, meine Seele vor dem Anblick zu schützen, aber dies war der einzige greifbare Bericht von diesem Geschehen, und den musste ich selbst sehen. Kühlen Blickes schaute ich mir die erste Schwarz-Weiß-Fotografie an. Die Farbfotos würden noch schlimmer sein, und ich zog es vor, mit den »leichteren« anzufangen.

Jonah räusperte sich. Ich blickte auf.

»Ich muss jetzt ins Bett«, meinte er. »Ich bin kaputt.«

»Schon?« Ich sah auf meine Uhr und war überrascht. Es war Viertel vor elf. Ich hatte seit über zwei Stunden bewegungslos dagesessen. »Tut mir Leid«, sagte ich. »Ich hatte keine Ahnung, dass ich schon so lange hier bin.«

»Schon gut. Ich bin heute Morgen um fünf Uhr aufgestanden, um mich fit zu machen, und brauche jetzt ein Schläfchen. Sie können das Zeug mitnehmen, wenn Sie wollen. Sollte Sie Dolan jemals damit erwischen, werde ich natürlich alles abstreiten und Sie den Wölfen zum Fraß vorwerfen, aber mal davon abgesehen hoffe ich, es hilft Ihnen.«

»Danke. Es hat mir jetzt schon geholfen.« Ich steckte erst die Fotografien und Berichte in einen großen braunen Umschlag, und den dann wiederum in meine Handtasche.

Verstört fuhr ich nach Hause. Selbst jetzt hatte ich noch das in mein Gedächtnis eingegrabene Bild von Martys Leiche vor Augen: ihre durch das Verkohlen verschwommenen Züge, den offenen Mund und wie sie in einem Ring aus Asche lag, der aussah wie ein Haufen graues Konfetti. Die Hitze hatte ihre Armsehnen zusammengezogen und die Fäuste in eine Art Boxhaltung gebracht. Es war ihr letzter Kampf gewesen, und sie hatte ihn verloren, aber ich glaube nicht, dass er schon vorbei war.

Ich wischte das Bild beiseite und ging noch mal durch, was ich bisher erfahren hatte. Eine kleine Einzelheit beschäftigte mich noch. War es möglich, dass May Snyder Recht hatte, als sie von dem hämmernden Peng-peng-peng an jenem Abend sprach? Wenn ja, was um alles in der Welt könnte das gewesen sein?

Fast wieder zu Hause angekommen, fiel mir die Hütte auf Grices Hof wieder ein. Ich stieg auf die Bremse und drehte hart links ab, Richtung Stadtmitte.

Die Via Madrina war dunkel, weil sie von italienischen Pinien überschattet wurde. Um diese Zeit gab es nicht mehr viel Verkehr. Der Nachthimmel war diesig, und obwohl Vollmond war, wurde das durchsickernde Licht teilweise von der Wohnanlage nebenan verdeckt. Ich parkte und nahm eine Minitaschenlampe aus dem Handschuhfach. Dann zog ich ein Paar Gummihandschuhe an, schloss den Wagen ab und ging Grices Eingangsweg hinauf. Ich lief um das Haus herum. Meine Tennisschuhe verursachten keinerlei Geräusch auf dem Beton.

In meiner Jackentasche fühlte ich den Dietrich, der wie eine abgeflachte Mandoline aus Metall geformt war. Ich hatte ein Set, bestehend aus fünf Schlüsseln an einem Schlüsselring, bei mir und ein zweites, ausgefeilteres in einem hübschen Lederetui zu Hause. Ich hatte sie von einem nicht ortsansässigen Einbrecher, der zur Zeit zehn Monate im Landesgefängnis absaß. Als er das letzte Mal erwischt worden war, hatte er mich engagiert, um ein Auge auf seine Frau zu halten, von der er dachte, dass sie ihn mit dem Typen von nebenan betrüge. Tatsächlich war aber gar nichts gelaufen. Er war so dankbar über die frohe Nachricht, dass er mir die Dietriche schenkte und mich den Umgang mit ihnen lehrte. Er hatte mir auch etwas Bargeld gezahlt, aber dann stellte sich heraus, dass er es gestohlen hatte, und er musste es zurückfordern, nachdem das Gericht ihm die Wiedergutmachung auferlegt hatte.

Es war kühl, und eine lebhafte kleine Brise flüsterte in den Pinienzweigen. Das Haus hinter dem der Grices hatte Leinwandmarkisen, die wie Segel schlugen, und das dumpfe Seufzen des trockenen Grases gab dem ganzen Unternehmen eine unheimliche Kulisse. Ich war sowieso noch nervös, weil ich mir gerade Bilder einer gerösteten Leiche angesehen hatte. Und nun war ich hier, kurz vor einer kleinen Einbruchsnummer, die mich in den Knast bringen und meine Lizenz kosten konnte. Wenn die Nachbarn zu einem Geheul ansetzten, und die Cops auf der Szenerie erschienen, was würde ich sagen? Warum machte ich das überhaupt? Ah ja, weil ich wissen wollte, was sich in diesem winzigen Metallhäuschen befand, und mir keine andere Möglichkeit einfiel, hineinzukommen.

Ich hielt den kleinen Lichtstrahl auf das Vorhängeschloss gerichtet. In der Skizze, die mein Einbrecherfreund mir von einem Schloss wie diesem gemalt hatte, gab es eine flache Haarnadelfeder, die in die Kerben des Bügels eingeklinkt war. Normalerweise betätigt schon die Spitze eines Schlüssels die Feder, folglich war es nur ein Problem herauszufinden, welcher meiner Dietriche den Schnappriegel aufspreizen und so den Mechanismus ausklinken würde. Ehrlich gesagt, hätte ich auch eine Büroklammer mit einer kleinen L-Biegung am Ende versuchen können; aber das war auch die Form des ersten Dietrichs, den ich benutzte, und das Vorhängeschloss rührte sich nicht. Ich versuchte den nächsten Dietrich mit der H-Form an der Spitze. Nix. Ich versuchte den dritten und bewegte ihn vorsichtig. Das Schloss sprang offen in meine Hand. Ich sah auf die Uhr. Eineinhalb Minuten. Ich werde ein wenig eitel in Bezug auf diese Dinge.

Die Hüttentür machte ein wimmerndes Geräusch, als ich sie öffnete, und einen Moment lang stand ich da und spürte, wie mir das Herz bis zum Hals schlug. Ich hörte hinten auf der Straße ein Motorradgeräusch, aber ich achtete nicht besonders darauf, denn ich hatte gerade Mikes besorgtes Verhältnis zu dem Eigentum seines Onkels begriffen. In der Hütte waren, neben Reihen voll Tontöpfen, dem Handrasenmäher und einer Unkrautharke sechs Regale, voll gestopft mit illegalen Drogen: Steintöpfe voller Reds und Dexies, Nembutalpillen, Rainbows und Sopers … zusammen mit einigen prallen Plastikpäckchen voll Marihuana und Haschisch. Tja, das war fast zu schön, um wahr zu sein. Ich glaubte nicht, dass Leonard Grice der Drogist war, doch ich hätte meinen Kopf darauf verwettet, dass sein Neffe reichlich in dieses kleine, handliche Depot investiert hatte. Ich war so in meine Entdeckung verliebt, dass ich nicht bemerkte, dass er hinter mir stand, bis ihm ein erstauntes »Heh!« entfuhr.

Ich sprang zurück und schnellte herum. Ich musste einen Schrei unterdrücken. Da stand ich nun, Auge in Auge mit diesem

Teenie, und seine grünen Augen leuchteten in der Dunkelheit wie die einer Katze. Er war genauso überrascht, mich hier zu sehen, wie ich, dass er hier war. Glücklicherweise war keiner von uns bewaffnet, sonst hätte es ein schnelles Duell geben können, in dem wir einander eine Menge Schmerzen zugefügt hätten.

»Was *tun* Sie hier?«, rief er. Er klang wütend, als könne er nicht glauben, dass das tatsächlich wahr war. Sein Irokesenschnitt wuchs langsam heraus, und der Wind ließ ihn sich leicht zur Seite neigen wie ein hohes Kornfeld in einer dieser alten Reklamesendungen für Haferflocken. Er trug eine schwarze Motorradlederjacke und einen Ohrring aus Quarz. Seine Stiefel reichten bis zum Knie und waren aus Plastik. Sie hatten ein Muster, das sie aussehen lassen sollte wie die Haut einer Kobra, aber es wirkte mehr wie Schuppenflechte. Es war schwierig, diesen Burschen ernst zu nehmen, doch auf irgendeine merkwürdige Weise tat ich es. Ich schloss die Hüttentür und ließ das Vorhängeschloss einschnappen. Was würde *er* beweisen können?

»Ich bin neugierig darauf geworden, was du hier hinten machst, also dachte ich, ich schau mal rein.«

»Sie meinen, Sie sind einfach eingebrochen?«, sagte er. Seine Stimme hatte dieses jugendliche Springen, das noch von der Pubertät übrig geblieben war, und seine Wangen waren knallrosa. »Das können Sie nicht tun!«

»Mike, Süßer, ich hab's gerade getan«, erwiderte ich. »Du steckst ganz schön in der Klemme.«

Mit leerer Miene starrte er mich einem Moment lang an.

»Sie woll'n die Cops holen?«

»Scheiße, ja!«

»Aber was Sie getan haben, ist mindestens genauso gesetzeswidrig wie das hier«, meinte er. Ich merkte, dass er einer von diesen klugen Jungens war, die daran gewöhnt sind, gleichberechtigt mit den Erwachsenen zu diskutieren.

»Ach Mist«, sagte ich, »gib's dran. Ich werde jetzt nicht mit dir hier draußen stehen und das kalifornische Strafgesetzbuch diskutieren. Du handelst mit Drogen. Die Cops werden sich 'n Dreck drum scheren, was ich hier getan habe. Vielleicht ging ich gerade vorbei und dachte, du würdest selbst hier einbrechen. Du bist aus dem Rennen, Kleiner.«

Sein Blick wurde schlauer, und er änderte die Taktik. »Ja, also, warten Sie doch mal 'n Moment. Machen Sie nicht so schnell. Warum können wir nicht darüber reden?«

»Klar, warum nicht? Was gibt's?«

Ich konnte förmlich sehen, wie seine Gehirnzellen umdachten und einen neuen Gedanken formten. Er war kein Narr, aber er überraschte mich dennoch mit der Methode, die er wählte. »Untersuchen Sie Tante Martys Tod? Sind Sie deshalb hier?«

Tante Marty. Netter Zug, dachte ich. Ich lächelte kurz.

»Nicht ganz, aber so ähnlich.«

Er schaute erst die Straße hinunter, dann auf die Spitzen seiner Kobrastiefel. »Weil ich da etwas habe ... verstehen Sie, so 'ne Art Information darüber.«

»Was für eine Information?«

»Etwas, was ich den Cops nie erzählt habe. Also können wir vielleicht einen Handel abschließen«, meinte er. Er steckte die Hände in die Jackentaschen und sah mich wieder an. Sein Gesicht war unschuldig, sein Aussehen offen, der Blick in seinen Augen so rein, dass ich ihm mein Erstgeborenes gegeben hätte, wenn ich eins gehabt hätte. Ein ermunterndes Lächeln huschte über sein Gesicht, und ich fragte mich, wie viel Geld er damit machte, das Dope an seine Highschool-Freunde zu verkaufen. Und ich fragte mich, ob er wohl mit einer Kugel im Kopf enden würde, weil er jemanden, der etwas höher in der Rangliste stand, betrogen hatte. Ich war an dem, was er zu sagen hatte, interessiert, und das wusste er. Ich musste schnellen Frieden mit meiner eigenen Bestechlichkeit schließen, und das war nicht besonders schwierig. In Momenten wie diesem wusste ich, dass ich bereits zu lange im Geschäft war.

»Was für ein Handel?«

»Geben Sie mir bloß Zeit, das Zeugs hier rauszuschaffen, bevor Sie jemandem davon erzählen. Ich wollte es sowieso woandershin bringen, weil die Schnüffler ein paar Undercover-Agenten an unserer Schule haben, und ich dachte, ich tret mal ein bisschen kürzer, bis die Luft rein ist.«

Wir reden hier nicht über dauerhafte Besserung, Leute. Wir reden über den simplen Nutzen, aber zumindest wollte der Kleine mich nicht reinlegen ... nicht allzu sehr, jedenfalls.

Wir schauten uns an, und etwas veränderte sich. Ich wusste, ich hätte schreien und stampfen und ihm drohen können. Ich wusste, ich hätte fromm und moralisch und missbilligend sein können, und es hätte kein bisschen geändert. Er kannte den Stand der Dinge genauso gut wie ich, und was wir einander anzubieten hatten, könnte für beide ein ganz gutes Geschäft werden.

»In Ordnung, du hast gewonnen«, sagte ich.

»Lassen Sie uns irgendwohin gehen und reden«, schlug er vor. »Ich frier mir die Eier ab.«

Mich ärgerte die Erkenntnis, dass ich angefangen hatte, ihn einfach ein ganz kleines bisschen zu mögen.

15

Wir fuhren ins The Clockworks in der State Street, er auf seinem Motorrad und ich mit dem Auto hinterher. Das Lokal ist eine Teenie-Kneipe und sieht aus wie aus einem Rockvideo: ein langer, schmaler, anthrazitgrau gestrichener Raum mit einer hohen Decke und einer Beleuchtung in Form von rosa- und lilafarbenen Neonröhren. Das Ganze ähnelt dem Inneren einer Uhr in abstrakten und futuristischen Formen. Mobiles, die wie große schwarze Zahnräder aussehen, hängen von der Decke herab und werden vom Rauch in der Luft in ruhigen Kreisen bewegt. In der Nähe der Tür stehen vier kleine Tische, und zur Linken solche Dinge, die wie brusthohe Regale aussehen, in reinen Stehnischen, wo Paare knutschen und Sodabrause trinken können. Die an der Wand angeschlagene Speisenkarte ist gespickt mit kleinen Gerichten wie gemischten Salaten und Knoblauchtoasts, an denen die Jugendlichen knabbern können und die fünfundsiebzig Cents kosten, einschließlich des Privilegs, einen Tisch stundenlang zu besetzen. Außerdem kann man zwei Sorten Bier und eine Hausmarke Chablis bestellen, wenn man alt genug ist und den Beweis dafür dabei hat. Es war nun beinahe Mitternacht, und nur zwei weitere Leute hielten sich in dem Lokal auf, aber der Besitzer kannte Mike offensichtlich, und sein Blick glitt abschätzend zu mir hinüber. Ich versuchte, so auszusehen, als sei ich nicht Mikes Rendezvous. Ich habe ja nichts gegen eine Mai-bis Dezemberromanze dann und wann mal, aber mit einem Siebzehnjährigen? Außerdem bin ich mir über die Etikette bei Geschäften mit jugendlichen Rauschgifthändlern nicht ganz im Klaren. Wer zahlt die Getränke? Ich wollte nicht, dass sein Selbstbewusstsein Schaden erlitt.

»Was möchten Sie?«, fragte er und ging zum Tresen hinüber.

»Chablis wäre gut«, erwiderte ich. Da er bereits seine Brieftasche herausholte, ließ ich ihn zahlen. Wahrscheinlich machte er an die dreißig Riesen im Jahr mit dem Verkauf von Gras und Pillen. Der Besitzer schaute wieder zu mir hinüber, und ich winkte ihm beiläufig mit meinem Personalausweis. Ich wollte andeuten, dass er mich ruhig kontrollieren, sich den Weg durch den Raum aber auch sparen könne.

Mike kam mit einem Plastikbecher Wein für mich und etwas Alkoholfreiem für sich zurück. Er setzte sich und suchte den Raum nach getarnten Schnüfflern ab. Er wirkte befremdlich reif, und ich hatte Schwierigkeiten, mit der Zwiespältigkeit dieses Jungen klarzukommen, der aussah wie ein Pfadfinder und sich benahm wie ein Praktikant im Management der Mafia. Er drehte sich zu mir. Die beiden Ellbogen ruhten auf dem Tisch.

Er hatte ein Tütchen Zucker aus dem Behälter auf dem Tisch genommen und klopfte und drehte es unablässig. Das meiste von dem, was er zu sagen hatte, richtete er an die Scherzfrage auf der Rückseite der Tüte.

»Okay. Folgendes ist passiert«, begann er, »und ich sage Ihnen die Wahrheit. Zuallererst, ich habe nichts bei Onkel Leonard und Tante Marty versteckt gehabt, bevor sie starb und er auszog. Als die Cops und alles vorbei war, kam es mir, dass der Geräteschuppen eigentlich perfekt sein müsste. Also hab ich das Zeugs dahin gebracht. Jedenfalls bin ich an dem Abend, als sie ermordet wurde, zum Haus gegangen ...«

»Wusste sie, dass du kommen würdest?«

»Nee, da komm ich noch zu. Ich meine, ich wusste, dass sie dienstags abends ausgingen, und ich glaubte, sie wären weg. Es war so, wissen Sie, wenn ich mal schlecht dran war und ein paar Dollars oder so brauchte, bin ich schon mal vorbeigegangen und hab ein bisschen Kleingeld eingesteckt. Sie hatten immer Bares im Haus – nicht viel, aber genug. Oder manchmal hab ich auch irgendetwas mitgenommen, das ich woanders loswerden konnte. Nichts, was sie vermissen würden, und es hat auch nie jemand ein Wort darüber verloren. Also dachte ich, sie hätten gar nichts bemerkt. Jedenfalls, was passierte, war, dass ich an dem Abend rüberfuhr und glaubte, es wäre keiner zu Hause, aber als ich ankam, war die Tür offen –«

»Die Tür stand offen?«

Er schüttelte den Kopf. »Ich hab einfach nur den Knopf umgedreht, und sie war nicht verschlossen. Als ich den Kopf reinsteckte, wusste ich, dass etwas Merkwürdiges drinnen vorging ...«

Ich wartete und beobachtete ihn unbehaglich.

Er räusperte sich und sah über seine Schulter hinweg zum Vordereingang. Seine Stimme wurde leiser.

»Ich glaube, der Typ war noch da, verstehen Sie? Das Licht im Keller brannte, und ich hörte, wie sich da unten jemand herumtrieb. Und da war so ein Teppich im Flur, wie ein Bettvorleger, der war über was drübergeworfen worden. Ich sah eine Hand hervorstehen, blutüberströmt. Mensch, ich bin abgehauen.«

»Bist du ganz sicher, dass sie in dem Moment schon tot war?«

Er nickte und ließ den Kopf hängen. Mit der Hand fuhr er sich durch seinen rosa Mittelstreifen aus Haaren und sah zur Seite. »Ich hätte die Cops rufen sollen. Ich weiß, dass ich es hätte tun müssen, aber ich bin einfach durchgedreht. Ich hasse so einen Scheiß. Und was hätte ich schon tun sollen? Ich hätte den Cops nichts erzählen können, und ich wollte nicht, dass sie sich *mich* näher ansahen, also hielt ich den Mund. Ich meine, ich dachte, das macht keinen Unterschied. Ich hab ja nicht gesehen, wer es getan hat oder so was.«

»Kannst du dich sonst an irgendetwas erinnern? Ein Auto, das vor dem Haus stand ...«

»Ich weiß nicht, ich bin nicht lange dageblieben. Ich hab einen Blick auf diese Scheiße geworfen und weg war ich. Ich habe Benzindämpfe oder so was gerochen und ...«

Er zögerte kurz. »Moment mal, ja, da stand noch eine braune Einkaufstüte im Flur. Ich weiß nicht, was sie da sollte. Ich meine, ich wusste ja nicht, was zum Teufel da passierte, also zog ich mich einfach schön still zurück und fuhr hier runter und sorgte dafür, dass die Leute mich sahen.«

Ich nahm einen Schluck Wein und ließ mir seine Geschichte durch den Kopf gehen. Der Chablis schmeckte wie fermentierter Grapefruitsaft. »Erzähl mir was über die Einkaufstasche. War sie leer, voll, zerknittert?«

»Es war was drin, glaube ich. Ich meine, ich hab nichts Bestimmtes gesehen. Es war eine dieser braunen Papiertüten von Alpha Beta, die gleich rechts an der Tür stand.«

»Sah es so aus, als sei sie einkaufen gewesen? Willst du das damit sagen?«

Er zuckte die Achseln. »Es sah einfach wie Müll aus, denke

ich. Ich weiß nicht. Vielleicht gehörte sie dem, der im Keller war, wer immer das war.«

»Wie schade, dass du die Cops nicht anonym angerufen hast. Vielleicht hätten sie da sein können, bevor sich das Haus in Rauch auflöste.«

»Ja, weiß ich. Ich hab später noch mal darüber nachgedacht, und ich fühlte mich ganz schön mies, weil ich es nicht getan hatte, aber ich konnte eben nicht mehr richtig denken.« Er kippte seinen Saft hinunter, klapperte mit dem Eis im Becher und ließ sich einen Würfel in den Mund rutschen. Ich hörte das Eis zwischen seinen Zähnen knirschen. Es klang wie bei einem Pferd, das auf seinem Zaumzeug kaut.

»Kannst du dich an noch etwas erinnern?«

»Nein, ich glaube, das war's. Als mir klar wurde, was da vor sich ging, bin ich da weg und so schnell ich konnte hierher gerast.«

»Hast du eine Ahnung, wie spät es war?«

»Nee, nicht genau. Es war Viertel vor neun, als ich hier ankam, und ich hab wahrscheinlich zehn Minuten mit dem Motorrad gebraucht, bis ich einen Parkplatz gefunden hatte und so. Ich musste den Bock zwei Blocke lang schieben, damit keiner hörte, wie ich ihn anließ. Es war vielleicht halb neun oder so was in der Ecke, als ich bei Onkel Leonard losging.«

Ich schüttelte den Kopf. »Nicht halb neun. Du meinst halb zehn. Sie ist nicht vor neun ermordet worden.«

Er nahm den Becher vom Mund und schaute mich verwirrt an.

»Nicht?«

»Dein Onkel und Mrs Howe sagen, sie hätten um neun mit ihr gesprochen, und die Cops haben um sechs nach neun einen Anruf bekommen, von dem sie annehmen, dass er von deiner Tante kam.«

»Tja, vielleicht habe ich mich vertan, weil ich dachte, es wär Viertel vor neun gewesen, als ich hier ankam. Ich hab auf die

Uhr gesehen, als ich hereinkam, und dann habe ich noch so ’n Kumpel von mir gefragt, wie spät es war, und er hat auch auf die Uhr gesehen.«

»Ich werde sehen, dass ich das nachprüfe«, sagte ich. »Übrigens, auf welche Weise bist du mit Leonard verwandt?«

»Mein Dad und er sind Brüder. Dad ist der jüngste in der Familie.«

»Dann ist Lily Howe ihre Schwester.«

»So etwa.«

Die lila Neonleuchten begannen zu blinken, und die rosafarbenen gingen aus. Der Kneipenbesitzer rief zu unserem Tisch hinüber: »Wir schließen in zehn Minuten, Mike. Tut mir Leid, dass ich euch unterbrechen muss.«

»Schon gut. Danke, Alter.«

Wir standen auf und gingen zum Hinterausgang. Er war nicht viel größer als ich, und ich fragte mich, ob wir eher wie Bruder und Schwester oder wie Mutter und Sohn aussahen. Ich sagte nichts mehr, bis wir zum Parkplatz kamen.

»Hast du eine Theorie, wer deine Tante getötet haben könnte?«

»Nein, Sie?«

Ich schüttelte den Kopf. »An deiner Stelle würde ich die Hütte ausräumen.«

»Ja, klar. Das war die Abmachung, nicht?«

Er stieg auf sein Motorrad und ich in meinen VW. Er wartete, bis ich losgefahren war und röhrte dann davon.

Ich hatte vor, den Fall übers Wochenende liegen zu lassen, weil ich nicht wusste, was ich noch tun konnte. Am Samstagmorgen ging ich zu Hause noch mal die Polizeiberichte durch. Ich fügte neue Karteikarten zu meiner Sammlung am Pinnbrett, aber ansonsten musste ich abwarten. Montag würde ich vielleicht eine Antwort auf die Kleinanzeigen bekommen, die ich in den Zeitungen Floridas aufgegeben hatte. Oder möglicherweise hörte ich etwas vom Straßenverkehrsamt in Tallahassee oder Sacramento. In der Hoffnung auf weitere Aufschlüsse wartete ich auch immer noch auf das Flugticket, das Julia Ochsner mir schicken wollte. Wenn dabei nichts Neues ans Licht kam, musste ich noch mal ganz von vorn anfangen, neue Spuren zu suchen. Ich musste auch noch die einheimischen Tierärzte überprüfen, um zu sehen, ob ich etwas über den Kater herausbekommen konnte.

Ich nahm mir ein paar Minuten Zeit, die drei Taxiunternehmen anzurufen. Der Funker, mit dem ich bei Green Stripe sprach, sagte, er habe noch keine Möglichkeit gehabt, seine Unterlagen durchzugehen. Der Besitzer von City Cab hatte nachgesehen und nichts gefunden, und Ron Coachella von Tipp Top war noch nicht da, aber der Funker vom Dienst meinte, er müsse jeden Moment kommen. Das war dies.

Ich fuhr zum Büro. Ich hatte das eigentlich nicht vorgehabt, aber ich konnte nicht anders. Ich fühlte mich nervös und unruhig und unzufrieden. Ich mag es nicht, wenn ich bei solchen Sachen nicht weiterkomme. California Fidelity war übers Wochenende geschlossen. Ich sperrte meine Tür auf und hob die Post auf, die durch den Schlitz geschoben worden war. Ein Briefumschlag mit Julia Ochsners Absender darauf. Ich warf ihn auf den Schreibtisch, während ich die Nachrichten auf dem Band abhörte. Es war nur eine, und sie war offensichtlich gerade eingegangen.

»Hallo, Kinsey. Hier ist Ron Coachello von dem Taxiunternehmen. Ich habe die Information, nach der Sie gefragt haben. Tipp Top hat den Fahrgast in der Via Madrina Nr. 2097 gefahren ... Moment – am neunten Januar um zweiundzwanzig Uhr vierzehn. Der Name des Fahrers ist Nelson Acquistapace, Telefon 555-6317. Ich habe ihm gesagt, dass Sie sich bei ihm melden werden. Ich habe die Quittung hier, und Sie können gern vorbeikommen und sich eine Kopie abholen, damit er sie sich ansehen kann. Zwanzig Dollar könnten seinem Gedächtnis auf die Sprünge helfen, wenn Sie verstehen, was ich meine. Davon abgesehen, denken Sie dran … ›Wenn Sie die Toptour der Stadt wollen, rufen Sie Tipp Top‹«, sang er und legte auf.

Ich lächelte und notierte mir Namen und Telefonnummer des Fahrers. Dann setzte ich eine Kanne Kaffee auf und öffnete Julias Brief. Sie hatte noch die Handschrift der alten Schule, überraschend kräftig, eine klare Schreibschrift mit weit geschwungenen Schnörkeln und schön geformten Anfangsbuchstaben. Sie schrieb, dass sie das Ticket beifügen werde, dass der Juniregen mit voller Kraft herunterkomme und dass Charmaine Makowski am Abend vorher einen dreizehn Pfund schweren Jungen zur Welt gebracht habe und nun jedem erzähle, dass sie nicht vorhabe, jemals wieder schwanger zu werden. Charmaine und Roland hatten dem Kind noch keinen Namen gegeben, begrüßten aber Vorschläge. Julia meinte, die meisten der bisher vorgeschlagenen Benennungen verdienten es nicht, wiederholt zu werden. Julia hielt das für den reinsten Hohn. Liebste Grüße, schrieb sie.

Ich studierte das Ticket, das in einem TWA-Umschlag steckte. Es sah aus, als sei es am Flughafen von Santa Teresa ausgestellt worden, und es war ein Hin- und Rückflug, von Santa Teresa nach L. A. und von L. A. nach Miami. Alle vier Flugabschnitte waren entfernt worden, aber die Durchschläge waren noch da. Das Ticket war mit einer Kreditkarte bezahlt worden. Vier benutzte Coupons. Nun, das war interessant. War sie irgendwann in die Stadt zurückgekehrt? Wenn ja, warum war der Durchschlag in Pat Ushers Abfall in Boca Raton gewesen? Ich sah noch einmal meine Liste der Reisebüros durch und versuchte herauszufinden, welches Elaine Boldt normalerweise in Anspruch genommen hatte. Ich entschied mich für Santa Teresa Travel, die ein Büro hatten, das in geringer Entfernung von der Wohnanlage auf der Via Madrina lag. Es war nur eine Vermutung, aber irgendwo musste ich ja anfangen. Ich rief an, aber es nahm niemand ab, und ich mutmaßte, dass das Büro übers Wochenende geschlossen war.

Ich fertigte eine Liste der Fährten an, die ich am Montag weiterverfolgen wollte. Dann untersuchte ich noch mal das Ticket. Es gab keinen Hinweis darauf, dass sie die Katze im Schlepptau hatte, aber ich war nicht sicher, wie so etwas funktionierte. Bekommen kleine Kätzchen Tickets wie alle anderen auch? Ich würde nachfragen müssen. An die Rückseite des Umschlags waren noch einige Gepäckscheine geklammert, aber das hatte nicht viel zu bedeuten. Bei dem Flughafen hier in der Stadt kann man seine Taschen mitnehmen, ohne dass jemand die Scheine überprüft. Ich erinnerte mich, dass Elaines Gepäck sowieso recht auffällig war, dunkelrotes Leder mit der Unterschrift des Designers auf die Stoffumrandung geschrieben. Ich habe einmal nach dem Preis solcher Dinger gefragt und mich entschieden, stattdessen ein Konto bei Keogh zu eröffnen.

Ich rief bei Nelson Acquistapace an, dem Taxifahrer von Tipp Top. Er lag mit einer Kopfgrippe zu Hause im Bett, sagte aber, Ron habe ihm berichtet, was ich wissen wollte. Er musste eine Pause machen und sich zweimal die Nase putzen. »Warum holen Sie sich nicht die Fahrtenbuchseite und bringen sie her? Ich wohne in der Delgado, nur einen halben Block von Tipp Top entfernt«, sagte er. »Ich werde draußen im Hof sein.«

Ich holte die Fahrtenbuchseite und kam um neun Uhr fünfunddreißig bei ihm an. Er saß im Hinterhof eines weißen Bungalows, der in einem Dschungel übergroßer Pittosporumbüsche steckte. Er lag in einer Hängematte in einem freistehenden Metallgestell an der einzigen sonnenbeschienenen Stelle. Der Rest des Grundstücks lag in tiefem Schatten und wirkte ziemlich kühl und wenig einladend. Nelson sah aus wie Mitte sechzig und hatte einen Glatzenansatz. Er steckte prall in einem dunkelgrünen Veloursbademantel. Auf seiner Brust lag ein Rechteck aus rosafarbenem, mit Zweigen gemustertem Flanell, und es roch nach Wick VapoRub. Er hatte einen kleinen Metalltisch mit seinen Grippemittelchen aufgestellt: eine Schachtel

Kleenex, ein leeres Saftglas und einige Kreuzworträtselhefte, die mir bekannt vorkamen.

»Ich kenne den Mann, der diese Rätsel schreibt«, sagte ich. »Er ist mein Vermieter.«

Seine Augenbrauen schnellten empor. »Der Typ lebt hier in der Stadt? Er ist eine Kanone! Ich könnte manchmal die Wände hochgehen wegen dieser Dinger. Schauen Sie sich das an. Englische Schriftsteller des achtzehnten Jahrhunderts, und er bringt alle ihre Bücher und Personen und sonst was hinein. Ich musste Henry Fielding und Laurence Sterne lesen und Leute, von denen ich bisher niemals gehört hatte, nur um das Ding fertig zu kriegen. Das ist besser als eine College-Ausbildung, kann ich Ihnen sagen. Was ist er, eine Art Professor?«

Ich schüttelte den Kopf und fühlte absurderweise so etwas wie Stolz. So, wie der Mann reagierte, hätte man glauben können, Henry wäre ein Rockstar. »Er hatte früher diese kleine Bäckerei an der Ecke State und Purdue. Als er pensioniert war, hat er angefangen, diese Kreuzworträtsel zu entwerfen.«

»Stimmt das wirklich? Sind Sie sicher, dass es derselbe ist? Henry Pitts?«

Ich lachte. »Sicher bin ich sicher. Er probiert die Dinger die ganze Zeit an mir aus. Ich glaube nicht, dass ich schon mal eines fertig bekommen habe.«

»Sagen Sie ihm, dass ich ihn mal treffen möchte. Er hat eine sehr merkwürdige Art von Humor, aber ich mag das. Er hat eins gemacht, das nur aus botanischen Besonderheiten bestand, erinnern Sie sich? Ich bin fast verrückt geworden. Ich war die ganze Nacht auf. Ich kann's nicht glauben, dass der Typ hier in Santa Teresa lebt. Ich dachte, er wäre Professor am Massachusetts Institute of Technology, oder etwas in der Art.«

»Ich werde ihm erzählen, dass Sie das gesagt haben. Er wird entzückt sein, wenn er hört, dass er einen Fan hat.«

»Sagen Sie ihm, er soll mal hier vorbeikommen. Sagen Sie ihm, Nelson Acquistapace steht ihm zu Diensten. Wenn er ein

Taxi braucht, soll er nur Tipp Top anrufen und nach mir fragen.«

»Werde ich machen«, versprach ich.

»Haben Sie das Fahrtenbuch? Ron sagte, Sie sind auf der Suche nach einer verschwundenen Dame. Stimmt das?«

Ich nahm die Fahrtenbuchseite aus der Brieftasche und brachte sie ihm.

»Kommen Sie nicht zu nah ran, Mädchen«, meinte er. Er nahm ein Taschentuch aus der Manteltasche und schnäuzte sich die Nase. Bevor er es wieder wegsteckte, hupte er noch zweimal hinein. Er faltete das Blatt auseinander und hielt es auf Armeslänge von sich entfernt. »Ich habe meine Brille drinnengelassen. Welche ist es?«

Ich zeigte auf die Adresse in der Via Madrina.

»Ja, ich glaube, ich erinnere mich an sie. Ich fuhr sie zum Flughafen und ließ sie dort raus. Ich erinnere mich, dass sie den letzten Flug von hier nach L. A. genommen hat. Wo wollte sie noch hin, das hab ich jetzt vergessen.«

»Miami, Florida.«

»Ja, genau. Jetzt fällt's mir wieder ein.«

Er untersuchte das Fahrtenbuchblatt, als wäre es ein Packen Tarotkarten in irgendeiner raffinierten Anordnung. »Wissen Sie, was das hier ist?« Er klopfte auf das Papier. »Wollen Sie wissen, warum der Fahrpreis so hoch ist? Sehen Sie sich das an. Sechzehn Dollar. So viel kostet die Fahrt von der Via Madrina zum Flughafen nicht. Sie ließ mich anhalten und fünfzehn Minuten bei laufender Uhr warten. Ein Zwischenstopp. Nun, lassen Sie mich mal überlegen, wo das war. Nicht weit weg. Irgendwo an der Chapel. Okay, ja, nun hab ich's wieder. Diese Klinik unten am Freeway.«

»Eine Klinik?« Das überraschte mich.

»Ja, wissen Sie. Eine Notfalleinrichtung. Für den Kater. Sie ließ ihn dort, für irgendeine Notbehandlung, und dann kam sie zum Taxi zurück, und wir fuhren weiter.«

»Ich nehme nicht an, dass Sie gesehen haben, ob sie tatsächlich das Flugzeug bestieg?«

»Doch. Ich war für den Abend fertig. Können Sie an meinen Fahrtenbucheintragungen sehen. Sie war mein letzter Fahrgast, also ging ich hoch zur Flughafenbar und trank draußen ein paar Bier. Ich hatte ihr gesagt, dass ich da oben sein würde, da hat sie sich sogar noch umgedreht und mir zugewunken, als sie zum Flugzeug ging.«

»War sie alleine?«

»Soweit ich weiß.«

»Haben Sie sie vorher schon einmal gefahren?«

»Ich nicht. Ich bin gerade im letzten November erst aus L. A. hier hochgezogen. Das ist das Paradies. Ich liebe diese Stadt.«

»Nun«, sagte ich, »ich weiß Ihre Hilfe zu schätzen. Zumindest wissen wir nun, dass sie ins Flugzeug gestiegen ist. Ich denke, jetzt ist die Frage, ob sie jemals in Boca Raton ankam?«

»Sie sagte, dass sie dahin wolle«, meinte er, »obwohl ich Ihnen mal was sagen will. Mit dem Pelzmantel, habe ich ihr gesagt, sollte sie irgendwohin fahren, wo's kalt ist. Damit er zu was nutze ist. Sie lachte.«

Ich fühlte, wie ich innerlich den Pausenknopf drückte, ein schneller Stopp des Bildes. Sie war merkwürdig, diese Vorstellung, und sie störte mich. Ich sah Elaine Boldt vor mir, mit ihrem Pelzmantel und dem Turban, auf dem Weg zu Wärme und Sonnenschein, über die Schulter dem Taxifahrer zuwinkend, der sie zum Flughafen gebracht hatte. Er war irgendwie verwirrend, dieser letzte Eindruck von ihr, und mir wurde klar, dass ich mir das bisher nie richtig vorzustellen versucht hatte. Ich hatte die Möglichkeit erwogen, dass sie auf der Flucht war, aber tief im Grunde meines Herzens glaubte ich, dass sie tot war. Ich dachte immer wieder, dass, wer immer Marty Grice umgebracht hatte, auch sie getötet hatte. Ich konnte nur nicht verstehen warum. Nun war diese Ungewissheit wieder in mir hochgekrochen. Etwas stimmte nicht, aber ich konnte nicht rauskriegen, was.

16

Nun, wenigstens hatte ich damit eine winzige Lebensaufgabe. Als ich Nelson verließ, war er gerade dabei, mit einem Digitalthermometer seine Temperatur zu messen. Schüchtern beichtete er seine geheime Sucht nach solchen technischen Spielereien. Ich wünschte ihm baldige Genesung, sprang in den Wagen und wendete ihn in Richtung Chapel.

Die Tierklinik ist ein kleiner Kasten aus Glas und Ziegelsteinen, die in der Farbe von Fensterkitt gestrichen ist. Man quetschte sie in die Sackgasse, die entstanden war, als der Highway 101 dort gezogen worden war. Ich mag diese endlosen Reihen von Sackgassen – Überreste der Stadt, wie sie früher einmal gewesen war, eine erfrischende Abweichung von dem vorherrschenden spanischen Stil. Die kleinen Holz- und Fachwerkhäuser in dieser Gegend sind noch ursprünglich viktorianische Hütten für Arbeiter, mit handgedrechselten Verandageländern, exotischer Aufmachung, hölzernen Fensterläden und spitzen Dächern. Heute wirken sie wie schäbige Antiquitäten. Aber man kann sich immer noch die Zeiten vorstellen, als die Häuser neu errichtet und mit frischer Farbe versehen waren. Die ausgewachsenen Bäume waren noch nicht mehr als schmächtige Setzlinge gewesen, die man zwischen frisch gesäte Wiesen gepflanzt hatte. Damals bedeutete Stadt staubige Straßen und Kutschen. Ich scheue mich nicht, zuzugeben, dass ich wünschte, es wäre mehr davon übrig geblieben.

Ich parkte auf dem Gelände hinter der Klinik und ging durch die Hintertür hinein. Irgendwo weiter hinten hörte ich heiseres Hundegebell; schrilles Flehen um Gnade, Freiheit und Erlösung. Nur zwei Tiere waren im Wartezimmer, beides gelangweilt aussehende Katzen, die sich in Polsterkissen verwandelt hatten. Ihre Menschen sprachen eine Art Katzenenglisch mit ihnen und benutzten dabei besonders hohe Stimmen, die mir den

Kopf schmerzen ließen. Von Zeit zu Zeit, wenn ein Hund im Hof zu einem Heulen ansetzte, schien es, als würde entweder die eine oder die andere Katze leicht grinsen.

Es müssen zwei Tierärzte gearbeitet haben, denn beide Katzen wurden zur gleichen Zeit aufgerufen und den Flur hinunterbefördert. Dadurch war ich mit der Frau von der Anmeldung, die hinter ihrer Theke saß, allein. Sie war Ende zwanzig, blauäugig, blass und trug ein blaues Alice-im-Wunderland-Band in ihren glatten blonden Haaren. Auf ihrem Namensschild stand *Emily*.

»Kann ich Ihnen behilflich sein?«

Sie sprach, als wäre sie nie über das Stadium einer Sechsjährigen hinausgekommen; eine leise wispernde Stimme, sanft moduliert, vielleicht eigens entwickelt, um leidende Tiere zu besänftigen. Gelegentlich treffe ich Frauen, die auf diese Art sprechen, und ich finde sie jedes Mal rätselhaft, diese immer währende Mädchenhaftigkeit in einer Welt, in der wir anderen darum kämpfen, erwachsen zu werden.

Der Umgang mit ihr gab mir gleich das Gefühl, eine Beschützerfunktion übernehmen zu müssen. »Ich überlege, ob Sie mir wohl eine Auskunft geben können.«

»Nun, ich werde es versuchen«, flüsterte sie. Ihre Stimme war süß und melodisch und ihre Art unterwürfig.

Erst wollte ich ihr eine Kopie meiner Privatdetektivzulassung zeigen, aber ich fürchtete, das würde brutal und unhöflich erscheinen. Ich entschied mich dafür, sie zurückzuhalten und erst zu zücken, wenn ich gezwungen war, die Schraube anzuziehen.

»Im vergangenen Januar brachte eine Frau einen Kater zu einer Notbehandlung in die Klinik, und ich möchte herausfinden, ob sie jemals wieder kam, um ihn abzuholen.«

»Ich kann in unseren Unterlagen nachsehen, wenn Sie möchten. Können Sie mir bitte den Namen nennen?«

»Nun, der Name der Frau war Elaine Boldt. Der Kater hieß Mingus. Es müsste am Abend des neunten Januar gewesen sein.«

Auf ihren Wangen erschienen zwei sanft rosafarbene Flecken. Sie leckte sich die Lippen und blickte mich starr an. Ich fragte mich, ob sie den Kater für Tierversuche weiterverkauft hatte.

»Was ist los?«, fragte ich. »Wissen Sie, von wem ich spreche?«

»Ja, allerdings, ich weiß, wen Sie meinen. Er war *wochenlang* hier«, erwiderte sie. Ihre Stimme hatte einen nasalen Ton bekommen, der wie bei einem Bauchredner durch die Nüstern kam. Es war kein richtiges Winseln, doch es war die Tonart, die ich von Kindern in Geschäften kenne. Sie benutzen sie, wenn ihre Mamis sie schlechten Benehmens bezichtigen und drohen, ihnen die Arme auszureißen. Es war klar, dass sie aus irgendeinem Grunde meinte, sich verteidigen zu müssen, aber ich war mir noch nicht sicher, warum. Sie langte nach einer kleinen Blechdose und spazierte mit den Fingern über die Reihen von Karteikarten. Sie zog den Bericht heraus und knallte ihn selbstgerecht auf die Theke.

»Sie hat nur für drei Wochen Miete und Verpflegung bezahlt und nie auf eine unserer Postkarten oder Anrufe reagiert. Deshalb sagte der Doktor im Februar, wir müssten was anderes für ihn finden, weil wir nur so wenig Platz haben.« Sie brachte sich tatsächlich fast zum Heulen.

»Emily«, sagte ich geduldig. »Ist das Ihr Name oder gehört das Schild jemand anders?«

»Ich bin Emily.«

»Mir ist wirklich egal, wo der Kater ist. Ich muss lediglich wissen, ob die Frau noch mal zurückgekommen ist.«

»Oh. Nein, ist sie nicht.«

»Was ist denn mit dem Kater passiert? Ich bin nur neugierig.«

Sie schaute mich einen Moment lang an und hob das Kinn. Dann fegte sie mit einem Ruck ihrer Hand die Haare über die Schulter zurück. »Ich habe ihn adoptiert. Er ist wirklich ein fabelhafter Kater, und ich konnte ihn einfach nicht dem Tierheim überlassen.«

»Das ist doch prima. Heh, das ist großartig. Ich hab schon gehört, dass er fantastisch ist, und ich bin froh, dass Sie einen Platz für ihn gefunden haben. Viel Spaß. Ich werde Ihr Geheimnis mit ins Grab nehmen. Aber sollte die Frau noch mal auftauchen, würden Sie mir Bescheid sagen?« Ich legte meine Karte auf die Theke. Sie las sie und nickte ohne ein weiteres Wort.

»Danke.«

Ich fuhr zum Büro zurück. Ich dachte, ich sollte besser mal Julia Ochsner anrufen und ihr sagen, dass ich den Kater aufgespürt hatte. Damit könnte ich ihr eine überflüssige Begegnung mit den Zwingern und den Tierärzten Bocas ersparen. Ich ließ den Wagen auf dem hinteren Parkplatz stehen und ging die Hintertreppe hinauf. Als ich zu meinem Büro kam, stand ein Mann dort im Flur und schrieb etwas auf einen Fetzen Papier.

»Kann ich Ihnen helfen?«

»Ich weiß nicht. Sind Sie Kinsey Millhone?« Sein Lächeln erschien überlegen und seine Haltung amüsiert, als hätte er eine Information, die zu kostbar war, um sie preiszugeben.

»Ja.«

»Ich bin Aubrey Danziger.«

Es dauerte eine Sekunde, bis ich den Namen eingeordnet hatte. »Beverlys Ehemann?«

»Richtig«, erwiderte er und lachte dann ein kleines Lachen weit hinten in der Kehle. Bis jetzt hatte ich nicht das Gefühl, dass einer von uns besonderen Grund zur Heiterkeit gehabt hätte. Er war groß, vielleicht ein Meter achtundachtzig, und hatte ein glattes, dünnes Gesicht. Seine Haare waren sehr dunkel und glatt und sahen aus, als würden sie sich seidig anfühlen. Braune Augen, ein arroganter Mund. Er trug einen hellgrauen Dreiteiler und sah aus wie ein Spieler auf einem Riverboat, ein Dandy, ein Snob, wenn es solche Menschen hier und heute noch gibt.

»Was kann ich für Sie tun?«

Ich sperrte die Tür auf, öffnete sie und ging hinein. Er folgte mir und schaute sich die Räumlichkeiten mit einem Blick an, der mir zeigte, dass er den Preis der Einrichtung schätzte, meine Unkosten überschlug, die vierteljährlichen Steuern errechnete und sich fragte, warum seine Frau nicht einen hochkarätigeren Verein engagiert hatte.

Ich ließ mich hinter dem Schreibtisch nieder und beobachtete ihn dabei, wie er sich setzte und die Beine übereinander schlug. Hübsche scharfe Bügelfalten in der Hose, hübsche schlanke Fesseln, italienische Lederslipper mit gründlich polierten Spitzen. Ich bemerkte seine schneeweißen Manschetten und seine Initialen – AND – in hellblauer Stickerei, zweifelsohne Handarbeit. Er lächelte mich leicht an und beobachtete mich dabei, wie ich ihn beobachtete. Er nahm ein flaches Zigarettenetui aus der Innentasche und zog eine schlanke, schwarze Zigarette hervor, die er auf das Etui klopfte. Dann steckte er sie in den Mund und zündete ein Feuerzeug, das einen Feuerstrahl ausspuckte, dass ich dachte, er würde seine Haare in Flammen setzen. Er hatte elegante Hände, und die Fingernägel waren wunderschön manikürt und hatten klaren Lack auf den Spitzen. Ich gebe zu, ich war arg überrascht von dem Anblick, überrascht von seinem Geruch, der über den Schreibtisch hinweg zu mir hinüberwogte; wahrscheinlich eines dieser Mode-After-Shaves namens Rogue oder Magnum. Er sah auf die Glut an seiner Zigarette und fixierte mich dann mit einem Blick. Seine Augen erinnerten mich an harten Lehm, mattbraun, ohne Wärme und ohne Energie.

Ich bot ihm keinen Kaffee an. Ich schob ihm den Aschenbecher zu, wie ich es bei seiner Frau getan hatte. Der Geruch der Zigarette roch nach ersticktem Lagerfeuer, und ich wusste, er würde noch lange, nachdem sein Verursacher nach Los Angeles zurückgefahren war, in der Luft hängen.

»Beverly hat Ihren Brief erhalten«, begann er. »Sie war außer sich. Ich dachte, vielleicht sollte ich mal herfahren und mit Ihnen plaudern.«

»Warum kommt sie nicht selbst?«, meinte ich. »Sie kann immerhin sprechen.«

Das amüsierte ihn. »Beverly macht sich nichts aus Szenen. Sie bat mich, das für sie zu erledigen.«

»Ich bin auch nicht gerade scharf auf Szenen, aber ich verstehe auch das Problem nicht. Sie hatte mich gebeten, ihre Schwester zu suchen. Das tu ich. Sie wollte die Bedingungen diktieren, und ich entschloss mich, für jemand anders zu arbeiten.«

»Nein, nein, nein. Sie haben das missverstanden. Sie wollte das Verhältnis nicht beenden. Sie wollte einfach nur nicht, dass Sie damit zur Vermisstenabteilung gehen.«

»Aber ich war anderer Meinung. Und ich dachte, es sei nicht sehr nett, ihr Geld zu nehmen, aber ihre Anweisung zu ignorieren.« Ich probierte ein unverbindliches Lächeln und schaukelte leicht in meinem Stuhl. »Gibt es sonst noch etwas?«, fragte ich. Ich war sicher, dass er noch etwas auf dem Herzen hatte. Dafür hätte er keine neunzig Meilen weit zu fahren brauchen.

Er veränderte seine Haltung und versuchte es mit einem freundlicheren Ton. »Ich sehe, dass wir hier auf der falschen Schiene fahren«, meinte er. »Ich möchte wissen, was Sie über meine Schwägerin herausgefunden haben. Wenn ich Sie vor den Kopf gestoßen habe, möchte ich mich entschuldigen. Ach ja. Und Sie könnten hieran interessiert sein.« Er nahm ein zusammengefaltetes Papier aus der Jackentasche und reichte es mir über den Schreibtisch. Einen Moment lang dachte ich, es wäre eine Adresse oder eine Telefonnummer, irgendein Fetzen Information, der wirklich helfen könnte. Es war ein Scheck über die 246,19 Dollar, die Beverly mir schuldete. Er ließ es als eine Art Bestechung erscheinen, und das gefiel mir gar nicht. Ich hätte mir das Geld sowieso geholt. Ich kannte den Unterschied, ganz gleich, ob er ihn auch kannte oder nicht.

»Ich habe Beverly vor zwei Tagen eine Kopie meines Berichts zugeschickt. Wenn Sie wissen wollen, was ich herausbekommen habe, warum fragen Sie sie nicht?«

»Ich habe den Bericht gelesen. Ich möchte gern wissen, was

Sie seitdem herausgefunden haben, wenn Sie bereit sind, etwas darüber mitzuteilen.«

»Nun, das bin ich nicht. Ich möchte jetzt nicht grob erscheinen, aber jede Information, die ich habe, gehört meinem momentanen Arbeitgeber und ist vertraulich. Ich werde Ihnen so viel erzählen: Ich bin zu den Cops gegangen, und die haben ihre Beschreibung verbreitet, aber das ist erst ein paar Tage her, und bis jetzt haben sie nichts herausgefunden. Wollen Sie mir eine Frage beantworten?«

»Eigentlich nicht«, sagte er, aber er lachte. Langsam wurde mir klar, dass seine Art wahrscheinlich von seinem Unbehagen herrührte, also stieß ich vor.

»Beverly hatte mir gesagt, sie habe ihre Schwester seit drei Jahren nicht mehr gesehen, aber einer von Elaines Nachbarn behauptet nicht nur, dass sie noch Weihnachten hier oben war, sondern auch, dass die beiden eine recht handfeste Auseinandersetzung miteinander hatten. Stimmt das?«

»Nun, also ja, wird's wohl.« Seine Stimme wurde weicher, und er schien weniger zurückhaltend. Er nahm einen letzten Zug aus der Zigarette und quetschte dann die Glut davon ab. »Um die Wahrheit zu sagen, ich bin beunruhigt, dass Beverly irgendwie in diese Sache verwickelt ist.«

»Wie das?«

Er schaute mich jetzt nicht mehr an. Er rollte das letzte Ende seiner Zigarette zwischen den Fingern, bis nichts mehr davon übrig war außer einem kleinen Haufen Tabakkrümel und einem Fetzen schwarzen Papiers. »Sie hat Probleme mit dem Trinken. Die hat sie schon eine ganze Weile, obwohl man ihr das wahrscheinlich nicht ansieht. Sie ist einer dieser Menschen, die sechs Monate lang keinen Tropfen trinken, und dann ... zack, ist sie weg, auf einem dreitägigen Gelage. Manchmal dauert so ein Alkoholtrip auch länger. Ich glaube, genau das ist auch im Dezember passiert.« Er schaute mich nun an, und seine Wichtigkeit war fast verschwunden. Hier saß ein leidender Mann.

»Wissen Sie, worüber die beiden sich gestritten haben?«

»Ich hab da so eine Ahnung.«

»Ging es um Sie?«, fragte ich.

Er starrte mich plötzlich an, und zum ersten Mal kam richtiges Leben in seine Augen. »Wie kommen Sie darauf?«

»Der Nachbar meinte, sie hätten sich vielleicht um einen Mann gestritten. Sie waren der einzige, von dem ich wusste. Wollen Sie mir ein Mittagessen spendieren?«

Wir gingen in eine Cocktailbar namens Jay's. Sie ist sehr dunkel und hat wuchtige Art-déco-Nischen in grauem Leder und schwarze Onyxtische. Ihre Oberfläche ist so glänzend, dass man fast sein Spiegelbild darin sieht, wie in der Reklame für Geschirrspülmittel. Die Wände sind mit grauem Veloursleder gepolstert, und der Boden unter den Füßen ist so dick mit Matten geschmückt, dass man sich fühlt, als würde man auf Sand laufen. Das ganze Lokal erinnert fast an einen Reiz-Isolationstank, schummerig und leise, aber die Drinks sind riesig, und der Barkeeper stellt unglaublich scharfe Pastrami-Roggensandwiches zusammen. Ich kann mir diesen Laden selbst nicht leisten, aber er kam mir wie die perfekte Umgebung für Aubrey Danziger vor. Er sah aus, als könnte er die Rechnung bezahlen.

»Was für eine Art Arbeit üben Sie aus?«, fragte ich, nachdem wir uns gesetzt hatten.

Bevor er antworten konnte, kam die Bedienung. Ich schlug zwei Pastrami-Sandwiches und zwei Martinis vor. Dieser Ausdruck insgeheimen Amüsements erschien wieder auf seinem Gesicht, aber er stimmte mit einem nachlässigen Achselzucken zu. Er war es wohl nicht gewöhnt, dass Frauen für ihn bestellten, doch schaden konnte es anscheinend auch nicht. Ich hatte das Gefühl, das hier war meine Show, und die wollte ich abziehen. Ich wusste, wir würden angetrunken werden, aber ich dachte, das könnte diesem Mann seine Politur nehmen und ihn ein wenig menschlicher erscheinen lassen.

Als die Kellnerin gegangen war, beantwortete er meine Frage. »Ich arbeite nicht«, meinte er, »ich besitze Dinge. Ich bringe Grundstücksgesellschaften zusammen. Wir kaufen Land und errichten Bürogebäude und Einkaufszentren, manchmal auch Wohnanlagen.« Er machte eine Pause, als könnte er eine Menge mehr erzählen, hätte sich aber entschieden, dass so viel reichen müsste. Er nahm wieder sein Zigarettenetui heraus und hielt es mir hin. Ich lehnte ab, und er steckte sich eine weitere schlanke schwarze Zigarette an.

Er neigte den Kopf. »Was hab ich getan, das Sie so vor den Kopf gestoßen hat? Das passiert mir immer wieder.« Das überlegene Lächeln war wieder da, aber diesmal nahm ich es ihm nicht übel. Vielleicht war das einfach die Art, wie sein Gesicht funktionierte.

»Sie wirken arrogant, und Sie sind ein wenig zu raffiniert«, erwiderte ich. »Sie lächeln unentwegt, als wüssten Sie etwas, was ich nicht weiß.«

»Ich habe seit langer Zeit sehr viel Geld, also komme ich mir raffiniert vor. Und es amüsiert mich tatsächlich, mir einen weiblichen Detektiv vorzustellen. Das ist der eine Grund, warum ich hierher gekommen bin.«

»Was ist der andere?«

Er zögerte und überlegte, ob er ihn mir nennen sollte. Er nahm einen tiefen Zug von seiner Zigarette. »Ich traue Beverlys Berichten über das, was passiert ist, nicht. Sie ist falsch, und sie manipuliert. Ich prüfe so etwas lieber nach.«

»Sprechen Sie von ihren Geschäften mit mir oder mit Elaine?«

»Ach, ich kenne ihre Geschäfte mit Elaine. Sie kann Elaine nicht ausstehen. Sie kann sie aber auch nicht in Ruhe lassen. Haben Sie jemals jemanden auf diese Weise gehasst?«

Ich lächelte vage. »Nicht in letzter Zeit. Ich glaube, früher mal, ja.«

»Es ist, als ob Bev alles über Elaine wissen muss, und wenn sie etwas Gutes hört, stößt es sie ab. Und wenn sie etwas Schlechtes hört, ist sie zwar zufrieden, aber es reicht nie.«

»Was hat sie Weihnachten hier gemacht?«

Die Martinis kamen, und Aubrey nahm einen großen Schluck, bevor er antwortete. Meiner war seidig und kalt und hatte diesen Hauch Vermouth, der mich automatisch schaudern lässt. Ich esse die Olive immer sehr früh, weil sie so gut zum Gingeschmack passt.

Er hatte den Schauder gesehen. »Ich kann solange gehen, wenn Sie damit lieber allein sein möchten.«

Ich lachte. »Ich kann nichts dafür. Ich trinke solche Sachen sonst nie. Mein lieber Himmel, das ist 'ne Dröhnung. Ich kann schon fühlen, wie sich der Kater bildet.«

»Verdammt, es ist Samstag. Nehmen Sie sich einen Tag frei. Ich hatte gar nicht damit gerechnet, Sie überhaupt in Ihrem Büro anzutreffen. Ich wollte Ihnen eine Nachricht hinterlassen und dann ein bisschen herumschnüffeln und versuchen, selbst etwas über Elaine in Erfahrung zu bringen.«

»Ich nehme an, Sie wissen genauso wenig wie alle anderen, wo sie sein könnte.«

Er schüttelte leicht den Kopf. »Ich glaube, sie ist tot. Ich glaube, Bev hat sie umgebracht.«

Hier wurde ich nun allerdings aufmerksam. »Warum sollte sie das getan haben?«

Wieder dieses lange Zögern. Er schaute sich im Raum um, checkte die Einrichtung, vollzog eine Art geistiger Arithmetik, als würde er Dollarwerte an Stelle der Einrichtung setzen; er wusste, wo er stand. Seine Augen glitten zu mir zurück, und das Lächeln umspielte seinen Mund. »Sie hat herausgefunden, dass ich eine Affäre mit Elaine hatte. Es war mein eigener verdammter Fehler. Das Finanzamt prüft meine Steuerrückzahlungen der letzten drei Jahre, und ich Narr hatte Beverly gebeten, ein paar alte Schecks und Kreditkartenbelege herauszusuchen. Sie fand heraus, dass ich genau zur selben Zeit in Cozumel war wie

Elaine, nachdem Max gestorben war. Ich hatte ihr gesagt, ich sei auf einer Geschäftsreise.

Jedenfalls kam ich an jenem Tag vom Büro nach Hause, und sie fiel in einer derartigen Wut über mich her, dass es ein Wunder war, dass ich lebend dabei herauskam. Natürlich hatte sie getrunken. Das ist immer für eine Entschuldigung gut. Sie nahm eine Küchenschere und stach mich genau in den Hals. Hier hat sie mich erwischt. Genau über dem Schlüsselbein. Das einzige, was mich rettete, war mein Kragen und mein Schlips und vielleicht die Tatsache, dass ich meine Hemden mit extra viel Stärke machen lasse.«

Er lachte und schüttelte bei der Erinnerung unbehaglich den Kopf. »Als das nichts nutzte, traf sie mich in den Arm. Vierzehn Stiche. Ich blutete am ganzen Körper. Wenn sie trinkt, ist es wie bei Dr. Jekyll und Mr Hyde. Wenn sie nicht trinkt, ist sie nicht so übel … zänkisch und hart wie Eisen, aber sie ist nicht blöd.«

»Wie sind Sie mit Elaine zusammengekommen? Wie geschah das?«

»Zum Teufel, ich weiß es nicht. Es war dumm von mir. Ich glaube, ich war schon seit Jahren scharf auf sie. Sie ist eine wunderschöne Frau. Sie neigt zwar dazu, auf sich selbst bezogen und bequem zu sein, aber das macht es noch schwieriger, ihr zu widerstehen. Ihr Mann war gerade gestorben, und sie war in einer grauenhaften Verfassung. Was als brüderliches Mitleid begann, verwandelte sich in zügelloses Verlangen, wie man es von den Rückseiten der Groschenromane kennt. Ich bin zwar vorher schon fremdgegangen, aber nie auf diese Art. Ich wollte mir mein Grab doch nicht selbst schaufeln, wie man so sagt. Dieses Mal hab ich's nicht gepackt.«

»Wie lange dauerte das an?«

»Bis sie verschwand. Bev weiß nichts davon. Ich habe ihr gesagt, es sei nach sechs Wochen Schluss gewesen, und sie hat es mir abgekauft, weil sie daran glauben wollte.«

»Und letztes Jahr Weihnachten hat sie es herausgefunden?«

Er nickte und gab dann der Kellnerin ein Zeichen und sah mich an. »Bereit für den nächsten?«

»Klar.«

Er hielt zwei Finger hoch wie ein Victory-Zeichen, und die Bedienung ging zur Theke hinüber. »Ja, genau da hat sie es herausgefunden. Erst wütete sie bei mir, und dann sprang sie gleich ins Auto und fuhr hierher. Ich rief Elaine an, um sie zu warnen, deshalb konnten wir uns zumindest auf eine Geschichte einigen, aber ich bin mir nicht ganz im Klaren darüber, was dann zwischen den beiden gesagt wurde. Ich habe danach nicht mehr mit ihr gesprochen und sie nie wieder gesehen.«

»Was sagte sie, als Sie es ihr erzählten?«

»Na ja, sie war nicht gerade begeistert bei der Vorstellung, dass Bev Bescheid wusste, aber sie konnte nichts mehr daran ändern. Sie sagte, sie würde schon damit klarkommen.«

Die Martinis kamen zusammen mit den Sandwiches, und wir hörten eine Weile lang auf zu reden und aßen. Er eröffnete eine ganz neue Perspektive, und ich hatte noch eine Menge Fragen an ihn.

17

»Was haben Sie für eine Theorie über die Geschehnisse?«, fragte ich, als wir gegessen hatten. »Ich meine, soweit ich weiß, war Elaine bis zum Abend des neunten Januar in Santa Teresa. Das war ein Montag. Ich habe ihre Spur vom Apartment bis zum Flughafen verfolgt, und ich habe einen Zeugen, der gesehen hat, wie sie ins Flugzeug stieg. Ich habe noch jemand anderen, der behauptet, sie sei in Miami angekommen und durch Fort Lauderdale nach Boca gefahren. Und diese Person schwört, Elaine sei kurz in Boca gewesen und dann wieder weggefahren, und man habe zuletzt aus Sarasota von ihr gehört, wo sie angeblich bei Freunden wohnt. Ich habe Schwierigkeiten damit, diese letzte Behauptung zu glauben, aber das wurde mir gesagt. Wann könnte Beverly sie umgebracht haben und wo?«

»Vielleicht ist sie ihr nach Florida gefolgt. Sie war gleich nach Neujahr unterwegs auf einer ihrer Sauftouren. Sie war zehn Tage lang weg und kam als Wrack wieder. Ich habe sie noch nie in so schlechter Verfassung gesehen. Sie wollte nichts darüber sagen, wo sie gewesen oder was geschehen war. Ich hatte in der Woche ein Geschäft in New York abzuschließen, also beruhigte ich sie und fuhr dann. Ich war bis zum darauf folgenden Freitag nicht mehr in der Stadt. Sie kann sonst wo gewesen sein, während ich fort war. Angenommen, sie folgte Elaine nach Florida und brachte sie bei der erstbesten Gelegenheit um? Anschließend fliegt sie nach Hause, und niemand hat etwas davon mitbekommen.«

»Ich kann nicht glauben, dass Ihnen damit ernst ist«, meinte ich. »Haben Sie irgendeinen Beweis? Haben Sie etwas, das Beverly auch nur oberflächlich mit Elaines Verschwinden in Verbindung bringt?«

Er schüttelte den Kopf. »Hören Sie, ich weiß, dass ich hier auch nur im Dunkeln tappe, und ich könnte total danebenliegen. Ich hoffe verdammt, dass dem so ist. Wahrscheinlich hätte ich gar nichts sagen sollen …«

Ich fühlte, wie ich nervös wurde bei dem Versuch, einen Sinn in das zu bringen, was er gesagt hatte. »Warum hätte Beverly mich engagieren sollen, wenn sie Elaine getötet hat?«

»Vielleicht wollte sie, dass alles korrekt aussieht. Diese Sache mit dem Erbe des Cousins war rechtsgültig. Der Bescheid ist mit der Post gekommen, und was sollte sie nun machen? Angenommen, sie weiß, dass Elaine in einem Paar Schuhe aus Beton auf dem Grunde des Meeres spazieren geht. Sie muss die üblichen Schritte unternehmen, oder? Sie kann die Situation nicht ignorieren, weil sich jemand wundern könnte, warum sie nicht mehr Anteilnahme zeigt. Also fährt sie hierher und engagiert Sie.«

Ich sah ihn skeptisch an. »Allerdings gerät sie in Panik, als ich sage, ich werde zur Polizei gehen.«

»Genau. Und dann denkt sie sich, sie sollte sich besser absichern, und redet deshalb mit mir.«

Ich leerte mein Glas Martini und dachte darüber nach, was er gesagt hatte. Es war sehr sorgfältig entwickelt, und das gefiel mir nicht. Dennoch musste ich zugeben, dass es möglich schien. Mit meinem Glas zog ich konzentrische Kreise auf die Tischoberfläche. Ich dachte an den Einbruch in Tillies Wohnung. »Wo war sie Mittwochnacht?«

Verdutzt sah er mich an. »Ich weiß nicht. Was meinen Sie damit?«

»Ich frage mich, wo sie am Mittwochabend und am frühen Donnerstagmorgen dieser Woche war. War sie mit Ihnen zusammen?«

Er runzelte die Stirn. »Nein. Am Montagabend bin ich nach Atlanta geflogen und gestern erst wiedergekommen. Worum geht's denn?«

Ich dachte, im Moment sollte ich die Einzelheiten noch für mich behalten und zuckte die Achseln. »Es gab hier einen Vorfall. Haben Sie an einem dieser Tage aus Atlanta angerufen?«

»Ich habe sie überhaupt nicht angerufen. Früher haben wir das immer gemacht, wenn ich auf Geschäftsreise war. Haben lange Ferngespräche hin und zurück geführt. Heute ist es eine Erleichterung, fort zu sein.« Er nahm einen Schluck von seinem Drink und beobachtete mich über den Rand seines Glases hinweg. »Sie glauben gar nichts von alldem, oder?«

»Es ist völlig egal, was ich glaube«, erwiderte ich. »Ich versuche herauszufinden, was wahr ist. Bisher ist alles Spekulation.«

Er schüttelte den Kopf. »Ich weiß, ich habe keine konkreten Beweise, aber ich hatte das Gefühl, ich müsste es jemandem erzählen. Es hat mich total verwirrt.«

»Ich werde Ihnen sagen, was mich verwirrt«, sagte ich. »Wie

können Sie mit jemandem zusammenleben, den Sie des Mordes verdächtigen?«

Er starrte einen Moment lang auf den Tisch, und das Lächeln war, als es wieder erschien, mit der alten Arroganz gefärbt. Ich dachte, er würde mir antworten, aber das Schweigen dehnte sich, und schließlich steckte er sich einfach eine weitere Zigarette an und winkte der Bedienung zum Bezahlen.

Am Nachmittag rief ich Jonah an. Die Begegnung mit Aubrey Danziger hatte mich deprimiert, und die beiden Martinis zum Lunch hatten einen nagenden Schmerz zwischen den Augen hinterlassen. Ich brauchte Sonne und Luft und Bewegung.

»Wollen Sie zum Schießplatz fahren und schießen?«, fragte ich, als er den Hörer abnahm.

»Wo sind Sie?«

»Ich bin im Büro, aber bereits auf dem Sprung nach Hause, um ein bisschen Munition abzuholen.«

»Kommen Sie vorbei und holen mich ab«, meinte er.

Ich lächelte, als ich den Hörer auflegte. Gut.

Die Wolken hingen über den Hügeln wie die kleinen weißen Rauchwölkchen, die riesige altmodische Puffpuff-Lokomotiven hinter sich her ziehen. Wir nahmen die alte Straße über den Pass, und mein VW beschwerte sich in höchsten Tönen, bis ich vom dritten in den zweiten und schließlich in den ersten Gang schaltete. Der Weg wand sich durch Salbei und Bergflieder hinauf. Beim Näherkommen teilte sich das dunkle Grün der entfernten Vegetation in unscheinbare Sträucher auf, die hartnäckig an den Hängen klebten. Es gab nur sehr wenige Bäume. Auf der rechten Seite waren steile Flächen kalifornischen Buchweizens zu sehen, die mit den hellen, kleinen, orangefarbenen Gesichtern der Gauklerblume und dem Knallrosa der stacheligen Flammenblume durchsetzt waren. Der Giftbaum blühte, und sein üppiges Wachstum erdrückte beinahe die silbrigen

Blätter des Beifußes, der an seiner Seite spross und sein Gegengift ist.

Als wir den Gipfel erreichten, schaute ich nach links. Hier waren wir in einer Höhe von ungefähr achthundert Metern, und das Meer schien in der Ferne zu schweben wie ein grauer Nebel, der mit dem Grau des Himmels verschmilzt. Die Küste erstreckte sich, so weit das Auge blicken konnte, und die Stadt Santa Teresa wirkte wie eine unwirkliche Luftaufnahme. Aus dieser Perspektive schien die Hügelkette im Pazifik einzutauchen und in vier schroffen Bergspitzen wieder aufzusteigen, die die küstennahen Inseln bildeten. Die Sonne war heiß hier oben, und die ätherischen Öle, die das Unterholz ausströmte, würzten die windstille Luft mit Kampfergeruch. Gelegentlich gab es Menzieserdbeerbäume am Hang, die noch immer zu den kärglichen, unförmigen schwarzen Gebilden verformt waren, zu denen sie das Feuer gemacht hatte, das vor zwei Jahren hier durchgefegt war. Alles, was hier oben wächst, scheint sich danach zu sehnen, brennen zu dürfen; Samenkapseln platzen nur bei äußerster Hitze und keimen dann, wenn der Regen wieder kommt. Das ist kein Zyklus, der menschlicher Einmischung viel Raum gewährt.

Die schmale Straße zum Schießplatz bog auf der Hügelkuppe nach links ab und kletterte in einem rechteckigen Winkel weiter durch riesige Sandsteinblöcke, die so leicht und künstlich aussahen wie bei einer Filmkulisse. Ich fuhr auf den staubigen und steinigen Parkplatz. Jonah und ich stiegen aus dem Wagen und nahmen die Waffen und die Munition vom Rücksitz. Ich glaube, wir hatten auf der ganzen dreißigminütigen Fahrt keine sechs Worte gewechselt, aber die Stille war erholsam.

Wir zahlten den Eintritt und steckten uns kleine Schaumgummipfropfen in die Ohren, um die Geräusche zu dämpfen. Ich hatte mir außerdem noch ein Paar Kopfhörer mitgebracht, wie Ohrenschützer, als zusätzliche Sicherheit. Mein Gehör hatte bereits Schaden genommen, hoffentlich keinen bleibenden. Wenn die Stöpsel richtig saßen, konnte ich hören, wie die Luft in meiner Nase ein- und ausströmte, ein Phänomen, dem ich normalerweise nicht viel Aufmerksamkeit schenke. Ich mochte die Ruhe. Wenn ich bis zu ihrem Kern durchdrang, konnte ich mein eigenes Herz hören, als würde jemand zwei Stockwerke tiefer an eine Gipswand klopfen.

Wir gingen zum Schießstand hoch. Das Dach über uns erstreckte sich wie bei einem Wagenunterstand noch fünfzehn Fuß zu jeder Seite. Nur ein Mann schoss, und er hatte eine H & K .45er Wettkampfpistole, die Jonah vom ersten Augenblick an faszinierte. Die beiden sprachen über justierbaren Abzug und justierbare Visiere, während ich acht Patronen ins Magazin meiner kleinen Waffe einsetzte. Diese namenlose Halbautomatik hatte ich von der sehr anständigen unverheirateten Tante geerbt, die mich aufgezogen hatte, nachdem meine Eltern gestorben waren. Sie lehrte mich Stricken und Häkeln, als ich sechs war, und als ich acht war, brachte sie mich hier hoch und lehrte mich das Scheibenschießen. Dabei stützte sie meine Arme auf einem hölzernen Bügelbrett ab, das sie im Kofferraum ihres Wagens aufbewahrte. Ich hatte mich in den Geruch des Schießpulvers verliebt, als ich die erste Zeit bei ihr wohnte. Ich hatte draußen auf ihrer Verandatreppe aus Beton gesessen und hatte einen Streifen Zündplättchen und einen Hammer. Geduldig klopfte ich so lange, bis jedes seine Ladung Duft hervorgestoßen hatte. Hinterher waren die Verandastufen voller Fetzen roten Papiers und grauer Flecken verbrannten Pulvers von der Größe der Schnallenlöcher in einem Gürtel. Ich glaube, nach zwei Jahren unausgesetzten Hämmerns entschied sie, dass sie mich ebenso gut im Umgang mit richtigen Knarren trainieren könnte.

Jonah hatte seine Colts mitgebracht, und ich schoss mit jedem ein paar Runden, aber für mich waren sie zu große Kaliber. Der Walnussgriff des Trooper fühlte sich wie ein dickes Stück versteinerten Holzes an, und die Vier-Inch-Trommel machte das Zielen zur Qual. Die Waffe schlug in meiner Hand zurück wie ein schneller, automatischer Tritt, wenn der Doktor einem vors Knie klopft. Und jedes Mal, wenn die Waffe zurückschlug, wurde mir eine Wolke Schießpulver ins Gesicht geblasen. Mit dem Python kam ich ein bisschen besser zurecht, aber es war nach wie vor ein unverkennbares, vertrautes Vergnügen, meine .32er wieder zu nehmen – wie Händchenhalten mit einem alten Freund.

Um fünf packten wir unsere Ausrüstung zusammen und fuhren zu der alten Postkutschen-Taverne, die in einer schattigen Senke nicht weit entfernt vom Schießplatz liegt. Wir bestellten Bier und Brot und gebackene Bohnen und redeten über nichts Spezielles.

»Wie läuft's mit Ihrem Fall?«, fragte er mich. »Haben Sie schon was ausfindig gemacht?«

Ich schüttelte den Kopf. »Ich hab da ein paar Sachen, über die ich irgendwann gern mal mit Ihnen sprechen würde, aber nicht im Moment.«

»Sie hören sich kaputt an«, meinte er.

»Ich lächelte. »So was tu ich mir immer an. Ich will schnelle Resultate. Wenn ich die Sache nicht in zwei Tagen aufgedeckt habe, werde ich deprimiert. Was ist mit Ihnen? Geht's Ihnen gut?«

Er zuckte die Achseln. »Ich vermisse meine Kinder. Gewöhnlich habe ich die Samstage mit ihnen verbracht. Es war schön, dass Sie angerufen haben. So hatte ich etwas zu tun, außer Trübsal blasen.«

»Ja, Sie können *mich* beim Trübsalblasen beobachten«, sagte ich.

Er tätschelte mir die Hand, die auf dem Tisch lag, und drückte sie leicht. Die Geste war kurz und mitfühlend, und ich drückte zurück.

Um halb acht oder so brachte ich ihn zu seiner Wohnung zurück und fuhr nach Hause. Ich war es leid, über Elaine Boldt zu grübeln, also setzte ich mich auf die Couch, säuberte meine

Waffe, sog den Geruch des Öls ein und fand es entspannend, alles zu zerlegen und abzuwischen und wieder zusammenzusetzen. Danach zog ich meine Sachen aus, wickelte mich in meine Decke und las in einem Buch über Fingerabdrucktechniken, bis ich einschlief.

Am Montagmorgen hielt ich auf dem Weg ins Büro bei Santa Teresa Travel an und unterhielt mich mit einer Angestellten namens Lupe, die wie eine interessante Mischung aus Chicano und Schwarzer aussah, dünn wie eine Katze. Sie war Mitte zwanzig und hatte eine gelbbraune Hautfarbe und dunkles krauses Haar mit einem leichten Goldton, das ihr kurz um den Kopf herum geschnitten war. Sie trug eine kleine, rechteckige Brille und einen schicken, marineblauen Hosenanzug mit einem gestreiften Schlips. Ich zeigte ihr die Durchschriften des Tickets und erzählte ihr, wonach ich suchte. Meine Vermutung war richtig. Elaine war in den letzten paar Jahren eine regelmäßige Kundin bei ihnen gewesen. Trotzdem schien Lupe über die Durchschriften verwirrt zu sein. Sie zog die Brille tief auf die Nase und schaute mich an. Ihre Augen waren matt goldfarben wie die eines Lemuren, und sie gaben ihrem Gesicht etwas Exotisches. Volle Lippen, kleine gerade Nase. Ihre Fingernägel waren lang und gebogen und wirkten hart wie Horn. Vielleicht war sie in einem früheren Leben eine Art Höhlentier gewesen. Nachdenklich schob sie die Brille wieder in die richtige Stellung.

»Tja, ich weiß nicht, was ich dazu sagen soll«, begann sie. »Sie hat ihre Tickets immer über uns gekauft, aber dieses ist am Flughafen ausgestellt worden.« Sie berührte eine Ecke des Durchschlags und drehte das Ticket so, dass ich es lesen konnte. Das erinnerte mich an die Lehrer in der Grundschule, die es immer irgendwie schafften, ein Bilderbuch zu lesen, während sie es nach vorn und zur Seite gerichtet hielten. »Diese Ziffern bedeuten, dass es von der Fluggesellschaft ausgestellt und mit Kreditkarte bezahlt wurde.«

»Welche Sorte Kreditkarte?«

»American Express. Die hat sie gewöhnlich für Reisen benutzt, aber ich sage Ihnen, was merkwürdig ist. Sie hatte Reservierungen vornehmen lassen, für den ... einen Moment. Ich schau mal nach.« Lupe tippte einige Zahlen in ihr Computer-Terminal, und ihre Nägel vollführten einen Stepptanz auf den Tasten. Der Computer spuckte Zeile um Zeile grüner, druckähnlicher Leuchtzeichen aus. Sie studierte den Bildschirm.

»Es war vorgesehen, dass sie am dritten Februar aus L. A. fliegt, erster Klasse, und der Rückflug am dritten August stattfindet, und für diese Tickets wurde bereits bezahlt.«

»Ich hörte, dass sie sehr spontan abgefahren ist«, meinte ich. »Wenn sie die Reservierung am Wochenende vornehmen lassen wollte, musste sie das doch über die Fluggesellschaften machen, oder?«

»Klar, aber sie hätte die Tickets, die sie bereits hatte, nicht einfach vergessen. Warten Sie einen Moment, und ich werde nachsehen, ob sie sie jemals abgeholt hat. Sie hätte sie umtauschen können.«

Sie stand auf, ging zu einem Aktenschrank an der gegenüberliegenden Wand und ging einige Akten durch. Dann zog sie ein Paket heraus und überreichte es mir. Es war eine Sammlung Tickets und ein Reiseplan, die in einem Reiseumschlag der Agentur steckten. Elaines Name war ordentlich auf die Vorderseite getippt.

»Das ist ein Wert von tausend Dollar in Tickets«, erläuterte Lupe. »Man sollte meinen, sie hätte uns angerufen und sie gegen Bargeld eingetauscht, nachdem sie in Boca angekommen war.«

Ich fühlte ein Frösteln. »Ich bin mir nicht sicher, ob sie da ankam«, meinte ich. Eine ganze Minute lang saß ich mit den nicht benutzten Tickets in der Hand da. Was sollte das? Ich griff in meine Tasche und zog den original TWA-Umschlag hervor, den mir Julia Ochsner geschickt hatte. Auf der Rückseite waren die vier Gepäckscheine mit den aufeinander folgenden Nummern, die immer noch fest an ihrer Stelle hafteten. Lupe sah mir zu.

Ich dachte an meinen eigenen kurzen Flug nach Miami, und wie ich um Viertel vor fünf morgens aus dem Flugzeug gestiegen und an den Schränken mit der Glasfront vorbeigegangen war, in denen die verloren gegangenen Koffer gestapelt waren.

»Ich möchte, dass Sie Miami International für mich anrufen«, sagte ich langsam. »Geben wir eine Verlustanzeige auf und warten wir, ob was dabei herauskommt.«

»Haben Sie Taschen verloren?«

»Ja, vier Stück. Rotes Leder mit grauer Stoffeinfassung. Feste Seiten, abgestufte Größen, und ich vermute, dass eine davon eine Umhängetasche ist. Hier sind die Gepäckscheine dafür.« Ich schob den Umschlag über den Tisch, und sie schrieb sich die Nummern auf.

Dann gab ich ihr meine Karte, und sie sagte, sie würde sich melden, sobald sie etwas gehört habe.

»Eine Frage noch«, sagte ich. »War der Flug, den sie genommen hat, nonstop?«

Lupe schaute auf den Durchschlag und schüttelte den Kopf. »Ins Schwarze. Sie hatte einen Zwischenstop mit Umsteigen in St. Louis.«

»Danke.« Als ich zum Büro kam, blinkte das Nachrichtenlicht an meinem Anrufbeantworter. Ich drückte auf den Rücklaufknopf.

Es war mein Punk-Freund Mike. »Heh, Kinsey? O Scheiße, ein Band. Na ja, auch egal. Ich ruf Sie dann später noch mal an, okay? Ach so. Hier ist Mike, und da gibt's einfach etwas, worüber ich mich mit Ihnen unterhalten möchte, aber jetzt habe ich Schule. Jedenfalls ruf ich dann später noch mal an, okay? Bye.«

Ich machte mir eine Notiz. Die Zeituhr am Band zeigte an, dass er um 7.42 Uhr morgens angerufen hatte. Vielleicht würde er es nachmittags noch mal versuchen. Ich wünschte, er hätte mir eine Nummer hinterlassen.

Ich rief Jonah an und erzählte ihm von Elaines Zwischenlandung. »Könnten Sie ihre Beschreibung innerhalb der Polizei von St. Louis verbreiten?«

»Klar. Glauben Sie, sie ist da?«

»Ich hoffe.«

Ich hatte vorgehabt, noch ein Weilchen mit ihm zu plaudern, aber ich hatte keine Gelegenheit mehr dazu. Es klopfte kurz, und die Bürotür flog auf. Beverly Danziger stand auf der Türschwelle, und sie sah sauer aus. Ich sagte Jonah, ich würde mich wieder melden, legte auf und wandte meine Aufmerksamkeit Beverly zu.

»Du gottverdammte Schlampe!« Sie knallte die Tür hinter sich zu. Ihre Augen funkelten.

Irgendwie begeistert es mich nicht gerade, so angesprochen zu werden. Ich fühlte, wie mir die Hitze in die Wangen schoss und automatisch Wut in mir aufstieg. Ich überlegte, ob sie mich zu einem Nahkampf herausfordern würde. Ich schenkte ihr ein langsames Lächeln, nur um ihr zu zeigen, dass mich ihre Mätzchen nicht beeindruckten.

»Was gibt's für Probleme, Beverly?« Selbst in meinen Ohren klang das sehr klugscheißerisch, und ich dachte, ich sollte besser nach etwas suchen, mit dem ich mich wehren könnte, wenn sie sich über den Schreibtisch auf mich stürzte. Alles, was ich erspähte, war ein Bleistift, der nicht angespitzt war, und ein Rolodex.

Sie stemmte die Hände in die Hüften. »Warum, zum Teufel, hast du dich mit Aubrey getroffen? Wie konntest du es wagen! Verdammt, wie konntest du nur!!«

»*Ich* habe mich nicht mit Aubrey getroffen. Er hat mich aufgesucht.«

»Ich habe dich engagiert. *Ich*. Du hattest kein Recht, mit ihm zu reden, und kein Recht, meine Angelegenheiten hinter meinem Rücken zu besprechen! Weißt du, was ich tun werde? Ich werde dich dafür verklagen!«

Ich hatte keine Angst davor, dass sie mich verklagt. Ich hatte Angst, sie würde eine Schere aus der Tasche ziehen und mich wie Flicken für eine Patchworkdecke zerschneiden.

Inzwischen beugte sie sich über meinen Schreibtisch und stach mir einen spitzen Zeigefinger ins Gesicht. Aus ihrem Mund schienen Sprechblasen zu kommen wie in einem Comic. Sie schob das Kinn vor. Ihre Wangen waren rosa, und in der Ecke des Mundes sammelten sich Blasen. Ich hätte ihr nur zu gern die Seele aus dem Leib gedroschen, aber ich dachte, das sei nicht so klug. Sie schnappte nach Luft, und ihre Brust dehnte sich. Und dann fing ihr Mund an zu zittern, und die glühenden blauen Augen füllten sich mit Tränen. Sie schluchzte einmal. Sie ließ die Handtasche fallen und schlug sich beide Hände vors Gesicht wie ein Kind. War diese Frau verrückt oder was?

»Setzen Sie sich«, sagte ich. »Rauchen Sie erst mal eine. Was ist los?«

Ich blickte auf den Aschenbecher. Aubreys verräterischer Haufen zerfledderten Tabaks und ein Fetzen schwarzen Papiers lagen immer noch in meinem Aschenbecher. Diskret nahm ich ihn beiseite und leerte den Inhalt in meinen Abfalleimer. Sie setzte sich abrupt hin. Ihr Ärger war verflogen, an seine Stelle war ein tief sitzender Kummer getreten. Es tut mir Leid, mich selbst als unberührt schildern zu müssen. Ich kann eben ein kaltherziges kleines Biest sein.

Während sie heulte, machte ich Kaffee. Die Bürotür öffnete sich einen Spalt breit. Vera lugte herein und stellte Blickkontakt zu mir her. Offensichtlich hatte sie den Radau gehört und wollte sichergehen, dass alles in Ordnung war. Ich hob die Augenbrauen zu einem schnellen Zucken, und sie verschwand. Beverly fischte ein Kleenex hervor und presste es sich erst auf die Nase und dann auf die Augen, als wollte sie die letzten paar Tränen herausholen. Ihr Porzellanteint war nun gesprenkelt, und die glänzenden schwarzen Haare hatten ein strähniges Aussehen angenommen, wie ein Pelzmuff, der im Regen vergessen worden war.

»Tut mir Leid«, stieß sie hervor. »Ich weiß, ich hätte das nicht tun sollen. Er macht mich verrückt. Er bringt mich noch zum Wahnsinn. Er ist so ein Scheißkerl. Ich hasse ihn einfach wie die *Pest!*«

»Immer mit der Ruhe, Beverly. Wollen Sie einen Kaffee?«

Sie nickte. Sie nahm eine Puderdose aus der Tasche, kontrollierte ihr Augen-Make-up und wischte sich mit einem um den Finger gewickelten Kleenex ein Rinnsal Wimperntusche weg. Dann steckte sie die Puderdose ein und putzte sich die Nase, ohne ein Geräusch dabei zu machen. Es war einfach eine Art Pressvorgang. Sie öffnete die Tasche wieder und suchte nach Zigaretten und Feuer. Ihre Hände zitterten, aber in dem Moment, in dem sie die Zigarette angesteckt hatte, schien alle Spannung aus ihrem Körper zu weichen. Sie inhalierte so tief, als würde sie vor einer Operation Äther einatmen. Ich wünschte, Zigaretten würden mir auch so gut tun. Jedes Mal, wenn ich mal einen Zug genommen habe, hatte mein Mund nach einer Mischung aus verbrannten Ästen und faulen Eiern geschmeckt. Und mein Atem muss ungefähr genauso gut gerochen haben, da bin ich sicher. Mein Büro sah jetzt aus, als wäre Nebel hereingerollt.

Hoffnungslos schüttelte sie den Kopf. »Sie haben ja keine Ahnung, was ich mitgemacht habe«, meinte sie.

»Hören Sie«, sagte ich, »nur, um das klarzustellen –«

»Ich weiß, dass Sie nichts getan haben. Es ist nicht Ihr Fehler.« Ihre Augen füllten sich kurz mit Tränen. »Ich sollte mittlerweile daran gewöhnt sein, denke ich.«

»Gewöhnt sein woran?«

Sie fing an, das Kleenex in ihrem Schoß zu falten. Langsam begann sie ihre Schilderung, dabei ständig um Beherrschung ringend. Die Sätze wurden von Schweigen und kleinen summenden Geräuschen unterbrochen, wenn ihr die Tränen die Stimme erstickten. »Er … hm … geht zu allen möglichen Leuten. Und er erzählt ihnen … äh … dass ich trinke, und manchmal behauptet er, ich sei eine Nymphomanin, oder er sagt, ich würde mit Elektroschocks behandelt. Was ihm gerade einfällt. Wovon er denkt, dass es mir den größten Schaden zufügen könnte.«

Ich war mir nicht sicher, was ich damit anfangen sollte. Er *hatte* mir gesagt, sie sei Alkoholikerin. Er hatte mir gesagt, sie ginge auf dreitägige Sauftouren. Er hatte mir gesagt, sie habe ihn mit einer Schere angegriffen und möglicherweise ihre Schwester umgebracht, aus Rache für eine Affäre, die er mit ihr gehabt hatte. Jetzt saß sie hier, weinte sich das kleine Herz aus dem Leib und behauptete, dass er der Urheber all dieses verrückten, pathologischen Zeugs war. Wem von beiden sollte ich nun glauben?

Sie riss sich zusammen und gönnte ihrer Nase den bekannten geräuschlosen Druck. Sie schaute mich an. Das Weiße ihrer Augen war nun rosa gefärbt.

»Hat er Ihnen nicht so etwas erzählt?«, fragte sie.

»Ich glaube, er war einfach beunruhigt über Elaine«, erwiderte ich und versuchte auszuweichen, bis ich entscheiden konnte, was ich tun sollte. »Wir haben wirklich nichts Persönliches besprochen, also brauchen Sie sich deshalb keine Sorgen zu machen. Wie haben Sie herausgefunden, dass er hier war?«

»Irgend etwas kam in einem Gespräch heraus«, antwortete sie. »Ich kann mich nicht mal mehr erinnern, was es war. So geht er mit solchen Dingen um. Er gibt mir diese *Anhaltspunkte.* Er lässt Beweise herumliegen und wartet darauf, dass ich sie entdecke. Und wenn ich nicht zufällig darüber stolpere, stößt er mich genau drauf, und dann lehnt er sich zurück und heuchelt Zerknirschtheit und Erstaunen.«

Beinahe hätte ich gesagt: »Wie bei seiner Affäre mit Elaine«, aber plötzlich kam mir der Gedanke, dass es möglicherweise gar nicht stimmte, oder wenn es stimmte, dass sie möglicherweise doch nichts davon wusste. »Zum Beispiel?«, fragte ich.

»Er hatte eine Affäre mit Elaine. Er hat mit meiner einzigen Schwester herumgebumst. Mein Gott, ich kann's nicht fassen, dass er mir das angetan hat. Ich hatte keinerlei Zweifel, dass *sie* es getan hat. Sie war immer schon eifersüchtig. Sie hätte alles genommen, was sie kriegen konnte. Aber *er*. Ich fühlte mich so verarscht. Er ging hin und vögelte sie, kaum, dass Max tot war, und ich war so ein Esel, dass ich es jahrelang nicht herausgefunden habe! Ich habe *Jahre* dafür gebraucht.«

Sie ließ eines dieser sprudelnden Lachen hören, das aber mehr voll Hysterie als voll Heiterkeit war. »Armer Aubrey. Er muss mit seiner Weisheit fast am Ende gewesen sein, bei dem Versuch, mich das herausfinden zu lassen. Schließlich kam er mit dieser absurden Geschichte über das Finanzamt an, das seine Steuern prüfen will. Ich sagte ihm, der Buchhalter könne sich darum kümmern, aber er meinte, Harvey wolle, dass wir die alten Schecks und Kreditkartenquittungen durchgingen. Also machte ich es, wie ein Kasper, und da war's.«

»Warum sind Sie nicht gegangen?«, fragte ich. »Ich verstehe nicht, wie Sie in solch einer Beziehung bleiben können.« Ich sage immer dasselbe. Jedes Mal, wenn ich so eine Geschichte höre. Trunkenheit, Schläge, Untreue und Beschimpfungen. Ich krieg's einfach nicht in den Kopf. Warum lassen sich Leute so etwas gefallen? Ich hatte es Aubrey gesagt, also dachte ich, ich könnte es ihr genauso gut sagen. Diese Ehe war ein Chaos, und, ungeachtet der Wahrheit, waren diese beiden Menschen unglücklich. War Unglück der springende Punkt?

»Oh, ich weiß nicht. Zum Teil wegen des Geldes, denke ich«, meinte sie.

»Scheiß auf das Geld. Dies ist ein Staat, in dem es Gütertrennung gibt.«

»Genau das meine ich«, entgegnete sie. »Er würde mit der

Hälfte meines ganzen Besitzes davonkommen, und das kommt mir einfach unfair vor.«

Verdutzt sah ich sie an. »Das ist Ihr Geld?«

»Aber natürlich ist es meins«, erwiderte sie, dann veränderte sich ihr Gesichtsausdruck. »Er hat Ihnen erzählt, es sei seins, nicht?«

Ich zuckte unbehaglich die Achseln. »Mehr oder weniger. Er hat mir gesagt, er bringe Grundstücksgesellschaften zusammen.«

Einen Augenblick lang war sie überrascht, dann lachte sie.

Sie begann zu husten und klopfte sich auf die Brust. Dann drückte sie ihre Zigarette aus, indem sie auf dem Boden des Aschenbechers herumstocherte. Rauch kam aus ihren Nasenlöchern, als hätte ihr Gehirn Feuer gefangen. Sie schüttelte den Kopf, und das Lächeln verschwand. »Tut mir leid, aber der war mir neu. Was hat er sonst noch gesagt?«

Protestierend hielt ich eine Hand hoch. »Heh«, sagte ich. »Das reicht. Ich möchte dieses Spiel nicht mitspielen. Ich kenne Ihre Probleme nicht, und es ist mir egal ...«

»Sie haben ja Recht, Sie haben ja Recht. Mein Gott, wir müssen wie Idioten auf Sie wirken. Es tut mir Leid, dass Sie da hin eingezogen wurden. Es ist nicht Ihre Sache. Es ist meine. Wie viel schulde ich Ihnen für Ihre Zeit?« Sie wühlte in der Handtasche nach ihrem Scheckbuch und dem tollen Füller- und Kugelschreiberset aus Rosenholz.

Ich fühlte meine Wut wieder ansteigen. »Ich will kein Geld von Ihnen. Seien Sie nicht albern. Warum geben Sie mir zur Abwechslung nicht mal ein paar ehrliche Antworten?«

Sie blinzelte mich an, und die porzellanblauen Augen wurden glasig wie Eis auf dem Teich. »Worauf?«

»Elaines Nachbar behauptet, Sie seien zu Weihnachten hier gewesen und hätten mit Elaine dicken Krach gehabt. Sie haben mir gesagt, Sie hätten sie seit Jahren nicht mehr gesehen. Also, wie war es?«

Sie hielt mich hin, langte nach einer Zigarette, um Zeit zu haben, eine Antwort zu formulieren.

Ich drängte sie. »Los, Beverly. Sagen Sie mir einfach die Wahrheit. Waren Sie hier oder nicht?«

Sie nahm eine Streichholzschachtel, zog ein Streichholz heraus und strich es wiederholt erfolglos über die Reibfläche. Sie warf dieses, offenbar eine Niete, in den Aschenbecher und nahm ein zweites Streichholz heraus. Diesmal brachte sie es fertig, ihre Zigarette zu entzünden. »Ich bin hergekommen«, sagte sie vorsichtig. Sie klopfte die brennende Zigarette auf den Rand des Aschenbechers, als wollte sie Asche entfernen, wo noch gar keine war.

Wenn sie noch mehr Scheiß mit dieser Zigarette machte, würde ich einen Schreikrampf bekommen. »Haben Sie sich mit ihr gestritten oder nicht?«

Sie schlug wieder den offiziellen Ton an, und ihr Mund verzog sich geziert. »Kinsey, ich hatte gerade die Sache mit der Affäre herausgefunden. Natürlich haben wir uns gestritten. Genau das hatte Aubrey ja bezweckt, da bin ich sicher. Was hätten Sie denn getan?«

»Was macht das für einen Unterschied? Ich bin nicht mit ihm verheiratet, also wen schert es, verdammt noch mal, was ich getan hätte! Ich will wissen, warum Sie mich belogen haben.«

Sie starrte auf den Tisch. Ein störrischer Ausdruck kam auf ihr Gesicht.

Ich versuchte es auf eine andere Tour. »Warum haben Sie mich zurückgepfiffen? Warum wollten Sie nicht, dass ich die Polizei benachrichtige?«

Sie rauchte einen Moment lang, und ich dachte schon, sie hätte nicht vor, diese Frage zu beantworten. »Ich hatte Angst, dass er etwas getan haben könnte.«

Ich starrte sie an.

Sie bemerkte meinen Blick und beugte sich ernst vor.

»Er ist verrückt. Er ist ein wirklich verrückter Mann, und ich hatte Angst, dass er ... ich weiß nicht ... ich nehme an, ich hatte Angst, er hat sie umgebracht.«

»Umso mehr ein Grund, die Polizei zu rufen. Oder?«

»Sie verstehen mich nicht. Ich hätte die Polizei nicht auf diese Sache ansetzen können. Deshalb vor allem habe ich Sie engagiert. Als diese ganze Geschichte mit der Erbschaft losging, habe ich mir gar nichts dabei gedacht. Es war so eine unbedeutende Sache. Ich hatte einfach angenommen, sie würde das Papier unterschreiben und dem Anwalt schicken. Und dann, als mir klar wurde, dass niemand etwas von ihr gehört hatte, kam mir in den Sinn, dass etwas daran faul sein könnte. Was genau, wusste ich wohl auch nicht.«

»Aber als ich erwähnte, dass sie tot sein könnte, fiel der Groschen, richtig?« Ich klang gelangweilt. Ich klang auch verächtlich.

Unbehaglich rutschte sie hin und her. »Vorher. Ich glaube, ich hatte es nur einfach nie richtig in Worte gefasst, bevor Sie es aussprachen, und dann wurde mir klar, dass ich die Situation besser noch einmal neu durchdenken sollte, bevor ich in etwas einwilligte.«

»Wie kommen Sie darauf, dass Aubrey damit zu tun hat?«

»An jenem Tag ... als ich hierher kam, und Elaine und ich die Aussprache hatten ... da hat sie mir gesagt, dass die Affäre schon seit Jahren dauerte. Endlich hatte sie herausgefunden, dass Aubrey ein Psychopath war, und sie wollte versuchen, die Sache abzubrechen.« Sie hielt inne, und die blauen Augen schauten zu mir auf. »Sie verstehen das mit Aubrey noch nicht. Sie wissen nicht, wie er ist. Man *verlässt* ihn nicht einfach. Man bricht das nicht einfach ab. Ich habe selbst damit gedroht. Glauben Sie nicht, das wäre mir nicht in den Sinn gekommen. Aber ich habe es nie getan. Ich weiß nicht, was er täte, aber ich könnte niemals von ihm loskommen. Niemals. Er würde mir bis ans Ende der Welt folgen und mich zurückholen, bloß, dass er mich dann wirklich dafür bezahlen ließe.«

»Bev, ich muss Ihnen sagen, ich hab da meine Schwierigkeiten«, sagte ich.

»Das kommt, weil Sie darauf reingefallen sind. Er kam hier angetanzt, und er hat seine Nummer für Sie abgezogen. Er hat Sie prima reingelegt, und jetzt können Sie sich's nicht eingestehen, dass er es geschafft hat. Er hat das schon öfters gemacht. Er macht es mit jedem. Dieser Mann ist objektiv geisteskrank. Bis Reagan Gouverneur wurde, war er jahrelang in Camarillo gewesen. Erinnern Sie sich? Reagan kürzte den Staatshaushalt und setzte alle auf die Straße. Zu diesem Zeitpunkt kam Aubrey Danziger nach Hause, und seitdem ist mein Leben eine Hölle.«

Ich nahm einen Bleistift und klopfte auf den Rand des Schreibtischs, dann warf ich ihn zur Seite. »Ich werde Ihnen die Wahrheit sagen. Ich will Elaine finden. Das ist alles, was ich will. Ich bin wie ein junger Terrier. Jemand sagt mir, was ich tun soll, und das wird dann getan. Diese verdammte Sache würde mich bis ins Grab verfolgen. Ich werde herausfinden, was mit ihr geschehen ist und wo sie all die Monate war. Und Sie sollten besser beten, dass die Spur nicht zu Ihnen zurückführt.«

Sie stand auf. Sie nahm ihre Tasche und lehnte sich über den Schreibtisch. »Und Sie sollten besser beten, dass die Spur nicht zu Aubrey zurückführt, meine Liebe!«, zischte sie.

Und dann war sie weg und hinterließ das schwache Aroma von Whisky, den ich gerade in ihrem Atem gerochen hatte.

Ich zerrte meine Schreibmaschine hervor, tippte einen detaillierten Bericht für Julia und führte meine Ausgaben für die letzten paar Tage auf. Ich benötigte Zeit, um zu verarbeiten, was Beverly mir über Aubrey gesagt hatte. Es war wie das Paradoxon von den Eingeborenenstämmen, von denen einer immer lügt und der andere immer die Wahrheit sagt. Wie will man jemals bestimmen, welcher von beiden was tut? Aubrey hatte mir erzählt, Beverly sei wie Mr Hyde, wenn sie getrunken hatte. Sie hatte mir erzählt, er sei objektiv geisteskrank, aber sie hatte offensichtlich getrunken, als sie das sagte. Ich hatte nicht die leiseste Ahnung, wer von den beiden ehrlich war, und ich wusste auch nicht, wie ich das herausfinden sollte. Ich wusste nicht einmal, ob das eine Rolle spielte. War Elaine Boldt wirklich tot? Es war mir sicherlich mehr als einmal durch den Kopf gegangen, doch ich hatte mir nicht klar gemacht, dass Beverly oder Aubrey da mittendrin stecken könnten. Ich hatte in entgegengesetzter Richtung gesucht und irgendwie angenommen, Elaines Verschwinden hinge mit dem Mord an Marty Grice zusammen. Nun würde ich zurückgehen und die Suche neu beginnen müssen.

Zur Mittagszeit fuhr ich nach Hause und machte einen Lauf. Ich wusste, im Moment konnte ich nur Wasser treten, aber auf gewisse Weise musste ich einfach abwarten. Etwas würde aufbrechen. Irgendeine Information würde ans Licht kommen. In der Zwischenzeit fühlte ich mich angespannt, und das musste ich abarbeiten. Der Lauf war schlecht und brachte mich in eine miese Stimmung. Ich holte mir am Ende der ersten Meile Seitenstiche. Ich dachte, ich könnte sie abschütteln. Ich versuchte, meine Finger hineinzugraben und die Taille zu kneten, und dachte, bei einem Muskelkrampf müsste das helfen. Keine Chance. Dann versuchte ich, sie Atemzug um Atemzug hinauszustoßen, weiter von der Taille aus knetend. Die Schmerzen wurden nicht schlimmer, aber sie ließen auch nicht nach. Schließlich verlangsamte ich mein Tempo auf einen Gehschritt, bis sie abflauten, doch in dem Moment, in dem ich wieder mit dem Joggen begann, fraß sich der Stich wieder fest und bremste meinen Lauf. Inzwischen hatte ich die Wende erreicht, aber Rennen schien jetzt so sinnlos, dass ich die gesamten eineinhalb Meilen zu meiner Wohnung zurückging und fluchte. Mir war nicht einmal der Schweiß ausgebrochen, und meine Frustration hatte sich verdoppelt, statt sich zu verflüchtigen.

Ich duschte und zog mich wieder an. Ich wollte nicht ins Büro zurück, aber ich zwang mich. Ich würde ganz von vorne anfangen, zum Anfang zurückgehen und neue Linien ins Wasser ziehen müssen, um zu sehen, ob irgendwo einer anbiss. Meine ganze Trickkiste war jetzt so ziemlich aufgebraucht, doch es musste noch etwas anderes geben.

Als ich ins Büro kam, sah ich das Blinken des Signallichts am Anrufbeantworter. Ich öffnete die Türen, um ein bisschen Luft hereinzulassen, und drückte dann den Rücklaufknopf.

»Hallo, Kinsey. Hier ist Lupe vom Santa Teresa Travel. Es sieht so aus, als hätten Sie auf Ihrer Gepäckfährte den Vogel abgeschossen. Ich habe die Gepäckaufbewahrung von TWA angerufen und den Angestellten nachsehen lassen. Die vier Taschen standen genau da. Er sagte, er könne sie heute Nachmittag einem Flugzeug mitgeben, wenn Sie wollen. Würden Sie mich zurückrufen und Bescheid sagen, was Sie tun möchten?«

Ich stoppte das Band, schüttelte beide Fäuste in der Luft und rief mir mit einem fetten Grinsen zu »Na klaaar!« Zuerst rief ich Jonah an und erzählte ihm, was los war. Ich war wie elektrisiert. Das waren die ersten guten Nachrichten für mich, seit ich die Katze gefunden hatte. »Was soll ich machen, Jonah? Werde ich eine Art gerichtlicher Befugnis brauchen, um die Taschen zu öffnen?«

»Scheiß drauf. Schau, du hast die Aufbewahrungsscheine, oder?«

»Klar, sie liegen hier vor mir.«

»Dann flieg nach Florida runter und hol dir die Koffer.«

»Warum soll ich sie nicht einfach herfliegen lassen?«

»Angenommen, sie *steckt* in einem«, meinte er.

Das beschwor nun allerdings ein Bild, das mir gar nicht gefiel. Ich spürte, wie ich mich wand. »Glaubst du nicht, dass das inzwischen jemand *bemerkt* hätte? Du weißt schon, ein Geruch ... etwas, das heraustropft?«

»Hör mal, wir haben mal eine Leiche gefunden, die sechs Monate im Kofferraum eines Wagens gelegen hatte. Jemand hatte die Hacken in die Kehle einer Hure gehauen, und sie endete als

Mumie. Frag mich nicht wie oder warum, aber sie war überhaupt nicht verwest. Sie trocknete einfach aus. Sie sah aus wie eine große Lederpuppe.«

»Vielleicht sollte ich mir ein Flugzeug nehmen«, bemerkte ich.

An diesem Abend gegen zehn Uhr befand ich mich wieder in der Luft.

19

Als wir morgens um 4.56 Uhr östlicher Zeit landeten, nieselte es, und die Temperatur betrug schon fast zwanzig Grad. Es war noch dunkel draußen, aber im Flughafen herrschten das matte Licht und die künstliche Kühle eines Raumschiffes, das sich in hundertzehn Meilen Entfernung auf seiner Umlaufbahn dreht.

Zielstrebig gingen Frühreisende die ausgestorbenen Flure entlang, während sich Türen mit einem ›schsch‹-Geräusch automatisch öffneten und schlossen und das Lautsprechersystem ohne Hoffnung auf Reaktion immer weiter und weiter brummte. Soweit ich wusste, war der ganze Betrieb mechanisch und funktionierte um diese Zeit noch ohne jegliche menschliche Hilfe.

Das Büro des TWA-Gepäckservice öffnete nicht vor neun, also hatte ich noch Zeit totzuschlagen. Ich hatte kein eigenes Gepäck mitgebracht, nur eine große Leinentasche, in der ich eine Zahnbürste und den ganzen Krimskrams des täglichen Lebens aufbewahrte, einschließlich sauberer Unterhosen. Ich fahre niemals ohne Zahnbürste und saubere Unterhose weg. Um mich frisch zu machen, ging ich zur Damentoilette. Ich wusch mir das Gesicht und fuhr mir mit den feuchten Fingern durchs Haar. Dabei fiel mir auf, wie fahl meine Haut im Neonlicht wirkte. Eine Frau stand hinter mir und wechselte die Windeln eines dieser übergroßen Babys, die aussehen wie ein strenger

Erwachsener mit rosigen Wangen. Das Kind hatte den Blick ernsthaft auf mich gerichtet, während seine Mutter sich ihm zuwandte. Manchmal sehen mich Katzen auf diese Art an, als wären wir ausländische Agenten, die einander an einem abgelegenen Treffpunkt geheime Signale zusenden.

An einem Stand machte ich Halt, um mir eine Zeitung zu kaufen. Ein Coffee-Shop hatte geöffnet, und ich besorgte mir Rühreier, Schinken, Toast und Saft und nahm mir viel Zeit fürs Frühstück. Dabei las ich eine menschlich nahe gehende Geschichte über einen Mann, der sein ganzes Geld einem Hirtenstar-Vogel vererbt hatte. Vor sieben Uhr morgens kann ich mir die Titelseite einfach nicht antun.

Um Viertel vor neun, nachdem ich zweimal von einem Ende des Flughafens zum anderen gelaufen war, postierte ich mich mit einem Gepäckwagen, den ich mir für einen Dollar gemietet hatte, in der Nähe der Gepäckaufbewahrung. Ich sah Elaines Koffer säuberlich auf der einen Seite des verschlossenen Schrankes mit der Glastür aufgestapelt. Es schien, als hätte sie jemand vorsichtshalber schon unter dem Stapel hervorgezerrt. Schließlich schloss ein Mann mittleren Alters in einer TWA-Uniform mit einem klingelnden großen Schlüsselbund die kleine Kabine auf und schaltete das Licht ein. Das wirkte, als würde sich der Vorhang zu einem Einakter mit anspruchslosem Bühnenbild öffnen.

Ich stellte mich mit den Gepäckscheinen vor. Dann folgte ich ihm zu den Lagerschränken und wartete, während er die Koffer herauszog und sie auf den Wagen packte. Ich hatte erwartet, dass er mich nach meinen Papieren fragen würde, aber anscheinend war es ihm egal, wer ich war. Vielleicht sind herrenlose Taschen wie ein Wurf unerwünschter Kätzchen. Er war einfach dankbar, dass sie ihm jemand abnahm.

Als der Stand von Penny-Car Rental öffnete, mietete ich mir einen Kombi. Ich hatte Julia am Abend vorher angerufen, also wusste sie Bescheid, dass ich kam. Nun musste ich nur noch den

Highway wieder finden und Richtung Norden fahren. Draußen schob ich den Gepäckwagen in die Spur, in der das gemietete Auto geparkt war. Der Nieselregen legte sich wie eine Schicht Seide auf meine Haut. Die Morgenluft war heiß und schwül und roch nach Regen und den Auspuffgasen der Jets. Ich lud die Taschen in den Kofferraum und fuhr nach Boca. Erst als ich auf dem Parkplatz der Wohnanlage angekommen war und die Koffer einen nach dem anderen wieder auslud, fiel mir auf, dass alle vier verschlossen waren und ich keinen Schlüssel hatte. Tja, das war ja reizend. Vielleicht hatte Julia eine Idee. Ich schleppte sie zum Aufzug hinüber, fuhr in den dritten Stock und zerrte sie in zwei Gängen vor Julias Eingangstür.

Ich klopfte und wartete eine lange Weile lang, während Julia mit ihrem Stock zur Tür humpelte und mir Mut zurief.

»Ich komme. Nicht aufgeben. Jetzt noch sechs Fuß zu gehen, und ich komme schnell näher.«

Auf meiner Seite der Tür lächelte ich und schielte zu Elaines Apartment hinüber. Kein Lebenszeichen. Sogar die Fußmatte war hereingenommen oder weggeworfen worden und hatte ein Rechteck aus feinem Sand hinterlassen, der durch die Borsten gefiltert worden war.

Julias Tür öffnete sich. Der vom Alter gekrümmte Rücken lag ihr wie ein Gewicht zwischen den Schulterblättern und zwang sie, sich unter seiner Last zu beugen. Sie schien auf meine Taille zu starren und neigte den Kopf mit den Löwenzahnfusseln seitwärts, damit sie zu mir hochschauen konnte. Ihre Haut wirkte dünn wie Gummi, über ihre Hände gezogen wie Operationshandschuhe. Ich sah Venen, zerstörte Kapillare und ihre Fingergelenke, die knotig wie ein Seil waren. Das Alter machte sie durchsichtig und zerdrückte sie von beiden Seiten aus wie eine Dose Sodawasser.

»Ja, Kinsey! Ich wusste, dass Sie das sein würden. Seit sechs Uhr heute Morgen bin ich schon wach und freue mich auf diesen Moment. Kommen Sie rein.«

Sie humpelte zur Seite und machte mir Platz. Ich stellte die vier Koffer durch die Tür und schloss sie hinter mir. Sie klopfte mit dem Stock darauf. »Ich erkenne sie.«

»Leider sind sie verschlossen.«

Jede der vier Taschen hatte offensichtlich ein Kombinationsschloss. Die Zahlen waren auf einer in den Metallhaken eingefügten Ziffernskala angeordnet.

»Wir werden ein bisschen Dektektivarbeit leisten müssen«, meinte sie befriedigt. »Möchten Sie erst mal einen Kaffee? Wie war Ihr Flug?«

»Sehr gerne«, erwiderte ich. »Der Flug war nicht schlecht.«

Julias Wohnung war voll mit Antiquitäten: eine sonderbare Mischung aus viktorianischen Stücken und orientalischen Möbeln. Sie hatte ein riesiges geschnitztes Kirschbaum-Sideboard mit einer Auflage aus Marmor, ein schwarzes Rosshaar-Sofa, eine raffinierte Spanische Wand aus Elfenbein, Jadefiguren, einen Schaukelstuhl, zwei Zinnoberlampen, Perserbrücken, einen Pfeilerspiegel in einem dunklen Mahagonirahmen, ein Piano, auf dem ein Fransenschal lag, Spitzengardinen, Wandteppiche aus bestickter Seide. Ein großer, tragbarer Fernsehapparat mit einem Fünfundzwanzig-Inch-Bildschirm protzte auf der gegenüberliegenden Seite des Raumes, umgeben von Familienfotografien in schweren Silberrahmen. Der Fernseher war ausgestellt und sein leeres graues Gesicht war merkwürdig anziehend in einem Raum, der voller Erinnerungsstücke steckte. Das einzige Geräusch in dem Apartment war das stetige Ticken einer Großvateruhr. Es klang, als würde jemand mit einem Paar Trommelstöcken auf Hartplastik klopfen.

Ich ging in die Küche, kochte Kaffee für uns beide und brachte ihn ins Wohnzimmer. Die Tassen klingelten leise in den Untertassen, wie das Zittern eines kleineren kalifornischen Erdbebens. »Sind das Familienerbstücke? Einige der Sachen sind wunderschön.«

Julia lächelte und wackelte mit dem Stock. »Ich bin die letzte aus unserer Familie, die noch lebt, deshalb habe ich all dies durch Unterlassung geerbt. Ich war die jüngste in einer Familie mit elf Kindern, und meine Mutter sagte, ich sei zänkisch. Jedes Mal schwor sie, ich würde gar nichts erben, aber ich hielt einfach den Mund und wartete ab. Tatsächlich, sie starb, mein Vater starb. Ich hatte acht Schwestern und zwei Brüder, und sie alle starben. Stück für Stück floss mir nun alles zu, obwohl ich zur Zeit kaum Platz habe, alles hinzustellen. Letztlich muss man doch alles abgeben. Man beginnt mit einem Zehn-Zimmer-Haus, und schließlich findet man sich in einem Pflegeheim gestrandet wieder, das nur Platz für einen Nachttisch und einen Kerzenhalter hat. Nicht, dass ich vorhabe, mir das antun zu lassen.«

»Nach dem, was ich gesehen habe, sind Sie in der Lage, so ziemlich überall hinzugehen.«

»Nun, das hoffe ich. Ich werde so lange wie möglich aushalten und dann die Tür verrammeln und verriegeln und mir mein Ende selbst bereiten, falls die Natur mir nicht zuvorkommt. Ich hoffe, ich werde eines Nachts in meinem Bett sterben. Im Bett bin ich geboren worden, und ich stelle es mir nett vor, auch darin zu sterben. Haben Sie eine große Familie?«

»Nein, nur mich. Ich wurde von einer Tante aufgezogen, aber sie starb vor zehn Jahren.«

»Ach, dann sitzen wir ja im selben Boot. Ist es nicht erholsam?«

»So kann man's auch nennen«, meinte ich.

»Ich komme aus einer Familie, die aus Kreischern und Raufbolden bestand. Alle warfen mit Gegenständen herum. Gläser, Teller, Tische, Stühle, alles, was sie in die Finger bekamen. Immer war die Luft voll mit fliegenden Waffen – Dinge, die von einer Seite des Zimmers zur anderen schossen und, wenn sie trafen, ein großes Geheul hervorriefen. Das waren fast alles Mädchen, wissen Sie, aber wir hatten alle tödliche Absichten. Ich hatte eine Schwester, die hat mal eine Grapefruit wie einen angeschnittenen Ball nach mir geworfen und mich damit aus dem Hochstühlchen gekickt. Überall flog der Haferschleim herum. Eulalie hieß sie. Wenn ich heute daran zurückdenke, fällt mir auf, dass wir sehr gewöhnlich waren, aber effektiv. Wir haben alle im Leben bekommen, was wir wollten, und nie hat uns jemand Hilflosigkeit oder Feigheit vorwerfen können. Nun denn. Nehmen wir diese Taschen in Angriff. Wenn es hart auf hart kommt, können wir sie immer noch über den Balkon werfen. Ich bin sicher, dass sie sich öffnen, wenn sie unten auf das Pflaster schlagen.«

Wir gingen das Problem an, als hätten wir einen Code zu knacken. Julias Theorie, die sich als richtig herausstellte, war, dass sich Elaine eine Kombination von Zahlen ausgedacht hatte, die in ihrem Leben eine Rolle gespielt hatten. Ihre Hausnummer, Postleitzahl, Telefonnummer, Sozialversicherungsnummer, Geburtsdatum. Jede von uns suchte sich eine Zahlengruppe aus und begann an unterschiedlichen Taschen zu arbeiten. Beim dritten Versuch erzielte ich den Treffer mit den letzten vier Zahlen ihres Sozialversicherungsausweises. Alle vier Koffer waren mit dem gleichen Nummerncode verschlossen, was die Aufgabe erleichterte.

Wir öffneten sie auf dem Wohnzimmerboden. Sie waren mit genau den Dingen gefüllt, die man hätte erwarten können: Kleider, Modeschmuck, Shampoo, Deodorant, Slippers, Badeanzug. Aber sie waren in einem Durcheinander gepackt, wie man es nur aus den Filmen kennt, wo die Frau den Ehemann mitten in einem bösen Krach verlässt. Die Kleiderbügel befanden sich noch in den aufgehängten Sachen; die Kleider waren einfach übereinander geschlagen und hineingepackt worden, mit den Schuhen oben drauf. Es sah aus, als wären Schubladen umgedreht und in die größte der Taschen entleert worden. Julia war zum Schaukelstuhl hinübergehumpelt und saß nun da und stützte sich auf ihrem Stock ab, als wäre sie eine schwerfällige Pflanze. Ich setzte mich auf das Rosshaarsofa und starrte auf die Koffer. Unbehaglich schaute ich Julia an.

»Das gefällt mir nicht«, begann ich. »Nach alledem, was ich über Elaine weiß, war sie schon fast zwanghaft ordentlich. Sie hätten sehen sollen, wie sie ihre Wohnung hinterlassen hat ... alles war eben so ... sauber, ordentlich, aufgeräumt. Kommt sie Ihnen vor wie ein Typ, der so packen würde?«

»Höchstens, wenn sie in schrecklicher Eile war«, antwortete Julia.

»Ja, das könnte sie tatsächlich gewesen sein, aber ich glaube trotzdem nicht, dass sie so packen würde.«

»Was haben Sie im Sinn? Was meinen Sie, könnte das bedeuten?«

Ich berichtete ihr von dem doppelten Paar Flugtickets und der Zwischenlandung in St. Louis und all den anderen Fakten, von denen ich meinte, dass sie dazugehörten. Es war schön, jemanden zu haben, an dem man seine Gedanken ausprobieren konnte. Julia war gescheit, und sie zog genauso gern wie ich an dem ein oder anderen Knoten.

»Ich bin nicht davon überzeugt, dass sie jemals hier angekommen ist«, meinte ich. »Darauf haben wir sowieso nur Pat Ushers Wort, und darauf gibt keiner von uns beiden viel. Vielleicht ist sie aus irgendeinem Grund in St. Louis aus dem Flugzeug gestiegen.«

»Ohne ihr Gepäck? Und Sie sagten, sie habe ihren Reisepass ebenfalls zurückgelassen, also was sollte sie dann gemacht haben?«

»Nun, sie hatte immerhin diesen Luchsmantel«, erwiderte ich, »den sie versetzt oder verkauft haben könnte.« Bei dem Thema hatte ich wieder einen dieser nagenden kleinen Gedanken im Kopf, den ich aber im Moment nicht klar fassen konnte.

Julia winkte ab. »Ich glaube nicht, dass sie ihren Mantel verkauft hat, Kinsey. Warum hätte sie das tun sollen? Sie hat eine Menge Geld, Aktien, Wertpapiere, Guthaben. Sie hätte es nicht nötig, etwas zu versetzen.«

Ich grübelte darüber nach. Sie hatte natürlich Recht. »Ich

frage mich immer noch, ob sie tot ist. Das Gepäck ist hier angekommen, aber sie hat es nie geschafft. Vielleicht liegt sie irgendwo in einer Leichenhalle, mit einem Schild um den Zeh.«

»Meinen Sie, dass sie jemand aus dem Flugzeug gelockt und dann umgebracht hat?«

Nicht so recht überzeugt, wiegte ich den Kopf hin und her. »Ich weiß nicht. Es ist möglich. Es ist genauso gut möglich, dass sie die Reise überhaupt nicht angetreten hat.«

»Ich dachte, Sie hätten mir erzählt, dass sie jemand gesehen hat, als sie das Flugzeug bestieg. Dieser Taxifahrer, von dem Sie sprechen.«

»Das war keine richtig positive Identifikation. Ich meine, ein Taxifahrer nimmt einen Fahrgast auf, und die Frau behauptet, sie sei Elaine Boldt. Er hat sie noch nie im Leben gesehen, also wer weiß? Er nimmt sie einfach beim Wort, wie wir es alle tun würden. Woher wollen Sie wissen, dass ich Kinsey Millhone bin? Weil ich sage, dass ich es bin. Jemand könnte sich für sie ausgegeben haben, ich meine, bloß, um mal eine Theorie aufzustellen.«

»Wozu?«

»Also, *das* weiß ich natürlich nicht. Wir haben ein Frauenpärchen, das so was zu Stande gebracht haben könnte. Zum einen ihre Schwester Beverly.«

»Und zum anderen Pat Usher«, ergänzte Julia.

»Pat hat davon profitiert, dass Elaine von der Bildfläche verschwunden war. Sie hatte monatelang eine mietfreie Wohnung in Boca.«

»Das wäre das erste Mal, dass ich von jemandem höre, der für Kost und Logis mordet«, entgegnete sie scharf.

Ich lächelte. Ich wusste, dass wir umhertappten, aber vielleicht würden wir über etwas stolpern. Im Moment konnte ich eine Pause gebrauchen. »Hat Pat wie versprochen ihre Nachsendeadresse hinterlassen?«

Julia schüttelte den Kopf. »Charmaine sagt, sie hat eine dagelassen, aber das war eine Finte. Sie packte und ging am selben Tag, als Sie hier waren, und seitdem hat sie keiner mehr gesehen.«

»Ach Scheiße. Ich wusste, dass sie das tun würde.«

»Nun, es lag nicht an Ihnen, das zu verhindern«, sagte sie nachsichtig.

Ich lehnte meinen Kopf an die Sofalehne zurück und trieb Gedankenspielchen. »Es könnte auch Beverly gewesen sein, wissen Sie. Vielleicht hat Bev sie in der Damentoilette im Flughafen von St. Louis kaltgemacht.«

»Oder hat sie in Santa Teresa umgebracht und sich von da an für sie ausgegeben. Vielleicht war sie es, die die Koffer gepackt und das Flugzeug genommen hat.«

»Versuchen Sie es anders herum«, meinte ich. »Denken Sie an Pat. Ich meine, was, wenn Pat Usher für Elaine eine Fremde gewesen ist, einfach jemand, den sie im Flugzeug kennen gelernt hatte. Vielleicht sind sie ins Gespräch gekommen, und Pat wurde klar –« Als ich Julias Gesichtsausdruck wahrnahm, ließ ich den Gedanken fallen. »Es hört sich ganz schön lahm an«, räumte ich ein.

»Ach, warum denn – ein bisschen Spekulation kann nicht schaden. Vielleicht kannte Pat sie schon in Santa Teresa und ist ihr hierher gefolgt.«

Ich ließ mir das durch den Kopf gehen. »Nun, ja. Ich glaube, das wäre möglich. Tillie sagt, sie hat von Elaine – zumindest nimmt sie an, dass es Elaine war – bis März per Postkarte gehört, aber auch die Karten könnte jemand gefälscht haben.«

Ich erzählte ihr von meinen Gesprächen mit Aubrey und Beverly, und als ich mittendrin war, rastete mein Gedächtnis wieder ein; einer dieser wundervollen kleinen Gedankenblitze, wie ein schneller elektrischer Schlag, wenn ein Stecker nicht mehr in Ordnung ist. »Oh, warten Sie. Gerade ist mir etwas eingefallen. Elaine hatte eine Rechnung von einem Kürschner hier in Boca bekommen. Was, wenn wir ihn aufspüren und herausfinden könnten, ob er den Mantel gesehen hat? Das könnte uns auf eine Spur bringen.«

»Welcher Kürschner? Wir haben hier einige.«

»Ich muss Tillie fragen. Kann ich in Kalifornien anrufen? Wenn wir den Mantel finden, bekommen wir vielleicht auch eine Verbindung zu ihr.«

Julia schwenkte den Stock Richtung Telefon. In wenigen Minuten hatte ich Tillie am Apparat und erzählte ihr, was ich benötigte.

»Nun, du weißt ja, dass die Rechnung zusammen mit dem Rest gestohlen wurde, aber ich habe gerade noch eine erhalten. Warte, ich werde nachsehen, was drinsteht.« Sie legte den Hörer hin und ging los, um die Post zu holen.

Dann kam sie an den Apparat zurück. »Sie wurde gemahnt. Es ist die zweite Zahlungsaufforderung von einem Laden namens Jacques – sechsundsiebzig Dollar für Reinigung und zweihundert Dollar für Kürzen des Mantels. Warum hat sie das nur gemacht? Mit der Hand ist ein kleines lachendes Gesicht darunter gemalt: ›Danke für Ihren Auftrag‹ – gefolgt von einem traurigen Gesicht: ›Hoffentlich ist die Verzögerung nur ein Versehen‹. Es sind noch ein paar Rechnungen angekommen. Mal nachsehen, was drinsteht.«

Ich hörte, wie Tillie auf ihrer Seite der Leitung Umschläge aufriss.

»Huch. Tja, das sind alles Zahlungsaufforderungen. Sieht aus, als hätten sich eine Menge Mahnungen angesammelt. Mal sehen. Oje. Visa, MasterCard. Das neueste Datum darauf ist ungefähr zehn Tage her, aber vermutlich war das einfach das Ende des Abrechnungszeitraums. Sie wird aufgefordert, ihre Karten nicht mehr zu benutzen, bis sie die Schulden beglichen hat.«

»Kann man daraus ersehen, wo sie ihre Einkäufe gemacht hat? War sie irgendwo in Florida?«

»Ja, scheint größtenteils Boca Raton und Miami zu sein, aber das kannst du dir selbst ansehen, wenn du zurückkommst. Da ich nun die Schlösser ausgetauscht habe, sollten sie hier sicher sein.«

»Danke, Tillie. Kannst du mir die Adresse des Kürschners geben?«

Ich machte mir eine Notiz und bekam eine Wegbeschreibung von Julia. Dann verließ ich sie und ging zum Parkplatz hinunter. Der Himmel war drohend grau, und in der Ferne rollte der Donner, als ob Möbelpacker ein Piano über eine hölzerne Rampe schoben. Es war heiß und ruhig, und das Licht war von einem grellen Weiß, das den Rasen in ein phosphoreszierendes Grün verwandelte. Ich hoffte, dass ich meine Geschäfte erledigt hatte, bevor mich der Regenguss erwischen konnte.

Jacques lag in der Mitte einer eleganten Einkaufsfläche, die von einem Schatten spendenden Gitterwerk überdacht und mit zierlichen Birken in großen hellblauen Töpfen bepflanzt war. Kleine italienische Lampen waren durch das Geäst gewunden und funkelten in der Düsterkeit des herannahenden Sturmes wie zu einem verfrühten Weihnachten. Die Geschäftsfront war in taubengrauem Granit gehalten, und die Tauben, die über den Gehweg stolzierten, wirkten, als wären sie nur wegen ihres dekorativen Effekts dahingebracht worden. Selbst das Geräusch, das sie machten, wirkte kultiviert; ein leises kullerndes Murmeln, das über der Morgenluft lag wie Münzen, die in der Hand eines Kaufmanns klingeln.

Die Schaufensterdekoration von Jacques war kunstvoll gemacht. Ein goldfarbener Zobelmantel lag nachlässig über einer Düne feinen weißen Sands vor einem himmelblauen Hintergrund. Büschel von Seehafer wuchsen auf dem Gipfel der Düne, und ein Einsiedlerkrebs hatte die Oberfläche überquert und eine schmale Spur hinterlassen, die wie Stickerei aussah. Es war, als wäre ein kleiner Moment der Zeit eingefroren worden: Eine Frau – eine unbekümmerte und reiche – war zum Ufer gekommen und hatte diesen köstlichen Pelz abgeschüttelt, um nackt im Meer zu baden – oder vielleicht liebte sie jemanden auf der gegenüberliegenden Seite der Düne. Wie ich so dastand, hätte ich schwören können, dass sich die Gräser im nicht existierenden Wind bogen, und ich konnte fast den Hauch von Parfüm riechen, den sie in ihren Fußstapfen hinterlassen hatte.

Ich drückte die Tür auf und ging hinein. Wenn ich das Geld gehabt und darauf gestanden hätte, pelzige Kreaturen auf dem Rücken zu tragen, ich hätte Tausende in diesem Laden gelassen.

20

Der Innenraum war in gedämpften Blautönen gehalten. Die hohe Decke wurde von einem glitzernden Kronleuchter beherrscht. Kammermusik hallte durchs Zimmer, als würde irgendwo außerhalb des Blickfeldes ein Streichquartett sägen. Chippendale-Stühle waren zu anmutigen Sitzgruppen arrangiert, und Spiegel mit wuchtigen vergoldeten Rahmen zierten die Wand. Das einzige Detail, das den ansonsten perfekten Eindruck eines Salons aus dem achtzehnten Jahrhundert ruinierte, war die kleine Kamera in der Ecke oben, die jeden meiner Schritte überwachte. Ich war mir nicht sicher, warum. Ein Pelz war nicht in Sicht, und die Möbel waren wahrscheinlich am Boden festgenagelt. Ich steckte die Hände in meine hinteren Hosentaschen, um zu zeigen, dass ich wusste, wie ich mich zu benehmen hatte. Ich sah zufällig mein Spiegelbild. Da stand ich in verblichenen Jeans und Armeehemd in dieser Rokoko-Umgebung und sah wie etwas aus, das durch den Fehler einer Zeitmaschine hierher verschlagen worden war. Ich ließ die Muskeln spielen und überlegte, ob ich wieder mit dem Gewichtheben anfangen sollte. Der Bizeps ließ meinen rechten Arm aussehen wie eine Schlange, die gerade etwas sehr Kleines gegessen hatte, beispielsweise ein Sockenknäuel.

»Ja?«

Ich drehte mich um. Der Mann, der da stand, sah genauso fehl am Platze aus wie ich. Er war mächtig, wog vielleicht hundertdreißig Kilogramm und trug einen Kaftan, der ihn wie ein aufgeplatztes Zelt mit eingebautem Aluminiumrahmen aussehen ließ. Er war Mitte sechzig und hatte ein Gesicht, das ein Lifting nötig gehabt hätte. Die Augenlider waren schlaff, und er hatte einen herabhängenden Mund und ein großes Doppelkinn. Was von seinen Haaren übrig geblieben war, war ihm zu den Ohren heruntergerutscht. Ich war nicht sicher, aber ich dachte, er hätte ein unanständiges Geräusch unter seinem Rock gemacht. »Ich möchte mit Ihnen über eine überfällige Rechnung sprechen«, begann ich.

»Ich habe eine Buchhalterin, die sich darum kümmert. Sie ist nicht hier.«

»Jemand hat einen Zwölftausend-Dollar-Luchsmantel zum Reinigen und Kürzen hier gelassen. Sie hat die Rechnung nie bezahlt.«

»So?«

Dieser Typ brauchte sich nicht nur auf sein gutes Aussehen zu verlassen. Er war auch noch ausgesprochen reizend.

»Ist Jacques hier?«, fragte ich.

»Mit dem sprechen Sie gerade. Ich bin Jack. Wer sind Sie?«

»Kinsey Millhone«, erwiderte ich. Ich nahm eine Karte heraus und reichte sie ihm. »Ich bin Privatdektektivin aus Kalifornien.«

»Kein Scherz«, staunte er. Er starrte erst auf die Karte, dann auf mich. Misstrauisch sah er sich um, als könnte das ein Gag für *Verstehen Sie Spaß?* sein. »Was wollen Sie von mir?«

»Ich bin auf der Suche nach Informationen über die Frau, die den Mantel hierher gebracht hat.«

»Haben Sie eine Vorladung?«

»Nein.«

»Haben Sie das Geld, das sie uns schuldet?«

»Nein.«

»Also, warum belästigen Sie mich dann? Ich habe keine Zeit für so was. Ich muss arbeiten.«

»Was dagegen, wenn ich mit Ihnen rede, während Sie arbeiten?«

Er starrte mich an. Sein Atem machte dieses schnaubende Geräusch, das dicke Leute manchmal von sich geben. »Nein, bitte. Warum nicht? Machen Sie sich's bequem.«

Ich folgte ihm in den großen, voll gestopften hinteren Raum und sog dabei seinen Geruch ein. Er roch wie etwas, das den Winter in einem Käfig verbracht hatte.

»Seit wann nähen Sie Pelze?«, fragte ich.

Er drehte sich um und sah mich an, als hätte ich ihn in einer Fremdsprache angesprochen.

»Seit ich zehn war«, erwiderte er schließlich. »Mein Vater nähte Pelze, und sein Vater vor ihm.«

Er deutete auf einen Hocker, und ich setzte mich hin und stellte die große Handtasche zu meinen Füßen. Zu meiner rechten stand ein langer Arbeitstisch, auf dem ein grobes Schnittmuster aus braunem Papier ausgebreitet war. Das rechte Vorderteil eines Nerzmantels war zusammengefügt worden, und offensichtlich arbeitete er immer noch daran. Die Wand zur Linken war mit aufgehängten Papierschnittmustern bedeckt, und vor mir standen verschiedene ziemlich antik wirkende Nähmaschinen. Jede zur Verfügung stehende Fläche war mit Fellen, Schnipseln, unfertigen Mänteln, Büchern, Zeitschriften, Kisten, Katalogen bedeckt. Zwei Schneiderpuppen standen Seite an Seite, wie Zwillinge, die verlegen für einen Fotografen posierten. Der Laden erinnerte mich an eine Schusterwerkstatt, alles voll Ledergeruch und Maschinen und der Aura handwerklichen Könnens. Er nahm den Mantel auf und untersuchte ihn genau. Dann langte er nach einem Schneidegerät mit einer übel geschwungenen Klinge. Er schaute zu mir auf. Seine Augen hatten den gleichen Braunton wie der Nerz.

»Also, was wollen Sie wissen?«

»Erinnern Sie sich an die Frau?«

»Ich kenne den Mantel. Natürlich erinnere ich mich an die Frau, die ihn hergebracht hat. Mrs Boldt, nicht wahr?«

»Ja, genau. Können Sie mir sagen, wann Sie sie das letzte Mal gesehen haben?«

Sein Blick fiel auf den Pelz zurück. Er machte einen Schnitt. Dann ging er zu einer der Maschinen hinüber und bedeutete mir, ihm zu folgen. Er setzte sich auf einen Hocker und begann zu nähen. Jetzt sah ich, dass das, was ich zuerst für eine altmodische Singer gehalten hatte, tatsächlich eine speziell zum Pelznähen angefertigte Maschine war. Er legte die zwei zurechtgeschnittenen Stücke vertikal aneinander, mit der Pelzseite nach innen, und fasste sie mit dem Greifer, der aus zwei flachen Metallscheiben bestand, wie große Silberdollar, die man Rand an Rand legt. Die Maschine nähte die Lederränder zusammen, während er geschickt den Pelz aus dem Weg schob, damit er nicht mit in die Naht gefasst wurde. Der ganze Vorgang dauerte ungefähr zehn Sekunden. Er spreizte die Naht und glättete sie auf der Rückseite mit dem Daumen. In dem Leder waren vielleicht sechzig gleichartige Schnitte im Abstand von einem Viertelzoll. Ich wollte ihn fragen, was er da machte, aber ich mochte ihn nicht ablenken.

»Im März kam sie herein und sagte, sie wolle den Mantel verkaufen.«

»Woher wussten Sie, dass er wirklich ihr gehörte?«

»Weil ich nach ihren Papieren gefragt habe, und nach der Verkaufsquittung.« Der gereizte Ton war wieder da, aber ich ignorierte ihn.

»Sagte sie, warum sie ihn verkaufen wollte?«

»Sie meinte, sie habe ihn satt. Sie wollte Nerz, vielleicht blond, also bot ich ihr Kredit gegen etwas aus dem Geschäft an, aber sie sagte, sie wolle das Bargeld, also sagte ich, ich würde sehen, was sich machen ließe. Ich war nicht gerade wild darauf, Bargeld für einen gebrauchten Mantel zu bezahlen. Normalerweise handele ich nicht mit gebrauchten Pelzen. Dafür gibt es hier keinen Markt, und es ist eine Scheißarbeit.«

»Ich nehme an, Sie haben für sie eine Ausnahme gemacht.«

»Also, ja, hab ich. Die Sache ist die, dieser Luchsmantel war in einem perfekten Zustand, und meine Frau hängt mir schon seit Jahren in den Ohren, ihr einen zu besorgen. Sie hat zwar schon fünf Mäntel, aber als dieser hereinkam, dachte ich … was soll's, zum Teufel? Mach das alte Mädchen glücklich. Was macht mir das schon aus? Mrs Boldt und ich feilschten, und schließlich bekam ich den Mantel für fünftausend, was für uns beide ein gutes Geschäft bedeutete, zumal ich noch den passenden Hut dazu bekommen habe. Ich sagte ihr, sie müsse die Reinigung und das Kürzen bezahlen.«

»Warum kürzen?«

»Meine Frau ist kleiner als einsfünfzig. Wenn Sie ihre genaue Größe wissen wollen: Sie ist einsneunundvierzig Komma acht, aber sagen Sie ihr niemals, dass ich Ihnen das erzählt habe. Sie betrachtet es als eine Art Geburtsfehler. Haben Sie so etwas auch schon mal bemerkt? Kleine Frauen werden so. Vom Teenageralter an beginnen sie, so komische Schuhe zu tragen, und versuchen, wie große Menschen auszusehen, obwohl sie's nicht sind. Wissen Sie, was sie schließlich machte? Sie lernte Rollschuhlaufen. Sie sagte, das sei das einzige Mal gewesen, dass sie sich wie ein richtiger Mensch gefühlt hätte. Jedenfalls dachte ich, ich schenke ihr diesen Luchs. Er ist prächtig. Kennen Sie den Mantel?«

Ich schüttelte den Kopf. »Ich habe ihn nie gesehen.«

»Oh, dann kommen Sie mal mit. Sie müssen einen Blick darauf werfen. Ich habe ihn gleich hier hinten. Noch habe ich ihn nicht gekürzt.«

Er ging nach hinten, und ich trottete gehorsam hinterher. Er öffnete die massive Metalltür zu seiner Stahlkammer. Kalte Luft wehte uns entgegen wie aus einem Kühlhaus. Pelzmäntel hingen in Doppelständern zu beiden Seiten. Ihre Ärmel berührten sich fast, als würden Hunderte von Frauen mit dem Rücken zu uns aufgereiht dastehen. Er ging den Gang hinunter, prüfte beim Gehen Mäntel und schnaufte von der Anstrengung. Er musste wirklich ein bisschen abnehmen. Sein Atem klang, als würde sich jemand auf einer Ledercouch niederlassen, und das kann einfach nicht von guter Gesundheit zeugen.

Er nahm einen Pelz vom oberen Ständer, und wir verließen den kalten Lagerraum. Schallend schloss sich die Tür hinter uns. Er hielt Elaine Boldts Mantel hoch, damit ich ihn betrachten konnte. Der Luchs war zweifarbig – weiß und grau in einem delikaten Ton, und die Felle waren so angeordnet, dass jeder Streifen in einem spitz zulaufenden Punkt am Saum endete. An meinem Gesichtsausdruck musste er erraten haben, dass ich nie zuvor einen so teuren Mantel von nahem gesehen hatte.

»Hier. Probieren Sie ihn an«, forderte er mich auf.

Einen Moment lang zögerte ich, dann schlüpfte ich in den Mantel. Ich zog ihn um mich herum und blickte mich im Spiegel an. Der Mantel hing fast bis ans Schienbein, und die Schultern traten wie Schutzpolster für irgendeine seltsame neue Sportart hervor.

»Ich sehe aus wie ein Yeti«, meinte ich.

»Sie sehen großartig aus«, entgegnete er. Er schaute von mir weg auf mein Spiegelbild. »Wir werden ihn ein bisschen umlegen. Die Ärmel kürzen. Oder vielleicht steht Ihnen ein Fuchs besser, wenn Ihnen dieser nicht gefällt.«

Ich lachte. »Bei meinem Einkommen finde ich es schon erstklassig, ein Sweatshirt mit einem Reißverschluss vorne zu besitzen.« Ich zog den Mantel aus, reichte ihn hinüber und kam zum Thema zurück. »Warum haben Sie ihr den Mantel bezahlt, bevor sie Ihnen das Geld gab? Warum haben Sie nicht Ihre Unkosten von den fünf Riesen abgezogen und ihr für die Differenz einen Scheck gegeben?«

»Die Buchhalterin wollte es so. Fragen Sie mich nicht, warum. Es wird sowieso nicht so viel kosten, ihn reinigen zu lassen, und die Änderungen mache ich selbst, also was ist das schon? Ich habe ein gutes Geschäft gemacht. Adele hat sie wahrscheinlich ganz selbstverständlich wegen der Zahlung gemahnt, aber ich kann mich über die ganze Sache nicht aufregen.«

Während er den Mantel ins Kühlhaus zurückbrachte, ging ich zu meiner Tasche und nahm das Polaroidfoto von Elaine und Marty heraus, das Tillie Ahlberg mir gegeben hatte.

Als er wieder herauskam, zeigte ich es ihm. »Ist das die Frau, mit der Sie verhandelt haben?«

Er sah kurz darauf und gab es zurück.

»Nee. Von diesen beiden Frauen habe ich keine jemals im Leben gesehen«, meinte er.

»Wie sah sie aus?«

»Wie soll ich das wissen? Ich habe sie nur einmal gesehen.«

»Jung, alt? Klein, groß? Dick, dünn?«

»Ja, so ungefähr. Sie war mittleren Alters und hatte so blonde Haare. Und sie war Kettenraucherin. Ich würde sie nicht wieder reinkommen lassen, weil ich diesen Rauch in der Nähe meiner Felle nicht leiden kann.«

»Wie hat sie sich ausgewiesen?«

»Sie wissen schon. Mit dem üblichen Zeug. Führerschein. Scheckkarte, Kreditkarten. Wollen Sie mir erzählen, der Mantel sei gestohlen? Also, das will ich nicht hören.«

»Ich glaube, ›gestohlen‹ trifft es nicht ganz«, erwiderte ich. »Ich vermute, dass sich jemand Elaine Boldts Identität geborgt hat. Ich bin nicht sicher, wo sie in der Zwischenzeit geblieben ist. An Ihrer Stelle würde ich den Mantel lassen, wie er ist, bis wir herausgefunden haben, was los ist.«

Mein letzter Anblick von ihm war, wie er unglücklich an seinen Barthaaren am Hals zupfte. Er bot mir nicht an, mich zur Tür zu begleiten.

Ich ging in Floridas erdrückende Luftfeuchtigkeit hinaus. Die Wolkendecke gab einem das Gefühl einer verfrühten Dämmerung, und die ersten von etlichen großen Regentropfen waren auf das heiße Pflaster gespritzt. Ich hastete zu meinem Wagen, halb geduckt, als ob ich ein Nasswerden durch das Schrumpfen auf halbe Größe verhindern konnte. Ich dachte an Jacks Beschreibung der Frau, die sich Elaine Boldt genannt hatte. Er hatte den Schnappschuss von Elaine gesehen und geschworen, dass sie es nicht war. Soweit ich das beurteilen konnte, musste es Pat Usher gewesen sein. Ich erinnerte mich an meine Begegnung mit ihr: ihre Haltung wachsamen Amüsements, die Fragen über Elaine, die sie beantwortet hatte, die Mischung aus Lügen und Wahrheiten, die sie erzählt hatte. War sie einfach in die Schuhe einer anderen geschlüpft? Sie hatte in Elaines Apartment gelebt, aber wie, wenn nicht durch Elaine, war sie an den Luchsmantel gekommen? Wenn sie diejenige war, die auf Elaines Kreditkarten Schulden machte, musste sie sicher sein, dass Elaine sie nicht dabei erwischte. Es schien mir, als könnte sie das nur durchziehen, wenn sie wusste, dass Elaine tot war, ein Verdacht, den ich nun schon seit Tagen hegte. Es könnte auch eine andere Erklärung geben, nahm ich an, aber keine, bei der alles so genau zusammenpasste.

Inzwischen regnete es kräftig, und die Scheibenwischer meines Mietwagens schlugen, Metronomen gleich, hin und her. Sie erreichten kaum mehr, als die Windschutzscheibe mit einem dünnen Schmutzfilm zu verschmieren. Ich fand eine Telefonzelle und bestellte einen Anruf auf Kreditkarte zu Jonah ins Santa-Teresa-Polizeirevier. Die Verbindung war schlecht, und wir konnten uns durch die Störungen in der Leitung hindurch kaum verstehen, aber ich schaffte es, hinauszubrüllen, was ich brauchte. Ich fragte ihn, ob er die Anfrage, die ich zur Verkehrszulassungsbehörde in Tallahassee schicken wollte, weiterbefördern könnte. Ein Führerschein war die einzige Sache, für die Pat Usher hätte sorgen müssen, weil Elaine keinen hatte, aber es ist nicht schwer, einen zu fälschen. Sie musste sich bloß mit Elaine Boldts Namen bewerben, die Prüfung bestehen und darauf warten, dass der Führerschein per Post zugeschickt wurde. In manchen Staaten kann man innerhalb von Minuten nach Bestehen der Prüfung mit dem Führerschein in der Hand die Verkehrszulassungsbehörde verlassen – zumindest bei einer Erneuerung. Ich war mir nicht sicher, wie die Prozedur in Florida lief. Jonah meinte, er werde ein Gespräch mit Tallahassee führen und mich dann zurückrufen. Da ich am nächsten Tag sowieso wieder in Santa Teresa sein wollte, sagte ich ihm, ich würde ihn anrufen, sobald ich angekommen sei.

In der Zwischenzeit fuhr ich zur Wohnanlage zurück und führte ein kurzes Gespräch mit Roland Makowski, dem Hauswart, der bestätigte, was ich bereits von Julia wusste. Pat Usher war mit Sack und Pack abgereist, am selben Tag, an dem ich mit ihr gesprochen hatte. Pflichtbewusst hatte sie eine Nachsendeadresse hinterlassen – irgendein Motel in Strandnähe –, aber als Roland versucht hatte, sie dort zu erreichen, fand er heraus, dass es nicht existierte. Ich fragte ihn, was er von ihr gewollt habe. Er sagte, sie habe als Abschiedsgeste einen Haufen in den Swimming-Pool gesetzt und dann mit Sprühfarbe ihren Namen auf den Beton gekleckst.

»Sie hat was getan?«, fragte ich.

»Sie haben richtig gehört«, erwiderte er. »Sie hat einen Haufen von der Größe einer polnischen Wurst mitten in den Pool fallen lassen. Ich musste das ganze Ding trockenlegen und desinfizieren lassen, und ich habe Leute hier, die immer noch nicht wieder reingehen wollen. Diese Frau ist wahnsinnig, und wissen Sie, was sie so geärgert hat? Ich habe ihr gesagt, sie könne ihre Handtücher nicht über das Balkongeländer hängen! Sie hätten ihre Reaktion sehen sollen. Sie geriet in eine solche Wut, dass ihre Augen in den Kopf zurückrollten und sie anfing zu keuchen. Sie hat mir verdammt Angst gemacht. Sie ist *krank*.«

Ich blinzelte ihn an. »Sie keuchte?«

»Sie hatte beinahe Schaum vor dem Mund.«

Ich dachte an Tillies nächtlichen Besucher. »Ich glaube, wir sollten besser mal einen Blick auf Elaines Apartment werfen«, sagte ich tonlos.

Im selben Moment, als wir die Tür geöffnet hatten, schlug uns der Gestank wie eine Mauer entgegen. Die Zerstörung war systematisch und total. Überall war verschmierter Kot, und Couch und Sessel waren in mörderischer Absicht aufgeschlitzt worden. Es war klar, dass sie sehr leise ans Werk gegangen war. Anders als in Tillies Apartment, waren keine Gläser zerbrochen und keine Möbel umgeworfen worden. Stattdessen hatte sie alle Lebensmittelkonserven geöffnet und ihren Inhalt auf den Teppich geschüttet. Sie hatte Kräcker und trockene Nudeln verteilt, Marmelade, Gewürze, Kaffee, Essig, Suppen, schimmelndes Obst, gemischt mit Ingredienzen ihres Darmtraktes. All das kranke Chaos hatte nun tagelang dagelegen, und die Hitze und Feuchtigkeit Floridas hatten die Schweinerei zu einer blubbernden Suppe aus Pilzen und Fäulnis gekocht. Die Packungen einstmals gefrorenen Fleisches, die sie aufgerissen und mitten reingeworfen hatte, waren mit einem zappelnden Eigenleben angefüllt, das ich gar nicht näher untersuchen wollte. Große Fliegen schwirrten feindselig herum, und ihre glänzenden, fluoreszierenden Köpfe wirkten wie Leuchtfeuer.

Zuerst war Roland sprachlos, und als ich mich umdrehte, hatte er Tränen in den Augen. »Tja, das werden wir wohl niemals wieder sauber kriegen«, meinte er.

»Machen Sie das nicht selbst«, sagte ich automatisch. »Engagieren Sie jemand anders. Vielleicht wird das Ihre Versicherung bezahlen. Inzwischen sollten Sie besser die Cops rufen.«

Er nickte und schluckte hart, als er aus der Tür ging. Ich konnte das Apartment allein durchsuchen. Dabei musste ich sehr vorsichtig damit sein, wo ich meine Füße hinsetzte. Ich machte mir eine kleine Gedankennotiz, Pat Usher niemals für irgendetwas zu tadeln. Was mich anging, so konnte sie ihre Handtücher aufhängen, wo es ihr beliebte.

21

Mit den Cops im Nacken hatte ich nicht mehr viel Zeit. Ich suchte mir einen Weg durch die Wohnung und öffnete mutig einige Schubladen. Aus Respekt vor verborgenen Fingerabdrücken hatte ich mir ein Taschentuch um die Fingerspitzen gewickelt. Nach einem oberflächlichen Durchgang hatte ich rein gar nichts gefunden, was mich nicht weiter überraschte. Sie hatte das Apartment ausgeräumt. Alle Schubladen und Schränke waren leer. Nicht einmal eine Tube Zahnpasta hatte sie dagelassen. Inzwischen konnte sie sonst wo sein, aber ich hatte das Gefühl, dass ich wusste, wo sie sich aufhielt. Vermutlich hatte sie die beiden letzten Flugtickets für einen Rückflug nach Santa Teresa benutzt.

Ich schloss die Wohnung wieder ab und ging nach nebenan, um Julia zu erzählen, was los war. Es war halb drei nachmittags, und ich musste den Vier-Uhr-Flug erwischen. Und das bei einer knappen Stunde Fahrt, um überhaupt zum Flughafen zu kommen. Wie durch ein Wunder war der Himmel wieder klar, die Luft roch feucht und süß, und die Gehwege dampften. Ich lud Elaines Koffer wieder in den Mietwagen und fuhr los, wobei ich Julia versprechen musste, mich bei ihr zu melden, sobald ich etwas Neues erfahren hatte. Bald hatte ich diesen Fall geknackt. Das fühlte ich. Seit einer Woche saß ich nun dran, und ich hatte Pat Ushers Versteck ausgeräuchert. Ich war nicht sicher, was sie Elaine getan hatte oder warum, aber jetzt war sie auf der Flucht, und ich war nicht weit hinter ihr. Wir wandten uns geradewegs nach Santa Teresa zurück, wo die ganze Sache begonnen hatte.

Als ich am Flughafen in Miami ankam, gab ich den Mietwagen ab, holte mir meine Platzreservierung am TWA-Schalter und ließ die vier Koffer nach Santa Teresa einchecken. Im Flugzeug angekommen, hatte ich noch sechs Minuten Zeit. Leichte Angst stieg in mir auf; die Art von Empfindung, die man hat, wenn man weiß, dass einem in einer Woche eine große Operation bevorsteht. Es gab keine direkte Gefahr, aber mein Hirn hörte nicht auf, mit bohrendem Grauen eine ungewisse Zukunft zu wälzen. Pat Usher und ich befanden uns auf Kollisionskurs, und ich war nicht sicher, ob ich in der Lage sein würde, mit dem Zusammenstoß fertig zu werden.

Durch den Zeitunterschied von drei Stunden hatte ich das Gefühl, gut eine Stunde nach dem Start in Florida bereits wieder in Kalifornien zu landen. Mein Körper hatte Probleme, damit umzugehen. In L. A. musste ich zwar eine Stunde auf den Kurzflug nach Santa Teresa warten, doch auch so war es erst sieben Uhr abends, als ich nach Hause kam, Elaines Koffer wie ein Packesel mit mir her schleppend. Es war immer noch hell draußen, aber ich war erschöpft. Ich hatte nicht zu Mittag gegessen, und alles, was ich im Flugzeug bekommen hatte, waren ein paar viereckige Dinger gewesen. Die Zellophanverpackung hätte ich vor Müdigkeit beinahe nicht mehr aufbekommen. Es war einer dieser Schlingerflüge gewesen, mit plötzlichen, unerklärlichen Höhenstürzen, die ein Schläfchen schwierig machten. Die meisten Leute waren besorgt darüber, wie man alle Leichenteile zusammensammeln und identifizieren konnte, wenn wir erst mal abgestürzt und verbrannt waren. Eine Frau hinter mir hatte zwei heulende und schreiende Kinder, und sie verbrachte den größten Teil des Fluges damit, lange, wirkungslose Gespräche über ihr Benehmen mit ihnen zu führen. »Kyle, Schätzchen, weißt du noch, dass Mami dir gesagt hat, dass sie nicht will, dass du ins Brett beißt, weil das dem Brett wehtut? Also, wie würde es dir gefallen, wenn Mami dich beißen würde?« Ich dachte, eine schnelle Ohrfeige würde dem elterlichen Durchsetzungsvermögen genügen, aber sie fragte mich nicht um Rat.

Jedenfalls, als ich nach Hause kam, ging ich schnurstracks zur Couch und schlief, immer noch angezogen, ein. Und das ist der Grund dafür, dass ich bis zum nächsten Morgen brauchte, um herauszufinden, dass jemand in meinem Apartment gewesen war und unauffällig nach Gott weiß was gesucht hatte. Ich stand um acht Uhr auf und machte einen Lauf. Dann kam ich nach Hause, duschte und zog mich an. Ich setzte mich an den Schreibtisch und machte mich daran, die oberste Schublade zu öffnen. Ich habe einen Büroschreibtisch der Standardausführung, mit einem Schloss an der obersten Schublade, das die ganze Reihe der Schubladen auf der rechten Seite öffnet. Offensichtlich hatte jemand eine Messerklinge in das Schloss geschoben und es aufgebrochen. Die Erkenntnis, dass jemand hier gewesen war, gab mir ein Gefühl im Nacken, als hätte ich gerade einen Eisbeutel draufgelegt.

Ich schob mich vom Tisch zurück, stand auf und drehte mich abrupt um, so dass ich den Raum absuchen konnte. Ich untersuchte die Eingangstür, aber es gab keinerlei Hinweis darauf, dass sich jemand an dem Zweibolzenriegel zu schaffen gemacht hatte. Möglicherweise hatte sich jemand einen Nachschlüssel machen lassen. Dann müsste ich das Schloss erneuern lassen. Nie habe ich mir Gedanken über Sicherheit gemacht, und ich habe mir auch nie Tricks ausgedacht, um sicherzugehen, dass mein Reich uneinnehmbar war – kein Talkumpuder auf dem Fußboden in der Nähe des Eingangs, keine über einem Fensterspalt angebrachten Haarsträhnen. Ich ärgerte mich über die Tatsache, dass ich mich mit diesem Einbruch beschäftigen musste und ein Sicherheitsgefühl aufgeben sollte, das ich immer für selbstverständlich gehalten hatte. Ich untersuchte die Fenster und ging vorsichtig am Rand des Zimmers herum. Nichts. Ich ging ins Bad und untersuchte das Fenster dort. Gleich über dem Schloss war mit einem Glasschneider eine kleine viereckige Öffnung in die Scheibe geschnitten worden. Offenbar war Isolierband benutzt worden, um jegliches Geräusch zerbrechenden Glases zu vermeiden. Wo die Klebestreifen abgenommen worden waren, konnte ich Reste von Klebstoff erkennen. Der Aluminiumrahmen saß in einer Ecke schief. Wahrscheinlich war er herausgedrückt und hinterher wieder eingefügt worden. Die Arbeit war so sauber gemacht, dass ich möglicherweise wochenlang nichts gemerkt hätte. Das Loch war groß genug, um es jemandem zu ermöglichen, das Fenster aufzuschließen, hochzuschieben, und es dann als Ein- und Ausgang zu benutzen. Vor dem Fenster war eine Gardine, und wenn die Streifen richtig saßen, war das Loch im Glas nicht mal sichtbar.

Ich ging in den anderen Raum zurück und machte mich an eine gründliche Durchsuchung. Es schien nichts zu fehlen. Ich konnte erkennen, dass jemand heimlich durch meine gefalteten Sachen in der Kommode gefummelt und geschickt die Akten durchwühlt hatte. Alles war fast so hinterlassen worden, wie es gewesen war, nur mit ganz leichten Unordentlichkeiten hier und da. Ich hasste das. Ich hasste die List und die Sorgfalt, mit der das alles gemacht worden war, und die Befriedigung, die jemand dabei empfunden haben musste. Und wozu? Um nichts in der Welt konnte ich mir vorstellen, was fehlen sollte. Ich besitze nichts Wertvolles, und die Akten allein gaben auch nicht viel her. Die meisten von denen, die ich zu Hause aufbewahre, sind sowieso aussortiert, und meine Notizen über Elaine Boldt waren im Büro. Was hatte ich sonst noch, das jemanden interessieren konnte? Was mir ebenfalls Sorgen machte, war der Verdacht, dass dies Pat Ushers Handschrift tragen könnte. Irgendwie schien sie noch viel gefährlicher, wenn sie außer zur Wildheit auch zu Schlauheit und Heimlichkeit fähig war.

Ich rief einen Schlüsseldienst an und verabredete für später am Tag einen Termin, zu dem jemand kommen und alle Schlösser auswechseln sollte. Die Fensterscheibe konnte ich selbst erneuern. Schnell nahm ich die Maße und lief dann zum Parkplatz. Glücklicherweise war niemand in mein Auto eingebrochen, aber mir gefiel der Gedanke nicht, dass es jemand versucht haben könnte. Ich nahm meine .32er aus dem Handschuhfach und steckte sie mir hinten in den Bund meiner Jeans. Ich würde sie in den Aktenschrank im Büro einschließen müssen und sie vorläufig dalassen. Mein Büro war sicher, dessen war ich mir ziemlich gewiss. Da es im zweiten Stock liegt und einen Balkon hat, der mitten in die offene Landschaft führt, glaubte ich nicht, dass jemand von diesem Aussichtspunkt aus einen Einbruch riskieren würde. Nachts wird das Gebäude verschlossen gehalten. Die Tür zum Flur besteht aus solider Eiche, sechs Zentimeter dick, und hat einen Zweibolzenriegel, der nur aufgebrochen werden kann, wenn das Schloss selbst mit einer Kreissäge herausgetrennt wird. Doch ich hatte trotzdem noch Bedenken, als ich auf dem Parkplatz hinter dem Büro hielt. Das führte dazu, dass ich die Hintertreppe hinaufrannte und immer zwei Stufen auf einmal nahm. Ich beruhigte mich erst, als ich die Bürotür aufgeschlossen und mit eigenen Augen gesehen hatte, dass niemand da gewesen war.

Ich packte die Waffe weg und nahm die Akte Elaine Boldt heraus. Ich brachte alles auf den neuesten Stand, indem ich zusätzliche Notizen tippte. Innerlich kochte ich noch immer vor Wut darüber, dass jemand in meinem Apartment gewesen war. Ich hätte die Polizei rufen und Bericht erstatten sollen, aber ich wollte nicht in meiner Arbeit unterbrochen werden. Die nahe liegenden Dinge waren es, auf die ich mich jetzt zu konzentrieren versuchte. Es gab eine Menge unbeantworteter Fragen, und mir war nicht mal klar, welche davon zu diesem Zeitpunkt wichtig waren. Warum, zum Beispiel, hatte Pat Usher den Laden in Boca so schnell nach meiner ersten Fahrt runter dichtgemacht? Ich musste annehmen, dass sie von dem Moment an, da sie von meiner Suche nach Elaine wusste, ihre Pläne rasch ändern musste. Natürlich ging ich davon aus, dass sie in Tillies Wohnung eingebrochen und diesen Stapel Rechnungen gestohlen hatte. Aber zu welchem Zweck? Die Rechnungen waren weiterhin angekommen, und wenn aus ihrer Durchsicht auf sachdienliche Informationen geschlossen werden konnte, dann brauchten wir nichts weiter zu tun, als auf den nächsten Schwung zu warten.

Dann hatte ich noch Mikes Bericht über das, was er an dem Abend der Ermordung seiner Tante gesehen hatte. Ich war immer noch nicht sicher, wie das da hineinpasste. Es blieb die Tatsache, dass seine Schätzung von Marty Grices Todeszeit dreißig Minuten von dem Zeitpunkt abwich, zu dem ihr Ehemann und ihre Schwägerin angeblich mit ihr gesprochen hatten. Steckten Leonard und Lily unter einer Decke?

Dann gab es auch noch die weniger wichtige Sache mit May Snyder von nebenan, die von dem hämmernden Geräusch im Haus der Grices an jenem Abend berichtet hatte. Orris schwor zwar, sie sei taub und habe das alles mit etwas anderem verwechselt, aber ich war nicht bereit, sie einfach so abzuschreiben.

Als das Telefon klingelte, fuhr ich zusammen und schnappte automatisch nach dem Hörer. Es war Jonah. Er machte sich nicht mal die Mühe, sich mit Namen zu melden. Er sagte nur: »Ich habe die Antwort von der Verkehrszulassungsbehörde in Tallahassee hier. Wollen Sie sie anschauen?«

»Ich komme sofort«, erwiderte ich, hängte ein und rannte raus.

Als ich zur Polizeiwache kam, wartete Jonah in dem kleinen Eingangsraum auf mich. Durch die verschlossenen Türen brachte er mich auf den Flur, der zur Vermisstenabteilung führte.

»Wie sind Sie so schnell an die Informationen gekommen?«, fragte ich. Er hielt mir das Türchen auf, und ich ging an ihm vorbei in den Käfig, wo sein Schreibtisch stand.

Er lächelte leicht. »Darum sind wir Cops in diesem Geschäft so viel besser als ihr Privatdetektive«, meinte er. »Wir haben Zugang zu Informationen, an die ihr nicht mal von weitem kommt.«

»Hören Sie mal, *ich* war diejenige, die die ursprüngliche Anfrage gestellt hat! Das ist ein öffentliches Register. Ich kann da genauso schnell wie Sie rankommen, aber ich war auf der richtigen Spur, und das wussten Sie.«

»Regen Sie sich nicht so auf«, meinte er. »Ich wollte Sie nur ein bisschen aufziehen.«

»Sehr freundlich. Zeigen Sie her.« Ich streckte die Hand aus. Er reichte mir einen Computerausdruck, die Kopie eines Führerscheins, im Januar auf Elaine Boldt unter ihrer Adresse in Florida ausgestellt. Ich starrte auf das Foto der Frau, die zurückstarrte, und gab ein schnelles unwillkürliches »Ah!« von mir. Dieses Gesicht kannte ich. Es war Pat Usher: dieselben grünen Augen, dasselbe dunkelblonde Haar. Es gab ein paar auffällige Unterschiede. Ich hatte sie nach einem Autounfall gesehen, als ihr Gesicht noch ein wenig geschwollen und blaugrün war. Trotzdem war die Ähnlichkeit klar genug. Super.

»Ich hab sie«, rief ich. »Heh, Mann, ich hab sie!«

»Hast wen?«

»Ich weiß noch nicht genau. Sie nennt sich Pat Usher, aber der Name ist wahrscheinlich erfunden. Ich verwette meinen Kopf drauf, dass Elaine Boldt tot ist. Pat muss das gewusst haben, sonst hätte sie niemals die Nerven gehabt, in Elaine Boldts Namen einen Führerschein zu beantragen. Sie hat, seit Elaine verschwunden war, in deren Wohnung gelebt. Sie hat ihre Kreditkarten benutzt und sich wahrscheinlich an ihren Banknoten bedient. Scheiße. Los, überprüfen wir sie über das NCIC. Geht das?« Das National Crime Information Center konnte innerhalb von Sekunden eine Identifikation zu Pat Usher ausspucken.

»Der Computer ist kaputt. Ich hab's gerade versucht. Ich bin überrascht, dass Sie mich nicht schon früher darum gebeten haben.«

»Jonah, ich hatte ja vorher noch nicht die richtigen Daten. Ich hatte einen Namen, aber kein zahlenmäßiges Identifikationsmerkmal. Jetzt habe ich ein Geburtsdatum. Kann ich eine Kopie davon haben?«

»Das ist für Sie«, erwiderte er mild. »Ich habe schon eins für meine Akten. Wie kommen Sie darauf, dass das Geburtsdatum stimmt?«

»Ich drücke mir einfach mal die Daumen. Selbst wenn sie den Namen erfunden hat, könnte es sinnvoll für sie sein, ihr eigenes Geburtsdatum zu benutzen. Sie könnte gezwungen sein, noch eine Menge anderes Zeug zu erfinden, also warum dann hier fälschen? Sie ist schlau. Sie würde sich nicht mehr Arbeit als nötig machen.«

Ich drehte mich zum Licht und studierte den Ausdruck. »Schauen Sie sich das an. Sie haben die Rubrik ›Augengläser‹ angekreuzt. Irre. Sie muss beim Fahren eine Brille tragen. Das ist toll, nicht? Schauen Sie sich all diese Informationen an, die wir jetzt haben. Größe, Gewicht. Mein Gott, auf diesem Foto sieht sie aber müde aus. Und schauen Sie nur, wie dick sie ist. Achten Sie auf die *Säcke* unter ihren Augen. O Mann, Sie hätten sie hören sollen, als ich mich da unten mit ihr unterhalten habe. So *blasiert …*«

Er schwang sich auf den Rand des Schreibtisches und lächelte mich an, offensichtlich amüsiert über meine Erregung. »Nun, freut mich, dass ich Ihnen helfen konnte«, meinte er. »Ich werde für ein paar Tage wegfahren, also hatten wir Glück, dass es jetzt noch gekommen ist.«

Zum ersten Mal konzentrierte ich mich richtig auf sein Gesicht. Sein Lächeln war ein bisschen starr, und seine Haltung hatte etwas Verlegenes. »Machen Sie Urlaub?«, fragte ich.

»Hm, ja, so was Ähnliches. Camilla hat ein Problem mit einem der Kinder, und ich dachte, ich sollte besser mal hinfahren und das in Ordnung bringen. Es ist keine große Angelegenheit, aber Sie wissen, wie so was läuft.«

Ich sah ihn an und rechnete von dem, was er gesagt hatte, zurück. Camilla hatte angerufen und mit den Fingern geschnalzt. Und er reagierte wie aus der Pistole geschossen. Die Kinder, so 'n Quatsch. »Was ist los?«, fragte ich.

Gelegentlich gestikulierend, erzählte er mir eine lange Geschichte über Bettnässen und Albträume und Besuche bei einem Kinderpsychiater, der eine Sitzung mit der ganzen Familie empfohlen hatte. Ich sagte, hmm, hmm, und kam nicht mal dahinter, um welches Mädchen es ging. Ich hatte ihre Namen vergessen. Ach ja, Courtney und Dingsbums.

»Samstag werde ich zurück sein und mal bei Ihnen anklingeln. Vielleicht können wir wieder hochfahren und ein bisschen schießen«, endete er und lächelte wieder.

»Großartig. Das wär prima«, erwiderte ich und lächelte zurück. Beinahe hätte ich vorgeschlagen, er solle ein Poster von Camilla als Schießscheibe mitbringen, aber ich hielt den Mund. Ich fühlte einen winzig kleinen Moment des Bedauerns, was mich über die Maßen erstaunte. Ich war mit diesem Mann noch nicht einmal ins Bett gegangen … hatte nicht einmal daran *gedacht* (na ja, fast nicht). Aber ich hatte vergessen, wie das mit den verheirateten Männern ist, wie verheiratet sie selbst dann noch sind, wenn die Exfrau woanders ist … gerade, wenn die Exfrau woanders ist. Ich dachte, dass sie die Scheidungspapiere bestimmt noch nicht eingereicht hatte, was die ganze Sache jetzt erleichterte. Die tiefgefrorenen Dinners gingen ihm jetzt sowieso aus, und wahrscheinlich hatte sie inzwischen herausgefunden, wie gering die Auswahl da draußen im Single-Land ist.

Plötzlich fühlte ich, wie ich selbst ein bisschen verlegen wurde. »Tja. Ich werde jetzt besser hiermit weitermachen. Vielen Dank. Sie waren eine große Hilfe.«

»Aber immer«, meinte er. »Spillman wird in der Zeit, in der ich weg bin, an meinem Schreibtisch sitzen, falls Sie irgendwas brauchen. Ich werde ihn instruieren, damit er Bescheid weiß, aber ich möchte, dass Sie auf sich aufpassen.« Er hielt mir seinen ausgestreckten Zeigefinger entgegen wie eine Waffe.

»Nur keine Sorge. Ich riskiere nichts, wenn ich nicht muss«, erwiderte ich. »Hoffentlich klappt alles bei Ihnen im Norden. Wir hören voneinander, wenn Sie zurück sind.«

»Auf jeden Fall. Das werden wir. Viel Glück.«

»Ihnen auch. Bestellen Sie den Kindern einen schönen Gruß von mir.«

Das war blödsinnig. Ich hatte sie nie kennen gelernt, und mir fiel der Name der anderen sowieso nicht mehr ein. Sarah?

Ich ging durch das Türchen.

»Äh, Kinsey?«

Ich drehte mich um.

»Wo haben Sie diesen Hut gelassen? Der hat mir gefallen. Sie sollten ihn immer tragen.«

Ich lächelte, winkte und ging hinaus. Ratschläge in Kleidungsfragen hatte ich nicht nötig.

22

Es war jetzt später Vormittag, und plötzlich starb ich fast vor Hunger. Ich ließ den Wagen vor der Polizeiwache stehen, wo ich ihn geparkt hatte, und ging zu der kleinen Imbissbude hinüber, die »Das Ei und ich« hieß. Ich bestellte mein Standardfrühstück, bestehend aus Schinken, Rühreiern, Toast, Konfitüre und Orangensaft, mit jeder Menge Kaffee dazu. Das ist das einzige Essen, dem ich beständig treu bleibe, weil es alle Elemente enthält, nach denen sich mein Körper sehnt: Koffein, Salz, Zucker, Cholesterin und Fett. Wie soll man da widerstehen? In Kalifornien mit all seinen Gesundheitsfreaks wird das Essen einer solchen Mahlzeit schon als Selbstmordversuch angesehen.

Während des Essens las ich die Zeitung und brachte mich über die örtlichen Ereignisse auf dem laufenden. Gerade hatte ich es bis zum zweiten Stück Roggentoast geschafft, als Pam Sharkey hereinkam, zusammen mit Daryl Hobbs, der Managerin von Lambeth and Creek. Ihr Blick fiel auf mich, und ich winkte. Ich legte nicht gerade meine ganze Energie in dieses Winken hinein. Es war ein beiläufiges, lässiges Winken, um anzudeuten, dass ich ein netter Kerl war und mich ihr gegenüber nicht aufspielen würde, bloß weil ich sie, als wir uns das letzte Mal getroffen hatten, übervorteilt hatte. Ihr Gesichtsausdruck wurde unsicher, sie brach den Blickkontakt ab und ging ohne ein Wort an meinem Tisch vorbei. Der Verweis war so offensichtlich, dass selbst Daryl peinlich berührt zu sein schien. Ich war verwirrt, aber nicht gerade bis ins Mark getroffen, und zuckte philosophisch mit den Achseln. Vielleicht hatte sich der Raumfahrtingenieur als Flop herausgestellt.

Als ich mit dem Frühstück fertig war, bezahlte ich die Rechnung und ging das Auto holen. Ich wollte schnell mal am Büro vorbeifahren und das Material hinbringen, das ich von Jonah mitgenommen hatte. Ich war gerade dabei, die Bürotür aufzuschließen, als Vera aus den California-Fidelity-Räumen auf den Flur hinaustrat.

»Kann ich mit dir reden?«, fragte sie.

»Klar. Komm rein.« Ich machte die Bürotür auf und sie folgte mir hinein. »Wie geht's?«, meinte ich und dachte immer noch, dies wäre eine normale Plauderei. Sie strich sich eine Strähne kastanienbraunen Haares hinters Ohr und sah mich durch die großen, hellblau getönten Linsen an, die ihre Augen riesig und ernst erscheinen ließen.

»Hm, pass mal auf. Bloß ein kleiner Tipp«, begann sie unbehaglich. »Die Hölle ist los, wegen dieser Geschichte mit Leonard Grice.«

Ich blinzelte sie an. »Zum Beispiel?«

»Pam Sharkey muss ihn angerufen haben, nachdem du mit ihr gesprochen hattest. Ich weiß nicht, was sie ihm erzählt hat, aber er ist total in Aufruhr. Er hat sich einen Anwalt genommen, der einen Brief an die CF vom Stapel gelassen hat, in dem er droht, uns fast zu Tode zu klagen. Hier geht es um Millionen.«

»Weswegen?«

»Sie behaupten üble Nachrede, Rufmord, Vertragsbruch, Belästigung. Andy ist fuchsteufelswild. Er sagt, er hatte ja keine Ahnung, dass du da drinsteckst. Er sagt, du warst weder von California Fidelity noch von sonst jemandem befugt, hinzufahren und Fragen zu stellen ... bla, bla, bla. Du kennst Andy ja, wenn er sich aufspielt. Er will dich auf der Stelle sehen, sobald du reinkommst.«

»Was *soll* das denn? Leonard Grice hat nicht mal Schadensersatz beansprucht!«

»Stell dir vor. Das erste, was er am Montagmorgen getan hat, war, den Antrag zu stellen, und er will sein Geld auf der Stelle. Die Klage war oben draufgeheftet. Andy ist drüben und bearbeitet die Papiere so schnell er kann, und er ist stinksauer. Er hat Mac gesagt, dass er meint, wir sollten die ganze Vereinbarung mit dir lösen, nach dem Ärger, den du uns eingebracht hast. Der Rest von uns denkt, dass er ein komplettes Arschloch ist, aber ich dachte, du solltest wissen, was los ist.«

»Wie hoch ist der Gesamtbetrag des Schadensanspruchs?«

»Fünfundzwanzig Riesen für den Feuerschaden. Das ist der Nominalwert auf der Hausbesitz-Police, und er hat seine Verluste bis auf den letzten Penny aufgeführt. Die Lebensversicherung steht nicht zur Debatte. Ich glaube, er hat schon so 'ne winzig kleine Police auf ihr Leben kassiert – zweitausendfünfhundert –, und nach unseren Unterlagen hat er die schon vor Monaten ausgezahlt bekommen. Kinsey, er ist auf Jagd, und du bist das Opfer. Andy sucht jemanden, dem er die Schuld geben kann, damit Mac nicht ihm die Schuld gibt.«

»Scheiße«, meinte ich. Was Besseres fiel mir nicht ein. Das Letzte, was ich gerade jetzt gebrauchen konnte, war ein Anschiss von Andy Montycka, dem CF-Verantwortlichen für Schadensforderungen. Andy ist Mitte vierzig, konservativ und unsicher; ein Mann, dessen Hauptinteressen darin liegen, Fingernägel zu kauen und keine Wellen zu schlagen.

»Möchtest du, dass ich ihm sage, du wärst nicht gekommen?«, fragte sie.

»Ja, wenn du das für mich tun würdest. Lass mich nur eben meine Anrufe abhören, dann verschwinde ich«, erwiderte ich. Ich schloss den Aktenschrank auf, nahm den Hefter über Elaine Boldt heraus und schaute Vera noch mal an. »Ich werde dir was sagen, Vera. Da ist was faul. Leonard Grice hatte sechs Monate Zeit, seine Schadensforderung zu beantragen, aber er hat keinen Finger gerührt. Jetzt, ganz plötzlich, übt er auf die Versicherungsgesellschaft Druck aus. Ich würde gern wissen, was ihn dazu veranlasst hat.«

»He, ich muss mich sputen, ehe sie nach mir suchen«, entgegnete Vera. »Sieh bloß zu, dass du Andy heut nicht mehr über den Weg läufst, oder du wirst es bereuen.«

Ich dankte ihr für die Warnung und sagte ihr, ich würde mich melden. Sie schlüpfte wieder auf den Flur hinaus und schloss die Tür hinter sich. Verspätet fühlte ich, wie sich meine Wangen röteten und mein Herz klopfte. In der ersten Klasse wurde ich mal ins Büro des Direktors geschickt, weil ich in der Klasse Zettelchen hatte herumgehen lassen, und ich habe mich von diesem Schrecken nie erholt. Ich war schuldig im Sinne der Anklage, aber ich war nie vorher im Leben in Schwierigkeiten gewesen. Da stand ich also, ein schüchternes kleines Kind mit dünnen Beinen, so von der Angst ergriffen, dass ich die Schule verließ und in Tränen aufgelöst nach Hause lief. Meine Tante brachte mich gleich zurück und redete mit dem Direktor, während ich im Flur auf einem kleinen Holzstuhl saß und um den Tod betete. Es ist schwierig, sich ständig als Erwachsene auszugeben, wenn ein Teil von einem selbst immer noch sechs Jahre alt und den Autoritäten auf Gnade und Ungnade ausgesprochen ausgeliefert ist.

Ein Blick auf meinen Anrufbeantworter ergab, dass keine Nachrichten hinterlassen worden waren. Ich schloss wieder ab und nahm den vorderen Weg, um zu vermeiden, dass ich an den gläsernen Türen von California Fidelity vorbeikam. Hinten stieg ich in meinen Wagen und fuhr zu Elaines Wohnanlage hinüber. Ich wollte mich kurz mit Tillie unterhalten und ihr erzählen, was passiert war. Beim Rechtsabbiegen auf die Via Madrina sah ich in den Rückspiegel und bemerkte einen Typen auf einem Motorrad, der mir fast aufs Auspuffrohr dröhnte. Ich lenkte leicht zur Seite, um ihn vorbeizulassen und schaute mich wieder um. Er blinkte mich immer noch wild an. Was hatte ich verbrochen, seinen Hund überfahren? Ich hielt an der Straßenkante, und er stoppte hinter mir, machte das Motorrad aus und hob es auf den Ständer. Er trug einen glänzenden schwarzen Overall, schwarze Handschuhe und Stiefel und einen schwarzen Helm mit einem Rauchglasvisier. Ich stieg aus dem Wagen, ging auf ihn zu und beobachtete ihn dabei, wie er im Näherkommen den Helm abnahm. O verdammt, es war Mike. Da hätte ich drauf kommen können. Das Rosa seines Irokesenkamms schien zu verbleichen, und ich fragte mich, ob er es mit Rye-Tönung, Lebensmittelfarbe oder gekochter Roter Bete wieder auffrischte. Er war verärgert.

»Mein Gott, ich hupe Sie schon seit einigen Blocks an! Wieso haben Sie mich nie zurückgerufen? Ich habe am Montag eine Nachricht auf Ihrem Anrufbeantworter hinterlassen«, sagte er.

»Sorry. Mir war nicht klar, dass du das hinter mir warst. Ich dachte, du hättest gesagt, du würdest *mich* wieder anrufen.«

»Ja, hab ich ja versucht, aber ich habe ständig diese Maschine dranbekommen, da hab ich's aufgegeben. Wo waren Sie?«

»Nicht in der Stadt. Ich bin gestern Abend erst wieder gekommen. Warum? Was ist los?«

Er zog die Motorradhandschuhe aus und steckte sie in den Helm, den er in der Armbeuge umfasst hielt. »Ich glaube, mein Onkel Leonard hat eine Freundin. Ich dachte, das könnte Sie interessieren.«

»Ach, tatsächlich? Wie hast du das herausgefunden?«

»Ich war dabei, dieses ... äh ... Zeug aus der Hütte an seinem alten Haus zu räumen, und ich sah ihn in das Gebäude nebenan gehen.«

»Die Wohnanlage?«

»Hm, ja, so nennt man das wohl. Das große Apartmentgebäude.«

»Wann war das?«

»Sonntagabend. Deshalb hab ich Sie am Montagmorgen so früh angerufen. Zuerst war ich nicht sicher, ob er das war. Ich habe zwar *gedacht,* dass es sein Wagen war, der da draußen anhielt, aber es war fast dunkel, und ich konnte nicht so viel erkennen. Ich dachte, er würde wegen irgendetwas zum Haus kommen und hab wie verrückt Dope in meine Taschen gepackt. Mensch, ich wusste nicht, wie ich erklären sollte, was ich da machte. Schließlich war ich so in Panik, dass ich in die Hütte geflitzt bin und die Tür zugehalten und durch den Spalt gelinst hab. Stattdessen ging er dann da hinüber.«

»Und wie kommst du darauf, dass er eine Freundin hat?«

»Weil ich ihn mit ihr gesehen habe. Ich hatte nichts anderes zu tun, also ging ich über die Straße und versteckte mich hinter einem Baum und wartete, bis sie rauskamen. Er war nur fünf oder zehn Minuten da drin, und dann ging das Licht aus, im zweiten Stock links. Kurz darauf kamen sie raus und packten irgendein Zeug in den Kofferraum und stiegen in den Wagen.«

»Hast du sie gut erkennen können?«

»Nicht genau. Von da aus, wo ich stand, war es schwierig, richtig zu sehen, und sie liefen ziemlich schnell. Dann, als sie im Wagen saßen, fielen sie übereinander her. Er sprang ihr fast auf den Schoß da vorne auf den Vordersitzen. Es war irgendwie verrückt. Ich meine, gewöhnlich sieht man es Leute in dem Alter nicht mehr miteinander treiben, verstehen Sie, was ich meine? Und überhaupt habe ich ihn mir nie so vorstellen können. Ich dachte, er wär einfach so ein vertrockneter Furz, der keinen mehr hochkriegt. Ich hätte nicht gedacht, dass noch so viel in ihm steckt.«

»Mike, der Mann ist vielleicht zweiundfünfzig Jahre alt. Würdest du wohl damit aufhören! Wie sah sie aus? Hast du sie vorher schon einmal gesehen?«

Mike hielt sich eine Hand ans Kinn. »Sie ging ihm ungefähr bis hier. Das ist mir aufgefallen. Sie hatte ihre Haare mit einem Tuch zurückgehalten – wie eine Babuschka, oder wie immer das heißt. Ich glaube nicht, dass ich sie vorher schon mal gesehen habe. Ich meine, es war nicht so, dass ich dachte, ach ja, das ist ja die alte Dingsbums oder so. Sie war einfach irgendeine Alte.«

»Pass auf, tu mir einen Gefallen. Such dir einen Stift und Papier und schreibe das alles auf, solange es dir noch frisch im Gedächtnis ist. Notiere das Datum und die Uhrzeit und alles, was dir sonst noch einfällt. Du brauchst nicht zu sagen, was du hier getrieben hast. Du kannst immer behaupten, dass du rüberkamst, um etwas im Haus zu kontrollieren oder so was. Würdest du das tun?«

»Okay, klar. Was werden Sie unternehmen?«

»Darüber hab ich mir noch keine Gedanken gemacht«, meinte ich.

Ich ging zum Wagen zurück und wurde fünf Minuten später durch den Türöffner unten in die Halle und zu Tillies Wohnung gelassen.

Sie wartete an der Tür auf mich, und ich folgte ihr in das Wohnzimmer. Tief auf der Nase trug sie eine Brille und schaute mich über deren Ränder hinweg an. Sie setzte sich in den Schaukelstuhl und nahm eine Handarbeit auf. Es sah aus wie ein großes Stück Polsterstoff, das mit Bildern von Gebirgen und Wald bedruckt war; hier und da graste Wild, und ein Gebirgsbach strömte zwischen den Felsen hinunter. Sie stopfte Wattebäusche mit einer Häkelnadel in die Rückseite des Stoffes. Das Wild wurde dreidimensional ausgebeult, umgeben von Stichen, so dass sich ein Steppeffekt ergab.

»Was *ist* das?«, fragte ich und setzte mich. »Stopfen Sie es aus?«

Sie lächelte leicht. Sie hatte nun doch ihrer neuen Dauerwelle freien Lauf gelassen, und ihr Kopf war ein Nest dichter, krauser Locken in der Farbe von Aprikosen. »Ja, genau. Man nennt es Trapunto. Wenn ich fertig bin, lasse ich es auf Holz ziehen und einrahmen. Ich mach das für den Kirchenbazar im Herbst. Dies ist Watte, die ich aus den Deckeln von Tablettengläsern gesammelt habe, also, wenn Sie das nächste Mal ein Tylenol oder ein paar Grippetabletten öffnen, verwahren Sie mir die Packung. Setzen Sie sich. Ich habe Sie seit Tagen nicht mehr gesehen. Was haben Sie gemacht?«

Ich gab ihr eine Zusammenfassung der Ereignisse seit Freitag, als ich sie das letzte Mal gesehen hatte. Ich zensierte ein bisschen. Ich erzählte ihr, wie ich den Kater gefunden hatte, aber ich ließ das Drogenversteck weg, das Mike in der Hütte nebenan unterhalten hatte. Ich erzählte ihr von Aubrey Danziger und meiner späteren Konfrontation mit Beverly, von den Koffern, der Reise nach Florida, der drohenden Gerichtsklage und Mikes Geschichte über Leonard Grice, der hier oben eine Freundin haben solle. An dieser Stelle nahm sie die Brille ab und schlug mit den Bügeln gegen die Ränder.

»Das glaube ich nicht«, sagte sie tonlos. »Mike muss high gewesen sein.«

»Nun, natürlich war er high, Tillie, aber ein bisschen Gras lässt ihn nicht gleich halluzinieren.«

»Dann hat er das erfunden.«

»Ich erzähle Ihnen nur, was er mir gesagt hat«, meinte ich.

»Ja, aber wer um alles in der Welt könnte das sein? Ich bin bereit, zu garantieren, dass Leonard mit keiner meiner Bewohnerinnen eine Affäre hatte! Und von seiner Beschreibung her müsste das Elaines Apartment gewesen sein, und das ist einfach unmöglich.«

»Ach, hören Sie auf, Tillie. Seien Sie nicht naiv. Das ist die perfekte Umgebung. Warum sollte er nicht eine Frau hier gehabt haben?«

»Weil es niemanden hier in dem Gebäude gibt, auf den die Beschreibung passt.«

»Was ist mit der Frau in Apartment 6? Die, von der Sie dachten, dass sie früh auf gewesen sein könnte, an dem Tag, als in Ihrer Wohnung eingebrochen worden war?«

»Sie ist fünfundsiebzig.«

»Aber es gibt noch eine Menge anderer Bewohner.«

»Jung verheiratete Paare. Kinsey, ich habe mehr allein stehende *Männer*, die auf Leonard stehen könnten, als allein stehende Frauen.«

»Das glaube ich auch. Was ist mit Elaine? Warum sollte sie es nicht gewesen sein?«

Tillie schüttelte störrisch den Kopf.

»Was ist mit Ihnen?«

Tillie lachte und tätschelte sich die Wange. »Nun, ich fühle mich geschmeichelt. Ich möchte gerne daran glauben, dass ich noch in der Lage bin, draußen auf der Straße die Hüften zu schwingen, aber er ist nicht ganz mein Typ. Abgesehen davon kennt Mike mich. Er hätte mich auch im Dunkeln erkannt.«

Das musste ich zugeben. Ich konnte mir Tillie in Wirklichkeit auch nicht in einer innigen Umarmung mit Leonard Grice vorstellen. Das passte einfach nicht.

»Was *ist* denn mit Elaine?« beharrte ich. »Was wäre, wenn sie und Leonard eine Sache laufen hatten und beschlossen, seine Frau auszuschalten? Sie führt die Tat aus, während er an dem Abend in der Wohnung seiner Schwester ist. Sie fährt ein paar Tage später nach Florida, taucht das nächste halbe Jahr unter und wartet darauf, dass er seine Sachen geregelt kriegt, damit sie zusammen ins Blaue abhauen können. Als sie merken, dass ich etwas spitzgekriegt habe, geben sie Gas, um aus der Stadt zu verschwinden.«

Tillie starrte mich lange an. »Wer ist dann Pat Usher?«

Ich zuckte wieder die Achseln. »Vielleicht haben sie sie als Hilfskraft beteiligt, und sie deckt die beiden.«

»Aber wer ist eingebrochen und warum? Ich dachte, Sie seien überzeugt, dass Pat Usher das gemacht hat.«

Ich fühlte, wie ich ärgerlich wurde. »Ich habe nicht auf alles eine Antwort, Tillie! Ich sage nur, dass es möglich ist, dass er sein Schätzchen hier versteckt hatte. Vielleicht *war* es Pat.«

Sie sagte kein Wort. Sie setzte nur ihre Brille wieder auf und begann das Gebirge mit Watte zu stopfen. Sie beulte es so aus, dass es wirkte wie der Mount St. Helen, bevor er ausbrach.

»Kann ich den Schlüssel zu der Wohnung oben bekommen?«

»Natürlich«, sagte sie. »Ich komme mit.«

Sie legte ihre Handarbeit hin, ging zu dem Sekretär hinüber und nahm ein Paar Schlüssel aus der Schublade. Bei dieser Gelegenheit händigte sie mir ein Bündel Rechnungen aus, und ich steckte sie in die hintere Jeanstasche. Das erinnerte mich vage an etwas, aber mir fiel nicht ein, woran.

Sie schloss ihre Wohnung ab, und wir gingen zum Aufzug.

»Sie haben niemanden über sich herumgehen hören?«

Sie schaute mich an. »Überhaupt nicht, aber dieses Haus ist gut gebaut, und es könnte jemand oben sein, ohne dass ich etwas höre. Glauben Sie wirklich, dass er jemanden da oben hatte?«

»Es ergibt Sinn«, erwiderte ich. »Ohne Elaine auf der Bildfläche ist es ein perfektes kleines Liebesnest. Vielleicht hat Pat Usher einen Weg gefunden hineinzukommen. Ich bin sicher, dass sie irgendwo hier in der Stadt ist. Wenn sie Zugang zu Elaines Wohnung in Florida hatte, warum nicht auch zu dieser? Übrigens, waren Sie am Sonntagabend hier?«

Sie schüttelte den Kopf. »Ich war bei einem kirchlichen Treffen und bin erst kurz nach zehn nach Hause gekommen.«

Im zweiten Stock öffnete sich die Aufzugstür, und Tillie ging links den Flur hinunter und redete über die Schulter hinweg mit mir. Sie erreichte Elaines Eingangstür und drehte den Schlüssel im Schloss herum.

»Ich kann nicht glauben, dass jemand hier war«, sagte sie, als wir hineingingen.

Sie irrte sich natürlich. Wim Hoover, der Bewohner aus Nummer 10, lag ausgestreckt im Eingang und hatte ein Einschussloch genau hinter dem rechten Ohr. Die Luft roch nach abgestandenem Zigarettenrauch und dem stinkenden Geruch, der von seinem säuerlichen Fleisch aufstieg. Er war seit mindestens drei Tagen tot.

Tillie wurde blass und ging zu ihrer Wohnung hinunter, um die Polizei zu rufen.

23

Wie es meine Gewohnheit ist, machte ich einen schnellen Rundgang in der Wohnung, während Tillie die Cops holte. Ich hatte ihr eingeschärft, meinen Namen herauszuhalten, weil ich nicht aufgehalten werden und eine von Lieutenant Dolans berühmten Blitzbefragungen mitmachen wollte. Ich hatte bereits Ärger mit der California Fidelity, und ich konnte Dolan nicht auch noch verkraften. Die Wohnung roch so faulig, dass ich dachte, Tillie würde keine Schwierigkeiten damit haben, zu erklären, was sie dazu gebracht hatte, hochzukommen und nachzuschauen.

Man brauchte kein Sherlock Holmes zu sein, um auf den Gedanken zu kommen, dass Pat Usher hier gewohnt hatte. Sie hatte keinen Versuch gemacht, ihre Anwesenheit zu vertuschen. Das gazeartige Gewand, das ich in Boca Raton an ihr gesehen hatte, war jetzt nachlässig über Elaines ungemachtes Bett geworfen. Offensichtlich hatte sie sich an allem, was sie brauchte, bedient – Lebensmittel, Kleidung, Kosmetik. Überall standen schmutziges Geschirr, randvolle Aschenbecher, und aus der braunen Papiertüte mit ihrer ordentlich umgeschlagenen Kante quoll der Abfall. Die Spurensicherung würde ihren Spaß an dieser Wohnung haben, aber was mich am meisten interessierte, war das kleine Zimmer. Alle Schreibtischschubladen waren geöffnet worden, ihr Inhalt in Raserei überall verteilt, die Aktenhefter in der Mitte durchgerissen. Es sah nach Pat Ushers üblicher Wut und Ungeduld aus. Ich fragte mich, was sie gesucht und ob sie es gefunden hatte. Ich rührte nichts an. Es waren vielleicht fünf Minuten vergangen, seit Tillie runtergegangen war, und ich dachte, ich sollte besser verschwinden. Ich wollte nicht mehr in der Nähe sein, wenn die Schwarzweißen auf ihre schrille Art in Sicht kamen.

Ich stoppte am Eingang und sah auf Wim hinunter. Er lag mit dem Gesicht nach unten, eine Hand unter die Wange gelegt, als hätte er vorgehabt, ein Nickerchen zu machen. Sein Fleisch war geschwollen, die Haut verdunkelt. Das Einschussloch war so sauber wie die Öse für einen Schnürriemen. Die Waffe war möglicherweise eine .22er gewesen – in der Regel keine tödliche Waffe, aber lass eine Kugel in einem menschlichen Schädel herumsausen, und sie kann ein Gehirn in null Komma nichts in Rührei verwandeln. Armer Wim. Ich fragte mich, warum sie ihn getötet hatte. Ich hatte keinerlei Zweifel, dass es Pat gewesen war. Hatte sie auch Marty Grice ermordet? Die Autopsie hatte keine Schusswunden ergeben, nur wiederholte Schläge mit einem nicht identifizierten stumpfen Gegenstand. Was war das für eine Waffe gewesen, und wo war sie?

Mit dem Aufzug fuhr ich hinunter und verließ das Gebäude, ohne noch mal mit Tillie zu sprechen. Ich schloss den Wagen auf und stieg ein, als mir plötzlich das Papierknistern in meiner Jeanstasche auffiel. Ich zog das Bündel Rechnungen heraus, das Tillie mir gegeben hatte, und ein unwillkürliches »Ooohh« entschlüpfte mir. Gerade hatte mir gedämmert, was Pat Usher da oben gesucht haben könnte. Elaines Reisepass. Als ich die Wohnung das zweite Mal durchsucht hatte, war er mir zugefallen, und ich hatte ihn in meine hintere Jeanstasche gesteckt. Ich konnte mich nicht daran erinnern, ihn mit ins Büro genommen zu haben, also musste er irgendwo in meiner Wohnung liegen. War Pat eingebrochen, um ihn zu suchen? Wenn sie ihn gefunden hatte, saß sie wahrscheinlich schon in einem Flugzeug Richtung Ende der Welt. Andererseits hatte Leonard das Geld von der Versicherung noch nicht kassiert, also waren die beiden vielleicht noch irgendwo in der Stadt.

Ich ließ den Wagen an und fuhr los, entschlossen, aus der Gegend zu verschwinden, bevor die Cops auftauchten. Verbissen dachte ich nach. Pat und Leonard mussten zuerst Marty ausgeschaltet haben, dann hatten sie Elaine Boldt erledigt, vielleicht, weil sie dahinter gekommen war, was passierte. Auf jeden Fall muss ihnen ihr Tod völlig neue Möglichkeiten eröffnet haben. Sie hatten nun Zugang zu ihrem Eigentum und allen ihren Bankkonten erlangt und bedienten sich aus ihrem Guthaben, während Leonard die erforderlichen sechs Monate abwartete, um Martys Nachlass einzustreichen. Die Auszahlung daraus war vielleicht nicht besonders groß, aber zusammen mit Elaine Boldts Vermögen wuchs der Profit. Wenn Leonard einmal die alleinigen Besitzrechte an dem Eigentum an der Via Madrina erlangt hatte, konnte er es für hundertfünfzehntausend verkaufen. Wahrscheinlich war das Grundstück ohne das Haus sowieso noch mehr wert. In der Zwischenzeit musste er nun den gramgebeugten Gatten spielen und Desinteresse an dem Fortgang der Dinge heucheln. Dadurch sammelte er nicht nur Sympathien, sondern lenkte die Aufmerksamkeit von seiner wirklichen Motivation ab, die von Anfang an finanzieller Art gewesen war. Der Plan hätte reibungslos funktionieren können, wenn nicht Beverly Danziger aufgetaucht wäre und eine Routineunterschrift unter ein unwichtiges Dokument gebraucht hätte. Pats Behauptung, Elaine sei mit Freunden in Sarasota, würde keiner genaueren Nachforschung standhalten, weil Elaines Aufenthalt nicht wirklich begründet werden konnte. Aber wie sollte ich jemals irgendetwas davon beweisen? Ich spekulierte wie verrückt und stellte hier und da wahrscheinlich ein paar falsche Vermutungen an. Aber selbst wenn ich alles genau vor der Nase hätte, müsste ich irgendeinen konkreten Beweis haben, den ich mit zur Polizei nehmen konnte.

In der Zwischenzeit hatte Leonard mir erfolgreich den Weg blockiert und hielt mich im Zaum, zumindest, was die Versicherungsgesellschaft anging. Ich wagte nicht, zurückzufahren und *ihn* nochmals zu befragen, und ich wusste, dass ich besser mit allen Befragungen dieser Welt vorsichtig sein sollte. Jede Spur, die ich verfolgte, würde aus seiner Sicht als Verleumdung, Belästigung oder Diffamierung interpretiert werden. Wo hatte ich mich da hineinmanövriert? Leonard Grice und Pat Usher würden meine Nachforschungen abblocken müssen, oder das ganze Unternehmen würde einstürzen und sie unter sich begraben.

An einem Baumarkt machte ich Halt und kaufte eine Fensterscheibe, dann fuhr ich nach Hause. Ich musste Elaines Reisepass finden. Ich durchsuchte die Abfalltüten, schaute hinter Sofakissen und unter Möbel und in all die anderen Verstecke, in die ich Krimskrams zu stecken pflege. Ich erinnerte mich nicht, ihn abgeheftet zu haben, und es war mir nicht in den Sinn gekommen, ihn zu verstecken. Ich wusste, dass ich ihn nicht weggeworfen hatte, was hieß, dass er hier irgendwo sein musste. So blieb ich dort stehen, machte eine 360-Grad-Drehung und suchte jede Ecke des Zimmers ab – Schreibtischplatte, Bücherregal, Kaffeetischchen, die kleine Theke, die die Kochnische abteilt.

Ich ging zum Wagen hinaus und sah ins Handschuhfach, in den Kartenköcher, hinter die Sitze, hinter die Sonnenblende, in die Aktentasche, die Jackentasche – Scheiße. Zurück in die Wohnung und noch mal von vorn. Wo hatte ich das verdammte Ding hingelegt? Er *könnte* im Büro sein. Ich entschied mich, es da noch mal zu versuchen, nachdem CF geschlossen hatte und Andy Montycka nach Hause gegangen war. Mein Gott, was wusste der schon? Ich hatte angefangen, die Knoten zu entwirren, und ich konnte nur hoffen, fertig zu werden, bevor er nervös wurde und die Forderung auszahlte.

Ich sah auf die Uhr. Es war kurz nach eins, und der Schlosser sollte um vier kommen. Ich setzte mich an den Schreibtisch und zog die Akte über Elaine Boldt hervor. Vielleicht gab es ja etwas, das ich übersehen hatte. Ich versah meinen Angelhaken mit einem Köder und begann aufs Geratewohl zu suchen. Ich hatte das Gefühl, dass ich meine Notizen schon hundertmal durchgesehen hatte, und ich konnte nicht glauben, dass etwas Neues auftauchen würde. Wieder ging ich zurück und las jeden Bericht, den ich hatte. Ich befestigte alle meine Karteikarten an der Pinnwand, zuerst in ihrer Reihenfolge, dann wahllos, um zu sehen, ob sich Widersprüche ergaben. Das ganze Material, das Jonah mir aus den Mordkommissionsakten fotokopiert hatte, las ich noch einmal, und ich studierte die glänzenden 8 × 10-Fotos vom Tatort, bis ich jede Einzelheit auswendig kannte. Wie war Marty getötet worden? Ein »stumpfer Gegenstand« konnte so ziemlich alles bedeuten.

Eine Menge Sachen störten mich – unwichtige Fragen brummten mir wie ein Schwarm Stechmücken im Hinterkopf herum. Inzwischen glaubte ich, dass Elaine, wenn sie tot war, ziemlich früh getötet worden sein musste. Noch hatte ich keinen Beweis, aber ich vermutete, dass Pat Usher sich als Elaine ausgegeben und die ganze Scheinabreise nach Florida als Trick inszeniert hatte. So hatte sie eine falsche Spur gelegt, um die Vorstellung zu erwecken, dass Elaine lebte, es ihr gut ging und sie auf dem Weg aus der Stadt war, als sie in Wirklichkeit schon nicht mehr lebte. Aber wenn sie in Santa Teresa umgebracht worden war, wo war die Leiche? Sich einer Leiche zu entledigen, ist ein nicht zu unterschätzendes Kunststück. Schleudere sie ins Meer, und sie schwemmt auf und treibt gleich zurück. Wirf sie in den Wald, und ein Jogger wird um sechs Uhr morgens drüber stolpern. Was kann man sonst noch damit anfangen? Man beerdigt sie. Vielleicht war die Leiche in Grices Keller verborgen. Ich erinnerte mich an den Beton dort unten – aufgesprungener Beton und festgestampfte Erde – und ich dachte, ja, das könnte erklären, warum Leonard keine Aufräumtruppe reingelassen hatte. Als ich das Haus der Grices zum ersten Mal durchsucht hatte, war ich einfach nur dankbar für mein Glück gewesen, aber selbst damals klang es fast schon zu gut, um wahr zu sein. Vielleicht hatte Leonard vermeiden wollen, dass diese Zerstörungsexperten da unten herumklopften.

Pat Usher störte mich auch. Jonah hatte keine Möglichkeit

gehabt, sie durchs National Crime Information Center checken zu lassen, weil der Computer nicht funktionierte. Inzwischen war er nach Idaho unterwegs, aber vielleicht konnte ich Spillman den Namen eingeben lassen, um zu sehen, was dabei herauskam. Ich glaubte nicht, dass Pat Usher ihr richtiger Name war, aber er könnte sich als Deckname herausstellen – *wenn* sie ein Strafregister hatte, was zu diesem Zeitpunkt unwahrscheinlich war. Ich nahm einen Block heraus und machte mir eine Notiz. Vielleicht konnte ich durch eine wohl überlegte Rückverfolgung der Spuren herausfinden, wer sie war und wie sie mit Leonard Grice in Verbindung gekommen war.

Ich ging den neuen Stapel von Elaines Rechnungen durch, den Tillie mir gegeben hatte, und sortierte die paar Reklameschreiben aus. Eine Terminerinnerung von einem Zahnarzt aus der Nachbarschaft legte ich zur Seite. Elaine Boldt besaß keinen Führerschein, und ich wusste, dass sie Geschäfte besuchte, die sie von ihrer Wohnung aus zu Fuß erreichen konnte. Ich erinnerte mich, dass in dem ersten Stoß Rechnungen, den ich gesehen hatte, eine Rechnung von demselben Zahnarzt gewesen war. John Pickett, D. D. S., Inc. Wo war er mir schon einmal begegnet? Ich blätterte wieder das Material aus der Mordakte durch und überflog jede einzelne Seite. Aha. Kein Wunder, dass der Name mich an etwas erinnerte. Er war der Zahnarzt, der die Rundum-Röntgenaufnahme des Gebisses erstellt hatte, die zur Identifizierung von Marty Grice benutzt worden war. Es klopfte an der Tür, und ich sah überrascht auf. Es war bereits vier Uhr.

Ich schaute durch den kleinen Türspion und öffnete die Tür. Die Schlosserin war noch jung, vielleicht zweiundzwanzig. Sie ließ ein Lächeln aufblitzen, das ihre schönen weißen Zähne zur Geltung brachte.

»Guten Tag«, grüßte sie. »Ich bin Becky. Bin ich hier richtig? Ich hab es vorn schon versucht, und der alte Mann meinte, dass Sie mich wahrscheinlich bestellt haben.«

»Ja, das stimmt«, erwiderte ich. »Kommen Sie rein.«

Sie war größer als ich, sehr dünn, und hatte lange nackte Arme und Blue Jeans, die ihr von den schmalen Hüften herabhingen. Ein Zimmermannsgürtel war um ihre Taille geschlungen, von dem ein Hammer wie eine Waffe im Halfter herabhing. Ihre blonden Haare waren kurz geschnitten und hatten vorn eine jungenhafte Tolle. Sommersprossen, blaue Augen, helle Wimpern, kein Make-up, die ganze Schlaksigkeit einer Heranwachsenden. Sie besaß eine sportliche, unerschütterliche Schönheit, und sie roch nach Ivory-Seife.

Ich ging ins Badezimmer. »Das Fenster ist hier. Ich möchte eine Art Sicherheitsschloss aus Schwermetall installiert haben, das nicht aufgebrochen werden kann.«

Ihre Augen leuchteten auf, als sie den Schnitt in der Scheibe bemerkte. »Oh, nicht übel. Saubere Arbeit, puh. Wollen Sie an den anderen Fenstern auch neue Schlösser haben oder nur hier?«

»Ich möchte überall neue Schlösser, den Schreibtisch eingeschlossen. Können Sie den Absteller wieder spannen?«

»Klar. Ich kann alles machen, was Sie wollen. Wenn Sie eine Scheibe haben, kann ich auch das Fenster neu verglasen. Ich mache so etwas unheimlich gerne.«

Ich ging und ließ sie die schweren Metallschlösser anbringen. Verspätet raffte ich etliche Teile schmutziger Wäsche zusammen, die über mein Wohnzimmer verteilt waren. Es geht nichts über den stummen Blick eines Außenstehenden, um sich über die eigene Umgebung bewusst zu werden. Zwei Strandtücher, ein Sweatshirt, und ein dunkles Sommerkleid aus Baumwolle schmiss ich auf das andere Zeug in der Waschmaschine. Ich neige sowieso dazu, meine Waschmaschine als Korb für schmutzige Wäsche zu benutzen, da ich etwas in Raumnot bin. Ich leerte einen Becher Waschmittel hinein und stellte den Kurzwaschgang ein. Ich war nahe daran, die Tür wieder zuzudrücken, als ich Elaines Reisepass entdeckte, der aus der hinteren Hosentasche einer Blue Jeans hervorlugte. Ich muss meine Überraschung wohl geäußert haben, denn Becky steckte den Kopf durch die Badezimmertür.

»Haben Sie mich gerufen?«

»Nein, schon in Ordnung. Ich hab bloß eben etwas gefunden, das ich schon gesucht hatte.«

»Ach so. Okay. Schön für Sie.« Sie ging wieder an die Arbeit. Ich legte den Reisepass in die hinterste Ecke der untersten Schreibtischschublade und schloss sie ab. Gott sei Dank, dass ich den Reisepass habe, dachte ich. Gott sei Dank, dass er wieder aufgetaucht ist. Er war wie ein Talisman, ein gutes Omen. Hocherfreut entschied ich mich, meine Notizen mal wieder zu tippen, also zog ich meine kleine Reiseschreibmaschine hervor und fing damit an. Ich hörte, wie Becky mit dem Fenster herummachte, und ein paar Minuten später steckte sie wieder den Kopf aus der Badezimmertür.

»Äh, Kinsey? Dieses Ding ist total vermurkst. Soll ich es reparieren?«

»Klar, warum nicht?«, sagte ich. »Wenn das Fenster wieder richtig funktioniert, habe ich noch ein paar andere Dinge, um die Sie sich kümmern können.«

»Oh, prima«, meinte sie und verschwand wieder.

Ich hörte ein lautes, reißendes Geräusch, als sie den Fensterrahmen wegstemmte. Es war beunruhigend. Dieser ganze Pep und Enthusiasmus. Ich dachte, ich hätte etwas splittern hören.

»Keine Sorge wegen der Geräusche«, rief sie heraus. »Ich habe mal zugesehen, wie mein Dad so was gemacht hat, und es ist ein Klacks.«

Einen Moment später ging sie vorsichtig auf Zehenspitzen durchs Zimmer und legte sich einen Finger an die Lippen. »Tut mir Leid, dass ich Sie bei der Arbeit störe. Ich muss zum Wagen runter und ein Stück Schnur holen. Machen Sie einfach weiter«, murmelte sie. Sie sprach in einem heiseren Flüstern, als ob es weniger lästig wäre, wenn sie leiser sprach.

Ich wandte meine Augen gen Himmel und fuhr fort zu tippen.

Drei Minuten später kam sie wieder an die Eingangstür und klopfte. Ich musste aufstehen, um sie hereinzulassen. Wieder entschuldigte sie sich kurz und ging ins Bad zurück, wo sie ihrer Arbeit nachging. Ich schrieb einen Begleitbrief für Julia und vervollständigte meine Rechnung. Becky hielt sich im Nebenraum auf und machte peng-peng-peng mit ihrem zuverlässigen Hammer.

Nach ein paar Minuten erschien sie wieder. »Fertig. Wollen Sie es mal ausprobieren?«

»Einen Moment noch«, erwiderte ich. Ich tippte den Briefumschlag fertig, stand auf und ging ins Bad. Ich fragte mich, ob es so wäre, wenn man ein kleines Kind im Haus hat. Geräusche, Unterbrechungen, das ständige Bemühen um Aufmerksamkeit. Schon eine durchschnittliche Mutter kann mich in Erstaunen versetzen. Mein Gott, was für eine Seelenruhe.

»Schauen Sie«, grinste sie glücklich. Sie stellte das Fenster hoch. Vorher war das, als würde man ein Gewicht von fünfzig Pfund anheben. Auf halbem Weg blieb es dann stecken, kreischte und flog unerwartet hoch, wobei das Glas beinahe zersprang, wenn es vor den Rahmen knallte. Um das Fenster hinunterzuziehen, musste ich mich praktisch mit beiden Händen daranhängen und es Stück für Stück runterholen. Die meiste Zeit hatte ich es einfach geschlossen gelassen. Jetzt glitt es ohne Störung hinauf.

Sie machte einen Schritt zurück, damit ich es probieren konnte. Ich langte hinüber und zog es hinab, war aber offensichtlich nicht genügend auf die Verbesserung vorbereitet, denn das Fenster kippte so schnell hinunter, dass es mit seinem ganzen Gewicht gegen die Pfosten in der Wand knallte.

Becky lachte. »Ich hab Ihnen doch gesagt, dass es funktioniert.«

Ich starrte erst sie, dann den Fensterrahmen an. Zwei Gedanken waren mir gleichzeitig durch den Kopf geschossen. Ich dachte an Dr. Pickett und die Zahnröntgenbilder und an May

Snyders Behauptung, sie habe an dem Abend, als Marty gestorben war, jemanden peng-peng-peng machen hören.

»Ich muss weg«, stieß ich hervor. »Sind Sie so ziemlich fertig?«

Sie lachte wieder; diese unbehagliche, falsche Heiterkeit, die hervorsprudelt, wenn man denkt, dass man es mit jemandem zu tun hat, der einen auf den Arm nimmt. »Äh, nein. Ich dachte, Sie hätten gesagt, dass Sie noch andere Dinge erledigt haben wollten.«

»Morgen. Oder vielleicht übermorgen«, sagte ich. Ich ging mit ihr zur Tür und langte nach meiner Handtasche.

Becky ließ sich widerstandslos herumschieben.

»Habe ich was Falsches gesagt?«, fragte sie.

»Wir werden morgen darüber reden«, erwiderte ich. »Ich bin Ihnen wirklich dankbar für die Hilfe.«

Ich fuhr wieder in Elaines Viertel und kreiste dort im Block, um Dr. Picketts Praxis in der Arbol zu finden. Ich hatte sie vorher schon einmal gesehen; eines dieser einstöckigen holzverschalten Häuschen, die hier in der Gegend mal so vorherrschend waren. Die meisten sind in Filialen von Grundstücksgesellschaften und Antiquitätenläden umgewandelt worden, die aussehen wie ein kleines, überfülltes Wohnzimmer mit einem außen vorgehängten Schild.

Dr. Pickett hatte ein paar Blumenbeete zugepflastert, um einen kleinen Parkplatz zu schaffen. Da hinten stand nur ein Wagen: ein 1972er Buick mit einem Ziernummernschild mit der Aufschrift: PROTHES. Ich hielt daneben, schloss meinen Wagen ab und ging ums Haus herum nach vorn und zur Veranda hoch. Das Schild an der Tür sagte BITTE EINTRETEN, also tat ich es.

Das Innere erinnerte mich deutlich an meine Grundschule: lackierte Holzfußböden und der Geruch nach Gemüsesuppe. Hinten in der Küche hörte ich jemanden herumklappern. Dort lief ein Radio, das auf einen Country-Music-Sender eingestellt war. Ein verschrammter hölzerner Schreibtisch stand quer im

Eingangsflur. Darauf befanden sich eine kleine Klingel und ein Schild mit den Worten BITTE LÄUTEN. Ich schlug leicht auf die Glocke.

Zu meiner Rechten befand sich ein Wartezimmer, das mit modernen Plastiksofas und niedrigen Furnierholztischen im dänischen Stil möbliert war. Die Zeitschriften waren sorgfältig in einer Reihe aufgestellt, aber die Abonnements waren wohl abgelaufen. Ich entdeckte eine *Life*-Ausgabe, auf deren Titelbild das »Starlet Janice Rule« abgebildet war. Dr. Picketts Behandlungszimmer war von dem Anmelderaum abgeteilt. Durch die offene Tür konnte ich einen altmodischen Zahnarztstuhl mit einem schwarzen Plastiksitz und ein weißes Spuckbecken aus Porzellan entdecken. Das Instrumententablett war rund und schaukelte offensichtlich an einem Metallarm. Weißes Papier deckte die Oberfläche ab wie ein Platzdeckchen, und die Instrumente waren darauf aufgereiht wie Sachen aus einem Zahnheilkundemuseum. Ich war regelrecht begeistert, dass ich meine Zähne nicht gleich jetzt behandeln lassen musste.

Entlang der Wand zu meiner Linken standen einige abgenutzte Holzaktenschränke. Unbeaufsichtigt. Ich spürte, wie es mir in den Fingern juckte. Pflichtbewusst läutete ich noch einmal die Glocke, aber die Country-Music heulte immer weiter. Ich kannte das Lied, und dieser Text bricht mir seit jeher das Herz.

Auf der Vorderseite eines jeden Aktenschrankes befanden sich kleine Blechrahmen, in die handgeschriebene weiße Kärtchen geschoben worden waren. A-C stand auf dem ersten. D-F stand auf dem nächsten. Diese alten Aktenschränke kann man nämlich nicht abschließen. Also, manchmal schon, aber diese hier nicht. Außerdem würde ich mir eine ziemlich lange Lügengeschichte ausdenken müssen, dachte ich. Und ich könnte auf der falschen Spur sein, dann würde ich bloß jedermanns Zeit, einschließlich meiner eigenen, verschwenden. Ich zögerte nur noch, weil die Gerichte sich manchmal wirklich anstellen, wenn es um die moralische Integrität der Beweisstücke geht. Man sollte also nicht herumlaufen und Informationen stehlen, von denen man hofft, dass man sie später als die »Beweisstücke A und B der Anklage« anpreisen könnte. Es sind die Cops, von denen erwartet wird, dass sie all dieses Zeug heranschaffen, es etikettieren und beschriften und peinlich genau Buch darüber führen, wer Zugang dazu hatte und wo es gewesen ist. Beweiskette, nennt man das. Ich meine, schließlich habe ich den ganzen Quatsch gelesen und kenne mich aus.

Ich rief »Huhuu!« und wartete. Dabei fragte ich mich, ob »huhuu«, so wie »Mama« und »dada« einer der Ausdrücke ist, die in den meisten Sprachen auftauchen. Wenn nicht innerhalb der nächsten zehn Sekunden jemand reagierte, würde ich zum Betrug übergehen.

24

Frau Dr. Pickett erschien. Zumindest nahm ich an, dass sie es war. Sie war stämmig und hatte ein großes rundes Gesicht, eine randlose Brille und eine leichte Boxernase. Das Kleid, das sie trug, war aus marineblauem Jersey, der mit winzigen weißen, in alle Richtungen fliegenden Pfeilen bedruckt war. Ihre Haare hatte sie oben auf dem Kopf zusammengenommen und mit einem Gummiband befestigt. Wie von einem kleinen Springbrunnen fielen die Locken kaskadenartig herab. Sie hatte eine weite, weiße Schürze mit einem Latz vorn umgebunden, an der sie jetzt verlegen die Stofffalten glatt strich.

»Also, äh, ich dachte, ich hätte jemanden hier gehört, aber ich glaube nicht, dass ich Ihren Namen kenne«, begann sie. Ihre Stimme war honigsüß und mit einem leichten Südstaaten-Akzent gefärbt.

Im Bruchteil einer Sekunde musste ich entscheiden, ob ich die Wahrheit sagen sollte. Ich streckte ihr die Hand hin und nannte meinen Namen. »Ich bin Privatdetektivin«, fügte ich hinzu.

»Ja, wirklich?«, staunte sie mit weit aufgerissenen Augen. »Was um alles in der Welt kann ich für Sie tun?«

»Tja, da bin ich mir auch noch nicht so sicher«, meinte ich. »Sind Sie Mrs Pickett?«

»Ja«, erwiderte sie. »Ich hoffe, Sie stellen keine Ermittlungen über John an?« Voller Dramatik glitt ihre Stimme melodisch auf und nieder.

Ich schüttelte den Kopf. »Ich untersuche den Tod einer Frau, die hier in der Nachbarschaft gewohnt hat ...«

»Und ich wette, Sie sprechen von Marty Grice.«

»Ja, genau«, sagte ich.

»Ach, war das nicht 'ne grauenvolle Sache? Ich kann Ihnen gar nicht sagen, wie außer mir ich war, als ich das hörte. So 'ne nette Frau wie sie, und muss so 'n Schicksal erleiden. Aber so ist das eben im Leben.«

»Schrecklich«, bekräftigte ich.

»Und wissen Sie was? Die haben den, der das gemacht hat, nie gekriegt.«

»Sie war Patientin von Dr. Pickett, nicht wahr?«

»Aber sicher. Und eine nettere Person gab's nicht auf Erden. Wissen Sie, sie kam gewöhnlich immer mal hier vorbei. Sie setzte sich genau dahin, und wir hielten ein Pläuschchen. Als meine Arthritis auftrat, half sie uns beim Bedienen des Telefons und was nicht sonst noch. Ich habe John noch nie so bestürzt gesehen wie damals, als wir hinaus mussten, um ihre Überreste zu identifizieren. Ich glaube, er hat eine Woche lang nicht mehr geschlafen.«

»Hatte er die Röntgenaufnahmen von den Zähnen während der Autopsie gemacht?«

»Das war der Pathologe. John brachte die Röntgenbilder mit, die er in der Praxis gemacht hatte, und sie haben sie gleich auf der Stelle miteinander verglichen. Da gab's natürlich keinen Zweifel. Es war bloß eine Formalität, haben sie uns gesagt. Er hatte diese Röntgenaufnahmen keine sechs Wochen vor ihrem

Tod aufgenommen. Mir hat ihr Mann dermaßen Leid getan, ich dachte, ich müsste würgen. Wir gingen auch zu der Beerdigung, wissen Sie, und ich habe mich so schrecklich blamiert wie noch nie. Hab geheult wie 'n Baby, und John auch. Ach so, aber sicherlich ist er es, mit dem Sie reden wollen. Dies ist sein freier Tag, aber er müsste bald nach Hause kommen. Er ist unterwegs, um ein paar Besorgungen zu machen. Sie können warten, wenn Sie möchten, oder später noch mal wieder kommen.«

»Wahrscheinlich können Sie mir genauso gut helfen«, meinte ich.

»Nun, ich werde tun, was ich kann«, sagte sie unsicher. »Ich bin keine Expertin, aber ich habe ihm unsere ganze Ehe hindurch assistiert. Er hat oft gesagt, ich könnte bestimmt genauso gut wie er einen Zahn füllen, aber ich kann dieses Novocain ja nicht leiden. Mit den Spritzen ist nicht zu spaßen. Da werden meine Hände zu Eis, und auf den Armen krieg ich überall 'ne Gänsehaut.« Sie rieb sich die Arme und ahmte einen Schauder nach, um zu illustrieren, wie aufregend das war. »Ist ja auch egal, jetzt machen Sie mal weiter und fragen, was Sie möchten. Ich wollte Sie nicht unterbrechen.«

»Ich habe gehört, dass Dr. Pickett eine Patientin namens Elaine Boldt hatte«, begann ich. »Könnten Sie in Ihren Unterlagen nachsehen und mir sagen, wann sie das letzte Mal hier war?«

»Der Name kommt mir bekannt vor, aber aus dem Stegreif könnte ich nicht sagen, dass ich sie kenne. Sie wird keine von den Regelmäßigen gewesen sein, würde ich behaupten; ich würde sie kennen, wenn sie mehr als einmal hier gewesen wäre.« Sie beugte sich zu mir. »Ich nehme an, dass Sie mir nicht sagen dürfen, was es da für Zusammenhänge gibt«, sagte sie in vertraulichem Ton.

»Nein«, bestätigte ich, »aber sie waren Freundinnen. Mrs Boldt lebte gleich gegenüber von Marty Grice.«

Mrs Pickett nickte leicht und zog die Augenbrauen hoch, als

hätte sie verstanden, worum es ging, und würde kein Wort davon weitersagen. Sie ging zu den Karteischränken hinüber und zog die oberste Schublade auf. Ich stand direkt neben ihr. Ich überlegte, ob sie etwas dagegen hätte, wenn ich ihr so über die Schulter sah, aber sie schien keinen Einwand zu haben. Die Schublade war so dicht voll gepackt, dass sie ihren Finger kaum dazwischen bekam. Sie begann, die Namen auf den Schildchen vorzulesen.

»Mal sehen. Bassage, Berlin, Bewley, Bevis ... Oh, na, schauen Sie sich das an. Die sind durcheinander«, meinte sie. Sie vertauschte die beiden Karten und machte da weiter, wo sie aufgehört hatte. »Birch, Blackmer, Blount. Ich habe Boles. War das der Name, den Sie suchten?«

»Nein, Boldt«, erwiderte ich. »B-o-l-d-t. Ich weiß, dass Sie ihr einmal eine Rechnung ausgestellt haben, und ich habe eben erst die Nachricht für die halbjährliche Vorsorgeuntersuchung gesehen.«

»Ich glaube, Sie haben Recht. Ich habe diese Erinnerungskarte selbst geschrieben, und jetzt fällt es mir wieder ein. Via Madrina, nicht wahr?« Sie schaute wieder in den Karteikasten und suchte ein paar Umschläge vor und zurück. »Ich wette, er hat sie aus irgendeinem Grund auf seinem Schreibtisch«, meinte sie. »Kommen Sie mal mit hierher, wir werden uns das ansehen.«

Ich ging mit ihr den kurzen Flur hinunter und in ein kleines Büro auf der linken Seite, das wahrscheinlich mal eine Damentoilette gewesen war. Dr. Picketts Schreibtisch war mit Karteikarten voll gestopft, und seine Frau stützte die Hände in die Hüften, als hätte sie so etwas noch nie gesehen.

»Ach, herrje. Na, wenn das kein Durcheinander ist.« Sie machte sich daran, den nächsten Stapel durchzusehen.

»Warum sollte er sie auf dem Schreibtisch haben?«, fragte ich.

»Ich kann mir nur vorstellen, dass wir eine Anfrage nach dem zahnärztlichen Bericht hatten«, antwortete sie. »Manchmal ziehen Patienten in einen anderen Staat.«

»Soll ich Ihnen helfen?«

»Sehr gern, Kleines. Unter diesen Umständen könnte das den ganzen Tag dauern.«

Ich legte los und blätterte den Stapel, der mir am nächsten lag, durch. Dann untersuchte ich den Packen, den sie gemacht hatte, noch mal, um sicherzugehen, dass sie nichts übersehen hatte. Keine Elaine Boldt.

»Es gibt noch eine Möglichkeit«, sagte sie. Sie hielt einen Finger hoch und marschierte mit mir zurück zu dem Schreibtisch am Eingang, wo sie die oberste Schublade öffnete und nach einem kleinen grauen Karteikasten griff. »Hier sind die Erinnerungskarten. Wenn Sie eine Benachrichtigung bekommen hat, müsste sie in diesem Kasten sein. Ich nehme an, sie hat keinen Hinweis darauf gegeben, wann sie hier gewesen sein könnte?«

»Nee«, meinte ich. »Aber vermutlich im Dezember, wenn sie gerade eine Halbjahresbenachrichtigung bekommen hat.«

Mrs Pickett schenkte mir einen anerkennenden Blick. »Gute Idee. Deshalb sind Sie wohl auch Detektivin und ich nicht. Na gut, schauen wir mal nach, wie's im Dezember aussieht.« Sie ging ungefähr fünfzehn Karten durch. Ich machte mir schon Sorgen über Mr Picketts Jahreseinkommen, wenn er weniger als einen Patienten am Tag hatte.

»Wenig los gewesen, in dem Monat«, bemerkte ich und beobachtete sie.

»Er ist schon halb im Ruhestand«, entgegnete sie, in ihre Suche vertieft. »Er kümmert sich noch um die alten Menschen hier in der Gegend, aber er versucht, seine Praxis möglichst einzuschränken. Er hat schlimmere Krampfadern als ich, und sein Arzt will nicht, dass er den ganzen Tag auf den Beinen ist. Wir gehen bei jeder Gelegenheit raus und machen Spaziergänge. Hält den Kreislauf in Schwung. Hier ist sie.« Sie hielt eine Karteikarte hoch und überreichte sie mir mit einer Mischung aus Triumph und Erleichterung. Auch wenn sie fast im Pensionsalter waren, die Praxis wurde immer noch gut geführt.

Ich studierte die Karte. Alles, was draufstand, waren Elaine Boldts Name und Adresse und der Tag, an dem sie da gewesen war. 28. Dezember. War ich auf der richtigen Spur? Ich ließ mir den Gedanken durch den Kopf gehen.

»Marty Grice wird wohl zuerst hier gewesen sein«, meinte ich, »und wird Dr. Pickett dann an Elaine weiterempfohlen haben.«

»Das ist leicht nachzuprüfen«, sagte Mrs Pickett. »Sehen Sie? Auf der Rückseite der Karte gibt es die Rubrik ›Empfohlen durch‹ und da steht Mrs Grices Name, wie man sieht. Eigentlich machen wir das, damit wir eine Möglichkeit haben, Leute, die sich vor der Rechnung drücken wollen, aufzuspüren.«

»Könnte ich Martys Karte mal sehen?«, fragte ich.

»Nun, warum denn nicht.«

Sie ging wieder an den Karteischrank, zog einen schmalen Umschlag aus der Schublade mit der G-I-Markierung und reichte ihn mir. Martys Name war säuberlich auf das obere Schild getippt. Ich öffnete den Umschlag. Es befanden sich drei Blätter darin. Das erste war ein medizinischer Fragebogen, der Informationen über Medikamentengebrauch, bekannte Allergien und frühere Krankheiten haben wollte. Marty hatte das Formular ausgefüllt und unterschrieben, und sich so automatisch mit »allen erforderlichen Zahnbehandlungen« einverstanden erklärt. Das zweite Blatt war eine Beschreibung des Zahnzustands und fragte nach Wurzelkanälen, Zahnfleischbluten, gelegentlichem schlechtem Atem und Zähneklappern oder -knirschen. Das dritte Blatt enthielt Informationen über die tatsächlich vorgenommene Behandlung. In eine Zeichnung der oberen und unteren Zahnreihe, die wie eine Mercatorprojektion angelegt war, waren mit Filzstift die vorhandenen Füllungen eingetragen. Martys Name war säuberlich in die oberste Zeile getippt. Darunter waren Dr. Picketts handschriftliche Notizen. Ein Routinebesuch. Sie hatte sich die Zähne reinigen lassen. Offensichtlich hatte sie keine Karies. Es waren Röntgenaufnahmen gemacht worden, und es war vorgesehen, dass sie im Juni wiederkommen sollte. Eine ganze Weile lang starrte ich darauf und ließ mir die gesamte Abfolge der Ereignisse durch den Kopf gehen. Alles schien in Ordnung zu sein, außer dem Datum: 28. Dezember. Ich ging ans Fenster und hielt die Karte ins Licht. Ich merkte, wie sich auf meinen Lippen ein kühles Lächeln bildete, denn irgendwie hatte ich geahnt, dass es darauf hinauslaufen würde. Ich hatte bloß nicht dran geglaubt, dass ich den Beweis wirklich finden würde. Doch hier hatte ich ihn. Jemand hatte den ursprünglich hineingetippten Namen säuberlich übertuscht und Martys Namen genau darüber getippt. Ich fuhr mit dem Finger über die oberste Zeile und fühlte nach dem daruntergetippten Namen, als wäre er in Brailleschrift geschrieben. Elaine Boldts Name war als feiner Abdruck unter dem Namen Marty Grice erkennbar. Die letzten paar Puzzleteile fügten sich aneinander. Ich war sicher, dass es ihre verkohlten Überreste gewesen waren, die man an jenem Abend aus Grices Haus geborgen hatte. Ich schloss die Augen. Plötzlich schien alles sehr seltsam. Seit zehn Tagen war ich Elaine auf der Spur, ohne zu merken, dass ich sie bereits gesehen hatte, auf einer Fotografie in der Mordakte, bis zur Unkenntlichkeit verbrannt. Marty Grice lebte, und ich vermutete, dass sie und Pat Usher ein- und dieselbe Person waren. Ein paar Einzelheiten würden noch niet- und nagelfest gemacht werden müssen, aber ich hatte eine sehr genaue Vorstellung, wie der Mord durchgeführt worden war.

»Fühlen Sie sich nicht gut?«

»Mir geht's gut«, sagte ich kurz angebunden.

»Wollten Sie nicht mit John sprechen?«

»Nein, jetzt nicht, aber später mal, ja. Sie waren mir eine große Hilfe, Mrs Pickett. Danke.«

»Nun, ich weiß zwar nicht, was ich getan habe, aber es ist sicher gern geschehen.«

Ich schüttelte ihre Hand und war mir über das verblüffte Staunen bewusst, das mir folgte, als ich ging. Ich stieg in meinen

Wagen und blieb dort sitzen. Ich versuchte herauszufinden, was ich jetzt tun sollte. Mein Gott, wie waren sie sichergegangen, dass der Mageninhalt zutraf? Das mussten sie raffiniert angepackt haben. Der Autopsiebericht hatte als Blutgruppe null positiv angegeben, den gängigsten Typ, also war das einfach genug gewesen. Marty und Elaine waren fast gleich groß. Es war ja nicht so, dass das Mordopfer total unbekannt gewesen wäre. Jedermann nahm an, dass es Marty war, und die Röntgenbilder der Zähne waren nur benutzt worden, um ihre Identität zu bestätigen. Es gab keinen Grund zur Annahme, dass die tote Frau jemand anders war. Leonard und seine Schwester hatten um neun telefonisch mit ihr gesprochen, und Lily behauptete, Marty hätte aufgelegt, um die Tür zu öffnen. Der Anruf bei der Polizeiwache war ein kleiner Schnörkel, den sich jemand ausgedacht hatte, um die Wirkung zu erhöhen. Mike hatte Recht mit der Zeit. An jenem Abend um 20.30 Uhr wurde eine Frauenleiche in einen Teppich gewickelt. Bloß, dass es nicht seine Tante war. Elaine muss einige Zeit vorher erschlagen worden sein, wobei genug von ihrem Kiefer und ihren Zähnen unversehrt gelassen worden war, um eine Identifikation möglich zu machen. So viele Dinge passten plötzlich zusammen. Wim Hoover muss Marty erkannt haben, als sie in Elaines Apartment ging oder herauskam. Offensichtlich waren Marty oder Leonard bei ihm gewesen, bevor er an einem Telefon war.

Ich ließ den Motor an, fuhr vom Parkplatz herunter und bog links ab. Ich fuhr zur Polizeiwache und parkte gegenüber in einer auf fünfzehn Minuten beschränkten Parkzone. Als ich zur Wache kam, blieb ich am Schalter auf der linken Seite stehen. Hinter dem Schalter war eine Türöffnung, die nach hinten in den Bereitschaftsraum führte.

Ein Cop in Zivil, den ich noch nie gesehen hatte, sah mich dastehen, als er an der Tür vorbeiging. Er machte Halt.

»Brauchen Sie Hilfe?«

»Ich suche Lieutenant Dolan.«

»Ich schau mal nach. Ich war gerade hinten und habe ihn nicht gesehen.«

Er verschwand. Ich wartete und schaute über die Schulter zur erkennungsdienstlichen Abteilung. Die schwarze Angestellte war allein dort und tippte wie verrückt. Ich konnte nicht aufhören, darüber nachzudenken. Es war jetzt so klar, wie das alles zusammenpasste. Marty Grice war nach Florida gefahren und hatte in Elaines Apartment gewohnt. Es war nicht schwierig, sich vorzustellen, was sie dort getrieben hatte. Ein bisschen abgenommen. Sich die Haare neu frisieren und tönen lassen. Keiner da unten kannte sie von früher, also musste sie sich nicht einmal verstecken. Wahrscheinlich hatte sie sich aufgepeppt, als sie erst einmal Elaines Dollars hatte, um das zu bezahlen. Ich dachte an meine Begegnung mit ihr zurück: das blaugrüne, aufgedunsene Gesicht, das Pflaster über der Nase. Sie hatte keinen Autounfall gehabt. Sie hatte eine kosmetische Operation hinter sich – ein neues Gesicht, das zu ihrer neuen Identität passte. Sie hatte mir selbst erzählt, sie sei »im Ruhestand« und habe nicht vor, jemals wieder einen Tag ihres Lebens zu arbeiten. Sie und Leonard waren in Schwierigkeiten geraten, und da saß Elaine Boldt mit ihrem Geld wie Dreck und der Neigung, sich etwas dafür zu gönnen. Wie Marty bei dem Anblick gekocht haben musste! Mord war die ausgleichende Gerechtigkeit, und schwerer Diebstahl sorgte für die Pensionskasse nach der Tat. Nun musste sie nur abwarten, bis Leonard entlastet war, und die beiden hatten es geschafft. Es war Dolans Fall. Wenn die Mordwaffe auftauchen würde, hätte er wohl genug Beweise, um handeln zu können. Für den Moment konnte ich ihm zumindest erzählen, was passiert war. Ich dachte, es sei nicht sehr klug, das für mich zu behalten.

Der Zivilbeamte kam zurück. »Er ist für den Rest des Tages weg. Kann ich Ihnen behilflich sein?«

»Weg?«, fragte ich. Ich schluckte den üblichen Fluch hinunter, aber in Gedanken sagte ich »Scheiße!«

»Ich werde mich sofort morgen Früh bei ihm melden.«

»Klar. Möchten Sie ihm eine Nachricht hinterlassen?«

Ich nahm eine meiner Karten heraus und reichte sie ihm. »Sagen Sie ihm bloß, dass ich hier war und was ich vorhabe.«

»Mach ich«, meinte er.

Ich ging zum Wagen zurück und fuhr los. Ich hatte eine Theorie darüber, wo die Mordwaffe war, aber zuerst wollte ich mit Lily Howe reden. Wenn sie herausgefunden hatte, was passiert war, befand sie sich in Gefahr. Ich schaute auf meine Uhr. Es war 18.15 Uhr. An einer Tankstelle sah ich ein Münztelefon und hielt an. Vor Schreck hatte mein Herz zu dröhnen angefangen. Ich wollte nicht, dass Mike in Gefahr kam. Wenn ihm klar war, dass seine Tante lebte, steckte er auch in Schwierigkeiten. Verdammt, das taten wir alle. Meine Hände zitterten, als ich das Telefonbuch durchblätterte und fieberhaft nach den anderen aufgeführten Grices suchte. Ich fand einen Horace Grice in der Anaconda, was nach einem guten Tipp aussah, und musste dann auf dem Boden meiner Handtasche herumwühlen, bis ich zwanzig Cents gefunden hatte. Ich wählte und hielt den Atem an, während das Telefon einmal, zwei Mal, vier Mal, sechs Mal klingelte. Zwölf Mal ließ ich es klingeln, dann legte ich den Hörer auf. Ich riss die Seite aus dem Telefonbuch und steckte sie in meine Tasche, in der Hoffnung, noch mal eine Möglichkeit zum Anrufen zu haben.

Ich stieg wieder in den Wagen und fuhr in die Richtung von Lilys Haus. Wo waren Leonard und Marty im Moment? Konnten sie abgehauen sein, oder war es möglich, dass sie noch immer zusammen irgendwo in der Stadt waren – vielleicht in Lily Howes Wohnung? Ich verpasste die Carolina Avenue und musste wenden. Im Vorbeifahren schaute ich auf die Hausnummern. Ich erblickte das Haus der Howes und fuhr langsamer, zum großen Ärgernis der Leute in dem Wagen hinter mir. Ich fuhr daran vorbei und wendete in einer Einfahrt sechs Häuser weiter unten. Als ich in die Lücke wollte, um zu parken, tat mein Herz einen Satz: Leonard und seine Freundin waren gerade in Lilys Auffahrt gefahren.

Abrupt krümmte ich mich auf meinem Sitz zusammen und stieß mit dem Knie gegen das Armaturenbrett. O Gott, was für ein Schmerz! Ich kam ein bisschen hoch und schielte über den Rand des Lenkrads. Offensichtlich waren sie nicht auf mich aufmerksam geworden, denn sie stiegen jetzt beide aus dem Wagen und gingen auf Lilys Eingangstür zu, ohne sich umzudrehen. Sie klopften, und sie öffnete ihnen die Tür, ohne den geringsten Ausruf des Erstaunens, Schreckens, Schocks oder der Bestürzung. Ich fragte mich, seit wann sie wusste, dass Marty lebte. War sie von Anfang an mit ihnen im Bunde gewesen? Unbehaglich beobachtete ich das Haus. Solange Leonard dabei war, war ich mir einigermaßen gewiss, dass Lily in Sicherheit war; aber ich glaubte, dass Marty überhaupt nicht geneigt war, Lily lebend zurückzulassen, wenn sie fahren würden. Ich würde ein wenig über Lily Howe schweben und ihren Schutzengel spielen müssen, ob sie wollte oder nicht.

25

Da saß ich nun, während sich eine unglaublich schmerzhafte, wahrscheinlich bleibende Beule auf meinem Knie bildete, und versuchte mir darüber klar zu werden, was ich jetzt machen sollte. Ich wollte den Ort des Geschehens nicht jetzt, da ich den Feind im Visier hatte, verlassen. Meilenweit gab es kein öffentliches Telefon, und wen hätte ich auch schon anrufen sollen? Ich dachte daran, aus dem Wagen zu steigen und zum Haus hochzukriechen, aber ich habe mit dieser Art Unternehmungen noch nie gute Resultate erzielt. Niemals stehen die Fenster dort offen, wo man sie offen haben will. Bei den wenigen Gelegenheiten, bei denen es mir gelang zu lauschen, war das Thema jedes Mal völlig unwichtig gewesen. Die Leute sitzen eben nicht einfach herum und sprechen über die entscheidenden Details ihrer kürzlich begangenen Verbrechen. Späht man über das Fensterbrett, hat man gute Chancen, den Tätern beim Mensch-ärgere-dich-nicht zuzusehen. Ich habe noch nie Leute gesehen, die gerade dabei waren, die Leiche zu zerstückeln oder die Beute aus dem Bankraub aufzuteilen. Ich entschied, im Wagen sitzen zu bleiben und zu warten.

Nichts ist verdächtiger als jemand, der in einer Wohngegend allein in einem abgestellten Auto sitzt. Mit ein bisschen Glück würde mich ein besorgter Hausbesitzer entdecken und die Polizei rufen, und dann könnte ich eine nette Unterhaltung mit 'nem Typen in Uniform führen. Ich überlegte mir eine gekürzte Version des Mordkomplotts, die ich zu gegebener Zeit kurz und bündig erzählen konnte. Das Haus war ruhig. Eine Stunde und fünfundvierzig Minuten gingen vorüber, und die zunehmende Dunkelheit verwandelte die Sicht allmählich zu Brei. In allen Häusern die Straße hinauf und hinunter gingen die Lichter an, auch bei Lily Howe. Jemand parfümierte die Gegend mit Barbecueduft. Ich war hungrig, und ich musste pinkeln, konnte mich aber nicht entscheiden, ob ich es riskieren sollte, mich hinter jemandes Busch zu hocken. Ich habe nicht das Gefühl, dass ich unter Penisneid leide, aber in Momenten wie diesem sehne ich mich nach den anatomischen Vorteilen.

Um 21.23 Uhr öffnete sich Lilys Eingangstür, und Leonard und Marty kamen heraus. Ich lehnte mich vor und schielte hinaus. Es gab keine Verabschiedung. Die beiden stiegen ins Auto, knallten die Türen zu und fuhren rückwärts aus der Einfahrt. Ich wartete, bis ihr Wagen verschwunden war und ging dann aufs Haus zu. Das Verandalicht war ausgeschaltet worden. Ich klopfte. Einen Moment lang war es still, dann hörte ich, wie die Kette eingehakt wurde. Lily hatte ihre Anleitungen zur Verhütung von Vergewaltigungen gelesen. Gut für sie.

»Wer ist da?«, kam die gedämpfte Stimme von drinnen.

Ich senkte meine Stimme zu einem Flüstern. »Ich bin's. Ich habe meine Handtasche vergessen.«

Die Einbrecherkette wurde zurückgezogen, und Lily öffnete die Tür einen Spalt breit. Ich drückte so schnell dagegen, dass ihr die Tür fast die Nase gebrochen hätte. Es gab einen Schlag, und sie schrie auf, aber bis dahin hatte ich die Tür schon hinter mir geschlossen.

»Wir müssen miteinander reden«, sagte ich.

Sie hielt sich eine Hand vors Gesicht, und ihr waren Tränen in die Augen gestiegen, aber nicht auf Grund eines Schadens, den ich ihr zugefügt hatte, sondern weil sie sehr aufgewühlt war. »Sie hat gesagt, dass sie mich umbringt, wenn ich etwas sage.«

»Sie wird Sie auf jeden Fall umbringen, Sie Dummkopf. Was glauben Sie denn – dass sie fortgehen und Sie hier lassen, damit Sie sich verplappern? Hat sie Ihnen erzählt, was sie mit Wim Hoover gemacht hat? Sie hat ihm eine Kugel genau hinters Ohr gesetzt. Sie sind Hundefutter. Sie haben keine Chance.«

Lily erblasste. Ein Schluchzer brach an die Oberfläche wie eine Luftblase vom Grunde eines Sees, aber dann schien sie sich zusammenzureißen. Sie schloss die Augen und schüttelte den Kopf wie ein Gefangener im Angesicht der Folterbank. Es war ihr gleich, was ich ihr antat, sie würde jedenfalls nicht reden.

»Verdammt noch mal! Sagen Sie mir, was hier gespielt wird!«

Ihr Gesichtsausdruck verhärtete sich, und ich bekam einen plötzlichen Eindruck davon, wie sie als Kind gewesen sein musste. Leonards Schwester wusste, wie man mit einem Großmaul wie mir umzugehen hatte. Sie wurde störrisch und teilnahmslos, eine defensive Haltung, die sie offensichtlich im Laufe der Jahre als eine Abwehrmöglichkeit perfektioniert hatte. Sie ging einfach auf Distanz, zog sich in sich selbst zurück wie eine Molluske. Sie muss als Kind regelmäßig bedroht worden sein, mit allem; angefangen von Tetanusspritzen, wenn sie sich nicht nach jedem Pinkeln die Hände wusch, bis hin zum Polizeigewahrsam, wenn sie nicht nach beiden Seiten sah, bevor sie die Straße überquerte. Anstatt die Regeln zu lernen, hatte sie gelernt, sich zu entziehen.

Zu meiner Überraschung ging sie auf einen der türkisfarbenen Sessel zu und setzte sich ohne ein weiteres Wort hin. Sie nahm die Fernbedienung, schaltete den Fernsehapparat an und ging sechs Kanäle durch, bis sie die Slapstickserie gefunden hatte, die sie sehen wollte. Sie war dabei, mich abzuschalten. Ich ging zu dem Sessel hinüber, hockte mich neben sie und redete ernsthaft auf sie ein, während sie ihr Gesicht dem Bildschirm zugewandt hielt. Sie beobachtete gespannt, wie eine dralle Platinblondine in einem Kettenhemd sich anschickte, einen Geburtstagskuchen zuzubereiten.

»Mrs Howe, ich bin mir nicht sicher, ob Sie verstanden haben, was hier vor sich geht. Ihre Schwägerin hat zwei Menschen umgebracht, und niemand außer uns scheint sich dessen bewusst zu sein.«

In einer großen Wolke staubte das Mehl hoch und ließ das Speckgesicht der Blondine verschwinden. Beschränkt wie sie war, hatte sie offensichtlich Backpulver *und* Hefe benutzt und das trockene Mehl so zur Explosion gebracht. Die Spur für Gelächter wurde auf »übermütig« gedreht. Oh, was für ein Weib! Was war sie doch für ein kleines Dummchen! Lily lächelte leicht. Vielleicht fühlte sie sich an eigene Backkatastrophen erinnert.

Ich berührte ihren Arm. »Wir haben nicht mehr viel Zeit, Lil, und wissen Sie auch, warum nicht? Ich glaube, Marty Grice wird kehrtmachen und uns ebenfalls ermorden. Sie muss.«

Keine Reaktion. Vielleicht war das, was ich sagte, für sie genauso wenig Realität wie für diese Idiotin mit dem Geburtstagskuchen. Die war jetzt dabei, Eier aufzuschlagen, und ihr Gesicht wurde mit Eigelb bespritzt. Hier wurden einfache Gesetzmäßigkeiten der Natur verletzt, um sie zur Zielscheibe des Spottes zu machen. Nun kommt der Ehemann herein. Angesichts des Chaos, das sie angerichtet hat, fällt ihm die Kinnlade herunter.

Neue Lachkrämpfe brachen aus. Ich fragte mich, ob ich jemals im Leben dermaßen über etwas gelacht hatte.

Ich fragte: »Wo sind sie gerade hingefahren? Verlassen sie die Stadt?«

Lily lachte laut. Die Blondine hatte die Backschüssel auf dem Kopf ihres Mannes entleert. Sie zeigte es ihm. Ein paar Takte der blöden Titelmelodie der Show wurden gespielt, und der Sender schwenkte auf Werbung um. Ich langte hinüber und stellte den Ton ab. Lautlos rutschte ein Hund auf der Jagd nach einer Dose gehackter Leber über das Linoleum.

»Heh«, drängte ich, »Leonard ist in Schwierigkeiten. Werden Sie ihm helfen oder nicht?«

Sie schaute zu mir hinüber, und ich sah, wie ihre Lippen sich bewegten. Ich beugte mich näher zu ihr.

»Entschuldigung. Wie bitte?«

Die Anstrengung stand ihr im Gesicht geschrieben, und ihre Augen schienen fahrig. Sie beobachtete mich mit der ganzen Konzentration einer Betrunkenen, abhängig und unkontrolliert. »Leonard hat nie jemandem etwas zu leide getan«, meinte sie. »Er hatte keine Ahnung, was sie da tat, bis es zu spät war.«

Ich dachte an Mikes Bericht über die leidenschaftliche Liebe Leonards zu seiner Frau. Ich betrachtete ihn zwar nicht als unschuldiges Opfer dieser ganzen Geschichte, aber ich hielt meine große Klappe. »Solange er etwas weiß, ist er in Gefahr. Wenn Sie mir sagen würden, wohin sie unterwegs sind, könnte ich ihn da rausholen.«

Sie flüsterte: »Bloß nach Los Angeles, bis der neue Reisepass für Marty ankommt, und dann fliegen sie nach Südamerika.« Ihre Augen füllten sich mit Tränen. »Vielleicht sehe ich ihn niemals wieder«, sagte sie. »Und wir haben uns immer so nahe gestanden. Ich kann ihn nicht hintergehen. Ich kann ihn nicht verraten, verstehen Sie das nicht?«

»Sie versuchen, das Beste für ihn zu tun, Lily. Er wird das verstehen.«

»Es war grauenvoll. Es war ein Albtraum. Als Sie auftauchten, dachte ich, er würde sterben vor Angst. Er hatte beinahe einen Herzanfall, und da kam sie dann zurück. Sie glaubt, Sie hätten Elaines Reisepass mitgenommen, und sie tobt wegen der Verzögerung. Er fürchtet sie. Er hatte immer schon Angst vor ihren Wutanfällen …«

»Natürlich. Ich fürchte mich selbst vor ihr. Sie ist verrückt. Haben sie die Koffer bei sich im Wagen?«

Jetzt brach sie zusammen und gab klein bei. Die Vorstellung, dass Leonard sie verlassen hatte, schmerzte zu sehr, und das Bild der gepackten Koffer brach ihr das Herz. Es war zu viel. Was spielte schon noch eine Rolle, jetzt, wo er sie verließ?

»Sie sind weggefahren, um zu packen«, erwiderte sie. Ihre Stimme kam keuchend, und ihre Nase hatte zu laufen angefangen. »Deshalb sind sie weg. Ins Motel oben am Pass und dann ins Haus. Sie stritten sich darum, aber sie wollte sie nicht zurücklassen, weil sie ein Beweis wäre.«

»Was zurücklassen?«

»Die … äh … wissen Sie …«

»Die Mordwaffe?«

Lily nickte und nickte. Ich dachte, sie könnte nicht mehr aufhören. Es war, als ob sich Bänder im Nacken gelöst hätten und ihr Kopf nun dazu bestimmt wäre, unaufhörlich zu wackeln. Sie sah aus wie einer dieser Hunde mit dem lockeren Kopf, die sich manche Leute in das Rückfenster ihres Wagens setzen. »Lily, hören Sie mal zu. Ich möchte, dass Sie die Polizei rufen. Gehen Sie in ein Nachbarhaus und bleiben Sie da, bis jemand kommt. Verstehen Sie? Kommen Sie. Brauchen Sie noch etwas? Einen Pullover, eine Handtasche?« Ich hätte sie am liebsten angeschrien, sich zu beeilen, aber ich wagte es nicht. Mit ihren erschöpften, traurigen Augen schaute sie mich an, und ihr Blick war so vertrauensvoll wie der eines Hundes. Ich half ihr auf die Beine, stellte den Fernseher aus und schaffte sie dann nach draußen. Ich suchte die Straße ab, aber niemand war in Sicht. Ich konnte nicht glauben, dass Leonard zuließ, dass Marty ihr was antat, aber wir wussten ja alle, wer das Kommando hatte. In mancher Hinsicht hatte ich das Gefühl, Zeit zu verschwenden, aber ich musste sichergehen, dass Lily Howe sich in Sicherheit befand. Wir gingen zu dem ersten Haus, in dem Licht zu sehen war, einem mit Zedernschindeln gedeckten Gebäude zwei Türen weiter.

Ich klingelte. Ein Mann öffnete die Tür; ich schob sie hinein und erklärte, dass es Schwierigkeiten gebe und sie Hilfe benötige. Ich drängte Lily, die Cops zu rufen und ging dann. Ich war mir nicht sicher, ob sie es machen würde oder nicht.

Ich stieg in meinen Wagen, fuhr mit quietschenden Reifen an und verbrannte noch Gummi, als ich zwei Blocks weiter um die Ecke schlitterte. Ich fuhr sehr angespannt, überfuhr Stoppschilder und umging den Verkehr, wo ich nur konnte. Ich musste vor ihnen am Haus sein. An einer Ampel musste ich stehen bleiben. Die Zeit nutzte ich, um auf der Suche nach der Taschenlampe mein Handschuhfach zu durchwühlen. Ich nahm sie heraus und checkte die Batterien. Sie schienen okay zu sein. Das Signal schaltete auf Grün, und ich fuhr wieder an.

Zu spät wurde mir klar, dass meine Waffe immer noch im Aktenschrank im Büro eingeschlossen war. Ich ging voll in die Bremsen und fuhr zurück, um sie zu holen, aber ich hatte keine Zeit. Wenn sie zuerst ins Motel gefahren waren, gepackt, bezahlt und den Wagen voll geladen hatten, hätte ich vielleicht Zeit, die Mordwaffe vor ihnen zu bekommen. Wenn sie mir zuvorgekommen waren, würde ich auf der Stelle zu Tillie gehen und die Polizei rufen. Ich hatte nicht die Absicht, es ganz allein mit Marty Grice aufzunehmen.

Ich fühlte einen satten Adrenalinstoß. Meine Nervenzellen vibrierten und schlossen dann mit einem Freudensprung einen Gedankenkreis. Die Antwort auf eine alte Frage schoss mir in den Kopf, und plötzlich wusste ich, wie sie die Sache mit dem Mageninhalt gemanagt hatten. Marty hatte Elaines Küchenabfall gestohlen. Nichts leichter als das. Die braune Einkaufstüte, die Mike im Flur gesehen hatte, war Elaine Boldts Müll gewesen. Sie enthielt die leere Tunfisch- und die Suppendose, die an jenem Tag Elaines Abendessen enthalten hatten. Marty hatte stundenlang Zeit für die Durchführung gehabt. Ich konnte mir das Szenarium so bildlich vorstellen, als hätte ich hellseherische Fähigkeiten. Leonard geht mit Lily zum Essen aus, und Marty ruft Elaine an und lädt sie unter einem beliebigen Vorwand zu sich ein. Elaine kommt vorbei und wird irgendwann so lange ins Gesicht geschlagen, bis sie stirbt. Sobald es dunkel ist, nimmt Marty die Schlüssel und geht zu Elaines Wohnung. Sie holt den Küchenabfall heraus, nimmt ihn mit nach Hause und lässt ihn einen Moment lang im Flur stehen, während sie hinunter in den Keller geht und das Kerosin holt. Da erscheint Mike, öffnet die Eingangstür und schließt sie wieder, als er merkt, dass etwas Schreckliches passiert sein muss. Marty übergießt die ganze Wohnung mit Kerosin und setzt sich. Wie abgemacht wartet sie auf Leonards Anruf um neun und erzählt ihm am Telefon, was Elaine gegessen hat, damit er das später der Polizei gegenüber erwähnen konnte. Ein Tunfisch-Sandwich und Tomatensuppe. Vielleicht hatte Marty die Überreste auf ihr eigenes Küchenregal gestellt, damit alles übereinstimmte und korrekt aussah. Marty entzündete das Feuer und schlüpfte dann in Elaines Wohnung, wo sie sich bis zu ihrem Flug nach Florida am folgenden Montag bequem versteckt hielt. Meine Vermutung war, dass sie sich die Haare gefärbt hatte, bevor sie flog. Und das feine, graubraune Haarbüschel, das ich bei meiner ersten Durchsuchung in dem Abfallkorb in Elaines Bad gefunden hatte, war tatsächlich wohl ein zusätzlicher Beweis dafür, dass Marty Grice dort gewesen war.

Ich kam an dem Haus der Grices an, hielt auf der anderen Straßenseite und nahm mir einen Moment Zeit, das Haus und den Hof zu studieren. In der Dunkelheit war der Feuerschaden zwar unsichtbar, aber noch strömte das Haus diese Aura von

Ruin und Verlassenheit aus. Draußen gab es kein Zeichen von dem Wagen. Nirgendwo im Haus Licht. Keine Fußgänger auf der Straße.

Ich ließ den Schlüssel im Zündschloss stecken, stieg aus dem Wagen und ließ die Tür angelehnt. Ich wollte in der Lage sein, ohne viel Herumfummelei wieder hineinzuspringen und loszufahren, falls es nötig werden sollte. Ich öffnete den Kofferraum und nahm das Werkzeug heraus, das ich zu brauchen glaubte. Nachdem ich festgestellt hatte, dass niemand kam, überquerte ich die Straße und lief durch den Seitenhof der Grices.

Leise ging ich den Weg entlang und suchte im Vorbeigehen die Fenster ab. Die meisten der Fenster, die sich auf der Stirnseite des Hauses befanden, waren durch das Feuer herausgebrochen und anschließend mit Brettern vernagelt worden, doch nahe der Rückseite waren noch zwei unversehrte. Ich suchte mir eins aus und brach es auf. Es war stockduster, und in der Nachbarschaft war es still, bis auf die im Gras zirpenden Grillen. Ich wusste, ich sollte mir einen Fluchtweg offen halten, doch das konnte ich nicht riskieren. Wenn die beiden auftauchten, würde ihnen jedes offene Fenster und jede offene Tür auffallen. Ich musste eben einfach schnell arbeiten und darauf hoffen, dass meine Vermutung bezüglich der Mordwaffe stimmte. Ich hatte keine Zeit für Fehler.

Ich kletterte in die Küche und zog das Fenster zu. Auf dem Fußboden knackte das zerbrochene Glas, als ich weiterging. Meine Taschenlampe leuchtete über geschwärzte Türrahmen und rußgefärbte Wände, in einen Flur voll dichter Dunkelheit. Ich hielt den Atem an und lauschte. Die Stille war einheitlich, eindimensional. Der Strom war abgestellt worden, und ich vermisste das leise Summen der Geräte. Kein Kühlschrank, keine Heizung, keine Wanduhr, kein Warmwasserbereiter, der aus dem anderen Raum tickte. Undeutlich kam mir die Redensart von der Grabesstille in den Sinn, aber ich schob sie beiseite. Ich ging weiter und erschreckte mich, als eine Glasscherbe unter meinem Fuß zerbrach. Ging da oben jemand herum? Ich schwenkte das Licht über die Decke. Halb erwartete ich, dass Fußabdrücke als sichtbare Vertiefungen dort auftauchen würden. Die Vorstellung hatte primitiven, comicmäßigen Charakter, wie jedes Kind bezeugen kann. Ich bewegte mich wieder. Weiter weg war eine Lichtquelle, ein blasser Schein fiel vom Haus nebenan ein. Ich blieb an dem Fenster stehen, das direkt auf das Wohnzimmer über den Weg hinausging. Mr Snyder schaute sich eine Fernsehshow an. Geräuschlos flackerten die Bilder. Das einzige andere Fenster auf dieser Seite des Hauses war ein kleines, gleich neben der Küche auf der Rückseite. Ich hatte jetzt eine Theorie über das Klopfen, das May Snyder an jenem Abend gehört hatte, und ich war im Begriff, sie zu überprüfen. Ich schaute zu dem Raum, in dem sie schlief, aber er war schon dunkel. Ich fragte mich, ob es das war, was ein hohes Alter ausmachte – mehr und mehr Stunden zu schlafen, bis man sich eines Tages einfach nicht mehr die Mühe macht, wach zu werden.

Ich fuhr mit den Fingern über den Fensterrahmen und ließ das Licht über die vom Feuer verzogene Farbe scheinen, ein faltiges und runzliges Weiß, wie tote Haut. Ich konnte erkennen, wo das Holz vorher zerstört worden war. Ich konnte erkennen, wo es mit Nägeln wieder befestigt worden war: peng-peng-peng. Ich stellte die Taschenlampe auf dem Fensterbrett ab. Es dauerte ein paar Minuten, bis ich die Taschenlampe im richtigen Winkel angebracht hatte, so dass ich sehen konnte, was ich machte, und gleichzeitig beide Hände zum Arbeiten frei hatte. Ich schob die schmale Krümmung des Brecheisens in den Fensterrahmen und stemmte ihn mit einem so ohrenbetäubenden Krach auf, dass mein Herz einen Sprung machte. Nach meiner Auffassung war Elaine mit einem Schiebefenstergewicht getötet worden, das wieder in den Fensterrahmen zurückgesteckt und festgenagelt worden war. Die Ahnung war mir bei einem dieser Aha-Effekte gekommen, als ich die Gewichte in meinem eigenen Badezimmerfenster dumpf gegen die Pfosten hatte schlagen hören.

Das war nett. Das hatte eine gewisse häusliche Ordentlichkeit an sich, die Marty gemocht haben musste. Wenn das Haus an jenem Abend total abgebrannt wäre, wer hätte das dann jemals herausfinden sollen? Die Bulldozer hätten das, was vom Haus übrig geblieben wäre, niedergemäht, den Schutt in Tieflader gepackt und zur Müllkippe gebracht. Wer sollte sogar jetzt, so ruhig wie alles war, etwas davon wissen? Deswegen war es dumm von ihr, zurückzukommen, um sie zu holen. Warum ließ sie sie nicht einfach da, wo sie war? Sie war in Panik getrieben worden und wahrscheinlich darauf bedacht, jegliche Zweifel auszuräumen, damit sie sich sicher fühlen konnte, wohin sie auch ging. Vielleicht konnte man sie kriegen, aber was konnte man ihr schon beweisen? Wahrscheinlich war die Mordwaffe voll mit ihren Fingerabdrücken. Vielleicht hatte sie noch Haarsträhnen von Elaine an sich, oder Stückchen zersplitterter Zähne oder Knochen, mikroskopische Fleischpartikelchen. Ich fragte mich, was sie mit diesem grässlichen Stück vorhatte. Es vielleicht irgendwo vergraben ... es am Ende eines Piers wegschleudern. Ich quetschte einen großen Schraubenzieher in den engen Spalt zwischen der Einfassung und dem Holzstreifen, der sie fixierte. Fensterteile mussten Namen haben, dachte ich, aber ich wusste nicht, wie sie lauteten. Ich imitierte einfach Beckys Zimmermannsarbeit. Das Resultat war das gleiche. Ich hatte den Rahmen abmontiert und so die beiden Gewichtspaare freigelegt, einschließlich der Schnur, die sie verband, und den Rollen, die das Heben und Senken des Rahmens regulierten. Bemüht, nichts anzufassen, zog ich die beiden Paare hervor, vier Gewichte zusammen. Scheiße, auf diesen Dingern würden keine Fingerabdrücke zu sehen sein. Das Metall war mit einem dünnen Film aus Sägemehl und Ruß überzogen. Die Feuchtigkeit in der Wand hatte so viel Rost hervorgebracht, dass sicherlich alle versteckten Fingerabdrücke jetzt ausgelöscht waren. Es war auch nicht gerade eine große Hilfe, dass ein halbes Jahr vergangen war. Bei einer mikroskopischen Untersuchung würden noch Flecken getrockneten Blutes zum Vorschein kommen, aber ich war nicht sicher, was sonst noch. Ich leuchtete mit der Taschenlampe den Rahmen entlang. Am Ende waren zwei schimmernde, blonde Haare mit ein paar dunkelbraunen verknotet. Ich konnte fühlen, wie sich mein Mund vor Ekel zusammenzog.

Ich führte ein schmales Plastiktütchen über das Ende und befestigte es mit Klebeband. Dann schob ich die Klinge aus dem Allzweckmesser, das ich mitgebracht hatte, und durchtrennte die Schnüre. Versehentlich schlugen die Gewichte aneinander, als ich sie in eine große Plastiktüte gleiten ließ. Lieutenant Dolan und sein treues Team von der Spurensicherung würden Anfälle bekommen, wenn sie sehen könnten, wie grob ich mit Beweismaterial umging, aber ich hatte keine Wahl. Zusammen mit dem Rest meines Werkzeugs packte ich das Allzweckmesser in die Plastiktüte. Bei jeder meiner Bewegungen raschelte das Plastik – weshalb ich Leonard und Marty erst hörte, als sie bereits die Hintertreppe erreicht hatten.

26

Der Schlüssel rumorte im Schloss, und mein Kopf schnellte hoch. Wie ein elektrischer Schlag durchfuhr mich die Furcht. Mein Herz klopfte mir buchstäblich bis zum Hals. Mein einziger Vorteil lag darin, dass ich wusste, dass sie hier waren, bevor sie wussten, dass ich hier war. Ich packte die Taschenlampe und klemmte mir das in Plastik gewickelte Gewichtspaket unter den Arm. Ich war bereits auf dem Weg und schätzte meine verschiedenen Möglichkeiten ab, mit einem Hirn, das sich so langsam und kalt anfühlte, als wäre es in eisige Brandung getaucht. Ich war in Versuchung, den zweiten Stock anzusteuern, doch ich bremste den Impuls. Da oben gab es keinen Schutz und keinen Zugang zum Dach.

Ich drehte nach links ab, Richtung Küche. Ich hatte mein

Gehör voll aufgedreht, und konnte leise Gesprächsfetzen von hinten wahrnehmen. Wahrscheinlich versuchten sie sich zurechtzufinden, indem sie einfach hier und da mit der Taschenlampe hinleuchteten. Wenn Marty seit dem Abend des Feuers nicht mehr im Haus gewesen war, reagierte sie vielleicht auf den Schaden und war einen Moment lang von der Verkohlung, dem Zerfall und dem Ruin so abgestoßen, wie ich es gewesen war. Sie hatten noch nichts gemerkt, aber das würde sich bald ändern. In dem Moment, in dem sie den Fensterrahmen sahen, würden sie anfangen, nach mir zu suchen.

Die Kellertür stand offen, ein vertikaler schwarzer Schlitz, der sich gegen die Dunkelheit des Flurs abhob. Ich gestattete mir einen Funken Licht aus der Taschenlampe und schlüpfte durch den Spalt. Dann lief ich, so schnell ich konnte, ohne ein Geräusch zu machen, hinunter. Ich wusste, dass die schrägen Kellertüren, die auf den Seitenhof hinausführten, mit Vorhängeschlössern verriegelt waren. Aber zumindest konnte ich dort unten ein Versteck für mich finden. Hoffte ich.

Also ging ich hinunter und machte am Ende der Treppe Halt, damit ich mich orientieren konnte. Über mir hörte ich das Knirschen und Knacken von Schritten. Wo ich mich befand, war es verdammt pechschwarz. Ich hatte das Gefühl, als ob die Dunkelheit auf der Oberfläche meiner Augen lag, eine dicke, schwarze Maske, durch die kein Licht dringen konnte. Ich musste die Taschenlampe noch mal riskieren. Selbst nach einer so kurzen Zeit merkte ich schon, wie ich vor dem blendenden Licht zurückschreckte und jäh den Kopf wegdrehte, um meine Augen zu schützen. Ich blinzelte und zwang meine Augen zur Anpassung. O Gott, wie sollte ich hier herauskommen?

Ich verschaffte mir einen schnellen Überblick, indem ich den Lichtstrahl in einem 360-Grad-Bogen stöbern ließ. Ich musste die Fensterrahmengewichte verstecken, und es blieb nicht viel Zeit. Sie könnten mich schnappen, aber ich wollte nicht, dass sie die Mordwaffe in die Finger bekamen. Doch genau um die zu holen, waren sie hier. Ich ging zu dem Heizungskessel hinüber, der wuchtig und tot dastand und hier unten etwa so ominös wie ein Panzer wirkte. Ich zog die Tür auf und steckte die Gewichte hinein, wobei ich das Paket unten zwischen die Außenwand und das Gehäuse für den Gasbrenner klemmte. Das Scharnier gab ein schrilles Kreischen von sich, als ich die Tür zudrückte. Ich erstarrte und schaute automatisch hinauf, als ließe sich optisch einschätzen, wie weit das Geräusch getragen worden war.

Stille über mir. Sie mussten inzwischen im Flur sein, mussten den Schaden, den ich hinterlassen hatte, gesehen haben. Jetzt lauschten sie auf mich, wie ich auf sie lauschte. Im Dunkel eines alten Hauses wie diesem kann ein Geräusch so irreführend wie die Stimme eines Bauchredners sein.

Krampfhaft suchte ich nach einer Stelle, wo ich mich verstecken konnte. Jeder Winkel und jeder Spalt, den ich erblickte, war zu klein oder zu niedrig, um mir dienen zu können. Oben knarrte ein Dielenbrett. Sie würden nicht lange brauchen. Sie waren zu zweit. Sie würden sich aufteilen. Einer würde hinaufgehen, und einer würde hinunterkommen.

Auf Zehenspitzen lief ich durch den Keller nach links auf das kurze Treppenhaus zu, das in die Welt da draußen führte. Ich duckte mich und kroch hinauf, presste mich in die schmale Lücke oben. Mein gekrümmter Rücken drückte genau gegen die Holztüren, meine Beine hatte ich unter mich gezogen. Weil der Strom im Haus abgestellt war, waren sie gezwungen, mich mit der Taschenlampe zu suchen, und vielleicht übersahen sie mich. Ich hoffte, dass ich schwierig zu erkennen war, so eingequetscht, wie ich hier lag, aber ich konnte nicht sicher sein. In der Zwischenzeit war das Einzige, was mich von der Freiheit trennte, diese schräge hölzerne Ausdehnung in meinem Rücken. Ich konnte den Geruch der feuchten Nachtluft durch die Risse wahrnehmen. Der süße Duft des Jasmin neben dem Haus vermischte sich unangenehm mit dem Geruch von Ruß und alter Farbe. Mein

Herz hämmerte in meinem Brustkorb, und die Furcht schoss mit solcher Kraft durch meinen Körper, dass mir die Lungen schmerzten. Ich hielt die Taschenlampe wie einen Knüppel und beschränkte meine Atmung auf ein winziges Zischen.

Dann wurde ich mir eines harten Knotens bewusst, der sich in meinen Oberschenkel bohrte. Autoschlüssel. Ich verlagerte mein Gewicht und streckte vorsichtig das rechte Bein aus, bestrebt, nicht einmal das Quietschen eines Turnschuhs auf der sandigen Betontreppe zuzulassen. Ich platzierte die Taschenlampe sehr behutsam auf der Stufe unter mir und zog sehr langsam die Schlüssel heraus, indem ich den ganzen Bund umfasst hielt, um zu verhindern, dass sie aneinander stießen und klimperten. An meinem Schlüsselring war eine kleine Zierscheibe aus Metall von der Größe eines Fünfzig-Cent-Stückes ohne Rand angebracht. Von den Dingen, zu denen ich im Moment Zugang hatte, kam das einem Werkzeug am nächsten. Sehnsüchtig dachte ich an das Allzweckmesser, das Brecheisen und den Hammer, die zusammen mit den Gewichten in Plastik verpackt unten im Heizungskeller versteckt waren. Ich fuhr mit der linken Hand über das Holz direkt über meinem Kopf und fühlte nach dem Scharnier. Es war wie der Flügel eines Flugzeugs geformt, vielleicht sechs Inch lang und flach. Die Schrauben standen unregelmäßig hervor, einige waren vom Alter gelockert, andere fehlten.

Ich versuchte, den Rand der Scheibe wie einen Schraubenzieher zu benutzen, aber die Schraubenköpfe waren überstrichen worden, und die Kerbe war nun zu flach, um eine Hebelanwendung möglich zu machen. Ich machte einen Buckel und drückte mich hoch. Ich fühlte ein kleines Nachgeben. Mit vor Erwartung zitternden Händen suchte ich die Schlüssel durch und nahm den VW-Schlüssel heraus, der länger als die anderen war. Ich steckte ihn zwischen das Scharnier und das Holz und wandte leichten Druck an. Das Scharnier gab ein wenig nach. Wenn ich ein bisschen Spiel in das Scharnier bringen könnte, ließ sich die Tür vielleicht aufbrechen und hochstoßen. Ich stemmte los, die Lippen zusammengepresst, um zu verhindern, dass ich vor Anstrengung schnaufte.

Ich hielt inne. Alles, was ich hören konnte, war mein eigener Atem, der jetzt sehr mühsam klang, da ich mich so anstrengte, das Scharnier zu lockern. Das Holz war Pinie, alt und morsch und weich. Ich verlagerte wieder mein Gewicht und versuchte, mir mehr Platz zum Arbeiten zu schaffen. Die Kellertür quietschte.

Ich hörte das leise Scharren eines Schuhs auf der Kellertreppe.

Und dann hörte ich das Keuchen und wusste, wer es war. Langsam wandte ich den Kopf nach rechts. Ich sah den schwachen gelben Schein einer Taschenlampe, eines dieser riesigen Teile von der Größe einer Butterbrotdose, die einen breiten rechteckigen Lichtstrahl aussandte. Die Batterien waren schwach und schafften nur noch eine fahle Beleuchtung. Trotzdem erkannte ich die Frau wieder, die ich in Florida getroffen hatte. Pat Usher ... Marty Grice. Sie sah nicht sehr gut aus. Das dunkelblonde Haar schien leblos, ihre Augen waren tief umschattet, und die Wangenknochen wurden durch den Lichteinfall hervorgehoben. Sie schwenkte den Lichtstrahl zur gegenüberliegenden Wand. Ich hielt den Atem an und fragte mich, ob es überhaupt eine Chance gab, dass sie mein Versteck übersah. Sie bewegte sich einen Moment außerhalb meines Blickfelds. Ich wagte nicht, mich zu rühren. Die Spannung ließ meine Knochen schmerzen. Ich fühlte, wie meine Beine anfingen zu zittern, dieses unkontrollierbare Zucken, das durch Stress und Muskelkrämpfe und die Notwendigkeit, sich zu bewegen, verursacht wird. Es war der Fluchttrieb, der sich nach innen kehrte, da mein Körper ohne Hoffnung auf Erleichterung in dieser Stellung eingesperrt war. Der Taschenlampenschein machte eine langsame Drehung in meine Richtung und beleuchtete Stück für Stück alles, was auf seinem Weg lag. Sie würde mich jeden Moment haben, und ich tat das Einzige, was ich tun konnte. Wie ein auftauchender Wal katapultierte ich mich hinauf und drückte mit solcher Kraft gegen die verschlossenen Türen, dass sie beinahe aufgesprungen wären. Ich hatte einfach nicht genug Hebelkraft, und sie war zu schnell. Ich strengte mich an und stieß mich wieder hoch.

Sie musste wie ein Blitz durch den Raum geschossen sein. Meine Aufwärtsbewegung hatte mich fast in eine aufrechte Position gebracht, und die Türen bogen sich schon mit einem knackenden Geräusch nach außen, da wurden mir von unten die Füße weggerissen. Ich fiel runter und knallte mit dem Kopf auf die Betonstufe. Ihre Taschenlampe war seitwärts weggeflogen. Der verlöschende Strahl zielte nun sinnlos auf die Wand, und das Licht schien dort so zwecklos wie ein Fernsehbild nach Sendeschluss. In der dichten Dunkelheit des Kellers war gerade so viel Beleuchtung, dass der Nachteil auf meiner Seite lag.

Ich krabbelte zur Seite und kam wieder auf die Beine. Sie ging auf mich los und kletterte beinahe an mir hoch, die Arme um meinen Kopf geklammert. Ich taumelte zurück, von der plötzlichen Last aus dem Gleichgewicht gebracht. Ich versuchte, sie seitwärts zu schleudern, sie abzustreifen, indem ich mit ihr voll an die Treppe schlug. Sie klebte an mir wie eine Krake – Fangarme, Saugnäpfe und vernichtender Mund. Ich ging in die Knie. Ich versuchte, meinen Ellbogen in sie zu rammen, aber es gab keine Möglichkeit, einen Schlag mit so viel Kraft zu landen, dass er ihr wehtat. Ich bekam eine Hand hoch und packte sie bei den Haaren und zog sie so plötzlich vor, dass ihr eigenes Gewicht sie mit einem leisen Grunzen auf den Zement beförderte.

Für einen kurzen Moment glaubte ich, eine Waffe zu bemerken, gewarnt durch ein pfeifendes Geräusch, aber nicht früh genug, um mich zu ducken. Beim Aufprall vernahm ich einen Ekel erregenden Knacks. Sie stand mit etwas auf, das wie der Stiel einer Axt aussah, den sie mit einer solchen Kraft geschwungen hatte, dass ich zuerst überhaupt keinen Schmerz fühlte. Es war wie die Pause zwischen Blitz und Donner, und ich fragte mich, ob es wohl eine Möglichkeit gab, die Intensität eines Schmerzes daran zu messen, wie viele Sekunden es dauert, bis ihn das verständnislose Hirn registriert hatte. Wieder kam der Axtstiel auf mich herabgepfiffen, und dieses Mal hielt ich eine Hand hoch, um mein Gesicht zu schützen und bekam den Schlag auf den Unterarm. Ich brachte das knackende Geräusch nicht einmal mit dem Schmerz in Verbindung, der jetzt meine Knochen erschaudern ließ. Mein Mund öffnete sich, aber es kam kein Ton heraus. Sie fiel wieder über mich her. Ihre Augen leuchteten, und ihr Mund war zu etwas verzogen, das unter Wahnsinnigen als Lächeln durchgehen konnte. Ich bückte mich und bekam den Schlag diesmal auf die Schulter. Der Schmerz züngelte wie Flammen an mir hoch. Meine Finger umschlossen das Geländer. Ich klammerte mich an die Treppe, als ginge es um mein Leben. Eine helle Wolke verkleinerte meine Sehfähigkeit auf einen Punkt, und ich wusste, wenn sich dieses Loch geschlossen hatte, war ich tot. Ich sog Luft ein, schüttelte den Kopf und bemerkte erleichtert, wie die Dunkelheit zurückströmte.

Ich zog meine rechte Faust an. Mit einem leisen Schrei stieß ich mich ab und schnellte mit ganzer Kraft vor. Ich traf, und der Schlag fuhr den ganzen Weg zurück und meinen Arm hinauf. Ich fühlte, wie der Schmerz einen Bogen von meinen zertrümmerten Fingerknöcheln zu ihrem Gesicht schlug, und sie gab ein leises Geräusch von sich, das mir gefiel. Sie torkelte zurück, und ich stürzte mich auf sie und nahm sie so in den Schwitzkasten, dass ich ihr die Kehle zudrückte. Ich schwenkte sie zur Seite und ließ sie nicht ins Gleichgewicht kommen, wobei ich gleichzeitig rückwärts ging, so dass sie nicht auf die Füße geraten konnte. Sie wurde von ihrem eigenen Gewicht festgehalten. Dann nahm ich all meine Kräfte zusammen und konzentrierte mich darauf, das V meines Arms zu verengen, in dem ihr Hals gefangen war. Ich hörte einen lauten Knall, und einen Moment lang dachte ich, ich hätte ihr das Genick gebrochen. Sie sackte zu Boden. Ich ließ meinen Griff locker, um nicht auf sie gezogen zu werden. Verdutzt sah ich zu ihr hinab, dann schaute ich auf. Leonard stand da mit einem .22er, der jetzt auf mich gerichtet war.

Marty schnaufte. »Du hast mich angeschossen, du Idiot.« Ihre Stimme war heiser.

In stummer Überraschung wandte Leonards Blick sich ihr zu.

Ich trat zurück. Die Kugel hatte sie in der Seite erwischt; keine tödliche Wunde, aber eine, die ihr ein bisschen Respekt beigebracht hatte. Sie saß auf den Knien und drückte die Stelle. Das tat ihr weh, und vor Schmerz und Schande gab sie kleine Wehlaute von sich.

Ich war erschöpft und schnappte immer noch nach Luft, aber ich fühlte die merkwürdige Heiterkeit des Sieges. Ich hatte sie fast getötet. Ich war Sekunden davon entfernt gewesen, ihren lebendigen Körper in einen ziemlich leichenmäßigen Zustand zu versetzen. Leonard konnte nicht richtig schießen, also hatte er sie niedergestreckt und damit den Spaß verdorben, aber die Schlacht gehörte mir. Ich wollte lachen, bis ich seinen Gesichtsausdruck bemerkte.

Der Wahnsinn, der mich in den letzten paar Minuten beherrscht hatte, schwand, und mir wurde klar, dass meine Schwierigkeiten wieder von vorn anfingen. Ich war tot bei lebendigem Leib. Irgendwie hatte ich einen Schlag genau auf den Mund abbekommen, und ich schmeckte Blut. Ich war scharf darauf, nachzusehen, ob ein Zahn ausgebrochen war, aber es schien alles in Ordnung zu sein. Ein blöder Zeitpunkt, um sich Sorgen über eine mögliche Krone zu machen, doch genau das tat ich.

Ich versuchte, aufmerksam zu bleiben, aber das war sehr schwierig. Ich hatte dieses verrückte Verlangen, mit Marty auf dem Boden herumzukriechen, und wir beide würden schnaufen wie verwundete Tiere und nach einem Weg suchen, uns wegzuschleppen und zu verstecken. Ich musste mich bald um Leonard kümmern. Es war schon viel zu viel Zeit vergangen, und ich wusste, dass ich an Boden verlor.

Ausdrucksvoll starrte er mich an. Ich wusste sowieso nie, wie ich seine Miene deuten sollte.

»Los, Leonard. Geben wir's auf.«

Er sagte nichts. Ich versuchte im Plauderton zu sprechen, als ob ich jeden Tag einen Teil meiner Zeit damit zubrächte, Leuten auszureden, mich zu erschießen.

»Ich bin müde, und es ist spät. Gehen wir heim. Sie braucht Hilfe.«

Fehlanzeige. Marty schien sich aufzuraffen, ganz auf ihn konzentriert. Sie stellte im Moment keinerlei Bedrohung mehr dar, aber er schwankte hin und her. Vielleicht probierte er die merkwürdigen neuen Empfindungen aus, die der Umgang mit dem Tod mit sich brachte, so wie ich es getan hatte.

»Erschieß die Nutte«, keuchte sie ihm zu. »Schieß!«

Ich sammelte jedes letzte bisschen Stärke, das ich noch hatte, und nahm mich zusammen. Er schoss auf mich, als ich mich vorwärts bewegte, aber da wurde ich schon von meinem eigenen Schwung weitergetragen. Gellend schrie ich *»Nein!«* und trat ihn so fest in die Kniescheibe, dass ich es knacken hörte. Er fiel hin und trillerte vor Schmerz wie eine merkwürdige Singvogelart. Die Waffe schlitterte über den Boden fort. Ich dachte, Marty würde sich darum bemühen, aber sie starrte mich nur an und machte keinerlei Bewegung, als ich mich bückte, um sie wieder zu holen. Ich löste die Trommel und ließ sie herausklappen. Vier weitere Patronen waren in den Kammern. Ich ließ sie wieder zuschnappen und überzeugte mich, dass die Sicherung gelöst war. Dabei drehte ich mich so, dass ich sie beide in meiner Schusslinie halten konnte. Leonard hatte sich aufgesetzt und schaukelte vor und zurück. Er schaute mich mit plötzlicher Gehässigkeit an.

Ich streckte die Waffe aus und zielte auf sein Gesicht. »Ich mach dich kalt, wenn du nur eine Bewegung machst, Leonard. Ich hatte in letzter Zeit eine Menge Übung, und ich werde sie dir genau zwischen die Augen bohren.«

Marty begann zu weinen. Es war ein seltsames Geräusch, wie bei einem Kind, das eine Kolik hat. Leonard lehnte sich zu ihr hinüber und legte schützend den Arm um sie.

In diesem Moment wünschte ich, dass auch für mich jemand da wäre, der mich trösten könnte. Mein linker Arm hing wie ein Stück Holz an einem lockeren Verbindungsbolzen herunter. Ich schaute an mir hinab und sah, wie sich Blut aus einem Riss von der Größe einer Erbse über meinem Ärmel ausbreitete. Der Scheißkerl hat mich *angeschossen*, dachte ich mit Erstaunen. Ich stabilisierte die Waffe in meiner heilen Hand und begann um Hilfe zu rufen. Es war May Snyder, die mich schließlich hörte und die Cops rief.

Epilog

Seit zwei Tagen liege ich nun im Krankenhaus und habe den linken Arm in Gips. Heute Nachmittag wird ein Orthopäde reinschauen, um die Röntgenaufnahmen zu beurteilen und zu entscheiden, was für eine Art von Krankengymnastik ich brauchen werde, wenn ich hier wieder raus bin. Ich habe mit Julia Ochsner telefoniert, und sie hat mich eingeladen, mich bei ihr unten in Florida zu erholen. Sie versprach mir Sonnenschein und Ruhe, aber ich fürchte, sie betrachtet das als eine Chance, mich als vierte Bridgepartnerin einzusetzen. Meine Endabrechnung kam auf 1987,35 Dollar, aber sie sagte, sie wolle mich nicht bezahlen, bis ich nicht auf ihrer Türschwelle erschiene. Man muss aufpassen bei diesen kleinen alten Damen, sie sind zäh, und das kann ich von mir selbst kaum behaupten. Ich habe an allen möglichen Stellen Schmerzen. Wenn ich in den Spiegel schaue, sehe ich das Gesicht einer anderen: aufgedunsener Mund, blaue und grüne Wangen, ein Nasenrücken, der etwas flach wirkt. Ich fühle auch noch eine andere Art von Schmerz, aber ich weiß nicht recht, woraus der besteht. Ich schließe die Akte, aber die Story ist noch nicht zu Ende. Wir werden abwarten müssen, was die Gerichte nun machen werden, und ich habe gelernt, in dieser Beziehung vorsichtig zu sein. In der Zwischenzeit starre ich aus dem Fenster auf die Palmen und frage mich, wie oft ich noch mit dem Tod tanzen werde, bevor das Orchester für die Nacht einpackt.

Ergebenst, Ihre
Kinsey Millhone